꽃의 연원

꽃의 연원

이미란 소설집

전남대학교출판부

차 례

꽃의 연원 • 7
말을 알다 • 30
너를 찾다 • 58
www.soriso.com • 81
엄마의 방 • 104
그림자 사랑 1 -남아 있는 날들 • 135
그림자 사랑 2 -거짓말 • 159
네 손을 위한 소나타 • 180
다카포 페르마타 • 208
맞선 • 228
꿈꾸는 노래 • 257
또 하나의 이별 • 280
타인의 십자가 • 305

소설이란 무엇인가 -자작 해설 • 327

꽃의 연원

땅그늘이 밀려들어 사위가 어둑신하게 가라앉고 있었다. 후미진 곳에 차를 세우고 그녀와 단 둘이 어둠을 기다리고 있는 시간이 달콤하면서도 위태롭다. 물리학과 건물과 제4강의동 사이의 산책로에는 등황색 꽃이 작은 등잔들을 달고 있는 것처럼 보이는 금목서 한 그루와 어린 여자애의 보조개 같은 하얀 꽃이 피어 있는 은목서 두 그루가 나란히 서 있다. 바람을 타고 차창으로 들어오는 이 농밀한 향기는 그들이 퍼뜨리는 것이리라.

"조금 더 어두워질 때까지, 30분만 더 기다리죠."

그녀는 나를 바라보지 못하고 시계만 본다. 나와 단 둘이 밀폐된 공간에 앉아 있는 시간이 그녀도 몹시 불편한 것이다. 트렁크에 실린 것은 무엇일까? 사이드 미러로 흘깃 본 것은 칠팔십 센티미터쯤 되는 상자였다. 영화에서 보면 기관총 같은 무기가 분해되어 있을 법한 상자다. 혹은 마약?

나는 불안해져서 그녀를 바라본다. 곧잘 빨개지는, 화장기 없는 말간 얼굴, 웃으면 장난기가 사르르 어리는 눈, 머리만 양쪽으로 틀어 올린다면, 중국 무술 영화에 자주 등장하는 귀여운 처녀, 금방이라도 '양 소저(小姐)'하고 부르고 싶은 얼굴이다.

일이 년 내에 상해에 지사를 낼 계획이니까, 미리 가서 중국어나 배우고 있으라고 외삼촌이 떠미는 바람에 오게 된 톈안 대학이었다. 내 인생에 중국어가 끼어들 거라고는 일찍이 상상조차 해 본 적이 없었건만, 서른이 훌쩍 넘어 마흔 가까운 나이에 나는 톈안 대학 국제문화교류센터의 학생이 되어 중국어를 배우게 된 것이다.

그녀가 없었더라면, 나이 어린 서양애들 틈에서 겪게 되는 소외감을 극복하기 어려웠을지도 몰랐다. 스무 살 남짓한 다양한 국적의 젊은애들, 그러니까 고등학교를 막 졸업했거나, 대학 재학 중이거나 대학을 갓 졸업한 미국, 프랑스, 독일, 스웨덴 등지의 아이들과 한 반이 되었는데, 그네들에게 왜 중국어를 배우느냐고 하면, 능력을 키우기 위해서라든가, 기회를 찾기 위해서라고 대답했다. 그네들도 내게 왜 중국어를 배우느냐고 물었는데 나는 '비즈니스'라고 대답했다. 내가 그들과 소통할 수 있는 것은 그 정도였다.

한 마디를 물으면, '유 노우(you know), 유 노우'하면서 열 마디, 스무 마디로 말을 이어가는 아이들에 비해 단답형의 대답밖에 할 수 없는 데다가 관심사도 같지 않아서 나는 자연스럽게 화제에서 밀려나게 되었다. 그러니까 단순한 의사 소통은 되는데, 틈만 나면 낄낄대는 아이들의 잡담에는 끼어들기가 어려운 것이었다. 다행히 영어로 진행되는 수업은 대체로 이해할 수가 있었다. 처음 한 달 정도는 중국어의 사성 익히기에 맞춰

병음 위주로 수업이 진행되었기 때문에 고전을 면치 못했다. 단어 속에 있는 3성은 늘 4성처럼 들렸고, 때로는 1성도 4성처럼 들렸다. zh, ch, sh의 권설음과 z, c, s의 평설음도 구분이 되지 않았다. 한국어와 달리 어조와 강세가 있는 언어들을 모국어로 사용하기 때문인지, 젊음의 순발력 때문인지 금방 알아듣고 제대로 소리 내는 아이들에 비해 나는 늘 귀가 미심쩍었고 입은 터덕였다. 돌아가면서 교재를 읽어야 할 때, 나는 선생들에게 지적을 받기가 일쑤였다. 특히 〈읽기와 쓰기〉 선생인 그녀는 발음이 부정확하면 몇 번씩 다시 읽게 했다.

"안녕하세요."

나는 놀라서 고개를 번쩍 들었다. 중국어를 시작한 지 한 달쯤 되었을 때, 두 시간 연이어 있는 그녀의 수업 중 잠깐 쉬는 시간이었다. 나이 든 남자가 아이들과 섞이지 못하고 혼자 애쓰는 게 안쓰러웠을까? 그녀는 그렇게 내게 다가왔다.

"캔 유 스피크 코리안?"

"뿌(不), 뿌, 뿌."

그녀는 얼굴이 빨개졌다.

"워 유 이거 차오셴주 펑요(我有一个朝鲜族朋友)."

'차오셴주'라는 말을 내가 못 알아듣자 그녀는 '朝鲜族'이라고 써주었다. 그녀에게 조선족 친구가 있다는 말만 들었을 뿐인데도 나는 갑자기 그녀와 의사 소통이 되는 듯한 기분을 느꼈다. 그녀와 몇 마디 나눈 이후로 나는 중국어를 배우는 것이 갑자기 즐거워졌다. 더욱이 교재에 한자가 본격적으로 나오기 시작하면서, 서양애들에게는 납득되지 않는 형체였겠지만 나에게는 의미를 지닌 문자가 보이기 시작하면서 상황은 역전되었다. 처음 나온 문장의 의미를 이해하는 나를 아이들은 경이롭게 보게 되었으며, 어려운 연습 문제라도 나오면 으레 나를 쳐다보곤 했다.

일상이 여의치 않을 때는, 그냥 신학대학을 졸업했더라면 하는 생각을 하기도 했다. 대학을 졸업하고 바로 취직이 되지 않아, 부모에게 용돈을 타 써야 했던 때, 회사를 두 번이나 그만두어야 했을 때, 몇 년 동안 사귀던 여자와 헤어졌을 때는 내게 주어진 삶을 그만 탈탈 털어 버리고 싶은 때도 있었다. 그러나 그렇다고 해서 신부가 된다는 말인가. 아무데서도 신이 나를 부르는 소리를 듣지 못했는데 아버지가 원한다고 해서 신부가 될 수는 없는 노릇이었다.

그녀가 자꾸 시계를 들여다 보고 있으니, 나는 초조한 내색을 보일 수가 없다. 오후 다섯 시쯤 이곳에 차를 세웠으니, 한 시간쯤 지났을 것이다. 일주일을 내리 쉬는 국경절 휴가에 중추절까지 끼어 있어서, 교정은 텅 비어 있다. 평소에 여나믄 대의 차량이 주차해 있곤 하던 이곳 과학기술동 앞에도 달랑 내 차만 서 있을 뿐, 지나가는 사람조차 없다. 이런 한적한 시간에 어둠까지 기다려 물건을 내려 놓아야 한다니, 어쩐지 무슨 범죄에 연루되는 것 같기만 하다.

혹시 그녀가 나를 끌어 들이려고 의도적으로 내게 접근해 온 것은 아닐까? 의심이 스물스물 일어나기 시작하니 서호(西湖) 구경을 가기로 한 날, 안내를 해주기로 약속한 조선족 친구 대신 그녀가 나온 일부터 수상쩍게 생각되었다.

"그, 조선족 친구분은 바쁘신가요?"

항주에 있는 서호가 아름답다고 하는 말은 진작부터 들었으나, 아직 혼자서 여행을 할 만한 자신이 없어 생각해 낸 게 조선족 가이드였다. 그녀의 친구가 어떤 일을 하고 있는지는 알 수 없지만, 상해에서 대졸자의 평균 초임이 3천 위안에서 4천 위안쯤 한다니까, 하루 안내를 받고, 사례비로 5백 위안쯤 주면 넉넉하지 않을까 하는 생각에서였다.

그녀의 다리 역할로, 조선족 친구와 연락이 되고, 함께 서호에 가기로 한 토요일 여덟 시. 정작 약속 장소에 나타난 사람은 뜻밖에 그녀였다. 친구가 지아반(加班, 잔업) 때문에 올 수 없다면서, 얼굴이 빨개져서 자신이 대신 안내를 해 주겠노라고 했다. 마음 속으로는 얼마나 기뻤던지! 사실 함께 서호 구경을 가지 않겠느냐고 묻고 싶은 것을 몇 번이나 참았던 것이다.

항주에 도착했을 때는 오락가락하던 비가 서호에 이르러 유람선을 타려고 하니 제법 줄기가 굵어지고 있었다. 우산 아래로 그녀의 소맷자락이 젖는 걸 보자 땜방을 하고 있는 셈인 그녀에게 미안한 마음이 들었다. 날씨가 맑았으면 좋았을 걸 하는 혼잣말을 들었는지 그녀는 맑은 날의 서호보다 안개 낀 날의 서호가 더 아름답고 안개 낀 날의 서호보다 비 오는 날의 서호가 더 아름답다고 이야기했다. 비 오는 날의 서호가 아름다운 것은 호수 속의 섬 소영주(小瀛洲)에 들어가 보고야 알았다. 섬 속에 또 호수가 있는 소영주에 비가 내리니까, 울창한 대나무 숲 밖의 호숫물과 연잎 무성한 섬 안의 호숫물이 교호하며 금방이라도 발을 적실 듯이 찰랑대는데, 가슴이 다 아릴 지경이었다. 그녀도 비슷한 느낌을 받았는지 우산을 젖히고 "쩐스 하오메이(真是好美)!"라고 속삭였다.

쩐스 하오메이! 떨리는 듯한 그녀의 음성을 떠올리는 순간, 그녀를 의심하고 있는 내 자신이 부끄럽게 생각되었다. 그날,

그녀와 공유하는 정서가 생겼다는 것을 얼마나 기뻐했던가. 상해에서 살면서, 이곳이 통제 사회라는 것을 깜박깜박 잊을 때가 있었다. 처음 왔을 때는, 건물 입구마다 엄숙하게 서 있는 제복 입은 사람들이며, 곳곳에서 눈에 띄는 공안(公安) 마크를 붙인 차량들 때문에 금방이라도 불심검문을 당할 것처럼 으스스했지만, 북적대는 외국인들과 길거리 음식의 활기, 중심가의 화려한 쇼핑몰과 각국의 할인매장들 속에서 살다 보니, 자유롭지 못하다는 게 특별히 느껴지지 않았다. 더구나 중국어를 가르치는 젊은 강사들은 영어를 사용하기 때문에 마치 그들이 영어권 문화에서 살고 있는 것처럼 착각이 들기도 했다. 그러나 그들이 어떤 종류의 어휘에 대해서 무지하거나 —'가톨릭'이라든지, '글루탐산나트륨(MGM)' 같은—, 민감한 반응을 보일 때는 —중국이 민주주의(democracy)가 아니라는 학생의 말에 발끈하는—, 아, 이곳이 중국이지 혹은 아, 이 사람들이 중국 사람들이지 하는 것을 새삼스레 깨닫곤 했다. 그래서 무심코 이야기하다가도 지금 대화가 통하고 있는 건가 하고 상대방의 눈치를 살피게 되는 일이 있었다.

그녀가 나를 이용하는 걸까? 아니다, 아니다, 아닐 것이다. 아무리 생각해도 정상적이라고는 할 수 없는 이런 일에 나를 끌어들인……, 이런 일을 나에게 부탁한 것은 나를 그만큼 신뢰해서일 것이다.

그녀와 급속히 가까워진 것은, 그러니까 그녀가 단순히 '보기 좋은 여자'에서 '보고 싶은 여자'로 내 감정이 발전하게 된 것은 서호에서였다.

"주말에는 보통 뭘 하세요?"

그녀가 물었었다. 나는 문득 그녀에게 중국인 미사에 참석했던 이야기를 하고 싶었다. 월요일이면 선생들은 늘상 주말에 무엇을 했느냐는 질문을 던지면서 수업을 시작하곤 했는데, 내가 성당에 갔었다는 말에 반응을 보인 건 네 명의 중국어 선생 중 그녀가 처음이었다. 어디에 있는 성당인가? 충칭난루에 있는 성당이다, 그곳에서는 가끔 한국어 미사도 있다. 시자후이에도 아름다운 성당이 있는데 아는가? 말은 들었는데 아직 가보지는 못했다. 대략 이런 말들이 오간 적이 있었다. 그녀라면 종교에 대해 이야기를 해도 통하지 않을까 싶었다. 종교가 무엇인지를 아는 중국인들은 과연 종교에 대해 어떤 생각을 하고 있는지도 궁금했다.

충칭난루에 있는 성 베드로 성당은 외국인을 위한 영어 미사가 있는 곳인데, 상해 한인 천주교회의 본당 노릇을 하고 있었다. 한국인 신자가 워낙 많고, 한국인 신부도 파견 나와 있었으므로 한 달에 두 번씩 한국어 미사가 있었는데, 어떤 경우에는 푸동에 있는 진자샹 성당에서 따로 한국어 미사가 있기도 했다.

진쟈상 성당에서 미사가 있던 날, 택시를 타고 양가오루의 까르푸에서 내리면 된다는 말을 듣고 혼자서 그곳을 찾아간 적이 있었는데, 양가오루에 까르푸가 두 군데 있는 바람에 그만 길을 잃고 헤매게 되었다. 자오탕 짜이 나리(教堂在那里)?, 자오탕! 하면서 길을 묻고 물어 홍펑루라는 곳에서 한 성당을 발견하긴 했는데, 그곳에서는 한국인이 아닌 중국인들이 미사를 드리고 있었다.

내가 더듬거리며 장황하게 설명을 하긴 했지만, 중국인들이 미사를 드리고 있었다는 이야기를 하면 그녀가 깜짝 놀랄 줄 알았다. 그동안 내가 만난 중국인 대다수는 교회 자체에 전혀 관심이 없었기 때문이다. 그러나 그녀는 덤덤했다. 머쓱해진 나는 사실은, 하면서 아버지의 강요로 신학대학에 입학하여 하마터면 신부가 될 뻔했다는 이야기를 공연히 덧붙였는데, 그녀가 문득 반응을 보였다.

"그럼, 라틴어도 아시겠네요?"

나는 가슴이 덜컥 내려앉았다. 배운 지 십 년도 지난 라틴어가 기억날 리 만무했기 때문이었다.

"'Per aspera ad astra'가 무슨 뜻일까요?"

나는 괜히 신학대학을 끄집어 내었다고 후회를 하며 얼굴을 붉혔다.

"알아봐 드릴 수 있습니다."

저녁에라도 당장 신학대학 입학 동기인 신부 친구에게 전화해 보면 될 일이었다. 그것보다도 그녀가 어떻게 그 라틴어를 알게 되었는지가 궁금했다.

"작은할아버지가 가톨릭 신자였어요."

그녀보다도 내가 더 당황해서 주위를 살폈다. 종교의 자유가 있다고는 하지만, 선교의 자유조차 없는 곳이라, 신자임을 밝히는 것이 결코 이로울 리는 없는 사회였다.

"우리 작은할아버지는 신부님이셨는데요."

나의 속삭임에 그녀는 깜짝 놀라는 것 같았다. 나는 어쩐지, 그녀와 내가 운명적으로 엮어져 있다고 믿고 싶었다. 그렇지 않다면, 비 오는 날의 이 아름다운 서호에서, 13억 인구 중의 한 명인 그녀와 어떻게 이런 류의 공통점을 발견할 수 있겠는가? 그녀의 작은할아버지가 가톨릭이었다면 그녀의 집안도 공산화 과정에서 종교 때문에 억압된 삶의 시대가 있었을 것이다. 아버지 또한 종교 때문에 고향을 버리고 월남(越南)한 사람이 아닌가.

서호에서 돌아오면서, 그녀의 친구를 위해 준비한 사례비를 그녀는 극구 사양했다. 사실 선생이기도 한 그녀에게 돈을 지불한다는 것이 어색하기는 나도 마찬가지였다. 덕분에 그녀와 저녁 식사를 함께 할 기회를 자연스레 얻게 된 것이 나로서는 즐거울 뿐이었다.

"아버지는 왜, 당신이 신부가 되기를 바라셨어요?"

그녀는 얼굴을 찡그리며 물었다. 그녀가 안내한 텐안 대학 부근의 레스토랑은, 외관은 허름했는데 뜻밖에 제대로 된 스테이크를 내어 오더니, 디저트로 나오는 원두커피의 맛도 훌륭했다. 나는 커피의 이런 맛을 그녀도 꼭 알게 하고 싶어서, 커피를 좋아하지 않는다는 그녀에게 마셔 보라고 강권한 것이었다. 그녀와 만나면서 나는 그녀가 향수하지 못했던 자본주의의 달콤한 문화들을 맛보이고 싶어 안달하는 자신을 발견했다. 정서가 되었든, 감각이 되었든 내가 향유했던 것들을 통해 나를 알리고 싶고, 거기에 그녀를 끌어들여 그녀와 공유할 수 있는 부분이 점점 커지게 하고 싶은 욕심인 것 같았다.

"일종의 보상 심리라고 할 수 있겠지요."

한국의 역사와 종교와 인간을 아울러야 하는 복잡한 집안 이야기를 내 짧은 영어와 중국어로 이 젊은 중국 아가씨에게 제대로 전달할 수 있을지는 의문이었지만, 그녀가 진지하게 물어오니, 어떻게든 대답을 해내야 했다.

3백명이라니 그기 말이나 됩네까, 우리 본당 식구만도 3천 명인데, 누기를 살리고 누기를 죽이란 말임까. 임 신부님도 마음 고새이 얼매나 심했겠습까. 나는 삼촌 신부님 덕에 우선적으로 표를 받게 됐지만, 참 마음이 편치 않았습다. 해성학교 운동장에 모이라 했는데, 어디 3백명만 왔겠습네까, 한천 명도 넘는 거 같았습다. 3백명 줄에 서 있는 기 죄인 같습데다. 그때, 누가 내 옷소매를 슬그머니 잡아 당기길래, 보니까, 아, 작년 5월에 보위부원들에게 끌려갔던, 삼촌 신부님이 아니겠습까, 나는 놀라 죽을 뻔했습다. 돌아가신 거로 알고 있었습다.

당연히 삼촌 신부님도 남쪽으로 갈 거라고 생각했습다. 신부가 그 땅에 남아 있으문 바로 죽음이 아이겠습까? 그런데 삼촌 신부님은 임 신부님이나 오 교장 선생님께 말씀드리지 말라는 겜다. 운동장에서 나는 통곡 소리를 들었을 때, 나는 삼촌 신부님의 마음을 알았습다. 우리를 두고 어디를 가느냐고, 남은 신자들이 울부짖고 있는 게 아이겠습까? 나도 가슴이 찢어지는데, 신부님은 오죽했겠습까. 자신의 양떼를 버리고 차마 발길을 돌릴 수가 없었던 겜다.

아버지가 술이 취하는 경우는 드물었지만, 술에 취하면 꼭 쏟아내는 이야기였다. 중공군의 개입 직전, LST를 타고 원산을 떠나 오면서, 덕원 수도원의 신부였던 작은할아버지와 헤어진 사연이었는데, 나는 아버지의 고향 사투리까지는 전할 수 없었지만, 그녀 역시 작은할아버지가 가톨릭 신자였다고 하니까, 그 정황만이라도 그녀가 이해할 수 있기를 바라며 최선을 다해 설명했다. 과연 그녀가 알아 듣고는 있는 건지.

“진즈진쩌더 무런 부후이 파오치 쯔지더 양췬(尽职尽责的牧人不会抛弃自己的羊群).”

“예?”

그녀의 중국어를 알아 듣기 어려워 나는 고개를 갸웃했다.

“착한 목자는 자신의 양떼를 버리지 않는다는 말이에요.”

나는 순간, 바벨탑 이전에 인류는 한 언어였다는 이야기를 떠올리며 진심으로 이야기하면 말은 저절로 통하는 것이 아닌가 하는 생각을 했다. 어떻게 이렇게 정확하게 소통이 될 수 있다는 말인가. 나는 흥분이 되어 아버지의 이야기를 마무리했다.

> 나는 부모를 일찍 잃어 삼촌 신부님이 학비를 대주어 해성학교도 다녔지 않슴까. 어릴 때부터 삼촌 신부님처럼 신부가 되는 기 꿈이었댔습다. 그런데 거기서 삼촌 신부님을 따라 남을 용기가 도저히 아이 나는 겜다. 나는 울면서 울면서 원산항으로 가서 LST를 탔댔습다. 내가 가장 사랑하던 사람을 따라 남을 용기가 아이 났던 겜다.

아버지는 이 대목에 와서 꼭 눈물을 쏟았다. 아버지에게서 처음 이 이야기를 듣는 사람은 숙연해지고, 감동을 받기도 하겠지만, 몇 번씩 듣게 되는 사람들에게는 이 이야기가 아버지의 십팔 번 노래로 여겨지지 않나 하는 생각을 나는 하고 있었다. 노래를 부르는 사람은 그 노래에 대해 영원히 희석되지 않을 감정을 지니고 있을지 몰라도, 듣는 사람은 이제 식상해져 아무런 감흥도 일지 않는 그런 노래 말이다.

아버지는 부산에 도착해서 피난민 생활을 시작했는데, 얼마 되지 않아 함께 생활하고 있는 교우들 무리에서 떨어져 나왔다. 아버지는 자신이 원했다면 이 땅에서도 얼마든지 신부가 될 수 있었다. 그런데 아버지는 자신이 그 땅에 남지 못한 것에 대한 일종의 원죄 의식 때문에 그 길을 포기하지 않았나 싶다. 그러면서 또 월남한 사제들에 대해서는 약간의 선민 의식을 지니고 있기도 했는데, 그것은 자신의 양떼를 위해 죽음의 땅에 남는 용기를 지녔던 삼촌 신부를 두고 있다는 점이었다.

"작은할아버지는 살아 계신가요?"

나는 문득 그녀에게 물었다. 그녀의 얼굴빛은 금방 흐려졌는데, 언제 돌아가실지 모르는 상태라는 것이었다.

"그런데, 화장(火葬)을 거부하셔서 큰 고민이에요."

"그래요? 로마 교황청에서도 화장을 허용했는데요."

이번에는 그녀가 놀라는 것 같았다.

"정말이에요? 할아버지는 육신의 부활을 굳게 믿고 계시는데요?"

나는 직감적으로 그녀의 할아버지가 중국애국교회 소속의 신자가 아니라는 걸 느끼고 더 이상 묻지 않았다. 체제에 충실한 애국교회의 신자라면 공산당의 정책인 '화장'을 거부할 리가 없기 때문이었다.

방학이 되어 그녀와 만날 수 없는 상해의 여름은 더욱 짜증스러웠다. 섭씨 사십 도가 넘으면 휴가를 주어야 한다는 규정 때문에 일기예보상으로는 사십 도가 넘는 날이 없었지만, 찌는 듯한 날씨가 메이위(梅雨)라고 불리는 장맛비라도 만나는 날에는 도시 전체가 거대한 사우나탕처럼 느껴졌다. 필경 사십삼사 도는 될 법한 날씨를 못 견디고 한국에 나와 있던 8월은 어떻게 하면 그녀를 자주 만날 수 있을까 하는 궁리로 시간을 보냈다.

그녀에게 푸다오(辅导, 개인 교습)를 부탁해 일주일에 두 번씩 그녀를 만나게 된 9월은 행복하고 아름다웠다. 나는, 아침마다 창문으로 스며드는 은목서 향기에 잠이 깨었다. 상해의 여름이 그토록 무더운 것은 이 달콤한 향기를 성숙시켜 한번에 품어 내기 위해서이지 않았을까 하는 생각도 했다.

"혹시, 목요일 오후에 차를 좀 쓸 수 있을까요?"

그제, 수업을 마치면서 그녀는 모기만한 소리로 물었다. 어떤 물건을 학교까지 옮겨야 하는데 차를 좀 쓸 수 있느냐는 것이었다. 추석 전날이긴 하지만 딱히 할 일도 없는 나는 흔쾌히 승낙했다. 그녀가 내게 무언가를 부탁한다는 것 자체가 가까워진 징표 같아서 흐뭇하기만 했다.

그러나 오늘 일은 생각할수록 수상쩍은 것이었다. 그녀의 안내로 어느 낡은 아파트 앞에 다다랐더니, 어떤 남자 두 사람이 그림자처럼 나타나 트렁크에 상자를 실어 주고 신속하게 사라져 버리는 것이었다. 그녀가 자신의 가방 안에서 A4 크기의 톈안 대학 팅처증(停车证, 주차증명서)을 꺼내 차의 앞 유리창에 부착하는 것을 볼 때부터, 뭔가 주도면밀하게 계획된 일에 말려들고 있는 듯한 불안감이 스멀스멀 밀려오기 시작했다.

왜 어두워질 때까지 기다려야 하는지, 나는 그녀에게 묻고 싶었다. 변명이 되었든, 양해가 되었든 그녀로부터 무슨 말이라도 들어야 답답함이 조금이라도 풀릴 것 같았다.

"두 친구가 있었어요."

그녀는 나의 항의를 몸으로 느꼈든지, 나의 침묵이 버거웠든지 드디어 입을 열었다.

"둘 다 텐안 대학의 학생들이었지요. 한 친구는 절강성 사람인데, 상해에 있는 친구 집에서 함께 살 정도로 친하게 지냈대요. 두 사람 다 대학 2학년 때, 학교를 그만 두고 신학대학에 가서 신부가 되었답니다."

여기까지만 들어도, 나는 숨이 탁 트이는 것 같았다. 트렁크에 실려 있는 것이 최소한 총기류나 마약류는 아니겠구나 싶었던 것이다. 그녀가 오늘 일과 무관한 어떤 이야기를 하는 것은 아니지 않겠는가.

"두 사람의 운명이 엇갈린 것은, 공산당의 새중국이 들어서면서부터였어요. 한 사람은 삼자애국교회의 신부가 되고, 한 사람은 지하교회의 신부가 된 거죠."

애국교회라는 말에 나는 문득 항주 성당의 석판이 떠올랐다. 붉은 글씨로 천주교당(天主教堂)이라고 적힌 큼지막한 석판에는 항주시 인민정부가 이를 항주시의 문화재로 공포했다는 글이 새겨져 있었는데, 교회와 인민정부라는 어색한 조합이 그 붉은 글씨에 드러나 있는 것 같았다.

두 주일 전에, 나는 조심스레 그녀에게 서호에 다시 가보지 않겠느냐고 물었었다. 그녀와 함께 소영주를 다시 한 번 걸었으면 하는 마음이었는데, 그녀는 뜻밖에 흔쾌히 승낙했다.

"저도 항주에 갈 일이 있는데, 마침 서호 부근이거든요. 잠깐 거기 들렀다가 가도 괜찮으시겠어요?"

내게는 그녀가 하필 그때에 항주에 볼일이 생겨 나와 기꺼이 동행하게 된 것도 우연이 아닌 것처럼 생각되었다.

그녀가 들른 곳은 항주 시내에 있는 낡은 하늘색의 성당이었는데, 그녀는 조금 시간이 걸릴 수도 있다면서, 사제관으로 보이는 옆 건물로 들어갔다. 나는 350년 되었다는 거대한 녹나무 아래에 앉아 있다가, 성당의 문을 슬쩍 밀치고 안으로 들어가 보았다. 제단을 향해 양옆으로 일곱 개씩의 푸른 기둥이 천장을 받치고 있었는데, 제단 뒤의 벽화를 천장까지 연결하고 있는 양식이 독특했다. 그러니까 제단 뒤의 벽면에는 푸른 하늘을 배경으로 십자가상에 매달린 예수의 모습이 그려져 있었는데, 그 위로 천장을 동그랗게 오려내어 벽면을 연장하고 구름 위에서 예수를 굽어 보는 성부의 모습을 담고 있어, 입체적이면서 장엄한 느낌을 주었다. 나는 성당 의자에 앉아서 나를 항주의 이곳까지 오게 한 어떤 힘이 있는가에 대해서 잠깐 생각해 보았지만, 그보다는 그녀와의 인연 쪽에 훨씬 마음이 끌리고 있었다.

한 시간쯤 후에 돌아온 그녀가 아무 말도 하지 않았기 때문에, 나도 아무 말을 묻지 않았다. 서호에 가서는 유람선을 타지 않고, 그녀의 제안에 따라 지붕만 있는 관광차를 타고 서호를 한 바퀴 돌았는데, 목서 향기 흐드러지는 가을날의 해말간 한때는 마치 동화 속의 시간처럼 느껴졌다. 운전사를 겸하고 있는 안내원이 경관이 아름다운 곳마다 설명을 해주고 그녀도 뭐라고 덧붙였지만, 그때 내 귀에 들렸던 것은 영화 '은행나무 침대'의 대금 소리와 가야금 소리뿐이었다.

그녀는 문득 시계를 보더니, 이제 출발하자고 했다. 그녀는 방금, 자신의 작은할아버지 이야기를 했던 것이 아닐까? 그래서 처음 서호에 갔던 날, 내가 작은할아버지가 신부라고 했을 때, 놀란 얼굴을 했던 것이다. 그러니까 그녀의 작은할아버지도 그냥 가톨릭 신자가 아니라 신부였던 것이다. 지하교회의…….

그럼, 트렁크에 들어 있는 건?

지하교회라는 것에 생각이 미치자 나는 손에 땀이 나기 시작했다. 그럼 내가 지금 지하교회의 어떤 비밀스런 임무를 수행하고 있는 것인가? 이곳에선 지하교회 활동이 발각되면 그대로 장기 감옥형이다. 나는 외국인이니까, 추방 정도에서 그칠까? 그러나 영사관에서 알게 된다면 몰라도, 그냥 쥐도 새도 모르게 끌려 가게 된다면?

그녀는 톈안 대학의 북쪽 모퉁이에 있는 유학생 숙소를 미처 못 가 오른쪽으로 꺾어지는 길을 가리켰다. 십 분 정도 걸으면 톈안 대학의 동문까지 연결되는 그 길은 봄에는 녹나무가 아름답고 가을에는 은목서가 향기로와 내가 좋아하는 산책로였다. 상해의 봄은 꽃은 흔했지만 향기는 귀했다. 4월에는 지피 식물로 쓰인 토끼풀조차 화사한 꽃을 피워 나무 밑동마다 분홍색 꽃다발 속에 들어앉은 듯이 보일 정도로 꽃들이 지천이었고, 5월에는 꽃송이가 바람개비 같은 흰색 협죽도가 눈사태처럼 피어나 아름다움을 더했지만 왠지 향기가 있는 꽃이 드물었다. 그래서 서향나무가 울타리 나무로 조경되어 있는 그 길은 꽃이 피고 향기가 나기를 기다렸던 길이기도 했다. 그러나 서향은, 5월 초에 몇 그루가 잠깐 작은 별 같은 꽃을 몇 날 피워 올렸을 뿐 이내 입을 다물고 말았다. 올해 옮겨 심은 나무들인지도 몰랐다. 동문 쪽으로 갈수록 은목서가 많아지는데, 내년쯤이면 봄에는 서쪽 길목이 천리를 향기롭게 하고, 가을에는 동쪽 길목이 만리를 향기롭게 할 길이었다.

달이 떠오르고 있었지만, 가로등이 꺼져 있어 아직은 어두운 길목 저쪽에서 두 남자가 걸어 오다가 멈추었다. 그녀는 차를 세우라고 속삭였다. 나는 그녀의 다음 말이 떨어지기도 전에 익숙한 공범처럼 얼른 트렁크를 열었다. 그들이 트렁크에서 상자를 내리는 일, 이 분의 시간이 악몽처럼 길게 느껴졌다.

그들이 오후에 상자를 실었던 그 남자들인지, 우리를 본 사람이 있었는지, 없었는지 나는 모른다. 트렁크를 닫고, 그 자리에서 벗어나기만 하면, 그 모든 일과 무관하게 되기라도 하는 것처럼 나는 속도를 내어 차를 몰았다.

상자를 내려 준 그 길도, 내가 잘 아는 곳이었다. 서향나무 울타리 너머, 그곳만 유독 움푹 깊어지는 데다가 가시나무 같은 홍에리(红叶李)가 우거져 있어 도대체 무엇이 있는가 하고 일부러 넘어다 본 적도 있는 곳이었다. 그곳엔 톈안 대학의 그늘진 곳 어디에나 지피식물로 심고 있는, 차오란(草兰)만이 무성했는데, 지금쯤은 보랏빛 꽃자루들이 휘청휘청 달려 있을 것이었다.

"어디 가서, 식사라도……."

그녀의 목소리에 나는 정신이 퍼뜩 들었다. 나는 그녀의 집 쪽이 아니라, 내가 살고 있는 아파트 쪽으로 차를 몰고 있었다. 나는 총망한 중에도 두려움 때문에 경황없이 운전을 하고 있었다는 사실을 그녀에게 들키고 싶지 않았다.

"일단 차를 세워 두고……."

그렇게 말을 하고 나니 차에서 벗어나고 싶다는 생각이 갑자기 강렬해졌다. 내 차가 어디 감시 카메라에라도 찍혀 수배 차량이 되어 있을 것만 같았다.

택시를 타고 인민 공원까지 가는 동안 그녀는 내내 말이 없었다. 나는 평범했던 사람이 느닷없이 범죄 사건에 휘말려 들어 쫓고 쫓기는 추리액션 영화를 찍고 있는 것처럼 느껴졌다. 고전적인 추리 영화에서는 시시비비가 밝혀지지만, 요즘의 하드 보일드형에서는 공연한 사람이 죽음까지 간다. 현실이란 냉혹한 거니까.

그녀가 밥을 사겠다고 나를 데려간 곳은 전에 한 번 함께 와 본 적이 있던 인민 공원 내에 있는 '바바로싸'라는 이슬람풍의 카페였다. 상해에는 가끔, 이곳이 과연 공산주의 국가 안에 있는 카페인가? 할 정도의 분위기를 풍기는 곳들이 있는데, 이곳 역시 그런 곳이었다. 고급스럽고, 약간은 퇴폐적인 듯 아름다운 곳. 호수를 경계로 바깥 쪽에서는 국경절을 맞아 놀러 나와 있는 중국 인민들이 북적대고, 카페 안은 음악과 와인에 돈을 지불할 능력이 있는 외국인들과 부유한 젊은 중국인들이 왁자했다.

우리는 시끄러운 음악과 물담배를 처음 피워 보는 이들의 웃음 소리가 낭자한 실내를 피해 베란다로 나왔다. 그녀가 식사를 권했지만, 나는 와인을 한 잔 청했다. 도저히 음식을 먹을 기분이 아니었다. 그녀가 주문한 와인 한 병이 올 때까지 우리는 여전히 말이 없었다.

"그 두 친구는 어떻게 되었나요?"

내가 먼저 입을 열지 않으면 그녀는 밤새라도 입을 다물고 있을 것 같았다.

"두 사람은 서로 자신의 길이 옳다고 믿었기 때문에 오랫동안 다투었어요. 서로 상대방이 자기와 같은 길을 가기를 원했던 거죠."

"상해 쪽 친구가 지하교회로 간 거죠?"

그리고 그 신부가 당신의 작은할아버지가 아니냐고는 묻지 못했다. 주위에 있는 사람들이 행여 듣기라도 할까 봐 겁이 났기 때문이었다. 그녀는 가만히 고개를 끄덕였다.

"지난 번 항주에 갔을 때, 사실은 그 절강성의 친구를 만났지요."

"애국교회로 간 신부님?"

나는 와인의 맛을 제대로 느끼지도 못하고 한 잔을 비웠다.

지금 생각해 보면, 친구와 내가 생각이 엇갈린 게 자라온 환경 탓이 아니었나 싶다. 친구는 상해의 전통적인 천주교 가정에서 자라났고, 농촌에서 자란 나는 상해에 와서 친구를 통해 처음으로 천주교를 접했단다. 친구의 온후한 성품, 유복한 환경, 친구가 지닌 모든 것이 선망의 대상이었던 나는 그의 종교조차 깊이 갈망했고, 그를 따라 신부가 되었지. 그러나 외국 선교사들에 대해 깊은 우정과 신뢰를 지니고 있던 친구와 달리, 나는 점점 기독교 신앙의 정신인 사랑의 실천은 자신이 처한 환경과 사회에서 분리될 수 없다는 생각으로 공산주의 사상에 호감을 갖게 되었단다. 그 시절, 오요종(吳耀宗)이라는 인물이 내 믿음의 지도자가 되고 말았어.

오요종, 그의 이름은 나도 들은 적이 있다. 중국 해방신학의 선구자이며 삼자교회운동의 대표자로 알려진 사람이 아닌가. 그녀가 전해 주는, 절강성 신부의 이야기 속에 어떤 식으로든 중국 기독교사에 영향을 주었던 굵직한 인물이 거론되자 나는 잠깐 두려움을 잊고 흥분을 느꼈다. 시대와 부대끼면 살아온 중국 기독교의 역사 속으로 뛰어드는 기분이었다.

상해가 공산당의 수하에 들어가기 전날 밤, 우리는 교구로부터 농촌으로 흩어져 지하교회 활동을 하라는 지시를 받았다. 친구는 아무런 두려움과 의심 없이 그 길을 찾아 떠났고, 나는 삼자교회를 선택했다. 문화혁명을 거치면서, 정치 학습을 받고 노동 개조를 받으면서 나는 공산주의와 기독교가 양립할 수 없다는 친구의 말을 뼈저리게 느꼈으나, 그래도 지상에 교회가 남아 있기를 원했고, 지상에 남아 있는 신자들을 이끌 사명이 있다고 믿었다. 내게 압력과 환난이 주어질 때마다, 나는 스스로 고통의 삶을 선택해서 떠난 친구를 생각하며 버텨냈다.

지상에 교회가 남아 있기를 원했다…….

불현듯 잘못 찾아갔던 홍펑루의 성당이 떠올랐다. 조악한 사제복을 걸친, 눈빛이 까칠한 젊은 신부는 어쩐지 가짜 같았다. 애국교회의 신부는 모두 공산당에서 임명한 자라는 선입견 때문일 수도 있었다. 그러나, 나이 많고 남루한 차림의 신자들은 그렇게 경건해 보일 수가 없었다. 그들에게는 성경도 없고, 성당에서 나누어 주었다가 회수하는, 악보 없이 숫자로 음표가 표시된 낡고 얇은 성가집이 전부였지만, 의자에서 앉았다 일어설 때마다 그들은 한쪽 무릎을 꿇고 십자 성호를 그으며 겸손하게 신심을 표시했다. 나는 신부가 가짜인 교회에도 하느님이 함께 할까 하는 생각을 잠깐 했는데, 신부야 어떻든 신자들의 믿음이 있는 곳에는 하느님이 늘 같이 있을 거라는 게 그때 내가 받은 느낌이었다.

"항주의 신부님은, 그럼, 지금도 애국교회의 소속이신가요?"

입이 마를 때마다 한 모금씩 홀짝이던 그녀의 와인 잔도 어느 새 비어 있었다. 나는 그녀에게 와인을 한 잔 더 따라 주었다. 그녀 역시 아무 맛을 느끼지 못한 채 와인을 마시고 있음에 틀림없었다.

"소속은 애국교회지만, 활동은 거의 독립교회지요. 종교적 탄압이 있을 때는 공개적인 저항도 하시는 분이에요."

"정부에서 가만히 둔다는 말이에요?"

"이미 감옥에는 몇 번 다녀오셨지요. 팔십이 넘으셨는데, 이제는 외국에도 알려진 인물이 되어서 정부도 함부로 못해요."

사십 년 가까이 소식을 듣지 못했는데, 어느 날, 나는 낯선 사람을 통해 친구의 편지를 전해 받게 되었다. 성경을 몇 권만 구해 달라는 짧은 내용이었지만, 그리운 친구의 필체, 얼마나 마음이 떨렸던지……. 그 후에도 몇 번 나는 친구를 위해 성경을 구해 주었는데, 서로에게 위험한 일이라 안부도 묻지 못했지만, 친구를 위해 무엇인가 할 수 있다는 것이 얼마나 기뻤는지 모른다. 나는 시련에 처할 때마다 그 친구를 떠올리고, 그라면 어떻게 했을까를 생각하며 행동했다. 신은 내게 삶의 지표였지만, 현실의 등불이 된 것은 언제나 그 친구였다.

나는 이제 역사가 아니라 한 편의 인간 드라마를 보는 듯했다. 평생을 숨어 다니고, 쫓겨 다녔을 그녀의 할아버지도 형극의 세월을 살았겠지만, 자신의 선택이 잘못되지 않았음을 친구에게 증명하기 위해서 치열하게 살아온 한 인간의 생애도 고독했을 것이다.

그런데, 그 친구가 얼마 전, 사람들을 내게 보낸 거야. 이제는 나갈 때가 되었다며 나를 만나서 지상의 교회를 이루라고 했다는 거야. 나를 믿고……, 자신의 양떼들을 내게 인도한 거지. 뜨거운 불씨를 내게 보내 준 거야…….

그녀는 그의 감정이 이입되는지 목소리가 떨려 나왔다. 나는 얼굴이 화안하게 밝아지며 뜨거운 눈물을 흘리고 있는 그의 얼굴을 그려볼 수 있을 것 같았다. 그러다 갑자기 아버지의 삼촌 신부님, 그 땅에 남았던 작은할아버지의 삶의 의미가, 삼십 년이 넘게 들어왔지만 이해하지 못했던 선택의 의미가 명치끝에 짜르르 와 닿는 것이었다.

그녀와 나는 달빛 아래 아무 말 없이 한동안 앉아 있었다. 실내의 소란은 한 풀 꺾인 듯했다. 와인을 좀더 마시겠느냐고 물었더니, 그녀는 고개를 젓고 한참을 머뭇거렸다.

"저, 푸다오 그만 두려고요."

나는 왜냐고 묻지 못했다. 그녀와 나는 어쩐지 준비된 이별을 하는 것 같았다.

"전화도 서로 않는 게 좋을 것 같아요."

그녀는 기어이 술값을 자신이 계산했다. 달빛 머금은 호수의 다리는 은결 같은 물빛과 낭창대는 버드나무 잎새 사이로 은목서 향기가 화르르 화르르 밀려 다니고 있었다.

"달밤에는, 낯선 이들끼리 키스를 해도 용서가 되는 곳이래요. 너무 아름다워서라나요."

지난 번, 이 다리를 지나면서 그녀에게 이런 말을 들었을 때는, 어느 달밤에 이곳에서 그녀에게 입을 맞출 수 있기를 바랐건만 그녀는 먼저 택시를 잡고 떠났다.

관을 내려 놓는 꿈, 시체를 숨기는 꿈은 한동안 계속되었다. 그날 내린 짐은, 시체 따윈 정말 아니었다. 뭔가 상자 같은 것이었다. 사실은 정확히 기억할 수 없다. 두려워서 제대로 보지 못했다.

가을이 어떻게 지나갔는지 모르겠다. 문득문득 스쳐가던 은목서 향기만이 잊혀지지 않는다. 그 가을에는 상해에 은목서가 세 번을 피었다가 졌다고 한다. 이상 기후 탓이라고 사람들은 이야기했지만, 나는 그 가을에 향기를 남기고 세상을 떠난 사람이 있었기 때문이라고 생각한다.

크리스마스 휴가를 맞아 나는 귀국을 결정했다. 외삼촌의 인테리어 사업이 나의 일이 아니라는 확신은 있었다. 그녀에게 전화를 하자, 그녀는 공항까지 배웅을 나왔는데, 말간 얼굴이 여전해서 안심이 되었다.

"이거요, 작은할아버지가 남기신 건데, 당신에게 주고 싶어요."

나는 엉겁결에 그녀의 작은할아버지, 양 신부가 남긴 일기장을 받게 되었다. 아마도 안전을 위해서였을 것이다. 일기는 라틴어로 적혀 있었는데, 그녀가 물었던 'per aspera ad astra'는 그 일기장의 표지에 적힌 글이었다. Per aspera ad astra, 고난을 통해 영광을 얻다니, 나는 왜 그것을 짊어지고 와 버렸을까. 나는 그것이 마치 아버지의 삼촌 신부, 나의 작은할아버지가 내게 보내는 편지인 것처럼 느껴졌다.

아버지는 아직도 미련을 버리지 못했다. 마흔 가까운 나이에 신학대학을 가는 사람도 있는 모양이었다.

(2007. 12)

말을 알다

니 자오 선머(你叫什么)?

내가 중국어를 배우기로 결심한 건, 이웃에 사는 중국 여인에 대한 호기심에서 비롯되었다고 해도 과언이 아니다. 남편이 없을 때, 그녀는 어디에 그렇게 전화를 하는 것일까?

그녀를 처음 만난 건 9월 학기가 시작되고 한 달쯤 된, 일주일 동안의 중국 국경절 휴가를 앞둔 전날 밤이었다. 내가 교환교수로 와 있는 이곳 톈안 대학의 외사처에서 외국인 교수들과 그 가족들을 초대했는데, 뷔페 파티 형식의 연회였다. 음식을 들고 서서 담소하는 문화에 익숙하지 못한 나는 한국어과의 주임 교수와 함께 일찌감치 테이블에 앉아 술을 마시고 있었는데, 내 옆방에 살고 있는 미국인 교수가 치파오를 맵시있게 입은 여자와 들어오는 것이었다.

'난위안(南苑)'이라고 불리는 5층 건물의 외국인 교수 숙소에는 나처럼 강의 교수로 온 사람도 있고, 연구 교수로 와 있는 사람들도 있었는데, 활동하는 시간대가 달라서인지 서로 마주치는 경우는 극히 드물었다. 옆방인 203호의 미국인 교수도 지난 한 달 동안 딱 한 번 방문 앞에서 만나게 되어, 헬로, 하고 간단히 인사를 나누었을 뿐이다. 서양인들의 나이는 외양상으로 가늠할 수 없기는 하지만, 다소 비만하고, 걸음걸이도 그다지 활발하지 못한 그 미국인 교수는 칠십 가까이 되어 보이는데, 그가 동반한 여인은 오십을 조금 넘긴 듯, 미태가 남아 있는 중국 여자여서 눈길을 끌었다. 나이가 들어간다는 건, 이성을 느끼는 범위가 점점 확장되는 것이 아닌가 하는 생각이 들기도 한다. 이십 대엔 삼십 대, 삼십 대엔 사십 대의 여성까지만 여자로 느껴지더니, 사십 대에 이르니 오십 대의 여성에게도 이성이 느껴질 때가 있었다.

그 미국인 교수는 여자를 데리고 다니며, 이 사람 저 사람에게 인사를 시켰는데, 내 테이블에도 들러서 그녀가 미국에서 갓 도착한 자신의 아내라고 소개했다. 그녀는 자신을 '엘렌'인지 '헬렌'인지로 불러 달라고 했는데, 화장기 없는 얼굴에 머리를 틀어 올려 긴 목선을 강조하고, 달랑거리는 은 귀걸이를 착용한 것이, 그녀의 옷차림과 어울려 세련된 느낌을 주었다.

그녀가 내 이웃이라는 것을 알게 된 후부터, 단조로왔던 내 생활이 약간 색감을 얻은 듯했다. 나는 이곳의 한국어과 학생들에게 '한국어 시청설(韩国语视听说)'이라는 과목을 가르치고 있었는데, 한국어로 자유롭게 말하고 듣는 연습을 시키는 교과였다. 강의 시간은 일주일에 여덟 시간으로 한국에 있을 때와 비슷했으나, 교재 연구가 그다지 힘들지 않았고, 잡무가 없었기 때문에 시간적 여유가 많았다. 그러나, 우선은 말이 통하지 않아서 한국어과 교수들이 동반해 주지 않으면 밖에 나다니기가 어려워, 집에서 책을 읽거나 그래도 중국어보다는 듣기가 덜 괴로운 CCTV 채널 9의 영어 방송을 보면서 시간을 보내는 때가 많았다. 혼자 살다 보니, 강의가 없는 날은 새벽 두 시쯤 잠자리에 들어, 아홉 시나 열 시쯤에 일어나곤 했는데, 그녀를 이웃으로 지각하게 된 이래, 그녀의 목소리에 잠이 깨는 경우가 점점 많아지게 된 것이다.

이곳 숙소의 방 구조는 이웃하는 방과 침실은 침실끼리 거실은 거실끼리 붙어 있었다. 그러니까 침실 하나에 거실 하나, 그리고 욕실과 주방이 딸린 202호의 내 방은, 거실은 201호의 거실과, 침실은 203호의 침실과 벽 하나를 사이에 두고 붙어 있는 것이었다. 거실에는 TV가 있기 때문에, 201호에서는 무슨 일이 벌어지는지 알 수가 없었지만, 침실에서는 203호의 침대 조명등 끄고 켜는 소리까지 다 들렸다. 어느 날, 그녀의 목소리로 눈을 뜨면서 나는 문득 그녀가 내 생활에 입히고 있는 색깔이 연노랑빛이라는 생각을 했는데, 그것은 아침마다 바람을 타고 창문 틈으로 들어와 달콤하게 주위를 맴도는 향기가 은목서의 연노랑 꽃에서 온다는 것을 알게 되었기 때문인지도 몰랐다.

나는 그녀가 중국인 애인이 있는 거라고 단정하고 있었다. 피치 못할 사정으로 나이 차가 많은 외국인과 결혼은 했지만, 잊지 못할 연인이 있는 거라고. 그녀가 전화상으로 하는 말 중, 내가 알아들을 수 있는 말은 “뚜이(对), 뚜이.” 단 한 가지였다. 그것은 “맞아, 맞아.”라는 뜻으로, “하오(好), 하오.”처럼 중국인들이 자주 쓰는 말이었다. 그녀가 무슨 말을 하는지 전혀 모르긴 했지만, 응, 응, 하는 다정한 응대, ‘-야’, ‘-아’하는 친근한 어미 처리, "뚜이, 뚜이, 뚜이."하면서 늘 상대의 의견에 동의하는 듯한 대화 방식은, 버리고 간 연인의 트집이나 응석을 받아 주고 있는 것이 아닐까 하는 상상을 하게 했다.

숨겨진 연인……. 어쩐지 아스라한 통증을 느끼게 하는 말이다. 내게도 그런 통증을 주는 여자가 하나 있다. 추억이 담긴 음악을 들었을 때, 함께 했던 자리를 지날 때, 닮은 행동을 하는 사람을 보았을 때, 아직도 문득 가슴을 아리게 하는 그런 여자가 있다. 그러나 그 여자는 누가 숨긴 것이 아니라 자기가 숨어 버렸으니, '숨은 연인'이라고 해야 할까. 아니, 사실은 나와 구체적인 연인 관계에 이르지도 못했으니 그런 이름도 적절하지 않다. 내가 근무하는 대학 근처에 '숨은 섬'이라는 카페가 있었는데, 나는 샘물체로 쓰인 그 카페의 간판을 읽을 때마다 그녀를 떠올리곤 했다.

나는 한국어과의 주임 교수에게 부탁해서 톈안 대학의 국제문화교류학원에서 외국인을 대상으로 하는 중국어 강좌를 들을 수 있게 되었다. 나는 이웃집의 중국 여인이 전화로 누구와 무슨 말을 하는지에 강한 호기심을 느꼈고, 한편으로는 그녀와 말을 나누고도 싶었다.

"니하오, 니 자오 선머(안녕하세요, 이름이 어떻게 되세요)?"

중국어를 배운 지 한 달쯤 되는 어느 날, 내가 중국어로 말을 걸자, 그녀는 깜짝 놀랐다.

"니더 중궈 밍쯔스 선머(중국어 이름이 어떻게 되세요)?"

"워스 옌쯔량, 니너(저는 옌쯔량인데요, 당신은요)?"

엘렌인지 헬렌인지로 불러 달라던 그녀의 중국 이름은 옌쯔량(燕子靚)이었다. 이름을 알게 되면 존재를 느끼게 되는 법이다. 나야 진즉 그녀의 존재를 느끼고 있었지만, 그녀도 간혹 나를 만나면 “장 자오서우(장 교수),”하면서 웃게 되었다.

닌 선티 부수푸마(您身体不舒服吗)?

조금씩 귀가 열리면서, 나는 그녀가 한 사람에게만 전화하는 것이 아니라는 것을 알게 되었다. 그녀의 말을 들으면서, 나는 한국어를 일 년 배우고 갓 2학년이 된 학생들이 했던 말을 떠올리며 실소를 금치 못하기도 했다. 일주일에 두 번씩 하는 수업 중의 하루는 한국 드라마를 교재로 삼아 공부하기로 했는데, 첫 수업에서 시트콤을 한 편 보여 주고 나서, 모르는 단어부터 질문하라고 했더니, 아이들이 조용해지는 것이었다. 아는 단어만 가끔씩 들리고, 모르는 단어는 아예 들리지 않으니까 질문을 할 수 없다는 것이었다. 지금 내가 그 아이들의 심정을 십분 이해할 수 있을 것 같았다. 두 달 정도 중국어를 배우고 났을 때, 그녀가 전화로 나누는 말 중 내 귀에 비교적 명확히 들리는 것은 ‘마마(어머니), 빠바(아버지), 선머(무엇), 전머양(어때요), -더 스허우(-했을 때)’정도였다. 나는 아직 그녀가 무슨 내용의 말을 하고 있는지를 전혀 파악할 수 없었기 때문에 그녀가 상대방을 부르는 호칭에 주의했는데, 얼마 지나지 않아 그녀가 애인에게 전화하는 것 같지는 않고 비교적 나이가 많은 사람들과 통화하고 있다는 것을 알게 되었다. 왜냐하면 상대를 부르는 호칭이 ‘셴성(선생)’이나 ‘라오스(교사)’ 혹은 우리말로 ‘아저씨’ 정도인 ‘따수’나 ‘수수’, ‘아이(아주머니)’ 등이었기 때문이다. 나는 좀 싱겁긴 했지만 그녀가 상해의 친척들에게 안부

전화를 하고 있다는 잠정적 결론을 내렸다. 그녀의 말 중 유독 '마마'나 '빠바'의 사용 빈도가 높은 것도 그것을 뒷받침하는 듯했다. 내가 다정한 대화 방식이라고 추정했던, '응, 응'이나, '-아, -야' 하는 어미의 사용도 중국인들의 말하기에서 일반적인 습관이라는 것도 알게 되었다.

상해 생활의 즐거움 중의 하나는 열대 과일들이 흔하고 싸다는 점일 것이다. 나는 망고며 파파야, 두리안, 비파, 여지 등 한국에서 맛보기 어려운 과일들을 실컷 맛볼 참이었다. 가을에는 싱싱한 이파리가 달린 채 유통되는 오렌지가 달면서, 향이 깊어 나는 밖에 나갈 때마다 몇 개씩 사 들고 오곤 했는데, 어느 날, 203호의 문 앞에서 핸드백을 뒤지고 있는 그녀를 만났다. 열쇠를 찾는 모양인데, 무척 피곤해 보였다.

"닌 선티 부수푸마(어디가 불편하세요)?"

"워 간마오러(감기에 걸렸어요)."

"청즈 두이 간마오 하오야(오렌지가 감기에 좋답니다)."

나는 극구 사양하는 그녀에게 오렌지를 나누어 주었다. 그녀는 몹시 고마웠던지, 벽 너머로 기침 소리가 잦아지던 어느 날, 과일 샐러드를 만들었는데, 잠깐 들러도 되겠냐고 전화를 했다.

"칭진, 칭진(들어 오세요, 들어오세요)."

나는 어질러진 방안이 보일까 봐 침실문을 꼭 닫고 그녀를 거실로 안내했다.

"닌 시환 카페이 하이스 차(커피와 차 중 무엇을 좋아하세요)?"

그녀는 감기에 걸려 오랫동안 커피를 마시지 못했다면서 커피를 청했다. 상해에 오면서, 중국에 온 김에 하루에 서너 잔씩 마시던 커피를 끊고, 차를 마셔 볼까 하는 생각을 했었다. 두 달 정도 버텼는데, 갑자기 무엇 때문에 외국에서 이런 청정한 생활을 해야 한다는 말인가 하는 생각이 들어서 샀던 커피메이커였다. 나는 그런 생각이 든 즉시 백화점에 가서 커피메이커를 사 온 것이 얼마나 잘한 일이었는가 흐뭇해 하며 커피를 뽑았다.

"하오칸, 하이 하오츠(보기도 좋고, 먹기도 좋네요)!"

나는 그녀의 샐러드를 맛보며 칭찬을 아끼지 않은 다음, 정말 궁금한 것을 물어 보았다.

"유쿵더 스젠, 닌 간 선머(여가 시간에는 무엇을 하세요)?"

"워 헌 망, 메이 쿵(저는 몹시 바빠요, 여가 시간이 없답니다)."

그녀의 대답에 나는 머쓱해졌다. 대화의 양상이 무슨 작업을 하다가 거절당하는 꼴로 전개되었기 때문이다.

"짜이 상하이, 워 자오 빠바(상해에서 저는 아버지를 찾고 있답니다)."

"빠바?"

그녀는 고개를 끄덕였다.

"웨이선머(왜)……."

나는 말문이 막혔다. 아버지를 찾고 있다니, 지금까지 배운 중국어로는 해결되지 않는 돌발 상황이 발생한 것이다.

"워 성라이 주 메이 젠궈 빠바(저는 태어나서 아버지를 한 번도 본 적이 없어요)."

나는 금방이라도 웨이선머, 하고 싶은 것을 참았다. 상대의 얼굴빛이 흐려지고 있는 언어 상황에서 왜요? 왜요? 라는 말만 되뇌인다면 얼마나 바보스럽겠는가.

"타 짜이 상하이마(그가 상해에 있습니까)?"

"타더 쭈이허우 신스 상하이 파더(그의 마지막 편지가 상해에서 왔어요)."

그녀는 문득 자신이 사적인 말을 너무 많이 했다고 느꼈는지, 갑자기 당황하더니 가 보겠다고 일어섰다.

"워 시왕 닌 짜오러 자오다오 빠바(아버지를 빨리 찾기 바랍니다)."

"쉐쉐 닌(고마워요)."

나는 문을 닫고 들어와 드레싱이 새콤한 샐러드를 먹으며, 그녀의 가족사를 구체적으로 생각해 보았다. 태어나서 한 번도 아버지를 보지 못했다면, 그녀가 아직 어머니의 뱃속에 있을 때 아버지와 헤어졌다는 이야기가 된다. 그녀의 나이는 오십대 초반쯤 되어 보이니까, 아버지와 헤어진 지 오십 년이 넘었다는 말이 된다. 그러면 1950년대에 헤어졌다는 건데, 아버지가 그 무렵 미국에서 상해로 왔다는 건가? 중국 공산당이 국민당 정부를 몰아내고 새 정부를 수립한 것이 1949년이니까, 그럼 아버지가 공산주의자였나? 공산당 정부가 세워진 다음에 중국으로 건너왔다면 말이다.

그녀의 아버지는 어디로 간 걸까? 하는 생각은 점점 그 여자는 어디에 있을까? 하는 생각으로 바뀌어져 갔다. 그 여자가 지금 어디에 있는지는 금방이라도 찾아 낼 수 있다. 그 여자가 숨은 섬의 이름을 알고 있기 때문이다.

그 여자의 이름은 영희, 김영희.

터우파 창창더(머리가 길고), 옌징 따따더(눈이 크고), 피푸 바이바이더(피부가 하얀). 중국어 시간에 '내 여자 친구'라는 단원에서 이런 표현을 배웠을 때 단번에 떠오르는 여자가 김영희였다. 여자를 묘사하는 데 있어서 참으로 상투적인 말이건만, 이런 말이 여전히 관용어로 쓰이는 걸 보면 남자들이 이상적으로 생각하는 여성의 모습은 크게 변하지 않는 모양이었다.

영희라는 이름은 지금도 초등학교 국어 교과서에 나오는 걸까? 영희야 안녕, 영희야 놀자, 선생님을 따라 읽던 교과서의 문장들 속에서 자주 등장하던 여자애의 이름. 예전에 너무 흔한 이름이어서 이제는 찾기 어려운 이름. 영희가 한 손에 책을 들고, 한 손으로 긴 머리를 쓸어 올리며 문리대 계단을 내려오고, 나는 계단을 올라가다가 마주치는 모습은 항시 정지된 화면으로 내 머릿속에 남아 있다가 화면이 풀리는 것처럼 기억이 시작된다. 그녀에게 처음 말을 걸었던 때이다.

"김영희 씨죠? 저, 국문학과 장형습니다."

"알고 있어요. 시상식장에서 만났잖아요."

그녀는 환하게 웃었다. 나는 얼굴이 빨개졌을 것이다.

"이번에 문학상 받은 사람들끼리 동인을 만들었는데, 같이 하시겠어요?"

나는 임무를 제대로 수행할 수 있을지 두근거리며 그녀의 대답을 기다렸다.

그 시절, 대학신문사에서 해마다 공모하는 문학상이 있었다. 그해, 단편소설과 시 부문에서 각각 당선작 한 편과 가작 두 편씩을 뽑았는데, 단편소설 부문에서는 내가, 시 부문에서는 그녀가 당선되었다. 단편소설 부문에서 상을 받은 세 사람은 시상식을 했던 바로 그날, 의기투합하여 동인을 만들었다. 국문과 선배였던 박영선의 소설은 희곡의 대사를 삽입한, 당시로서는 신선한 기법의 작품이었고, 의대생이었던 최성호의 소설은 의료 사고를 낸 의사의 이야기였는데, 제법 전문적인 식견이 들어 있던 터라 나는 주저없이 그들과 합류했다. 그런데 박영선이 김영희를 동인으로 들이자고 제의하는 것이었다. 소설도 시와 소통을 해야 한다는 게 그의 주장이었는데, 나머지 두 사람이 반대할 이유가 없었다. 읽을거리가 흔치 않아 대학신문이나 교지가 사랑을 받던 시절이라, 시 쓰는 김영희의 이름은 학내에 이미 널리 알려져 있었다. 더구나 긴 생머리에 하얀 피부, 시원한 눈을 가진 그녀를 반대할 이유가 어디 있겠는가, 그녀가 승낙만 한다면 말이다. 그녀를 책임지고 동인으로 들일 임무를 내가 맡은 거였다.

두 번째 정지 화면은 늦가을의 섬진강변에 그녀와 나란히 서 있는 모습이다. 다른 사람보다 한 학기가 빠른 박영선이 8월 졸업을 하고 구례 어딘가의 중학교에 국어 선생으로 발령이 났는데, 어느 가을날, 김영희와 함께 그에게 갔었다. 박영선의 수업이 끝나지 않아서 그를 기다리며 학교 부근의 섬진강변을 그녀와 함께 거닐었을 것이다. 늦가을의 햇볕 아래 정결하게 부서져 흐르던 강물, 마른 풀 냄새, 바람이 일어날 때마다 너울대던 갈꽃 무더기. 나는 그녀와 공유했던 그 시간과 풍경들을 언젠가 못내 그리워하게 될 줄 미리 알기라도 하는 것처럼 마음속에 담아 두었던 모양이다. “갈대가 하얗게 피고/ 바람 부는 강변에 서면/ 해는 짧고/ 당신이 그립습니다.”이런 시 구절을 접했을 때 그 화면에 새겨진 글씨처럼, 특히 ‘해는 짧고’라는 대목에서 왜 그렇게 가슴이 먹먹해지던지.

워 넝 부성치마(我能不生气吗)?

오랜만에 옌쯔량을 다시 만난 것은 외사처에서 외국인 교수들을 초청한 송년회 모임에서였다. 중국식 고급 레스토랑이었는데, 크리스마스를 앞두고 있어 우리는 모두 외사처 직원이 나누어 준 빨간 고깔 모자를 쓰고 앉았다. 중국에서는 당연히 크리스마스 문화가 없는데도 외국인 교수들을 위해 이런 해프닝을 연출하는 모양이었다. 다른 좌석에 앉아 있는 중국인들이 신기한 듯 힐끔거리는 속에 나도 고깔 모자를 쓰고 그녀 옆자리에 앉았다. 그렇지 않아도 요즘은 그녀의 전화하는 소리가 뜸해져서 궁금하던 참이었다.

옆자리의 사람들과 담소하며 코스 요리를 먹는 자리였기 때문에 나는 그녀에게 와인을 권하면서 이런저런 이야기를 나눌 수 있었다. 아버지를 찾았느냐는 질문에 그녀는 아직 찾지 못했지만, 곧 찾을 수 있을 것 같다고 대답했다. 나는 그녀의 어머니가 왜 아버지와 함께 중국에 오지 않았느냐고 물었다. 사실 그게 제일 궁금했다. 그녀는 아버지가 먼저 중국에 자리를 잡고 난 후에 어머니가 들어오기로 약속이 되어 있었다고 했다. 그러나 아버지가 들어온 지 얼마 되지 않아 중국과 미국과의 관계가 악화되었기 때문에 연락이 어렵게 되다가 문화대혁명 기간을 거치면서 완전히 소식이 두절되었다는 것이다.

문화대혁명이라는 말을 들었을 때, 내게 제일 먼저 떠오르는 것은 장국영이 여장 경극 배우 '데이'로 분했던 영화 '패왕별희'의 한 장면이었다. '예술계의 요괴'로 몰려 길거리 비판투쟁을

당하게 되었을 때, 그동안 의협심 강한 남자로 살아 왔던 '샬로'가 자신을 그토록 사랑하는 '데이'를 반역자와 함께 잤다고(자신을 구원하기 위해서였건만) 고발하던 장면, '데이'가 자신은 미워함에도 자신에게 따뜻한 인간애를 보여 주었던 '쥬산'을 창녀라고 손가락질해서 알리던 장면. '쥬산'의 역은 공리가 맡았는데, 두 남자의 배신과 증오를 보는 공리의 당혹해 하던 눈빛, 광적 열기에 들뜬 군중들에게 뭇매를 맞고 난 후, 공리가 휘청휘청 걸어 들어가 목을 매던 장면. 남의 나라의 일이라 구체적인 내막은 잘 알지 못하지만 문화대혁명이 인간성에 대한 혹독한 고문의 역사였으리라는 짐작을 하게 하는 대목이었다. 시대의 폭력이 아니었더라면, 데이와 샬로는 서로를 배반하는 일도 없이 평생을 운명을 같이 하며, 극중 연인으로 살아갔을 것이다.

80년을 한 해 앞둔, 광주의 한 대학교에서 동인으로 만난 우리 네 사람의 성향은 어땠던가. 박영선은 일찍이 연극반 활동을 통해 학생 운동을 시작한 사람이었고, 의과대학 학생회 임원으로 있었던 최성호는 의대 축제 때, 반정부 혐의로 감옥에 다녀온 작가를 초청할 정도로 당돌한 데가 있는 녀석이었다. 나, 나는 작가 지망생으로서 기본적인 사회 인식이 없다고 할 수는 없었지만, 집단 활동에 대해서는 알레르기가 있는 편이었고, 김영희는 그저 평화주의자였다. 우리는 매월 광주천이 가까운 남동의 어느 찻집에서 모임을 가졌는데, 언젠가 박영선이 "자유 없는 평화와 평화 없는 자유" 중 어느 것을 택하겠느냐고 물었을 때, 최성호와 나는 잠깐 침묵을 했었는데, 김영희는 자유가 없더라도 평화가 낫다고 스스럼없이 대답했던 기억이 난다.

박영선이 수배된 지 일 년쯤 후, 그의 친구로부터 전화가 왔을 때, 나는 무슨 일이라도 하겠다는 결심으로 나갔다. 광주항쟁 기간 중 항쟁 지도부 쪽의 홍보 일을 하고 있던 박영선을 간접적으로 돕고 있었던 나는 마지막 항쟁이 있던 그날, 27일 오후 세 시에 다른 사람들과 합류하여 도청으로 가기로 박영선과 약속이 되어 있었다. 그런데 나가지 못했다. 아버지가 방문을 잠궈 버린 것이었다. 그날, 문을 부수고 나갈 수도 있었을 텐데, 나는 그러지 못했다. 나는 아마 속으로 겁을 먹고 있었을 것이다. 아버지가 문을 잠궜을 때, 나는 도청에 가지 않아도 될 핑계를 얻어서 기뻤을지도 모른다. 그날 자정 무렵, 내가 살고 있던 산수동 일대를 뒤흔들던 여자의 목쉰 소리는 영원히 잊을 수 없을 것이다. 광주 시민 여러분! 계엄군이 쳐들어오고 있습니다! 우리 모두 나섭시다! 계엄군을 물리치고 광주를 지킵시다! 그때, 나는 죄의식에 떨며 방에 숨어 있었던 것이다.

박영선과 만나는 건 내가 숨기고 있는 죄의 목격자를 만나는 것 같기도 하고, 내가 가해한 당사자를 만나는 것 같기도 했다. 그의 친구 집으로 가는 내내 나는 고통스러웠다. 박영선이 나를 와락 껴안았을 때, 나는 그에게 고해성사라도 받은 것처럼 눈물을 흘렸다. 울 듯한 얼굴로 김영희가 들어오자 그는 김영희도 껴안으며 '우리 천사!'라고 웃었다. '천사'라는 말은 우리가 함께 만났던 시절, 그가 김영희를 놀리던 말이었다. 세상이 어떻게 돌아가는지도 모르고 그저 해맑기만 하다는 것이었다.

김영희는 돌아오는 길에, 27일 밤 여덟 시쯤, 박영선에게서 전화를 받았다는 이야기를 했다. 지켜 볼 사람이 필요하다고, 나와 주라고, 나와서 지켜 봐 주라고 김영희에게 전화를 했다는 것이다.

"그런데, 무서워서, 못 나갔어요."

그날 이후, 그녀는 천둥 번개 치는 날은 밖에 나가기가 두렵다고 덧붙였다.

그날 밤, 박영선은 분명히 내게도 전화를 했을 것이다. 그도 도청에 남는 게 외롭고, 무서웠을 것이다. 어쩌면 죽음의 현장에 증인이라도 두고 싶었을지 모른다.

내가 수배 시절의 박영선에게 해준 것은 송정리에서 용산역까지, 야간 열차를 타고 서울까지 동행해 준 일이 고작이었다.

"네 일은 끝났어. 이제 광주로 돌아가."

그는 아침이라도 같이 먹고 헤어지자는 나의 말을 굳이 사양하고 출근 시간대의 붐비는 사람들 속으로 사라졌다. 나는 혹시라도 수사기관의 조사를 받게 될 경우를 생각해서 책을 사러 서울에 온 양, 종로서적에도 들르고, 교보문고에도 들렀는데, 허둥허둥, 건성건성, 이제 점점 갈 데가 없어진다는 그의 쓸쓸한 말만 되씹고 되씹었던 기억이 난다.

"신넨 콰일러(새해 잘 보내세요)!"

새해가 지난 지 두 주일쯤 되는 날, 학생들에게 기말 고사를 보이고 오는 길에 시장 앞에서 그녀를 만났다.

"워 자오다오 워더 빠바러(아버지를 찾았어요)."

"쩐더? 궁시 닌(정말요? 축하합니다)!"

그러나 그녀의 얼굴빛은 밝아 보이지 않았다.

"커스, 타 부시왕 건워 젠멘(그러나, 저를 만나려고 하지 않아요)."

"쩐더(정말입니까)?"

"워 넝 부성치마(제가 화나지 않을 수 있겠어요)?"

왜 자기 딸을 만나지 않으려고 한다는 말인가? 미안해서? 지은 죄가 많아서?

나는 문득 최성호의 전화가 떠올랐다. 그가 의대를 마치고 서울 어딘가의 병원에 인턴으로 간 이후 만나지 못한 지 십수 년이 흐른 후였다.

"광주에 내려온 지 한 삼 년쯤 돼요."

"광주에서 개업하고 있으면서, 그동안 연락도 안 했다는 말이야?"

"지은 죄가 많아서……."

그는 흐흐 하고 웃었다. 그의 웃음은 독특한 데가 있었다. '흐흐'거나, '크크'였다. 그러니까 일상적이라기보다 소설적인 웃음이었다. 나는 학생들이 보내는 이메일이나 문자 메시지에서 'ㅎㅎ'나 'ㅋㅋ'를 보면 최성호가 떠오르곤 했다.

그는 김영희의 소식을 물었는데, 수녀가 되었다고 하자, 우리가 방심하고 있는 사이에 하느님이 채갔군요, 하면서 이번에는 크크 하고 웃었다.

김영희가 광주 항쟁 이후 가톨릭 신자가 된 것은 알고 있었지만, 수녀원으로 들어 간다고까지 했을 때, 나는 그녀에게 따귀라도 한 대 얻어 맞은 듯한 기분이었다.

"그냥, 제가 너무 미소해서요. 하느님을 영원히 빽으로 두고 싶은 거죠."

그녀는 정말 오랜만에 환하게 웃었다. 나중에 어떤 문학 이론 책에서 '세계의 자아화'니, '세계와 자아의 갈등'이니 하는 말들을 알게 되었는데, 나는 겨우겨우 그 이론에 기대어 서정의 심성을 가졌던 그녀가 세계와 자아의 갈등과 대립을 견디지 못하고, 합일의 세계로 찾아 갔구나 하고 어렵사리 납득을 했었다.

워먼 바 쯔지 마이 짜이쑤이웨중러(我们把自己埋在岁月中了)

학기가 끝나고 겨울방학에 3주 정도 한국에 나가 있는 동안, 나는 중국에 관한 책을 몇 권 읽었다. 옌쯔량의 아버지가 그녀를 만나려고 하지 않는 게 무슨 연유인지 궁금해서였다. 나중에 그녀로부터 이야기를 들을 수도 있겠지만, 개인의 사연이라고 하는 것도 결국 역사나 사회의 맥락을 알고 있을 때, 좀더 이해가 쉬워지지 않겠는가 하는 생각에서였다.

나는 우선 패트리샤 버클리 에브리가 쓴 「케임브리지 중국사」라는 책을 통해 공산당이 새정부를 세웠을 때, 지식인을 포함한 대다수 중국인들의 지지를 받았으며 해외에서 공부하던 수천 명의 사람들이 조국을 도울 수 있을까 해서 급히 귀국했다는 것을 알게 되었다. 1940년대에는 소 두 마리 값이 종이 한 장 값으로 가치가 폭락한 엄청난 인플레이션이 있었는데, 새 정부가 마침내 그것을 통제했을 뿐 아니라, 부패를 종식시키고, 문맹률을 낮추고, 모두 사람이 일을 하게 하는 등 과업을 이룰 수 있는 징후들을 보여 주었다는 것이다. 옌쯔량의 아버지도 그 시절, 새조국을 건설하겠다는 열렬한 애국심을 안고 귀국한 유학생 중의 한 사람임에 틀림없었다.

진춘밍과 시쉬옌이 함께 쓴 「문화대혁명사」는 1981년 '건국

이래 당의 약간의 역사문제에 관한 결의'라는 문건을 통해 중국공산당이 문화대혁명에 대해서 내린 공식적인 평가에 근거해서 문화대혁명의 등장 원인과 전개 과정, 정리 정돈의 과정을 기술하고 역사적인 자리매김을 한 책이었다. 이들은 중국공산당 내에서 사회주의 사회의 계급투쟁 문제에 관한 잘못된 인식을 바탕으로 한 좌경적 사조의 악성적 발전, 마오쩌둥의 개인독단과 개인숭배의 상호작용, 소련 수정주의에 대한 반대와 국내 반수정수의의 상호작용 등의 원인이 어떻게 문화대혁명에 이르게 되고 10년 동안 지속되게 하였는가에 대해 구체적이고 세밀하게 분석했는데, 나는 이 책을 읽으면서 오월항쟁이 아직도 전모가 드러나지 않는 반쪽 역사로만 기술되어 있다는 점을 새삼 아프게 느꼈다.

「우붕잡억(牛棚杂忆)」은 북경대 교수였던 지셴린이 지식인의 한 사람으로서 겪었던 문화대혁명에 대한 구체적인 체험담이었다. '우붕'이란 '소우리'라는 뜻으로 '문화대혁명 때 지식인을 가두었던 임시 헛간'을 가리키는데, 작가는 이 책에서 사회주의 사회의 도래에 흥분했고, 사상개조운동에 열렬히 참여했던 한 애국적 지식인이 소귀신, 뱀귀신으로 몰리며 학대와 폭력을 당하는 과정과 자살의 충동을 딛고 살아남기까지의 심리를 여유 있고 절제된 문장으로 그려내고 있었다. 작가는 독일 유학생으로 1946년에 중국으로 돌아와 북경대의 교수가 되었는데, 나는 옌쯔량의 아버지도 그와 비슷한 길을 밟아 오지 않았을까 생각하며 흥미롭게 읽었다.

나는 중국어를 이해하는 수준은 턱없이 부족하지만, 옌쯔량의 아버지가 어떤 사연을 지니고 있는지는 들을 수 있을 거라는 자신감을 지니고 상해로 돌아왔다. 중국어 시간에도 배우는 내용에 대한 배경 지식이 있으면 훨씬 잘 들리지 않던가.

새학기에도 옌쯔량의 남편, 존의 강의는 월요일과 수요일에 있는 것 같았다. 나 역시 지난 학기와 같이 화요일과 목요일의 강의를 맡았다. 나는 존이 없는 날, 옌쯔량를 만나면 오히려 어색할 것 같아서, 일부러 금요일 오후를 기다렸다가 한국에서 준비해 온 홍삼차를 가지고 옆방 문을 두드렸다. 두 사람은 내가 한국에 다녀오면서 선물을 가져 왔다는 것에 놀라고 감격한 것 같았다.

“진라이, 라이, 라이, 칭쭤(들어 오세요, 어서요, 여기 앉으세요).”

존은 미국에서 한국산 인삼차를 먹어 보았다면서, 건강에 좋은 식품이라고 기뻐했다. 그는 커피를 가져 올 테니까, 아내와 이야기를 나누라며 주방으로 들어갔다.

“타 조우 샹 빠바. 쒀이 워 시환 타(저 이는 마치 아버지 같아요. 저는 그런 모습이 좋구요).”

그녀는 자신이 나이 많은 남편을 선택한 이유를 나에게 말하고 있는 듯했다. 그녀는 또 아버지와 만나기로 약속했다고 이야기해 주었다. 아버지가 자신을 만나려고 하지 않았던 까닭에, 너무 슬프고 화가 나서 자신도 그를 안 만나려고 했지만, 미국에 있는 어머니가 간절히 원했기 때문이라고 덧붙였다.

“마마 숴 워먼 유 취안리, 즈다오 빠바 부샹 건워먼 졘멘더 리유(어머니는 우리가, 아버지가 만나고 싶어 하지 않는 이유를 알 권리가 있다고 하더군요).”

"워 커이 리지에 닌 마마더 신(어머니의 마음을 짐작할 수 있을 것 같습니다)."

나는 그녀가 아버지를 만나게 되면, 내게 이야기해 주리라는 확신을 가지고 내 방으로 돌아왔다. 처음에는 단지 옌쯔량이라는 여성에 관심이 있었을 뿐인데, 왜 점점 남의 가족사까지 궁금해지는지 모를 노릇이었다. 행복은 서로 닮아 있고, 불행은 저마다의 얼굴을 가지고 있다고 하지만, 그네들의 삶과 우리의 삶을 지배했던 힘의 연원은 비슷한 것이 아니었을까. 그렇지 않다면 왜 이렇게 생각의 고리들을 끊을 수 없겠는가.

박영선과 다시 만나게 된 것은 80년대 중반이었다. 그는 3년 정도 숨어 다니다 자수를 하고, 일정한 형기를 채운 뒤에 세상에 나와, 거의 미친 듯이 일을 하기 시작했다. 그는 새로운 극단을 만들어 5월과 관련된 극을 무대에 올렸는데, 전국 순회 공연에 외국 초청 공연까지 했었기 때문에 너무 바빠서 나중에는 만나기도 어려울 정도였다. 그와 만나면 늘 어떤 껄끄러움이 있었는데, 그날 그와의 약속을 지키지 못한 죄의식에서 기인하는 것이기도 하고, 그가 도피 생활의 통고를 겪는 동안 나는 대학원에 다니고, 밥벌이를 하고 있었다는 부끄러움에서 오는 것이기도 했다.

어느 날엔가, 일부러 그를 청해 술자리를 벌인 적이 있었다. 그에게 정식으로 용서를 구하고, 껄끄러움을 털어 버릴 작정이었다. 그는 고백과 변명과 감상이 섞여 말꼬리가 울음을 달고 나왔던 내 말을 담담히 듣고 있다가, 갑자기 이마를 찡그리며 오른쪽 갈비뼈 부위에 손을 얹었다.

"통증 때문에 그래. 쓰라려서……."

나는 그가 술을 너무 마셨나 싶어 물을 청하려고 했더니, 그가 손사래를 쳤다.

"나는 자네를 용서할 자격이 없는 사람이야. 나는 그날 밤, 도청에서 빠져 나온 사람이잖은가."

나는 순간 침묵했다. 나는 그때까지 그가 도청을 빠져 나온 일에 대해서는 생각해 본 적이 없었다.

"그 일을 생각하면, 너무 아프네. 죽어서나 용서를 구할 사람들을 만날 수 있겠지."

그날 밤, 우리가 거리를 헤매며 몇 차까지 술자리를 같이 했는지는 기억이 나지 않는다. 김영희에게 지켜 봐 달라고 전화를 했다던 그는 자신이 지켜 보았던 사람들에 대해 책임을 다하기 위해 남은 생애를 다 쓴 것 같다. 그가 과로로 인한 간암이 악화되어 죽은 게 한 십 년 되었나.

"닌 취산산부마(산책 가시는 거예요)?"

어느 날 저녁을 먹고 톈안 대학으로 산책을 나가는 길에 식빵을 사들고 오는 그녀를 만났다. 그녀는 남편이 회의가 있어서 식사를 하고 들어오기로 했다면서 함께 산책을 하겠다고 따라 나섰다. 노점마다 파인애플을 잘라 팔고 있어서, 파인애플 향기가 둥둥 떠다니는 밤이었다.

"타 유 라오포(그는 부인이 있었어요)."

그녀의 아버지 이야기였다. 나는 이미 예상하고 있었다. 남자가 혼잣몸으로 어떻게 오십여 년의 세월을 견딜 수 있겠는가.

"닌 헌 성치마(그래서 화가 많이 났나요)?"

"워 우파 성치, 타먼 이징 라올러(화를 낼 수 없었어요. 그들이 너무 늙어 있었거든요)."

"……."

"워먼 바 쯔지 마이 짜이쑤이웨중러(우리들은 세월 속에 자기 자신을 묻어 버렸다)."

"?"

"스 워 빠바 쉬더 화. 워 뿌런신 뚜이 타 성치, 인웨이 수위타더 쑤위에 너머 찬쿠(아버지가 한 말이에요. 차마 그에게 화를 낼 수 없었어요, 그가 겪어 온 세월이 너무 잔혹하더군요)."

그녀는 아버지의 이야기를 시작했는데, 그녀의 말을 일일이 다 이해할 수는 없었지만, 그동안 읽은 책들과, 상해를 배경으로 중국 현대사를 그리고 있는 드라마 「홍색연대(红色年代)」에 기대어 그녀의 아버지가 겪어온 일련의 일들은 몇 개의 영상으로 뚜렷하게 떠올랐다.

첫 장면은 중국에 돌아 온 지 얼마 안 되는 한 젊은 청년이 삼반운동, 오반운동[1] 시기에 열렬한 마음으로 사상 개조를 받는 장면이다. 그는 국민들이 피를 흘리며 항전하고 있는데, 이국땅에서 공부나 하고 있었던 일이 자신의 안위를 도모했던 이기주의였다는 것을 참회하고, 자신의 내면에 깃든 제국주의적 요소를 씻어 내기 위해 자아 비판을 한다.

두 번째는 1957년의 반우파 투쟁 시기에 "학생들이 정치 활동에만 관심이 있고 공부를 하지 않는다"고 말한 것이 시비가

1) 1951년 11월부터 1952년 10월까지 진행된 정치운동. '3반'은 '탐오, 낭비, 관료주의'를 반대하고, '5반'은 '뇌물, 탈세, 자재착복, 부실공사, 정보유출'을 반대하는 것이다.

되어 우파로 몰리는 장면이다. 러시아어가 학교를 장악하던 시기에 그가 영어 교사였다는 것도 불리하게 작용한다. 그는 노동 개조를 명령 받고, 돼지 농장에서 일하게 된다. 돼지 냄새 때문에 모든 사람이 코를 싸쥐며 그를 피한다.

세 번째 장면은 문혁 때 그가 자본주의파로 몰리는 모습이다. 그의 유학 경력과 그가 영어 교사로서 했던 모든 발언은 왜곡되고 날조된다. 그는 붉은 글씨로 '반혁명수정주의자 모모'라고 적힌 무거운 나무 팻말을 목에 매달고 제트식[2] 자세로 비판대 위에 엉거주춤 앉아 있다. 목에 거는 철사가 살 속으로 끌어 당겨져 피가 맺힌다. 학생들이 몽둥이 세례를 퍼붓고, 자전거 체인이 날아 온다. 성난 군중들이 포효하며 발길질을 해댄다.

네 번째는 그가 자살하려고 수면제를 먹는 장면이다. 그는 가르치던 학생들에게 받는 모멸을 견디지 못한다. 같은 집에 사는 한 여인이 그를 발견한다. 남편이 대만으로 도망가는 바람에 홀로 사는 여인이다. 돼지치기를 할 때, 밤늦게 돌아오는 그를 기다려 보온병에 받아 두었던 뜨거운 물을 건네던 여인이다. 그녀는 그를 살린다. 그는 자신을 스스로 소귀신, 뱀귀신으로 느끼며 세월을 견딘다.

옌쯔량과 나는 아무 말 없이 걸었다. 그녀의 아버지가 살아낸 생에 대해 내 짧은 중국어로 표현할 말이 없었다. 그냥 걷는 것이 나을 것 같았다.

우리들은 세월 속에 자기 자신을 묻어 버렸다.

나는 바로 눈앞에서 걸어나온 검은 머리의 등 꼿꼿한, 이상

---

2) 문혁 때 비판투쟁 대상자에게 강요한 자세로, 고개를 숙이고 허리를 편 채 양팔을 뒤고 곧게 비스듬히 뻗었다.

과 투지에 불타는 한 청년이, 세월의 비바람에 맨살로 부대끼다가, 점점 사실과 거짓의 경계도 잃어 버리고, 정의와 불의의 경계도 잃어 버리고, 인간과 귀신의 경계마저 잃어 버린 채 허름하고 구부정한 노인으로 스러져 가는 모습을 지켜 본 것 같았다.

김영희와 마지막 전화를 한 것은 최성호의 장례식에 다녀온 직후였다. 나는 그녀에게 그를 위해 기도라도 부탁하고 싶은 심정이었다. 저녁을 먹다가 우연히 보게 된 TV의 뉴스에서, 의료 사고를 낸 최성호가 자살을 했다는 소식을 접했을 때, 그의 사진이 함께 나오지 않았더라면, 그가 최성호라는 것을 알지도 못했을 것이다. 장례식에서, 그가 보호자들의 협박과 농성 등으로 무척 시달림을 당했다는 것을 알게 되었지만, 그렇다고 자살을 하다니 믿을 수가 없었다.

"불쌍한 사람, 기어이 그런 식으로 생을 마감했군요."

그녀는 마치 그의 죽음을 예견하기라도 한 것처럼, 놀라움보다는 슬픔이 깃든 음성으로 전화를 받았다.

"무슨, 아는 바라도……."

"지난 세월이 그에게 너무 무거운 짐을 주었어요. 이제 그만 부리고 싶었나 보네요."

"짐이라니……."

"영선 씨가 수배되었을 때, 숨겨 주지 못한 것에 대해 평생 죄책감을 지니고 살았더랍니다."

아, 이런!

광주에 내려와 있으면서, 왜 연락하지 않았느냐는 내 말에 지은 죄가 많아서, 하고 흐흐 웃던 게 떠올랐다. 나는 가슴이 후벼지는 듯한 통증을 느꼈다.

그는 홀어머니를 모시고 사는 외아들이었다. 그는 섬세하고 자의식이 강했으며, 당돌한 듯하면서도 소심한 데가 있어서 여자도 사귀지 못했다. 집안 형편은 그다지 넉넉지 않은 듯했다. 무엇보다도 그는 빨리 의사가 되고 싶어 했다. 야심이 뭐냐고, 언젠가 박영선이 그를 놀린 적이 있었다. 부잣집 딸을 만나 근사한 병원 차리고, 골프 치러 다니는 거? 그래서 지금 여자도 안 사귀는 거야? 그는 흐흐 하고 웃었다. 영희 씨가 있잖아요.

박영선이 그에게 잠깐 만나자고 전화를 했을까? 그가 인턴이나 레지던트를 하고 있을 때였기 때문에 그는 바빴을 것이다. 수술에 들어가야 했을 수도 있었을 것이다. 서울에 별반 아는 이들도 없고, 어머니와 함께 살고 있는 집은 너무 비좁았을 것이다. 그러나 그도 나처럼, 그를 만날 수 없는 이유가 있는 것을 다행스럽게 생각하지나 않았을까? 왜 좀더 빨리 그와 만나 술 한 잔이라도 나누지 못했을까. 서로를 털어 놓고, 너만 죄를 느끼는 게 아니라고 말해 줄 기회를 왜 만들지 못했을까. 그랬던들 그는 마흔 살 젊은 나이에 죽음으로까지 떠나지 않았을 수도 있었는데…….

"루궈 유쿵더 화, 닌 커부커이 건워 취 푸싱 궁위안(혹시 시간이 있으시면, 저와 함께 푸싱 공원에 가시겠어요)?"

뜻밖에 옌쯔량의 전화를 받았다. 오월이 거의 끝나갈 무렵이었다.

"스 충칭난루상 푸싱 궁위안마(충칭난루 길가에 있는 푸싱 공원 말입니까)?"

그녀는 곧 미국으로 돌아가야 한다고 했다. 학기가 끝나면 남편과 함께 돌아가지 그러느냐고 물었더니, 미국에서 하고 있는 일이 바쁘며, 아버지를 찾는 것이 상해에 온 목적이었는데, 그 일이 이루어졌으니까 이젠 떠나야겠다고 했다. 떠나기 전에 어머니가 어린 시절을 보냈던, 푸싱 공원 근처의 집에 한 번 가 보고 싶은데, 함께 가지 않겠냐는 것이었다. 푸싱 공원이 프랑스식 공원인데, 외국인으로서는 한 번 가 볼 만한 곳이라는 것이었다.

쩐더 하오샹 니(真的好想你)

옌쯔량의 어머니가 살았다는 집은 푸싱 공원 옆길에서 오른쪽으로 꺾어지는 스난루에 있는 유려한 서양식 고택이었다. 인근의 화이하이루가 프랑스의 조계 지역이라더니, 이곳의 집들도 그 영향을 받았나 보았다. 지어진 지 칠팔십 년은 족히 되었을 낡고 아름다운 3층집들이 울창한 수림에 파묻혀 있어서 비밀의 화원처럼 보였다. 주은래 기념관을 제외하고는, 집들이 거의 비어 있고, 재건축을 시작하고 있는 곳이 있는 것으로 보아, 관광지로 삼기 위해 리모델링을 하고 있는 지역인 것 같았다. 옌쯔량이 찾아낸 집은 녹슨 자전거 자물쇠로 굳게 잠겨져 있었는데, 지붕의 키를 넘는 녹나무와 광옥란, 아름드리 종려나무를 정원수로 두고, 대문에서부터 포도 넝쿨을 틀어 올려 현관까지 이르게 한 아름다운 집이었지만, 비워진 지 오래된 듯 잡초가 무성하고, 고양이 몇 마리가 어슬렁거리고 있었다.

"커이 진취 뒤하오야(들어갈 수 있었으면 더 좋았을 텐데요)."

"부스, 칸이칸, 워 헌 만이(아니에요. 볼 수 있는 것만도 좋은 걸요)."

그녀는 카메라를 꺼내, 이쪽 저쪽에서 셔터를 눌렀다.

"주 게이 워마 칸칸(어머니한테 보여 주려고요)."

그녀는 1930년대에 미국으로 이민을 간 어머니가, 유년의 추억이 깃든 이 집을 너무나 그리워해서, 상해에 오게 되면 다시 사고 싶어 했다는 말을 덧붙였다.

푸싱 공원도 리모델링 중인지 입구 쪽에서부터 천막이 둘러져 있었다. 우리는 드릴 소리를 피해 입구에서 멀찍이 떨어진, 마르크스와 엥겔스의 동상이 바라보이는 곳까지 들어와 벤취에 앉았다. 프랑스식 공원이라는데, 널찍하고 반듯한 산책로와, 플라타너스 비슷한 프랑스 오동나무를 가로수로 심은 것 외에는 중국의 여느 공원과 비슷한 모습이었다. 잔디밭에서는 연을 날리는 사람들이 있고, 나무 아래에는 태극권을 수련하는 사람들이 있고, 몇이 어울려 중국의 전통 악기를 연주하는 노인들이 있었다.

"스 얼후야(얼후군요)."

다른 악기들은 쉬는 모양이었다. 바이올린 소리 비슷한 그러나 훨씬 낮고 부드러운 얼후 소리가 들려 왔다. 첫 소절이 영화 '첨밀밀'의 주제곡을 연상하게 해서 친근하면서 애잔한 선율이 흐르기 시작했다.

"저스 선머 취즈(이 곡의 이름이 뭡니까)?"

"하오팅마? 저 취즈 자오 '쩐더 하오샹 니'(듣기 좋으세요? '정말 당신을 그리워 합니다'라는 곡이에요)."

곡의 이름을 알고 나서인지 얼후 소리가 더욱 간절하게 느껴졌다. 우리는 그 곡이 끝날 때까지 한참을 말없이 앉아 있었다.

"빠바 치스 메이왕 워먼. 강후이라이 중궈 이허우, 빠바 알스둬 니엔라이 주 나이거자. 카이스 타 야오 마이 타, 샹 숭 게이 마마. 커스 허우라이, 타 시왕 넝 짜이 이젠 팡즈리 건 마마 이치 주 (사실은 아버지가 우리를 잊은 게 아니었더군요. 중국에 도착한 이래 아버지는 20년도 넘게 아까 그 집에서 살았대요. 처음에는 그 집을 사서 어머니에게 선물해 주고 싶었다더군요. 나중에는 그 집의 방 한 칸에서라도 어머니와 같이 살고 싶었대요)."

"스 쑤이웨 랑 타먼 스취러 저이체(세월이 모든 것을 잃게 했군요)."

모든 것을 잃게 하는 세월이라니!

오월이 아니었더라면 우리 네 사람은 지금도 어느 찻집에서 만나고 있었을 것이다. 남동의 그 찻집은 이미 없어졌으니, 가끔은 스타벅스 같은 데에서도 만났을까?

박영선은 다국적기업 살찌우느냐고 호통을 쳤을 것이고, 김영희는 커피가 맛있잖아요 하고 조그맣게 대답했겠지. 최성호는 흐흐 하고 웃었을까, 크크 하고 웃었을까, 그때쯤이면, 그가 어느 때는 흐흐거리고 어느 때는 크크대는지도 알게 되었을 텐데…….

오늘 같은 날이면 무등산 자락 어디쯤으로 소풍을 가지는 않았을까. 증심사 일주문 당산나무 집에서 등나무꽃 향기 두르고 보리밥을 먹고 있었을까. 철쭉꽃 본다고 휘파람새 울음 소리 들으며 서석대, 입석대를 지나 장불재를 넘고 있었을까.

“워 투란 샹 빠바러. 후이궈 즈첸 워 샹 하이데이 짜이졘 빠바 이츠 멘. 쩐더 두이부치, 워 부넝 건닌 이치 후이취라(갑자기 아버지 생각이 나는군요. 돌아가기 전에 아버지를 한 번 더 만나야겠어요. 정말 미안해요. 같이 돌아갈 수 없어서요).”

“메이관시, 닌 셴 취바. 워 샹 짜이팅팅 나취즈 짜이후이취(괜찮아요. 먼저 가세요. 저는 저 곡을 좀 더 듣다 가겠어요).”

쩐더 하오샹 니. 중국 사람들이 좋아하는 곡인지, 얼후 연주가 끝나자 다른 악기들도 함께 어울려 합주를 시작했다. 얼후 소리가 저음으로 받쳐 주고 후루스(葫芦丝)라고 부르는 피리 소리가 청아하게 울려 퍼지니까, 그리움은 더욱 크고 깊어지는 것 같았다.

옌쯔량의 아버지가 세월 속에 자신을 묻었다고 했지만, 그를 묻은 시간들은 이제 벗겨져 내려 그를 그리워했던 사람들이 그를 찾아낼 수가 있었던 거다.

그러나, 나는, 어디로 가서 내 그리운 사람들을 만날 수 있는 걸까.

(2007. 11.)

너를 찾다

그는 자신이 마음에 든다.

인디고 블루의 청바지에 노란색이 산뜻한 체크 티셔츠를 입은 그는 영혼까지 새로 부여받은 듯하다. 그는 두 팔을 이리저리 움직여 보기도 하고, 쭉 뻗은 다리로 허공을 걷어차 보기도 한다. 모든 게 만족스럽다. 그녀를 찾는 것은 단지 시간 문제일 것 같다.

그가 자신감 넘치는 걸음걸이로 원주의 대리석 기둥 사이를 빠져 나오는 순간 주위의 사물은 갑자기 생생하게 살아난다. 그가 한 발짝 나아갈 때마다 숨어 있던 길들이 펼쳐지고, 잔디와 나무들은 싱그럽게 약동한다. 길가에 간간이 놓여 있는 석조 화분마다 그득히 피어 있는 꽃들은 제라늄처럼 생겼는데, 흰 빛이 도는 게 어쩌면 산수국 같기도 하다. 산수국은 산골짜기의 돌더미에서나 자라는 야생화인데……. 어쩌면 일부러 야생화를 심었는지도 모르겠다. 그러고 보니 초록색 잔디 사이로 드문드문 청량한 얼굴을 내밀고 있는 저 흰꽃들은 솜다리나 구름국화인 것도 같다. 그는 자연을 접목하고자 애쓴 이 도시의 조경사가 마음에 든다. 아니, 이런 조경사를 고용할 줄 아는 이 도시의 경영자가 마음에 든다.

그는 하염없이 걷는다. '오버 발리 앤 마운틴'이었던가? 그가 발걸음을 내딛자마자 은은하게 들려오던 팬플루트 소리는 어느덧 멈춰 있다. 그가 걷고 있는 길은 너무도 호젓하다. 십 분 정도 걸으니 아름다운 길도 감흥이 점점 줄어든다. 그는 이제 사람을 만나고 싶다. 그녀의 소식을 아는 누구라도 만나야 하지 않겠는가.

그는 방향을 바꾸어 왼쪽 길로 들어선다. 새롭게 드러나는 길들 저 멀리 호수가 보인다. 벤치도 있는 듯하다. 그는 빠른 걸음으로 호숫가에 다달았으나 역시 사람은 없다. 그는 털썩 벤치에 주저 앉는다. 피로가 조금 가시는 것 같다. 우아한 자태로 호수에 떠다니고 있는 새들은 백조다. 오리가 아니라 백조다. 그는 백조가 겨울새라는 데에 생각이 미친다. 어쩐지 새들이 초록의 풍경 속에 섞이지 않는다 싶더니……. 이곳을 조성한 사람은 아마도 '백조의 호수'라는 환상에 집착한 모양이다.

계절에 맞지 않는 백조의 출현은 갑자기 도시의 리얼리티를 떨어뜨린다. 리얼리티가 없는 세상은 그에게 어쩐지 조잡하게 느껴지기도 한다. 종말론자들이 쥐어 주는 전단지에 그려진 천국의 모습처럼.

그러나 한편 생각해 보면 전능하신 신에게 불가능한 일이 어디 있겠는가. 사계의 꽃을 한 자리에서 피어나게 할 수도 있고, 열대에 살건 온대에 살건 온갖 동물들을 한 곳에 모이게 할 수도 있으리라. 리얼리티라는 것은 어쩌면 인간이 자신의 감각 한계 속에서 바라보는 현상일 뿐일지도 모른다. 그는 이 도시의 창조자가 자신의 전능을 한껏 과시하고 있음을 관대하게 봐주기로 한다. 인간이 그려낼 수 있는 이상적 세계를 구경해 보는 것도 나쁘진 않을 것 같다. 그녀가 이 도시에 숨어 있는 건, 이 도시가 그만한 무언가를 지니고 있기 때문이 아닐까.

그는 길을 잃었다는 생각에 초점화자의 위치에서 벗어난 3인칭 시점을 선택해 본다. 3인칭 시점에서 서술자의 위치는 이야기 밖이다. 그가 자신의 몸을 빠져 나오자, 도시가 한 눈에 조망할 수 있을 만큼 저만치 아래로 물러난다. 그가 처음 들어섰던 대리석 기둥의 건물을 중심으로 잘 닦인 계획도로처럼 널찍한 길들이 사면 팔방으로 뻗어 있다. 그는 자신이 어디에 있는지 찾아 본다. 도시 서북부의 한 구석, 호숫가 벤치에 그는 조그맣게 앉아 있다. 그는 안내판이 세워진 장소를 확인하고 다시 자신의 몸 속으로 들어간다. 우선 사람들이 많이 모이는 장소부터 더듬어 보아야 할 것 같다.

안내판에서 도시는 크게 네 개의 블록으로 나뉘어져 있다. 엔터테인먼트와 문화예술, 공공 기관, 비즈니스와 쇼핑센터, 그리고는 주거 지역이다.

그녀는 아무래도 문화예술 지역에 있지 않을까? 그는 일단 그 쪽부터 더터 보기로 마음먹는다. 그러나 문화예술 지역으로 찾아갈 일은 막막하다. 안내판대로라면, 다시 대리석 기둥 안으로 들어가 동쪽으로 방향을 잡아야 한다. 아까 도시를 대강 조망해 보긴 했지만, 보이는 것만으로는 이 도시의 크기를 도무지 짐작할 수 없다. 걸으면 걸을수록 끝없이 길이 펼쳐지지 않던가. 마치 무한히 팽창해 가는 우주처럼.

망설이는 그의 눈에 전화 박스가 보인다. 그는 일단 박스 안으로 들어가 '매트릭스'라고 적힌 전화번호부를 들춰 본다. 인명부는 아니다. 상호들만 빼곡이 적혀 있다. 하기야 인명부라고 한들 그녀의 이름이 실려 있을 턱이 없다. 그녀가 여기서 자신의 본명을 그대로 사용할 리는 없지 않는가. 실소를 머금던 그는 불현듯 영감을 받는다. 매트릭스! 혹시 원하는 장소로 순간이동을 할 수 있는 번호가 아닐까? 그는 '충장서점'의 번호를 누른다. 그의 영감이 딱 들어맞았다. 그는 책방의 입구에 서 있다. 그는 도시 설계자의 유머 감각이 마음에 든다.

책방 안에는 점원을 빼고, 세 명의 여자와 한 명의 남자가 책을 뒤적이고 있다. 남자는 아예 소파에 앉아 책을 읽고 있다. 그는 여자들에게로 다가간다. 여학생을 제외하면, 그녀는 두 여자 중의 하나일 것이다. 그녀가 이 책방에 있다면 말이다. 두 여자 중 어느 누구도 그녀를 닮지는 않았다.

그는 여자들에게 말을 걸어 확인해 볼까 하다가 여자들이 뒤적이고 있는 책이 패션 잡지와 육아에 관한 것인 것을 보고 돌아 나왔다.

영화관, 미술관, 박물관, 음악홀……, 그녀가 들를 만한 곳들이긴 하지만 사람 찾기가 수월한 곳들은 아니다. 레코오드 가게와 녹차 연구소, 골동품점, 부채 전시장을 지나니 '르네상스'라는 고전음악 감상실과 '키스 미'라는 뮤직 카페가 나란히 있다. 그는 망설이다 '르네상스'로 들어간다. 그녀가 보내온 마지막 음악은 '부에나 비스타 소셜 클럽'의 것이었지만, 그녀와 많은 교감을 나누었던 쪽은 아무래도 클래식이었다.

약간 어두운 실내에는 라흐마니노프의 피아노 협주곡 2번이 흐른다. 라흐마니노프의 피아노 협주곡은 대개 1번과 2번, 3번과 4번이 묶여 있는데, 2번과 3번이 함께 들어 있는 시디를 구입했다고 그녀가 좋아했던 일이 떠오른다. 그가 테이블에 자리 잡자 아르바이트생처럼 보이는 여자가 다가와서 음악을 주문할 것인지 묻는다. 그는 그녀가 보냈던 편지들을 머릿속으로 뒤적이며 그녀가 가장 좋아한다고 했던 음악을 찾아 본다. 슈베르트의 아르페지오네 소나타! 그녀와 처음 만났을 때, 그녀의 차 안에서 들었던 음악이다. 이 음악이 울리면, 그녀가 그를 알아보고 다가올 것만 같다. 그녀가 이곳에 있다면…….

"이천 원입니다."

아르바이트생의 말에 그는 당황한다. 돈을 지불해야 한다는 생각은 미처 하지 못했다.

"제가 빌려드릴게요."

옆 테이블에 혼자 앉아 있던 여자가 핸드백에서 이천 원을 꺼낸다. 결 고운 생머리가 고개를 돌릴 때마다 함께 찰랑거린다.

"이곳이 처음이신가요?"

그가 고개를 끄덕이자, 여자는 함께 앉아도 되겠냐고 묻는다.

"저는 올리비아라고 해요."

마주앉은 여자의 미모에 그는 잠깐 눈이 부시다.

"저는 김준오라고 합니다."

여자가 하하하 웃는다. 그는 여자가 갑자기 웃는 이유를 몰라 어리둥절하다.

"죄송해요. 본명이신가 보죠?"

그는 문득 자신이 이 도시에서는 사이디라는 이름으로 존재한다는 것을 깨닫는다. 그는 여자에게 이 도시에 처음 들어온 사람임을 밝히고 빌린 돈을 어떻게 갚아야 할지를 묻는다.

"환영하는 뜻으로 제가 차 한 잔 사는 것으로 하죠."

아르페지오네 소나타가 울리기 시작한다. 맞은 편 전광판에 'Schubert, Sonata for Arpegione and Piano'라는 곡명이 떠오른다. 그는 주위를 둘러 본다. 테이블에 앉아 있는 사람들은 모두 대화나 음악에 열중해 있을 뿐, 그에게 관심을 갖는 이는 아무도 없다.

"누구, 찾는 사람 있어요?"

여자, 올리비아가 묻는다. 서늘한 눈매에 육감적인 입술이다. 그는 올리비아에게 도움을 청해 보기로 한다.

"여자를 찾고 있는데요."

"그래요? 그럼 그녀에 대해서 이야기해 봐요."

올리비아의 말에 그는 잠깐 머뭇거린다. 막상 그녀에 대해서 아는 게 별반 없는 것 같다. 이름은 김인영, 키는 160센티쯤, 체형은 보통, 커트 머리, 안경……. 올리비아는 이 도시에서는 실제의 이름이나 외양으로 사람을 찾을 수 없다고 충고한다.

"이곳에서는 누구나 자신이 바라는 이상적인 얼굴과 몸으로 활동하거든요."

올리비아는 그가 자신의 실제 모습과 얼마나 닮았는지를 묻는다. 그는 얼굴을 조금 붉힌다. 그는 현실의 자기에 비해 좀더 단단하고 핸섬하다. 올리비아는 자신의 찻잔에 설탕을 한 스푼 넣으며, 그에게 커피를 권한다.

"어떤 느낌이에요? 커피를 마시는 것이?"

그는 찻잔을 들다가 참지 못하고 묻는다. 현실을 흉내내어 커피를 마시는 시늉을 한다는 것이 그에게는 우스꽝스럽게 느껴진다. 올리비아는 싱긋 웃는다.

"그야 물론 커피를 마시는 느낌이죠. 커피를 마신다는 게 뭔데요? 커피를 마시는 것을 뇌가 인지하는 것 아닌가요? 거꾸로 해 보세요. 커피를 마신다고 생각하면 커피 맛을 느끼게 되는 거예요."

"뇌를 속이라는 건가요?"

"생각의 힘을 느껴 보라는 거죠."

곧 이 도시의 생활 방식에 익숙해질 거라며, 올리비아는 그녀에 대해 좀더 이야기해 보라고 권한다.

"그녀는 이 음악을 제일 좋아했죠."

그녀는 그에게 아르페지오네 소나타가 담긴 CD를 보내면서, 음악에는 함께 했던 사람과 공유한 시간이 담겨 있는 걸 아느냐고 물었다. 몇 번의 전화 인터뷰가 있었던 그녀와 처음 만났던 날, 그녀는 인근의 휴양림으로 차를 몰았다. 입구에 차를 세우고, 한 시간쯤 산책을 하고 내려오는데, 입구는 어이없게 3미터쯤 되는 단단한 철문으로 잠겨져 있었다. 그가 먼저 철문을 넘고, 그녀도 철문을 넘을 수밖에 없었는데, 철문 아래로 구두를 넘기고 맨발로 철문을 올라간 그녀는 철문 꼭대기를 타고 앉아 어쩔 줄을 몰랐다.

"뛰세요, 내가 받을 테니."

"아아, 불가능해요."

"뛰세요, 괜찮아요."

"아!"

그리고 그녀는 뛰어내렸고 그는 그녀를 안고 약간 비틀거렸다. 그 짧은 순간의 안음과 안김. 그녀는 운전을 하면서 내내 말이 없었고, 차 안은 첼로의 격정적인 탄식으로 그득했다.

"그녀는 무슨 일을 하고 있어요?"

그녀는 대학 강사였다. 이 대학, 저 대학 다니며 국문학에 관련된 잡다한 강의들을 했다. 작문, 교양 국어, 문학개론, 문체론, 소설사, 작가론……. 그러나 정작 자신의 전공 강의는 얻지 못했다. 그녀는 소설창작의 기법에 관한 논문으로 학위를 받았는데, 그가 그녀와 알게 된 것도 그녀가 이 분야의 저서를 내면서였다. 그녀는 이를테면 그의 열성적인 독자여서, 자신의 책 속에 그의 작품을 꽤 많이 인용했다.

"작품을 읽는 데, 작가의 의도를 아는 게 그렇게 중요한 건 아니잖아요?"

그가 쓴 소설의 구성이며 배경에 대해 그녀가 어떻게 시시콜콜히 질문을 해대던지 그가 대답을 하다 말고 물어본 적이 있었다. 그녀는 비평론과 창작론의 다른 점이 거기에 있다고 대답했다. 비평론이 완성된 작품을 보고 논하는 분석적 작업이라면, 창작론은 작품을 완성하기까지의 과정에 대한 통합적 성찰이라는 것이다. 그래서 비평론에서는 작가의 의도가 별반 다루어지지 않지만 창작론에서는 중요하게 취급된다는 것이다.

"소설창작론을 쓰지 말고, 소설을 쓰지 그래요?"

그녀가 대학 시절, 학보사에서 공모한 문학상을 탄 적이 있었다는 말을 듣고 넌즈시 그녀의 마음을 떠본 적이 있었다.

"경험도 부족하고, 생각도 짧아……."

그래서 소설가의 길을 접고, 꾸준히 노력하면 뭔가 이루어

낼 것 같은 학문의 길을 선택했다면서 그녀는 웃었다. 그러나 그녀의 분야에서 직업을 얻는 일은 결코 만만하지 않았다. 그녀가 전국을 누비며 응시한 교수 공채에서 탈락한 것은 그가 알기만도 여덟 번이었다.

"이곳에선 모두들 원하는 일을 할 수 있나요?"

문득 떠오르는 생각이 있어 그는 올리비아에게 물었다. 이 도시에선 누구든 원하는 용모를 지닐 수 있다고 하지 않았던가. 그렇다면 원하는 직업도 얻을 수 있지 않을까?

"물론이죠, 모두들 자기가 하고 싶은 일을 해서 돈을 버는 걸요."

"그렇다면, 그녀는,"

그는 확신할 수 있었다.

"교수가 되어 있을 것 같군요. 여기에 대학이 있나요?"

올리비아는 고개를 끄덕이며, 그녀의 전공을 물었다. 자기가 아는 교수들도 몇 명 있다는 것이다. 올리비아는 그가 원한다면 대학까지 동행해 주겠다고 제안했다.

"저야 너무 고마운 일이지만, 이렇게 호의를 받기만 해도 될지?"

그가 머뭇거리자, 올리비아는 잠재적 고객에 대한 서비스라며 웃었다. 그녀는 자신이 심리상담사이며, 문화예술 지역에서 상담센터를 운영하고 있다고 밝혔다.

"심리상담이 문화예술에 속하는 건가요?"

"어디서 무엇을 하든, 이곳에서는 개인의 의사가 가장 중시되니까요."

올리비아는 이동을 하고 싶으면, 오른 쪽 구석 부분을 잘 살펴 보라고 일렀다.

"이 도시에는 자동차가 없어요. 자동차 도입에 대해 격렬한 논쟁이 있었는데, 시민 투표에서 자동차를 안 두는 쪽으로 결론을 냈어요. 현실을 치밀하게 재현해 내는 것이 이 도시의 중요한 목표이긴 하지만, 자동차는 워낙 공해를 많이 생산하는 물건이잖아요. 대신 더 멋진 이동 수단이 있죠."

매트릭스, 올리비아는 음악 감상실의 오른 쪽 구석, 베고니아 화분 옆에 있는 전화 박스로 들어갔다.

"제가 먼저 갈게요. 132번을 누르고 오세요."

그는 올리비아가 눈앞에서 마법처럼 사라지는 것을 보고, 행여 놓칠세라 허겁지겁 132번을 눌렀다.

"실례가 안 된다면,"

붉은 벽돌담이 고풍스런 건물 앞, 등나무 아래 벤치에 앉아 기다리고 있던 올리비아가 물었다.

"그녀와는 어떤 사이인지 물어도 될까요?"

그녀와 어떤 사이인가? 그는 잠시 헤아려 본다. 작가와 독자? 작가와 연구자? 친구? 연인? 연인이라기엔 너무 육체적 접촉이 없었다.

그녀의 편지는 늘 그에 대한 갈망과 그 갈망에 대한 저항이 숨어 있었다. 이를테면 황동규의 시 '편지'의 전문을 보내면서도, "내 사랑도 어디쯤에선 반드시 그칠 것을 믿는다"는 구절이 마음에 들어서라는 따위의 붙임말을 쓰곤 했다.

어쨌든 그는 그녀에게 길들여졌다. 그녀는 대략 일 주일에 한 번 정도의 터울로 편지를 보내왔는데, 예기치 않은 편지가 오면 반가웠고, 터울이 길어지면 궁금했다. 석 달이 넘도록 그녀의 편지를 받지 못했을 때, 그는 그녀가 자신의 삶의 영역 깊숙히 들어와 있음을 깨달았다. 자신과 어떤 사이인지는 명확히 규정지을 수 없었으나…….

"오랜 친구죠."

"그녀도 그렇게 생각하고요?"

오랜 친구, 아마도 그녀가 이 대답을 들었으면 섭섭했으리라. 그녀는 그에 대해 모든 것을 알고 싶어 하면서도 그의 가족에 대해서는 묻는 법이 없었다. 그녀는 마치 그가 결혼한 남자가 아닌 것처럼 굴었다.

"비슷하겠지요."

그는 친절하고 매력적이지만, 한편으로는 낯선 이 여자에게 너무 많은 이야기를 하고 싶지 않아 말을 끊는다. 올리비아는 더 이상 묻지 않고 교무처로 그를 이끈다. 강의 시간표를 알아보자는 것이다.

"여기 있네요, 소설창작론!"

올리비아의 탄성에 그는 조금 미안해진다. 처음 만난 사람에게 베푼 그녀의 배려를 생각할 때, 자신의 경계가 염치 없이 느껴진다.

"강의자는 아이덴티티인데요? 그녀라고 생각하세요?"

"틀림없습니다."

아이덴티티, 그녀가 자신에게 붙였을 만한 이름이다. 밀란 쿤데라의 소설 '정체성'을 읽고, 사랑하는 사람이 불러주는 입 모양을 보고 자신의 이름을 찾을 수 있을 것이라는 대목에 열광하여 그녀가 편지를 보내온 적이 있었다. 그녀는 그가 자신의 이름을 불러주기를 바라며 그를 기다리고 있는 것일까?

"그런데, 오늘 강의는 없네요."

그는 망연히 시간표를 바라본다. 소설창작론, 월·수·금 10시부터 12시, 그리고 17시부터 19시가 강의 시간이다.

"어떡하시겠어요?"

그녀를 만날 수 없다고 생각하자, 이 도시에서의 하루가 너무나 길게 느껴진다. 어떻게 하면 좋을지 그가 오히려 묻고 싶다.

"제 집에서 잠깐 쉬었다 가시겠어요?"

그는 놀라서 올리비아의 선정적인 입술을 바라 본다.

"준오 씨가 많이 피곤해 보여서 하는 말이에요. 괜찮으시면 제가 사는 곳 구경도 할 겸 들렀다 가세요."

올리비아는 그에게 손을 내민다. 너무 많이 신세를 진 사람이 내미는 손을 거절하기 어려워 그는 올리비아의 손을 잡는다. 오늘 처음 만난 심리상담사의 집에 가도 괜찮은 걸까. 하기야 무슨 일이야 있겠는가. 현실이 아닌데.

"음악 듣고 계세요. 차 가지고 올게요."

올리비아는 허리와 엉덩이 사이즈가 7 대 10의 황금 비율로 보이는 매혹적인 뒷모습을 과시하면서 주방으로 들어간다. 살구색 커튼이 은은한 거실은 캐롤 키드의 간절한 목소리로 가득 찬다. 하지만 꿈을 꿀 땐 그대 꿈을 꾸어요. 언젠가 그 꿈은 현실이 되겠지요.

"제가 제일 좋아하는 노래인데요."

"준오 씨를 처음 보았을 때,"

올리비아는 테이블 위에 차를 놓고 그의 옆에 앉았다.

"어쩐지 낯설지 않았어요. 여러 면에서 저와 코드가 비슷한 분일 거라는 예감이 들었죠."

바짝 다가앉는 올리비아가 조금 불편해서 그는 몸을 약간 움직인다.

"무슨 일을 하세요?"

이 도시에서는 무엇이든 자신이 원하는 일을 할 수 있다는 말을 들었을 때, 그녀가 대학 교수가 되어 있는 것을 보았을 때, 그는 자신이 진정 무슨 일을 하고 싶은가에 대해 잠깐 생각해 보았었다. 그는 작가라는 직업에 만족했으며, 자신의 일에 대해 강한 자부심도 지니고 있었다. 그런데 그의 주변에는 가끔씩 그를 화나게 하는 사람들이 있었다. 작품을 통해 드러나는 주제나 기법이 작가의 의도와 일치하지 않을 수도 있는 것이지만, 터무니없는 분석으로 자신의 소설을 잘못 읽어 내는 평론가라고 불리는 일군의 무리들이었다. 그런 이들의 글을 읽을 때마다 그는 작가 개개인의 메시지를 정확히 읽어내어 친숙하고 소통적인 용어로 독자에게 전해 주고 싶다는 생각을 하곤 했다.

"비평을 하고 있습니다."

"비평요? 무슨 비평을 하세요?"

"문학 비평, 영화 비평, 문화 비평, 시사 비평……"

하기는 소설을 쓴다는 일도 세상을 읽고 자신의 언어로 바꾸어 독자에게 전달하는 작업이니 그것도 일종의 비평이 아니겠는가 싶어 그는 떠오르는 대로 주워 섬겼다.

"준오 씨에게는 세상이 다 텍스트겠네요?"

그는 깜짝 놀라 올리비아를 바라보았다. 외모가 빼어난 여자들은 자신의 몸뚱이에 쏟아지는 시선들을 감당하기에 바빠서 정신까지 풍요롭게 가꾸기가 어렵다는 것이 그의 생각이었다. 세상이 다 텍스트라니, 방금 그가 했던 생각을 정확히 짚어낸 말이었다. 소설을 쓰는 일이야말로 세상을 텍스트로 하는 비평적 작업이라고 할 수 있지 않겠는가.

"저 커튼 밖에도 세상이 존재하나요?"

그는 문득 이 도시가 지니는 한계가 궁금하여 올리비아에게 물었다.

"그럼요. 보시겠어요?"

올리비아는 커튼을 걷고 창문을 열었다. 푸르름 속으로 확 끌어당길 듯한 수목들이 거기에 있었다.

"이곳은 클릭만 하면 뭐든지 이루어지는 유토피아예요."

올리비아는 유쾌하게 웃었다.

"현실 세계에서 우리는 1인칭 시점으로만 세상을 볼 수 있잖아요. 그런데 여기서는 3인칭 시점으로도 세상을 볼 수 있으니, 삶이 훨씬 더 통찰적이 되지 않겠어요?"

"그렇지만 아무리 절묘하게 현실 세계를 모방한다고 한들, 실재와 같은 환상을 줄 뿐이지, 이곳은 결국 이미지의 세계에 불과하지 않소?"

"준오 씨, 저를 보세요."

올리비아는 벌떡 일어나 블라우스의 단추를 끌렀다. 반듯한 쇄골과 부드럽게 융기한 원추형 젖가슴, 그는 순간 정신이 아득해졌다.

"만지고 싶지 않나요?"

올리비아는 그의 곁으로 바짝 다가앉았다.

"실재가 뭔데요? 의식이 실재를 만드는 거예요. 준오 씨가 내게 욕망을 느낀다면, 이것은 이미 현실이에요."

올리비아는 그의 목을 끌어 안고 입을 맞추었다. 그는 폭발한 것만 같았다.

"제겐 느껴져요, 준오 씨의 뜨거운 숨결이……"

그는 더 이상 참지 못하고 올리비아를 안았다. 올리비아는 소파 위로 누우며, 치마를 벗어 던졌다.

"이곳에는 완벽한 섹스만 존재하죠. 서로가 스스로의 옷을 벗어야 이루어지거든요."

아랫도리에서 뜨거운 힘을 쏟아내었을 때, 그는 깊은 수치심을 느꼈다. 그는 올리비아의 벗은 몸 위에 엎드려 있는 자신을 내버려두고 허겁지겁 프로그램을 종료시켰다.

www.cyberpia.com으로 오세요.

아직 화면 위에 그대로 남아 있는 그녀의 메일 메시지도 지웠다.

그는 침대에서 일어나 컴퓨터 앞에 앉는다. 작업을 하다가 문득, 이게 꿈인지 현실인지 확인해야겠다는 생각을 한다. 밤을 새워야 할 원고가 있을 때, 그는 열심히 자판을 두드리고 있었는데, 실은 꿈이었고, 그의 몸은 침대에 누워 아침을 맞는 일이 허다했다. 그가 꿈속에서 꿈인지 현실인지를 구별해 내는 방법은 자신의 뺨을 꼬집어 보는 일이었다. 꼬집어 아프지 않으면 이게 꿈이구나 하고 깨어나려고 애썼다. 그런데 언제부터인가는 꿈속에서도 꼬집은 뺨이 아프기 시작했다. 그는 방법을 바꿔 욕실에 들어가 찬물로 세수를 해보기로 했다. 물이 차갑지 않으면 꿈이었다. 그러나 역시 언제부터인가는 꿈속에서도 물이 차갑게 느껴지기 시작했다. 그는 꿈속에서 몇 번이고 자신을 꼬집고 찬물을 뒤집어 쓰며 올리비아와 그녀 사이를 오갔다. 영화 '오픈 유어 아이즈'와 '매트릭스', 그리고 '메멘토'의 버전까지 혼합된 듯한 꿈이었다.

눈을 뜨니, 아침 열 시가 훨씬 지나 있었다. 그녀의 강의는 이미 시작되었을 것이다. 그는 올리비아와의 일이 마음에 걸리긴 했지만, 어쨌든 그녀는 찾아야 할 것 같아 도시로 들어갔다.

그녀의 강의실은 206호였다. 조심스럽게 뒷문을 열고 강의실에 들어가다가 강의 중인 그녀와 눈이 마주쳤다. 짧은 머리, 안경, 평소에 즐겨 입는 흰 라운드 티셔츠와 하늘색 조끼, 베이지색 면바지, 그녀는 그녀임을 바로 알아볼 수 있을 만큼 실제의 모습과 닮아 있었다. 그는 가볍게 목례를 하고 뒷자리에 앉았다. 새로 들어온 학생이라고 생각했는지 그녀 역시 가볍게 고개를 끄덕이고 강의를 계속했다. 수강생은 모두 일곱 명이었다.

"문자가 존재하기 전, 소설은 어떤 형태로 이 세상에 있었을까요? 구비문학의 단계, 그래요, 이야기였죠. 입담이 좋은 사람이 한가한 시간에 자신이 경험한 이야기나 남으로부터 들은 이야기를 다른 사람들에게 다시 들려 주곤 했지요. 지금, 우리는 문자로 소설을 읽지만, 소설에는 본질적으로 이런 '이야기하기'라는 속성이 들어 있는 거예요. 소설에서 이야기를 들려 주는 사람을 우리는 '서술자'라고 부르죠."

그녀가 들고 있는 책은 그녀가 쓴 「소설창작강의」였다. 그녀는 그 책에서 창작의 이론을 통해 소설쓰기의 관습적인 방법을 익히는 것은 화가가 사물의 구조를 익히기 위해, 데생이나 스케치에 숙달하는 것과 같은 가치를 지닌다고 주장하며, 소설의 소재 찾기에서부터 시작하여 아우트라인 작성하기, 주제의 설정, 플롯 짜기 등등 소설쓰기의 과정과 방법을 단계별로 정리했다. 머릿속에서 소재가 충분히 익은 다음 바로 글쓰기에 들어가는 그는, 소설을 쓰는 데 그녀의 방식이 얼마나 유용할까 싶어 의의를 제기한 적이 있었는데, 그녀의 대답인즉, 그의 경우에도 그러한 단계는 내면화되어 진행되었다는 것이다. 그래서, 전문 작가는 바로 글쓰기를 할 수 있지만, 초보자의 경우는 이러한 단계를 배우는 게 바람직하다는 것이다. 그녀의 책이 제법 팔리는 것을 보면, 소설을 쓰고자 하는 입문생들에겐 그녀의 이론이 꽤 설득력을 지니는 것도 같았다.

"시점이란 이 화자가 이야기를 어떤 방식으로 독자에게 전하느냐의 문제입니다. 직접 겪은 이야기로 전하느냐, 이야기를 전체적으로 조망하면서 전하느냐 하는 것입니다. 이야기를 조망하는 방식에 있어서도 차이가 있지요. 인물들의 마음 속을 들여다 보면서 이야기를 할 것인가, 아니면 그들의 말과 행동만을 전해서 독자들이 스스로 이야기의 의미를 알아채도록 할 것인가 하는 것입니다. 이것들 사이에도 다양한 스펙트럼이 있답니다.."

독자는 소설의 흥미와 작품성에만 관심이 있지만, 작가는 소설이 흥미롭고 작품성을 지닐 수 있게 하는 모종의 기법을 터득하지 않으면 안 된다고 그녀는 열변을 토했다.

"제 정체성과도 관련이 깊은 책인데 말이죠. 이 책으로 강의를 할 수 없다는 게 정말 섭섭해요."

출판사에서 재판을 찍었다며, 술 한 잔 하자던 날 그녀는 쓸쓸해 보였다. 이제 교수가 되어 자신의 책으로 강의를 하고 있는 그녀는 행복해 보였다. 1인칭 주인공의 시점과 3인칭 초점 화자의 시점 사이에 어떤 차이가 있냐는 학생의 질문에 대한 대답으로 강의는 끝났다.

"학생들의 수준이 꽤 높은데요?"

학생들이 강의실에서 빠져 나가기를 기다려 그는 그녀에게 다가갔다.

"김 선생님이시죠?"

그녀는 그를 바라보며 웃었다.

"어떻게 금방 알아보지?"

"선생님과 너무 닮았는 걸요. 매사에 고지식하니까, 자신의 모습도 못 바꾸는 거예요."

"당신은 어떻고? 어쩌면 옷까지 평소와 똑같이 입었어?"

"저야 선생님을 기다리고 있었으니까, 선생님이 저를 못 알아볼까 봐."

그는 가슴이 뭉클했다.

"자, 밖으로 나가요. 제가 맛있는 점심 사드릴게요."

그녀는 앞장서서 강의실을 나선다.

"그러지 말고, 그냥 여기서 이야기하지. 먹는 척하는 것 말이야. 나는 참 어색하더라고. 돈까지 내면서 말이지."

그녀는 깔깔 웃었다.

"이미지 사용료라고 생각하시면 어때요? 가령 우리가 여기서 고급 레스토랑에 간다면 말이죠. 우아한 분위기에서 음악을 듣고 서빙을 받으며, 이야기를 나누잖아요. 이런 걸 즐기는 비용은 지불해야죠."

"그런 건 납득할 수 있겠어. 하지만 먹지도 못하면서 왜 먹는 척해야 하는 거지?"

"한번 먹는다고 생각해 봐요. 그러면 분명 먹었다는 느낌이 올 테니까."

그녀는 정색을 하고 올리비아와 비슷한 이야기를 했다.

"먹는다는 게 뭐겠어요? 입에 넣는다든가 씹는다든가 하는 행위를 지각하고 혀가 느끼는 맛을 인식하는 뇌의 작용 아니겠어요? 그러니까 먹는다는 것은 말하자면 먹는다는 생각이지요. 먹지 않더라도 먹는다고 생각하면 먹는 게 되는 거예요."

"몸이 느끼지 못하는 것을 생각으로 강요하란 말이야?"

그런 억지가 어딨냐고 하려다가 그는 올리비아와의 일을 생각하고 얼굴을 붉히며 얼른 말꼬리를 돌렸다.

"그런데 당신은 언제까지 이 이상한 곳에 머무를 거야?"

"이상한 곳이 아니라 이상적인 곳이죠."

그녀는 등나무 아래에 있는 벤치를 가리키며 앉자고 했다. 어제, 올리비아가 앉아 있었던 자리였다.

"저는 이곳에서 제 전 자아를 실현시키면서 살고 있는 걸요. 무얼 더 바라겠어요?"

"전 자아를 실현시킨다구? 이건 오락 프로그램일 뿐이야. 자신이 하고 싶은 일을 하면서 살게 한다는 게 매력적인 설정이긴 하지만."

"선생님은 이 생활이 그저 오락으로만 보이세요?"

"그렇지 않아? 대리 만족을 파는 오락의 세계일 뿐이지, 완전히 조작된 곳이잖아. 여기에 있는 사람들을 생각해 봐. 외양부터 자신의 참모습과는 무관하잖아. 그럴듯하게 외모를 바꾸어 타인의 환심을 사려는 것부터가 속임수가 아니고 무어겠어?"

이야기를 하다 보니, 조작된 환영일 뿐인 올리비아에게 흥분했던 어제의 일이 더욱 수치스럽게 느껴져서 그는 소리를 높였다.

"소설가가 어쩌면 그렇게 인간에 대한 이해가 없으세요?"

그녀는 안타까운 듯 그를 바라보았다.

"인간은 모두가 이상적인 자아를 열망하며 살고 있어요. 그러나 현실 세계에서는 그것이 허용되지 않죠. 자신의 이상적인 자아를 마음껏 누리고 사는 게 왜 속임수죠? 그것이 외모든 뭐든 말이에요."

그는 순간 말문이 막혔다.

"이상적인 자아들이 모여 있는 곳, 저는 이곳이 바로 유토피아라고 생각해요."

그녀는 자신의 도피 공간을 합리화시키느라 안간힘을 쓰고 있었다. 시간강사 생활이 십 년이라고 했던가. 누에처럼 실을 토하고 토해 현실을 차단하고 제 몸을 둘러싸서 지은 집이 사이버 공간인 모양이었다.

"이 도시를 만들어 돈을 버는 누군가를 생각해 봐. 이곳은 사용료를 내고 인간의 억압된 욕망을 실현시키는 유희 공간일 뿐이야."

"선생님이 그렇게 강조하는 현실도 실은 유희 공간이 아닐까요? 신의 것이든 인간의 것이든 말이죠. 그런데 그 현실이라는 유희 공간에서는 우리에게 가능한 일이 너무나 적어요. 아까 억압된 욕망이라고 하셨나요?"

그녀는 도발적으로 그를 바라보았다.

"욕망이라는 것, 인간의 본능적 자아 아니겠어요? 현실에서 제가 느꼈던 가장 강렬한 욕망이 무엇이었는지 아세요?"

그녀의 입술이 바르르 떨렸다.

"바로 선생님을 안고 싶다는 거였어요. 하지만 선생님은 결혼한 사람이고, 저는 도덕성을 유지해야 할 사람이잖아요. 행여 교수가 되는 데 흠집이 생기면 어떡해요?"

그는 가만히 그녀의 손을 잡았다. 그녀의 마음을 짐작하고는 있었지만 그가 할 수 있는 일은 아무것도 없었다.

"하지만 여기서는 모든 게 가능하다구요!"

"여기서는 흠집이 있는 사람도 교수가 될 수 있는 모양이지?"

그는 그녀의 격앙된 감정을 누그러뜨려 보고자 농담을 건넸다.

"저는 어제, 선생님을 안아 보았거든요."

그는 놀라서 주춤 그녀로부터 물러나 앉았다.

"올리비아가 바로 저였어요!"

그는 혼란에 빠져 그녀를 멍하니 바라보았다. 그녀가 올리비아 행세를 하고 그를 만났다는 말인가.

"선생님을 속인 건 아니에요. 올리비아는 바로 선생님을 그토록 안고 싶어 했던 저였으니까요."

그녀는 기분좋게 웃었다.

"올리비아는 제 본능적 자아고, 여기 있는 저는 이상적 자아인 셈이죠. 저는 이 두 자아가 충돌 없이 실현되고 있는 이곳의 생활이 너무나 만족스러워요."

"잘, 생각해 봐, 당신의 그 두 자아라고 하는 게, 한 몸 안에 있어야 하는 것 아니야?"

그는 더듬거렸다. 본능적 자아와 이상적 자아가 따로 돌아다니는 세계라니, 수상하고도 위험했다.

"현실에서야 그렇죠. 선생님, '나'라는 게 대체 뭐겠어요? 자아의 실현태 아니겠어요? 현실에서는 불가능한 나의 모든 자아가 실현되는 곳, 저는 이곳에서 비로소 제 존재를 느꼈어요."

그가 곤혹스러워 하자, 그녀는 핸드백에서 담배를 꺼내 주었다. 현실에서 그는 담배를 끊고 있었지만, 담배를 받아 물었다. 놀랍게도 그에게 담배를 피워 물었을 때의 안정감과 여유가 생겨났다.

"나도 당신에게 전염되어 가는 모양이야. 담배맛이 느껴져."

"이제 선생님도 이 도시의 시민이 된 거예요."

그녀도 함께 담배를 피워 물었다.

"하지만 이 도시에는 몸이 없잖아."

그녀는 당신 옆에 있는 나는 무어냐는 듯 두 손을 들어 보였다.

"설마, 내 옆에 있는 아바타가 당신의 몸이라고 주장하지는 않겠지? 올리비아도 그렇고, 당신을 닮은 이 아바타도 그렇고, 그저 이미지일 뿐이잖아."

"의식이 존재하는 곳에 내가 있는데, 몸뚱이가 무슨 의미가 있어요?"

그녀는 그를 향해 담배 연기를 내뿜었다.

"당신은 '나'라고 하는 것이 의식으로만 이루어질 수 있다고 생각해? 몸이 있어야 존재가 있지. '의식이 있는 몸'이 바로 '나'야. 현실에서 우리가 몸으로 존재하지 않는다면, 어떻게 서로를 지각할 수 있겠어?"

그녀는 자리에서 벌떡 일어났다.

"몸! 몸이 없으니까 오히려 순수한 정신과 정신이 만날 수 있다는 생각은 해보지 않으셨어요? 선생님의 이야기는 철학에서나 하는 말이고, 현실이 어떤데요? 그야말로 몸뚱이들만의 세상이잖아요? 물질과 감각만이 거래되잖아요?"

그는 손을 내밀어 그녀를 다시 자리에 앉혔다.

"내 말은 몸이 없으니, 여기가 현실이 아니라는 거야. 아까 이곳을 유토피아라고 했나? 그래, 유토피아일 수는 있어. 유토피아라는 것이 불만족스러운 현실에 대한 비판의 방식이니까 말이야. 하지만 여기는 당신의 존재가 실현되는 곳이 아니라구. 여기는 당신이 읽어야 할 텍스트에 불과할 곳이라니깐!"

한참을 아무 말 없이 앉아 있었던 그녀는 갑자기 울기 시작했다. 그녀의 말처럼 정신과 정신이 순수하게 소통하고 있어서인지, 혹은 그녀의 몸이 발산하는 어떤 의식에 그의 몸이 감응하고 있어서인지, 그는 그녀의 흐느낌을 느낄 수 있었다. 그녀의 아바타는 그의 옆에 가만히 앉아 있었지만.

"자신이 없어요…… 세상으로 돌아갈……. 모르겠어요…… 상처만 받았던 몸뚱이 속으로 돌아가야 할 이유를……."

그는 그녀를 안았다. 당신의 몸을, 당신의 전 존재를 안고 싶다고 말을 해야 할까.

그녀에게서, 어쩌면 그녀의 체온이 느껴지는 듯도 했다.

(2003. 9.)

소리를 찾아낼 수는 없을까?

불현듯 떠오른 생각이었다. 소리만 찾아낸다면, 누명을 벗을 수 있지 않은가 말이다. 그가 해고보다 더 견딜 수 없는 건 회사의 기밀을 누설했다는 누명이었다. 자신은 그것이 공공연한 비밀인 줄 알았다. 그룹 내의 비슷한 계열의 회사들이 합병되는 것은 요즘 들어 흔한 일이었다. 망년회의 2차 술자리에서 부장이 그 말을 끄집어 내었을 때, 모두들 우리 회사도 올 것이 왔구나 하는 얼굴로 받아들이지 않았던가. 만일 그것이 보안을 요하는 기밀 사항이었다면 누설의 책임은 부장이 져야 했다. 사표를 요구하는 국장에게 그는 항의했다. 그러나 그날 2차 술자리에 참석했던 그 누구도 그에게 동조해 주지 않았다. 부장이 그런 말을 한 적이 없다는 거였다.

"만일 그것이 회사의 일급 비밀이고, 제가 그 자리에서 그 말을 듣지 않았다면 말입니다. 일개 대리에 불과한 제가 어떻게 그 사실을 알았겠습니까?"

그는 국장에게 논리적으로 추론해 볼 것을 요구했지만, 국장은 입술을 비틀며 대꾸했다.

"글쎄, 우리도 그 점이 궁금하네."

퇴직금 봉투를 아무렇게나 쑤셔 넣고, 그는 사무실에 들르지도 않고 그대로 회사를 나왔다. 벌어 먹고 살기 어려운 세상이 되었다고는 하지만 이 정도인 줄은 몰랐다. 그래도 한솥밥을 몇 년 같이 먹은 사이들인데 동료가 생매장되고 있는 현장을 보고도 그렇게 시치미를 뗀다는 말인가.

회사에 다시 돌아가고 싶은 생각은 추호도 없었다. 그러나 누명만은 벗고 싶었다. 자신이 비밀을 발설하고도 부하 직원에게 책임을 돌린 파렴치한 부장과, 사실을 알고도 목구멍 걱정에 양심을 버린 동료들을 패대기치고 싶었다.

도대체 소리는 왜 사라져 버린다는 말인가? 소리가 사라지지 않고 남아 있다면 이런 일이 애초에 벌어지지 않았을 것 아닌가.

어딘가에 거대한 소리의 저장고가 있다면, 필요할 때마다 소리를 끄집어내어 그때 네가 이 말을 하지 않았느냐 밝혀 볼 수 있다면, 세상은 얼마나 더 진실해질 것인가.

조심스레 방문을 두드리는 소리가 났다. 며칠째 아내는 그의 눈치만을 보고 있었다. 몸이 안 좋아 연가를 내었다고 둘러대었으나, 아내는 믿지 않는 것 같았다. 언제라도 부딪칠 일, 아내가 적당한 선에서 자신의 실직을 알아채 준다면 더 나을지도 몰랐다.

"저, 성당에 좀 다녀 올게요."

레지오 모임에서 혼자 사는 노인들을 방문하기로 한 날이라며 미안해 하는 얼굴로 아내는 나갔다. 아내가 독실한 믿음을 가지고 있는 건 고마운 일이었다. 어떠한 난관이 있더라도 아내는 헤쳐나가 줄 것 같았다.

그는 책상에서 내려와 방바닥에 벌러덩 누웠다. 아내에게는 보이고 싶지 않은 모습이었다. 실직을 흔히 '구들장만 지고 있는 신세'라고들 표현하지 않던가.

현관문 닫히는 소리가 나고, 이어 달그락 열쇠 잠기는 소리가 났다. 그는 온 귀를 기울여 소리가 공기를 타고 그에게 전해져 와서 사라지는 것을 느껴 보았다.

도대체 소리는 어디로 간다는 말인가. 머릿속으로는 금방 들은 현관문 닫히는 소리와 열쇠 잠기는 소리를 선명하게 재생할 수 있을 것 같은데 말이다. 혹시 소리는 어딘가에 그대로 남아 있는데, 단지 인간이 그것을 식별해 내지 못하는 건 아닐까?

에너지 보존의 법칙!

그는 벌떡 일어나 앉았다. 고등학교 때, 이마가 벗겨진 물리 선생이 지상 최고의 진리라도 선포하는 것처럼, 대나무 막대기로 자신의 손바닥을 딱딱 때려가며 읊조렸던 법칙 아닌가.

우주에 있어서의 물질과 에너지의 총화는 일정하여 결코 더 이상 조성되거나 소멸되는 일이 없다. 변하는 것은 형태뿐이고 본질은 변하지 않는다.

물리 선생의 금속성 섞인 비음이 생생히 들려오는 듯했다. 그래, 소리도 하나의 에너지라면 소멸되지는 않았을 것이다. 어딘가에 남아 있을 것이다. 형태는 변해 있을지라도. 어쩌면 그것은 재생이 가능할지도 모른다. 빛의 속도보다 빠르게 움직여 시간 여행이 가능하다면, 소리의 속도보다 빠르게 움직여 소리를 찾아낼 수 있지 않을까? 빛의 속도에는 아직 이르지 못했지만, 소리의 속도는 이미 뛰어 넘는 엔진을 만들어 내지 않았는가. 현대 과학은 말이다.

이것은 풀 수 있는 문제다!

그는 컴퓨터 앞으로 달려 갔다.

웹페이지의 검색 결과 136,625개의 문서가 검색되었습니다.

그가 맨 먼저 들어간 검색 엔진에서 '소리'를 검색어로 집어넣자 떠오른 메시지였다. 13만 개가 아니라 130만 개라도 좋았다. 그는 투지를 다지며 화면을 이동시키기 시작했다. 조그만 실마리라도 보인다면 어떠한 사이트라도 들어가 볼 참이었다.

http://www.soriso.com/contact.html

그가 이 사이트에 접한 건 밤낮없이 인터넷을 뒤지고 다닌지 사흘째였다. 소리에 관한 물리적 지식에서부터 소리에 관한 첨단 기술에 이르기까지 수많은 정보를 헤집고 다니다가 문득 발견한 것이었다.

소리 항해, 사라진 소리를 찾아서.

사이트의 소개는 단 한 줄뿐이었지만, 섬광처럼 어떤 예감이 지나갔다.

설마 판소리나 민요를 찾아서는 아니겠지.

예감이 주는 느낌이 너무 날카로와, 그는 일부러 눙치며 중얼거려 보기도 했다. 자판을 두드리는 그의 손가락은 이미 떨고 있었다.

사라진 소리를 찾아서 소리 항해를 떠나실 분은 이메일 주시기 바랍니다.

검정 바탕에 '소리소'라는 흘림체의 한글과 'soriso.com'이라는 고딕체의 영문이 흰 글자로 새겨져 있는 홈페이지에는 짧은 안내문과 함께 달랑 이메일의 주소만이 나와 있었다.

email:webmaster@soriso.com

— 귀사에 대해서 알고 싶습니다. '소리소'가 무엇입니까?
— 세상의 모든 소리가 모여 있는 곳입니다. '소리소'의 '소'는 못이라는 뜻의 소(沼)입니다. '소리가 모여 있는 못'이라는 뜻이지요.
— 소리가 모여 있다는 것이 가능한 일입니까? 소리는 사라지지 않습니까?
— 소리는 사라지지 않습니다. 잃어버릴 뿐이죠.
— 이해가 되지 않습니다. 좀더 상세한 답변을 바랍니다.
— 어릴 적 귀하를 부르는 어머니의 목소리를 떠올려 보십시오. 어머니는 돌아가셨어도 어머니의 목소리는 귀하의 머릿속에 생생히 남아있지 않습니까? 같은 이치입니다. 더 이상의 답변은 회사의 기밀에 속하는 것이므로 말씀드릴 수 없음을 양해해 주십시오.
— 사라진 소리라고 하는 것은 어떠한 것들을 말합니까?
— 세상의 모든 소리를 말합니다. 사람의 말, 자연계의 음향, 연주된 음악 등등입니다.
— 사라진 소리를 찾으려면 어떻게 해야 됩니까?

— 찾고 싶은 소리를 구체적으로 말씀해 주십시오.

— 망년회 때, 저희 회사 부장이 했던 말을 찾고 싶습니다. 회사가 곧 합병될 거라는 말입니다. 부장은 그런 말을 한 적이 없다고 하고, 그 말을 같이 들었던 동료들 역시 그런 말을 들은 적이 없다고 합니다. 들은 말을 고등학교 동창 모임에 옮겼던 저는 회사의 기밀을 누설했다고 해고당했습니다. 부장의 말을 찾아 진실을 밝히고 싶습니다.

— 세상의 진실을 밝히는 게 저희 회사의 소명입니다. 정의의 이름으로 당신을 환영합니다. 소리 항해를 떠나고 싶은 날, 언제라도 연락 주십시오.

C.P. : 01X-9618-XXXX

메일을 주고받으면서 그는 홀린 듯한 기분을 감출 수가 없었으며 특히 마지막 메일의 문구들은 그의 지성에 다소 걸림돌이 되었다. '세상의 진실을 밝힌다'느니, '정의의 이름으로'라는, 현실 세계에서는 생경한 말들이 무슨 종교 집단 같은 냄새를 풍겼다. 그러나 전화 속의 음성은 명료하고도 정중했다. 그는 목소리에도 인품과 지성이 존재한다고 믿는 사람이었다. 전화 속의 음성은 최고 교육을 받고 세련된 교양을 지닌 사람만이 낼 수 있는 목소리였다.

사라진 소리를 찾고자 하는 사람들은 어떤 사람들일까. 대체로 자신과 같이 억울한 일을 당한 사람들이 아닐까? 왜곡된 사실을 바로잡고자 하는 사람들일 것이다. 이 회사를 세운 이도 자신처럼 무슨 부당한 일을 당했는지 모른다. 그래서 사라진 소리를 찾아 헤매다 드디어 그곳을 발견하고 소명의식을 느꼈는지도 모른다. 종교를 가진 사람이라면 더욱 그랬을 것이다. 하도 타락한 세상이라 '진실을 밝히고 정의를 세운다'는 일이 낯설게 들리지만, 그것은 옳은 일이 아닌가. 종교 집단이면 어때? 세상의 빛과 소금이 되고자 하는 이들은 그래도 그런 사람들인데. 그래, 에너지 보존의 법칙! 이 세상 어딘가엔 사라진 소리들이 모여 있는 거야.

여행이 얼마나 걸리느냐는 질문에 전화 속의 음성은 개인차가 있다고 대답했다. 사흘에서 닷새쯤 말미를 두고 떠나는 게 좋겠으며, 경비는 시간에 따라 추가되므로 여행이 끝나고 지불하면 된다고 했다.

며칠 여행을 다녀오겠다고 하자 아내는 고개를 끄덕였다. 삶을 재충전하는 데 있어서, 컴퓨터 앞에 앉아서 밤을 새우는 것보다는 마음 가는 대로 여기저기 다니며 바람을 쏘이는 게 더 나을 것 같다는 이야기도 덧붙였다. 한 번도 그의 말을 거슬러 본 적이 없는 아내였다. 천국이 있다면, 아내의 치맛자락만 잡고 있어도 도달할 수 있을 것 같았다. 그는 아내에게 그 음성의 전화 번호를 적어 주며 일주일이 지나도 자신이 돌아오지 않으면 경찰에 신고하여 전화 번호를 추적해 보라고 일렀다. 무슨 일이냐고, 누구를 만나러 가느냐고 아내의 얼굴이 단박에 불안감에 젖었다. 친구를 만나러 가는데, 하도 오랜만에 만나기 때문에 그 친구가 무슨 일을 하는지 종잡을 수 없어서일 뿐이라고, 세상이 하도 험하니까 만일을 몰라서 그러는 것일 뿐이라고, 그는 대범하게 대꾸하며 집을 나섰다.

전화 속의 음성과 만나기로 한 장소는 산자락의 전망 좋은 곳에 위치한 고급 빌라였다. 막연히 여행사 같은 사무실을 연상하고 있었던 그에겐 뜻밖이었다. 그러나 전화 속 음성의 소유자는 그가 상상한 바와 같이 중후하고 세련된 사내였다. 사내는 노트북을 열고 메모를 하면서 그가 찾고 싶은 소리에 대해 꼼꼼히 물었다. 그가 흥분해서 말을 더듬을 때는 잔잔하게 웃으며 기다려 주었고, 가끔씩 고개를 끄덕이며 그의 생각에 동조하는 제스처를 취하기도 했다. 사내는 마치 정신과 의사와도 같은 분위기였는데, 그가 만일 정신과 치료를 원했다면, 이야기를 하는 것만으로도 상처가 치유되었다고 느낄 수 있을 만큼 사내의 듣는 자세는 진지하고 성실했다.

"그런데 언제 떠나죠?"

"일단은 저녁 식사를 함께 하시고, 좀 어두워진 다음에 떠나도록 하시죠."

"낯선 길인데, 밝을 때 출발하는 게 낫지 않을까요? 찻시간이 맞지 않나요?"

사내는 빙긋 웃었다.

"차를 타고 갈 수 있는 곳이 아닙니다."

"네?"

"그곳은 너무나 멀고도 험한 길이기 때문에 인간의 몸으로는 갈 수 없는 길이지요."

"네?"

"혹시 유체 이탈이라고 들어 보셨나요?"

"사람이 죽으면 몸에서 영혼이 빠져 나간다는 것 말씀이십니까?"

"그렇지요. 그 원리를 이용해서 여행을 떠나는 것입니다."

그는 불안해졌다. 유체 이탈이라니, 영화 같은 데서나 나오는 일이 아닌가? 실제로 그럴 수 있다는 말인가?

"유체 이탈을 해서 '소리소'라는 곳에 간다는 말인가요?"

설령 그럴 수 있다 하더라도 자신이 그러한 경험을 하고 싶지는 않았다. 몸에서 영혼이 빠져 나간다니, 섬뜩한 일이었다. 무엇을 믿고 이 낯선 곳에 자신의 몸을 부려 놓는다는 말인가?

"유체 이탈이라고 하는 게 그렇게 어려운 일이 아닙니다. 조금만 단련하면 누구나 할 수 있는 일이죠. 물론 용기가 필요한 일이긴 합니다. 약간의 용기만 있다면 우리는 인간의 육체로는 접할 수 없는 굉장한 세계와 만나게 되는 거죠."

사내의 목소리는 잔잔하면서도 흡입력이 있었다.

"꺼림칙하시면 그만 두셔도 좋습니다. 저희 회사의 신과학 연구는 고객의 전적인 신뢰를 바탕으로 이루어지는 것이거든요."

"신과학 연구라고요? 이 회사가 신과학을 연구하는 곳입니까?"

"그렇습니다. 아시다시피 근대 과학의 선형 이론은 이미 한계에 부딪쳤습니다. 과학이라고 하는 게, 혹은 진리라고 하는 게 결국 세상의 이치를 벗겨내는 작업이 아니겠습니까? 근대 과학으로는 설명해 낼 수 없는 복합적인 현상이나 정신 활동의 영역에서 저희들은 정신 에너지를 활용하여 폭넓은 성과를 거두고 있는 중입니다."

"그러니까, 소리를 찾아내는 것도 그, 신과학의 범주에 들어가는 것이라는 말씀이죠?"

"그렇지요. 종래의 이론대로라면 소리란 자연계로 환원되는 것이지, 결코 찾아낼 수 있는 게 아니지 않습니까."

에너지 보존의 법칙이니 뭐니 하고 추론해 보긴 했지만, 현실에서 사라진 소리를 찾는 게 과연 가능한가, 더구나 유체 이탈 운운하는 것을 보고 무슨 교묘한 사기에 걸려든 것은 아닌가 하고 미심쩍어 했던 그는 의구심이 확 풀리는 것을 느꼈다. 사라진 소리를 찾을 수 있을지도 모른다는 자신의 생각이 근대 과학을 뛰어넘는 발상이라는 점에 으쓱해지기도 했다.

"어때요, 한번 소리를 찾아 떠나보시겠습니까?"

사내는 그의 눈을 찬찬히 들여다 보았다. 그는 고개를 끄덕였다.

그가 눈을 떴을 때, 사내는 바위에 걸터앉아 있었다.

"자아, 제 손을 잡고 나오세요. 하나, 두울, 셋!"

침대에 누워 사내가 묻는 말에 대답을 하며, 이런저런 이야기를 나누다가 슬몃 잠이 들었는데, 갑자기 사내의 목소리가 들렸다. 그는 눈을 떠서 하나, 두울, 셋 하고 침대 곁에서 서 있는 사내의 손을 잡으려 했으나 쉽지가 않았다. 가위 눌리는 꿈에서 벗어나고자 할 때, 의식은 있는데 몸이 움직여 주지 않는 것과 비슷했다.

"정신을 모아 보세요. 온 기운을 이마에 모으고 제 손을 잡으세요. 하나, 두울, 셋!"

사내의 손을 잡으려다 힘이 딸리면 스멀스멀 잠이 들었다가, 다시 사내의 목소리에 깨어나기를 몇 번. 드디어 사내의 손을 잡는 순간 그는 자신을 확 나꿔채는 강렬한 힘을 느꼈다. 그리고는 또 정신을 잃었다. 아득한 소용돌이 속으로 빨려들어 온 것 같기도 했다.

"제가, 제 몸을 빠져 나온 겁니까?"

사내는 고개를 끄덕였다. 그는 자신을 이리저리 살펴 보았다.

별반 달라진 것은 없는 것 같았다.

"그럼, 제가 빠져 나온 제 몸은 어디 있습니까?"

"연구실 침대 위에 그대로 있지요. 우리는 이미 아주 먼 길을 왔습니다. 여기가 소리소거든요."

그는 일어나서 사방을 돌아 보았다. 첩첩의 골짜기에 풀도 나무도 아무것도 없었다. 온통 주름진 백색의 바위들뿐이었다. 지옥에라도 온 것일까? 공포가 잠깐 그를 사로잡았다.

"자, 저쪽 골짜기부터 뒤져 봅시다. 목소리마다 파장이 다르지 않습니까. 파장이 비슷한 소리들끼리 모여 있는 겁니다."

사내는 그의 대답을 기다리지 않고 앞장서서 걷기 시작했다. 광막한 바위산에 움직이는 거라고는 사내와 그밖에 없었다. 주름처럼 겹쳐진 바위들 때문에 사내는 불쑥불쑥 시야에서 사라지곤 했다. 그는 사내를 놓치지 않으려고 버둥대며 따라갔다. 어떤 모퉁이를 돌아서면서부터 과연 웅웅대는 소리가 들리기 시작했다.

— 더러운 자식이잖아!

그는 깜짝 놀랐다. 낯익은 음성이었다.

— 같이 죽자는 얘기야, 뭐야. 저 하나 조용히 물러나 주면 될 텐데, 물귀신처럼 물고 늘어지네.

— 능력이 딸려 고용 조정을 당했으면, 와신상담 힘을 길러 제 몸뚱이의 상품가치를 높여야지, 치사하게 무슨 폭로야, 술자리에서 있었던 일 가지고 말야.

— 우리가 모두 제 편을 들어줄 줄 알았던 모양이지? 어리석긴, 명색이 대리란 사람이 그동안 사횟물 헛먹었다니깐.

같은 사무실에 있는 동료들의 목소리였다. 그의 얼굴은 딱딱

하게 굳기 시작했다. 그는 웅웅대는 바위의 골 사이에 귀를 밀착시키고 정신을 집중했다. 웅웅대는 소리는 회오리처럼 다가와 어느 순간 말이 되어 들렸다가 휑하니 사라지곤 했다.

— 김 대리, 대단해. 다들 이 보고서 좀 보라구.

— 이 자료는 어디서 구했어? 나도 한 부 복사해 가질 수 있을까?

— 김 대리님, 이 꽃, 제가 꽂아 놓은 거예요.

— 김 대리, 이제는 대리라고 불러야겠지? 승진을 축하하네.

— 김 대리, 오늘은 꼭 술 한 잔 하러 가자구!

— 김 대리, 점심은 나하고 하기로 했잖아?

그가 잘 나가던 시절, 그의 주변을 싸고 돌았던 말들이 두서없이 다가왔다가 흩어지곤 했다. 한때는 자신을 우쭐하게 했던 그런 말들을 다시 만난 것이 그는 전혀 반갑지가 않았다. 그는 맨처음 들었던 그 말들을 계속 듣고 싶었다. 그의 생각대로라면 그의 동료들은 지금 심한 양심의 가책을 받고 있어야 했다. 그런데 그게 아니라니, 미칠 것 같았다.

— 드디어 사표를 내겠군.

— 끈질기네요.

— 나 같으면 자존심이 상해서라도 바로 사표를 냈을 거야.

— 전별금이라도 걷어 줘야 하는 것 아냐?

— 글쎄, 그래야겠지?

— 작자의 행태를 생각하면 전별금이고 뭐고,

— 얼마씩 걷을까? 삼만 원?

— 이만오천 원씩 해요. 여덟이니까 이십만 원이 맞춰지잖아요.

그는 사내가 이 말을 같이 듣고 있지나 않은지 얼른 돌아다

보았다. 부끄러움 때문에 온 몸이 다 화끈거렸다. 다행히 사내는 한쪽 손으로 귀를 감싼 자세로 다른 골을 향해 앉아 있었다.

입사 동기인 박 대리가 동네 앞 카페로 불러내어 전별금 봉투를 쥐어 주었을 때, 왜 자신은 그것을 뿌리치지 못했던가? 자신의 손을 움켜잡던 박 대리의 손을 왜 따뜻하다고 느꼈던가? 자기들의 입장을 구구히 변명하며 부장을 욕하던 말놀음에 왜 잠시나마 동조했던가?

"찾았습니다!"

사내가 그를 향해 손짓을 했다.

"선생님이 원하는 소리를 찾았습니다. 자, 이렇게 앉으셔서 들어 보십시오. 일정한 간격으로 소리가 몰려올 것입니다. 밀어낸다는 생각으로 하나씩 물리치십시오. 그러다가 여덟 번째 오는 소리를 잡는 겁니다."

그는 사내가 시키는 대로 귀를 감싸고 하나, 둘, 셋을 세기 시작했다.

… 여섯, 일곱, 여덟!

— 건배, 건배!

— 새천년을 위하여 다시 한 번 건배합시다!

— 부장님, 한 말씀 더 하시지요.

그는 숨을 죽였다. 바로 그 순간이었던 것이다.

— 사실은 좋은 소식 하나, 나쁜 소식 하나가 있네. 어느 것부터 말할까?

— 나쁜 소식부터 말씀하시죠. 망년회니까 먼저 듣고 잊어버리게.

— 우리 회사가 진우 주식과 합병될 것 같네.

그는 주먹을 불끈 쥐었다. 사내가 빙긋 웃으며 소형 녹음기를 들어 보였다.

— 우리 일이 성공적으로 마무리되었습니다.

그러나 그는 도무지 후련하지가 않았다. 후련하기는커녕 극도의 우울로 두통조차 느껴졌다. 그가 해고되었을 때, 부장도 부장이었지만 동료들에게 느꼈던 배반감은 이루 말할 수가 없었다. 그러나 그는 동료들이 목구멍이 포도청이라고, 직장을 잃을까 봐 양심을 외면한 것이려니 여기고 있었다. 그 자신이 동료들에게, 무능력하여 해고되면서 동료들까지 구렁텅이로 끌고 들어가려 하는 인간으로 보이고 있다는 것은 꿈에도 생각하지 못한 일이었다. 정말 자신은 어떠한 사람인가? 자신이 보는 자기와 타인이 보는 자기가 그렇게 다르다는 말인가. 부장의 말을 녹음한 테이프를 회사에 보낸다면, 사람들은 과연 진실을 밝힌다고 생각할까? 오히려 자신을 마지막 인간성마저 잃은 성격파탄자로 몰아부치지는 않을까?

"오기 힘든 곳인데, 다른 소리들도 좀 듣고 가시죠? 또 찾고 싶은 소리는 없습니까?"

자신의 임무를 마쳐서인지 사내는 느긋하게 보였다. 그는 고개를 흔들었다. 자신에게 상처를 입힐 또 다른 말을 만날까 두렵기까지 하였다.

"고향의 소리들을 한번 찾아보는 게 어때요? 고향으로 돌아간 기분일 테니까 말이죠."

고향의 소리? 그는 금방 어머니를 떠올렸다. 그래, 어머니가 있지. 어머니의 따뜻한 목소리를 들을 수 있다면 상처 입은 마음이 조금 위로가 될 것도 같았다.

"어느 쪽으로 가야 하죠?"

"고향을 떠나온 지 상당히 되셨을 테니까 좀더 깊숙히 들어가야겠지요. 자, 이리 오십시오."

그는 사내의 손을 잡고 주름잡힌 바위들을 건너 다른 골짜기로 들어갔다.

— 태경아, 태경아, 일어나야제.

그는 가슴이 뭉클했다. 통학 기차 시간에 맞춰 그를 깨우던 어머니 목소리였다. 자신을 조금이라도 더 재우려고 어머니는 밥상을 다 차려놓고, 세숫물까지 떠놓고 그를 부르곤 했다. 그가 행여 약한 인간으로 자랄까봐, 새벽길을 떠나야 하는 자식에 대한 안쓰러움을 감추고 어머니는 늘 밝고 활기찬 음성으로 그를 깨웠다.

— 쉬, 쿵쿵, 탁, 쉬, 쿵쿵, 탁.

아버지가 돌아가신 뒤, 방앗간 일은 어머니 몫이 되었다. 그가 자전거를 끌고 사립을 나설 때면 어머니의 일이 시작되는 소리가 들렸다.

— 쉬, 쿵쿵, 탁, 쉬이잇.

발동기가 꺼지는 이 소리는 반가운 소리가 아니었다. 날씨가 추운 날은 발동기에 불이 잘 붙지 않았다. 어머니는 발동기에 불이 붙을 때까지 곱은 손으로 발동기를 몇 번이고 돌려야 했다. 머슴 두 사람과 함께 어머니는 방앗간 일을 해냈는데, 그때는 모든 게 수동식이라 사람이 곡식을 일일이 퍼넣고 받아 붓고 다 찧으면 말로 되어 주고야 수공을 받았으니, 알부자란 소리는 들었을지언정 어머니는 뼈가 녹았을 것이다.

— 태경아, 이불 좀 덮어 도라.

허리가 아파 진땀을 흘리며 고통스러워하던 어머니의 목소리였다. 그래도 새벽이면 언제 그랬냐는 듯, 환한 음성으로 자신을 깨우곤 했던 어머니였다.

— 쉬, 쿵쿵, 탁, 쉬, 쿵쿵, 탁.

어머니는 일생을 통하여 그를 깨우고, 불을 붙이고, 쉬임없이 길을 닦아준 사람이었다. 어머니는 그의 지주였다.

어머니.

그는 자신도 모르게 주먹을 불끈 쥐었다. 눈물이 핑 돌았다. 어머니를 생각하며 세상의 어떤 어려움도 헤쳐 나갈 수 있을 것 같았다.

— 아이고, 아이고…….

바위의 골 속에서 갑자기 울음 소리가 터져 나왔다. 어머니의 장례식이었다.

— 인간사 허망하구만, 엊그제까지도 방아 찧던 사람이….

— 저렇게 빨리 갈람서 멀라 그리 애끼고 살았으까.

— 혼잣몸으로 자석들 갈칠라고 애썼제.

어머니의 죽음은 그렇게 갑작스러웠다. 전전날 전화할 적에도 어머니의 음성은 쾌활하고 다정하기만 했다. 다른 부모들처럼 어디가 아프다고 해서 약을 지어 보낸 적도 없고, 큰 병원에 모시고 가서 종합진찰 한 번 받게 해 드린 적도 없었다. 그는 오히려 그것이 한이 되었다. 도대체 어머니를 위해서 그가 한 일이라고는 아무것도 없는 것이었다.

— 근디, 저 사람이 누기여?

— 글씨, 못 보던 사람인디.

— 저 코허고 인중이 태경이 빼다박지 않았능가?

— 장성댁 친정에서 왔는갑제.

— 혹시 말여, 태경이 성 아니여?

형이라니? 내게 무슨 형이 있다는 말인가? 그는 깜짝 놀라 소리를 놓치고 말았다. 자신에게는 두 동생이 있을 뿐이지 않는가?

— 장성댁 팔자도 기박허제. 서방을 둘이나 먼저 보냈응께.

— 핏줄은 못 속인다드니, 성제지간에 어쩌면 저렇게 닮았으까이.

— 태경이는 몰르제? 거참, 지 성인디, 말해줄 수도 없고 말여.

— 멀라고 넘의 가족사에 끼여 들어? 지 에미도 숨긴 일인디.

— 저런 자석놈을 두고 개가를 했응께 장성댁도 피눈물이 났겄제.

그가 멍하니 있는 사이에 또 소리가 빠져 나가고 말았다. 어머니가 개가를 했다니, 한 번도 들은 적이 없는 말이었다. 아버지하고 나이 차이가 많긴 했다. 그러나 얼마나 금슬이 좋았던가? 자식을 두고 왔다고? 생전에 어머니 얼굴에서 한 번이라도 그늘을 찾을 수 있었던가? 그는 믿을 수가 없었다.

"이곳에 있는 소리들이 다 사실입니까? 혹시 잘못된 소리가 만들어지는 것은 아닙니까?"

그는 한쪽에서 무엇인가를 열심히 듣고 있는 사내에게 소리쳤다.

"선생님은 이곳이 어디라고 생각하십니까?"

사내는 진지한 얼굴로 되물었다.

"소리소라고 하지 않았습니까?"

"소리소라고 하는 곳이 어디에 존재하는지 아십니까?"

“……….”

“선생님의 마음 속입니다. 생리학적 용어로는 뇌라고 하는 곳이죠. 선생님이 귀를 통해서 들은 소리들이 다 저장되어 있습니다.”

“그럴 리가 없어요! 제가 한번도 안 들어 본 말들입니다. 제가 안 듣는 곳에서 한 말들 아닙니까? 어떻게 제 뇌 속에 저장이 된다는 말입니까?”

사내는 고개를 끄덕이고 그의 옆에 쭈그려 앉았다.

“소리의 가면 현상이라는 게 있답니다. 우리의 육체를 통해 듣는 소리는 한계가 있지요. 좀 더 큰 소리, 좀 더 가까운 소리 때문에 방해를 받으니까요. 사실은 우리가 인식하지 못했던 미세한 소리들도 다 귀를 통해 들어와 있답니다. 이곳에서는 소리의 가면이 없어지니까 그 소리들이 다 살아나는 겁니다.”

그는 문득 섬뜩한 생각이 들었다. 사내의 온화한 얼굴이 하얀 바위들 사이에서 갑자기 가면처럼 보였기 때문이었다.

“멋진 일 아닙니까? 몰래 숨어서 한 말들을 밝혀내고, 말을 뒤집는 행태들을 처단하는 겁니다. 진실을 알아내는 거지요.”

사내는 이를 드러내고 웃었다. 그때 또 웅웅대며 한 무더기의 소리들이 달려들었다.

— 월정리에 있는 태경이네 과수원 말이여.

— 배 과수원?

— 글씨, 장성댁이 저 사람헌테 넘긴 모냥이여. 그런 소문이 들리드랑께.

— 허기사, 자기 자석인께.

그는 심한 배반감에 사로잡혔다. 몇 년 전, 어머니는 멀찍이 월정리에 배 과수원을 장만했다. 그는 원래 집안일에 관여하지 않았지만, 기왕 과수원을 사려면 집 가까운 데에 있는 걸 사시지 그랬냐는 이야기를 건네 본 적은 있었다.

"어차피 수를 줄 건디, 땅 좋은 디로 골라야제."

직접 농사를 지을 것도 아닌데, 굳이 집 가까운 데를 살 필요는 없다는 말 끝에 어머니는 이런 말을 덧붙였다.

"그 과수원은 내가 모텐 돈으로 산 거다."

자기 집안에서 어머니가 모으지 않은 재산이 어디 있다는 말인가? 어머니의 그 말은 생뚱맞기조차 했다. 아버지는 방앗간 하나를 남기고 갔지만, 어머니는 많은 전답을 사들였던 것이다.

"월정리 과수원은 방엣간에서 나온 돈으로 산 거 아니여. 순전히 내가 모텐 돈으로 산 것인께, 내가 팔아서 쓸란다."

이태 전, 어머니는 재산을 자식들 앞으로 명의 변경하면서 그렇게 말했다. 그때도 그 말이 약간 걸렸지만, 워낙 속이 깊은 분이니까 따로 돈 쓸 일이 있어서 그러나 보다 하고 말았다.

지금 생각하니 어머니는 철저히 네 돈, 내 돈을 가르며 산 것이다. 아버지가 남긴 방앗간에서 나온 돈은 네 돈이었고, 가축을 키우고, 밭일을 다녀서 자신의 노동으로 번 돈은 내 돈이었다. 아버지와 그와 그의 형제들은 어머니에게 있어서 '너'였다는 말인가? 당신과 전남편의 자식은 어머니에게 있어서 '나'였다는 말인가?

그는 허탈감에 빠져 꼼짝할 수가 없었다. 그를 둘러싸고 있던 한 세계가 소리도 없이 무너져 내리는 것 같았다.

"진실을 안다는 것은 때로 용기가 필요한 일입니다."

사내가 다가와 아버지처럼 그의 어깨를 감싸 안았다.

"빨리 이곳에서 나가고 싶군요. 저를 내보내 주십시오."

피로가 우욱 몰려들었다. 그는 사내의 팔에 기대었다.

"피곤을 느끼시는 건 당연한 일입니다. 선생님은 지금 30년 가까운 세월을 거슬러 다니며 소리를 들었으니까요. 자, 일어납시다."

사내가 손을 내밀었다. 손을 잡고 일어서려는데 다리가 휘청거렸다.

"안 되겠군요. 잠시 쉬도록 합시다. 돌아가는 데도 상당한 에너지가 필요하거든요."

그는 바위 위에 누워 눈을 감아 버렸다. 골이 패인 하얀 바위들이 볼수록 구토증을 일으켰다. 더 이상 아무것도 보고 싶지도 듣고 싶지도 않았다. 그러나 그때 그의 옆으로 회오리쳐 가던 소리가 문득 말이 되어 들려 왔다.

— 마리아와 요셉에게 순종하시며
가정 생활을 거룩하게 하신 예수님,
저희 가정을 거룩하게 하시고,
저희가 성가정을 본받아
주님의 뜻대로 살게 하소서.

아내다!

그는 눈을 번쩍 떴다. 집을 떠난 지 몇 십 년이나 지난 것 같았다. 아내와 아이들, 하다못해 아침에 이부자리 속에서 조간 신문을 읽는 일조차 못 견디게 그리웠다. 가정의 안일과 평화를 떠나서 대체 자신은 지금 무슨 짓을 하고 있다는 말인가.

— 우리 아빠 혹시 정리해고되신 것 아냐?

— 쉿, 그런 말을 함부로 하는 게 아냐.

— 왜 회사에 안 나가시는 거야?

— 몸이 안 좋으시다고 하지 않았니!

— 병원에도 안 가시잖아.

— 애들아, 아빠가 무슨 말씀하실 때까지 우리 조용히 기다리자.

— 아빠가 해고되셨으면 어떡해?

—너희들, 엄마 아빠 믿지? 무슨 일이 일어나더라도 엄마 아빠는 잘해 낼 수 있단다. 예수님도 도와주시고.

그는 눈물이 핑 돌았다. 세상이 다 무너진다 해도 아내만 있으면 버텨낼 수 있을 것 같았다. 늘 반듯하게 살아가는 아내는 삶의 스승이고 동반자이며 어머니요, 연인이었다. 그는 아내의 목소리를 좀더 듣기 위해 정신을 집중했다.

— 그 사람은 내게 있어서 일탈이고, 자유고, 휴식이야.

— 물론 남편도 사랑하지. 그러나 그 사람을 사랑해. 그 사람을 포기할 수 없어 괴로워.

그는 귀를 틀어막았다. 정말 더 이상 아무것도, 아무것도 듣고 싶지 않았다. 사내가 동정어린 눈으로 그를 바라보고 있었다.

그가 침대 위에서 눈을 떴을 때, 사내는 사흘이 지났다고 일러 주었다. 일금 백만 원을 건네고, 사내가 건네주는 테이프를 받아들었다. 그러나 사내의 집에서 나오자마자 쓰레기통을 찾아 그것을 처넣어 버렸다. 무슨 의미가 있다는 말인가! 직장의 상사나 동료들에 대한 감정은 너무 하잘것없는 것들이었다. 자신이 가장 믿고 사랑했던 이들로부터 배반을 당한 상처에 비하면.

깜짝 반기는 아내를 슬픈 눈으로 바라보고 그는 서재에 틀어박혔다. 물론 그는 이성을 지닌 사람이었다. 시간이 지나고 분노가 어느 정도 가라앉자, 그는 그가 들은 소리들에 대해 성찰을 할 수도 있었다. 같은 상황이지만 처한 입장에 따라 얼마나 판단이 달라지는가. 그는 동료들을 비굴한 처세꾼으로 느꼈지만, 동료들은 그를 비열한 무능력자로 보고 있었다. 그는 어머니의 입장이 되어 생각해 보기도 했다. 어린 자식을 두고 개가를 한 죄책감이 평생 어머니를 붙들었을 것이다. 그런 식의 빚갚음을 이해할 수 있을 것도 같았다. 아내는? 아내도 인간이다. 결혼을 했다고 해서 감정까지 죽으라는 법이 있는가. 그 자신도 풋풋한 젊은 여자들에게 마음을 빼앗긴 적이 얼마나 많았는가? 아내가 무슨 불륜을 저지를 여자는 아니었다. 다른 남자를 사랑하는 마음을 갖는 것만으로 괴로워하지 않았던가.

그러나 그 모든 소리들은 안 들은 것만 못했다. 그는 점점 더 우울하고 냉소적인 사람이 되어 갔다. 다른 사람의 말을 들을 때면, 그 말보다 숨어 있는 소리를 들으려고 노력했다. 말이 끝나고 등을 돌려 나오다가 갑자기 뒤를 돌아 허공을 쏘아보기도 했다. 사람들에 대한 의구심으로 마음이 답답해질 때마다, 그는 진실을 안다는 것은 때로 용기가 필요한 일이라던 사내의 말을 떠올렸다. 그러나 진실을 안다는 것이 인생에 있어서 무슨 의미가 있는 것인가 하는 생각도 하곤 했다. 잃어버린 소리를 찾고자 하지 않았더라면, 소리소라는 곳에 가지 않았더라면 자신의 삶은 좀더 따뜻하고 너그러울 수 있었을 텐데 하고.

그를 가장 고통스럽게 한 것은 아내에 대한 의심이었다. 이성적으로는 아내가 그럴 여자가 아니라고 판단하면서도 타는 듯한 질투의 감정은 제어가 되지 않았다. 서재에 앉아 컴퓨터를 들여다 보고 있으면서도 그는 설거지를 하는, TV를 보는, 기도를 하는 아내의 마음을 생각했다. 가능하기만 하다면 아내의 마음을 읽고 감시할 수 있는 투시경이라도 나타났으면 싶었다.

띵.

컴퓨터에서 이메일이 도착했다는 신호음이 울렸다. 검색하고 있는 화면 아래로 글자가 차르르 지나갔다.

webmaster@soriso.com에서 새 메시지가 도착했습니다.

그는 긴장을 느끼며 이메일을 열었다.

1011번 고객님께
안녕하십니까?
저희 회사에서는 꾸준한 연구 끝에
아직 발화되지 않은 소리를 찾아내는 데 성공했습니다.
관심이 있으시면 연락 주십시오.

그는 등줄기에 식은땀이 흐르는 것을 느꼈다. 잠자리에 든 아내가 아이들을 데리고 기도하는 소리가 어렴풋이 들리고 있었다.

(2000. 3.)

엄마의 방

바람에 날리던 벚꽃 이파리 하나가 살그머니 차창에 묻어 왔다. 여리디 여린 연분홍 이파리가 눈에 들어오는 순간, 새봄의 연한 살갗에 닿은 것처럼 왜 그렇게 마음이 아파오는지. 아프면서도 무거운, 봄의 정경을 짓누르는 무거운, 그래, 참, 엄마에게 가는 길이지.

"엄마한테 치매가 왔더라."

언니의 한마디는 어디선가 휘파람 소리라도 들릴 것 같은, 주말을 앞둔 금요일 저녁 나절의 화락함을 깨뜨리기에 충분했다.

"세월 이기는 장사 봤니? 우리 엄마도 이제 때가 된 거지, 뭐."

쉰을 넘긴 나이 탓인지, 아니면 엄마를 모셔야 할 사람이 자신은 아니라고 생각해서인지 그런 소식을 전하면서도 언니는 목소리에 다소의 비탄이 섞였을 뿐 의외로 냉정했다.

"증세야 뭐, 밤낮 구분 못하고, 시도 때도 없이 밥 달라 하고, 치매라는 게 다 그렇게 시작되는 거 아니겠니. 참, 사람도 못 알아 보더라. 아니, 나는 알아 봐. 나하고 영철이는 알아 보는데, 그러니까 당신 자식들은 알아 보는 것 같아. 올케랑 조카들은 못 알아 보더라고. 느이 집에 있었을 때는 어떠셨니? 치매기 같은 게 전혀 없으셨어?"

나는 펄쩍 뛰면서 엄마가 집에 계셨을 때 얼마나 정정하셨는가를, 정정하다 못해 미련스런 쇠고집을 얼마나 땅땅 부리고 살았는지를 쇳소리를 내며 누누히 설명했다. 엄마가 작은오빠네 집으로 간 것이 이미 일 년이나 지난 일이었음을 언니에게 상기시키면서 나의 격앙된 음성은 조금 누그러졌다.

언니는 어쨌든 다음 주말에 함께 모이기로 했으니 여수로 내려오라면서 전화를 끊었다. 엄마가 치매라는 말을 처음 들었을 때의 비통했던 기분은 깡그리 사라져 버리고, 치매 어머니를 둔 자식 중의 하나로서 내가 감당해야 할 몫의 현실적인 무거움만이 나를 짓눌렀다.

불현듯 엄마가 교회에서 찬송가를 못 찾아 쩔쩔 매던 일이 떠올랐다. 찬송가 150장을 해도, 250장을 해도, 엄마는 항상 찬송가책을 열어 펼쳐진 부분에서 하염없이 한 장씩 뒤로만 넘기며 번호를 찾는 것이었다. 엄마가 누구인가. 좌판에 고등어 몇 마리, 생태 몇 마리 올려 놓고 푼돈을 벌어 삶을 버텨 온 사람 아닌가. 돈 계산할 때의 보태기 빼기 셈속은 귀신 같았으면서 찬송가 30장이 펼쳐져도, 350장이 펼쳐져도 뒤로만 한 장씩을 넘기며 150장을 찾고, 250장을 찾는 것을 도저히 이해할 수가 없었다. 내게 몇 번 면박을 받은 후, 찬송가를 부를 때가 되면 엄마는 눈에 띄게 허둥거렸다. 숫자가 잘 안 보이는 것처럼 미간을 찌푸리고 눈을 가늘게 뜨며 찬송가책을 짐짓 멀리 바라보기도 하고, 눈에 티라도 들어간 것처럼 손수건을 꺼내어 눈을 닦아내는 시늉을 하기도 했다. 나는 모른 척 딴전을 피우며 엄마가 찬송가를 찾아내기를 강요했다. 엄마는 내 눈치를 슬금슬금 보면서 옆에 앉은 사람의 호의에 기대곤 했다.

숫자를 못 찾는 것도 치매의 징후였을까?

그러나 나와 함께 사는 동안, 못 배운 노인네의 우직함과 장사꾼으로 세월을 보낸 늙은이의 교활함을 이리저리 활용하며 남의 체면 따위는 생각하는 법 없이 소신껏 살았던 엄마가 그때 치매 징후를 보이고 있었다고는 도저히 믿을 수 없었다.

아파트에서 엄마와 함께 살면서 양양거리며 싸움을 벌인 일이 한두 번이 아니었지만, 그 중에서도 나를 가장 미치게 한 것은 쓰레기 때문이었다. 엄마는 쓰레기를 돈을 들여 버려야 한다는 사실을 처음 알았을 때 경악을 금치 못했다. 아무데에나 묻어 버리고 아무데에서나 태워 버리면 그만일 쓰레기를 몇백 원씩 하는 봉투를 사서 버려야 한다는 것에 입을 딱 벌렸다.

"사당할 것들."

엄마는 늘 쓰는 욕 한마디를 매섭게 던졌다. 그리고 그때부터 우리 집의 쓰레기는 쥐도 새도 모르게 없어지기 시작한 것이다. 아이의 일회용 기저귀가 있어서 이틀에 한 번씩은 차게 마련인 20리터짜리 쓰레기 종량제 봉투가 늘 채워지지 않은 채로 있었다. 나는 엄마가 새 봉투를 내놓았으려니 하고 무심히 지나치곤 했다. 그러던 어느 날, 내가 버린 쓰레기를 검정 비닐 봉투에 되담고 있는 엄마를 보게 된 것이다.

"엄마, 뭐해!"

나는 직감적으로 엄마가 온당치 못한 일을 하고 있다는 걸 느꼈다. 엄마는 무슨 장한 일이라도 하는 듯이 결연히 손사래를 쳤다.

니는 암마또 말아라.

낯익은 엄마의 손사래는 그렇게 말하고 있었다.

어린 시절, 나는 엄마가 늘 바른생활 책에서 배운 대로 살지 않는 게 불만이었다. 건어물 가게에 가서 멸치를 사고 나면, 주인이 채 볼 사이도 없이 엄마의 손은 날렵하게 움직였다. 엄마의 염치없이 투박하고 커다란 손아귀가 움켜잡아 봉지 속으로 밀어 넣는 멸치는 주인이 저울에 올려 놓고 발발 떨며 집어주는 멸치보다 많은 것 같았다. 나는 가슴이 조마조마하여 엄마의 치맛자락을 잡아 당겼다.

니는 암마또 말아라.

엄마는 눈을 오끔하게 뜨고 손사래를 치곤 했다. 주인이 힐끗 눈길이라도 줄라치면 호통은 갑자기 내게 떨어졌다.

"존일에 치멧자락 좀 놔야. 다 큰 가시네가!"

그리고는 주인의 주의가 산만해진 틈에 나를 소도구 삼아 방패 삼아 가게를 빠져 나오는 것이다. 어린 나를 보기가 머쓱할 때면 가게를 향해 사정없이 눈을 흘겼다.

"에지간히 짜야지."

주인이 덤을 안 주는 게 무슨 큰 도덕적 결함이나 되는 것처럼, 자신은 그것을 응징하는 정의의 사도나 되는 것처럼 굴었지만, 그런 일이 아니라도 나는 일찌감치 엄마의 부도덕성을 알아차리고 있었다.

저 연등동의 냇가로 빨래하러 갔을 때였다. 엄마가 방망이를 탕탕 두들기며 빨래의 묵은 때를 불리는 동안 나는 검정 고무줄이 사정없이 허벅지를 죄는 빤쓰를 입고 개헤엄을 치며 놀고 있었는데 그때 내 눈 앞으로 빨간 수실을 단 주머니 하나가 둥실둥실 다가오는 것이었다. 엄마아 하면서 내보이는 주머니를 엄마는 화난 사람처럼 채어서 황황히 둔치 쪽에 있는 빨래 삶는 움막으로 가는 것이었다. 그때 나는 그 주머니의 주인이 거기에 있으려니 하고 잠깐 생각했을 뿐, 그 일은 까맣게 잊고 있었다.

그런데 며칠이나 지났을까. 엄마가 내게 양동이를 사준 것이다. 그 시절엔 대부분의 집에 수도 시설이 되어 있지 않아, 공동 수도에서 물을 길러다 먹었는데, 주로 여자들이 양동이를 이고 물을 날랐다. 내 또래의 여자애들은 양동이를 반쯤 채워 이고 다니는 게 보통이었는데 어떤 애들은 자기 몸뚱이에 맞은 자그마한 양동이를 맞춰서 다니기도 했다. 나는 그 앙징맞은 양동이를 가지고 싶어 몸살을 했지만, 어떠한 어리광과 투정에도 쇠붙이 같은 엄마의 마음은 흔들리지 않았었다. 그런 엄마가 아무 말 없이 그 자그마한 양동이를 건네준 순간 왜 그렇게 금방 그 주머니가 떠올랐는지 모를 일이었다. 그 양동이를 이고 다니는 내내 엄마의 부도덕성을 한 번도 잊은 적이 없었다.

"엄마, 대체 왜 그래! 이걸 어디다 버리려고!"

나는 몰풍스럽게 엄마에게서 비닐 봉투를 빼았았다.

내 기세에 놀라 엄마는 엉겁결에 비닐 봉투를 놓았다가 다시 틀어잡았다.

"내가 다 알아서 버린당께!"

속에 든 내용물이 쏟아질까 봐 이번엔 내가 손을 놓았다. 엄마는 그것이 무슨 전리품이나 된 듯 자기 등 뒤에 척 놓았다.

"느그덜은 통 돈 아깐 줄을 모르더라. 이까짓 쓰레기를 버림스로 다믄 몇 푼이라도 돈을 주고 버려야 쓰겄냐?"

나는 엄마의 뚝성을 잘 알고 있었기에 만만찮은 내 성깔을 누르고 왜 쓰레기 종량제 규격 봉투를 사용해야 하는지를 누누히 설명했다. 그래도 엄마가 여전히 납득되지 않은 얼굴을 하고 있는 것을 보고는 신경질이 북받쳐 올라 아무튼 그 검정 비닐 봉투 쓰레기를 버리는 일을 들키면 엄청나게 경을 치며, 이 아파트에서 쫓겨날 수도 있다고 엄포를 놓았다.

그리고는 며칠이 지났다. 시장을 다녀오는데, 아파트 관리사무소 앞에 사람들이 우줄우줄 모여 있었다. 엄마 말고도 쓰레기를 몰래 버리는 얌체족들이 꽤 있었던 모양이다. 관리인이 검정 비닐 봉투 쓰레기를 헤집고 있었다. 어느 집 쓰레기인지를 알아낼 구체적인 증거를 찾고 있는 것이었다. 나는 이미 엄마를 단속해 놓은 나의 혜안에 우쭐해 하며, 다른 구경꾼들과 한 마음으로 몰지각한 어느 주민을 성토하고 있었다. 쓰레기 속에서 나온 1회용 종이 기저귀, 수사망은 단박에 우리 동에서 아이를 키우는 세 집으로 압축되었다. 특히 나는 용의선상에서 우리 집을 제외할 수가 있었기 때문에 그 뻔뻔한 범인을 알아맞출 확률이 50퍼센트나 되었다. 새침하고 도도한 수정이 엄마인가, 남의 일에 참견 잘하는 동수 엄마인가 궁금해서 혀가 바싹바싹 마를 지경이었다.

그런데 기저귀 밑에서 나온 약봉지, 거기에는 아파트 앞 현명약국 약사가 감기약을 짓고 나서 공들여 쓴 내 이름이 떠억

버티고 있었다.

"느그덜 알탕갈탕한 돈 쓰는 게 아까와서 그랬지…."

집으로 황황히 달려온 나는 무식한 노친네가 저지른 짓이다, 나는 절대 결백하다는 걸 온 아파트 사람들이 다 알 수 있도록 큰 소리로 엄마를 다그쳤다. 엄마는 내 기세에 질려서 주춤주춤 부엌으로 밀려났다.

"아낄 것을 아껴야지! 복장이 터진다니까!"

정말이지, 엄마의 시도 때도 없는 검약은 내 가슴을 터지게 했다. 흐르는 물에 직접 헹궈 설거지를 하라고 그렇게 말해도 개수대 속에 양푼을 넣어 물을 받아 그릇을 씻는다든지, 수도꼭지를 약하게 틀어 놓으면 미터기가 돌아가지 않는다고 밤이나 낮이나 수돗물 똑똑 떨어지는 소리를 듣게 한다든지 하는 것은 그래도 참을 수 있었다. 우리 식구들끼리만 겪는 일이니까 말이다.

오랜만에 외출을 하여 밖에서 밥이라도 한 끼 먹을라치면 그런 우셋거리가 없었다. 엄마는 절대로 자기 몫의 식사를 시키지 않았다. 남편과 나, 엄마, 네살바기지만 그래도 한 자리는 차지하고 앉는 서연이, 이렇게 넷이서 한 테이블에 앉았으면 불백이든 곰탕이든 3인분은 시켜야 주문하러 온 종업원에게 체면이 설 것 아닌가. 엄마는 입맛이 없다, 속이 안 좋다, 배가 더부룩하다 등등 밥 생각이 전혀 없는 것처럼 뚱하니 앉아 있다가, 다른 사람이 다 먹고 국물을 남기면 그때야 밥 한 공기를 주문해서 권에 못이겨 마지못해 먹는 것처럼 하며, 그러나 밥풀 하나 남기지 않고 해치우는 것이다.

먹는 것 가지고 궁상을 떠는 건 집에서도 마찬가지였다. 물에

만 찬밥과 시어 고부라진 김치가 엄마의 일용할 양식이었다. 콩나물이나 호박나물 같은 데는 가끔 젓가락이 가는 수도 있었지만 고기볶음이나 생선찌개 같은 것은 아예 눈길도 주지 않았다. 남편도 처음엔 밥상에 색다른 반찬이 놓이면 엄마 쪽으로 밀어 놓기도 하고 권하기도 했지만, 이젠 식성이 그러려니 치부한 듯 엄마가 무엇을 먹는지 신경도 쓰지 않았다. 그렇다고 엄마의 식성이 밥과 김치주의인가 하면 그건 절대 아니었다. 어차피 사람 수대로 돈을 미리 내고 들어가야 하는 오천 원짜리 한식 뷔페에 가면, 돼지 머릿고기에서부터 생선회, 돈까스, 국수, 깨죽, 호박죽……. 노인네가 어떻게 먹어대든지 옆 사람들 보기가 민망할 지경이었다.

가뭄에 콩 나듯, 어쩌다 엄마에게 잘해 주고 싶은 생각이 날 때, 나는 엄마를 아파트 단지 앞에 있는 한식 뷔페 식당에 데려 가곤 했다. 엄마는 겨울잠을 자기 위해 영양을 비축하는 동물처럼 게걸스럽게 먹어댔다. 그리곤 집에 와서는 금욕의 기간이라도 보내는 것처럼 밥과 김치만으로 하루를 때우는 것이다.

엄마는 가게에 나가는 내 대신 집안일을 도맡아 하며, 서연이도 키우고 있기 때문에 공밥을 먹고 있는 것이 아님에도 불구하고 늘 딸네 집에 얹혀 살아 떳떳지 못하다는 생각을 하는 듯했다.

엄마의 보따리.

엄마는 자신의 소지품을 궁상맞게 꼭 보따리 두 개에 싸서 보관했다.

그동안 몸 붙이고 살았던 작은오빠네 집을 떠나 우리 집으로 올 때, 엄마는 그 보따리 두 개를 들고 왔다. 소지품을 정리해서 넣으라고 옷장과 서랍장을 비워 주었어도, 엄마는 고개를 흔들고 보따리를 고수했다. 입은 옷에 보따리 두 개만 들면 언제라도 떠날 수 있다는 비장한 마음의 준비처럼 보였다.

엄마는 마땅히 갈 만한 자식 집도 없었다.

왕년에는 제법 골프도 치고 살았지만 건축업의 불황으로 쩔쩔매는 큰언니, 외항선을 타는 탓에 늘 집을 비우는 큰오빠, 외제 화장품 장사인 올케에게 얹혀 사는 작은오빠.

작은오빠는 사업을 한답시고 엄마가 한 세월 시장바닥에서 악다구니로 벌어낸 돈들을 다 거덜냈기 때문에, 도리상 엄마를 부양할 책임을 지고 있었는데, 나의 산후 조리차 왔던 엄마가 우리 집에 몇 년 눌러 앉게 되어 그동안 한 시름 덜고 있었던 셈이다. 작년에 엄마를 다시 작은오빠네로 모셔다 드렸을 때, 작은올케의 새초롬했던 표정이 불현듯 떠올랐다.

"우리끼리 있을 때는 보일러도 안 때는데……."

엄마를 맡기고 와야 할 입장이어서 그때는 못 들은 체했지만, 이 한겨울 엄마가 불기도 들어오지 않는 방에서 주먹만한 전기장판 하나에 의지하여 웅크리고 지내는 것은 아닐까 생각하니 갑자기 가슴이 미어지는 것 같았다. 며느리가 아낀다고 자기들 방에 보일러를 안 땐다면 엄마 성질에 한 술 더 뜨지, 자신을 위해서 불을 넣으라고는 결코 하지 않을 것이었다.

냉냉한 골방에서 보따리 두 개를 머리맡에 두고 몸을 조그맣게 우그리고 누워 있을 엄마를 떠올리니 가슴이 벌렁거려 참을 수가 없었다. 함께 살 때는 노인네가 천덕스러운 짓만 골라서 한다고 구박도 많이 했건만, 오빠나 올케가 엄마를 함부로 대접하고 있지나 않을까 생각이 수화기를 들게 했다. 그러고 보니 엄마에게 전화한 것이 대여섯 달은 된 것 같다.

"그래, 나다. 엄마가 바로 옆에 계시면서도 전화를 안 받으니까 그렇지."

오빠는 전화벨이 열 번쯤 울리고 나서야 전화를 받았다. 아무리 전화벨이 자지러져도, 엄마는 절대로 먼저 전화를 받는 법이 없었다. 아니, 어느 한때, 작은오빠가 잘 나가던 시절에는 전화만 오면 엄마가 제일 먼저 수화기를 잡기도 했다.

"여보시요. 누구 찾으시요!"

그때의 엄마 목소리는 얼마나 드세고 당당했던지 언니나 내가 면박을 줄 정도였다. 그런데 어느 순간부터 엄마는 전화를 먼저 받지 않았다. 아마도 살림살이를 올케가 떠맡아야 했던 때부터가 아니었는가 싶다. 엄마는 마치 전화를 먼저 받는다는 것이 주인의 대단한 권리나 되는 것처럼 생각하는 듯했다. 우리 집에 머물 때도 전화벨이 울리면 남편이나 나의 눈치만 살폈지, 절대로 먼저 받지는 않았었다.

"엄마, 영옥이요! 전화 받으시라니까요, 하참, 영옥이라니까! 엄니 막내딸 말이요. 어허, 이리 와요, 이리 와!"

엄마가 전화를 안 받는다고 고집을 피우는 모양이다. 수화기를 한참 들고 있자니 그제서야 색색거리는 숨소리가 났다.

"엄마, 나야! 영옥이!"

"……."

"영옥이라니깐! 막내딸 모르겠어?"

"……."

"갑자기 왜 그래? 무슨 안 좋은 일 있었어?"

"……."

"뭐라고 말 좀 해봐, 갑자기 왜 그러냐고!"

잠시 부스럭거리는 소리가 나더니, 난 몰르겠다 하는 엄마의 목소리가 들리고 오빠가 나왔다. 오빠는 엄마가 나를 못 알아본다며, 조만간에 한 번 내려오라고 이르고는 전화를 끊었다.

엄마는 왜 전화를 안 받는다고 고집을 피웠을까? 마치 전화를 두려워하는 것 같았다. 작은오빠네 집에 살면서 너무 눈치보고 위축되어 그런 증세가 생긴 것은 아닐까. 반반한 얼굴에 내로라하는 멋쟁이였던 작은오빠는 좋았던 시절의 바람기를 잠재우지 못하고, 가끔씩 외박을 했다. 엄마는 아침 일찍 일어나 제일 먼저 댓돌 위에 오빠의 신발이 있는지 없는지를 살폈다. 오빠의 신발이 있는 날이면 부엌이며, 마당을 활발히 돌아다녔다. 그러나 오빠의 신발이 없는 날이면, 방안에서 기척도 없이 있다가 올케가 출근한 후에야 바깥 출입을 하곤 했다. 오빠가 사업에 실패한 후, 엄마가 얼마나 올케의 눈치를 보며 살았는지는 엄마가 교회에 다니게 된 것만 봐도 알 수 있는 일이었다. 초사흗날이면 시루떡으로 상을 차리고, 집안에 중요한 일이 있으면 아궁이에 촛불을 켜고 손을 비비던 엄마에게 십자가에 매달린 외국인 신령이 가당키나 했겠는가. 이웃을 내 몸 같이 사랑하고, 왼쪽 뺨을 때리면 오른쪽 뺨을 내놓으라는 교회의 가르침도 엄마에겐 코웃음감이었을 것이다. 엄마는 단지 교회에 열심히 다니는 며느리의 비위를 맞추기 위해 신자가 되었을 뿐이었다. 오랜만에 내가 엄마를 보러 들러도, 그 시간이 교회에 가야 하는 시간이면 엄마는 며느리를 따라 나갔다. 나와 눈을 맞추기 위해 몇 번이고 뒤를 돌아보면서 교회를 가던 엄마의 모습이 떠오르니 새삼 울화통이 터졌다.

TV나 신문 같은 데서 보면 치매의 원인은 노인에 대한 무관심과 애정 결핍이라고 하지 않던가. 분명 엄마는 경제권이 없는 아들 집에서, 며느리의 눈에 띄면 행여 걸리적거릴세라 주눅들어 살다가 그렇게 되었을 것이다. 그늘에 방치된 식물처럼 차츰차츰 생명력이 증발되어 갔을 것이다.

엄마는 어쩌면 울음도 말라버렸을지 모르겠다. 예전의 엄마는 몸 안에 거대한 울음 샘 하나를 지니고 있는 것 같았는데…….

엄마의 곡(哭)이 명성을 떨치게 된 것은 큰아버지가 갑자기 돌아가셨을 때부터였다고 한다. 예기치 않았던 초상이라 모두들 이리저리 뛰기만 하고 어찌할 바를 모르는데, 엄마가 터억 자리를 잡더니 곡을 시작하더란 것이다.

"아이고오, 아이고오, 사진 한번 모옷 박아 보고, 서울 한번 모옷 가아 보고……."

엄마의 구슬프고도 청승맞은 곡 소리는 단번에 초상집의 분위기를 살려냈다는 것이다. '사진 한번 모옷 박아 보고, 서울 한번 모옷 가아 보고'라는 즉석 사설은 나중에 친척들 간에 회자되며 두고 두고 웃음거리가 되었지만, 자식들에게는 평생을 시골 구석에 묻혀 살며 영정으로 쓸 만한 사진 한 장도 없었던 아버지의 처지를 얼마나 처연하게 느끼게 했던지 그야말로 비통한 눈물을 자아냈다고 한다.

큰어머니가 돌아가셨을 때, 사촌 언니들이 제일 먼저 전화한 곳도 우리 집이었는데, 바로 엄마의 곡 소리를 초청하기 위함이었다.

"아이고오, 아이고오……."

엄마의 곡하는 소리를 그때 처음 들어 본 나는, 엄마가 어떻게 서럽게 우는지 곧 혼절이라도 하는 줄 알았다. 모르는 사람은 아마도 기막힌 동서 사이였던 모양이다고 감동이라도 했을 법했다. 그렇게 울고 있다가 사촌 언니가 '작은어머니, 진지 잡수고 하세요'하고 살짝 귀엣말을 하니까, 금방 '어,'하면서 일어서는데, 어쩌면 그렇게 사무치던 울음이 울음길 잦아드는 과정도 없이 라디오 스위치를 끄듯이 '똑'하고 단절이 되는지 신기할 정도였다. 밥상에 앉아서는 마치 논일이라도 하고 난 사람처럼 달게 한 그릇을 뚝딱 해치우고는 다시 영정 앞에 앉아, 섧게 섧게 우는 것이었다. 그러다 내가 '엄마, 그만 갑시다.'하니까 또 울음을 딱 그치고 정정하게 나를 따라오는 것이었다.

"작은어머니 곡 소리는 질리지도 않아."

부역이라도 나선 듯 사흘을 내리 초상집을 드나들며 울어대자, 사촌 언니가 옷소매로 눈시울을 누르면서 하던 말이다.

"혹시 엄마한테 무슨 한 같은 것 있는 것 아냐? 어떻게 울려고 마음만 먹으면, 그렇게 눈물이 나오지?"

"한 같은 소리 하네."

엄마의 울음 소리가 하도 신기해, 언젠가 언니에게 물었을 때 언니는 일언지하에 일축했다.

하기야 엄마의 분위기와 '한'이라는 단어는 너무도 어울리지 않는 것이었다. 한을 품고 있는 여자라는 것은, 조용하면서도 단아하고, 서릿발 같은 데가 있어야 하는 것이 아닐까. 엄마처럼 괄괄하고 얼렁뚱땅하고 인색한 사람이 한은 무슨 한!

"글쎄, 동문 시장에서 엄마에게 형님, 형님 하고 따르던 여자들 있지 않니, 그 여자들이 다 아버지하고 관계가 있는 여자들이었지. 그게 여자로서의 한이라면 한일 수도 있겠다."

엄마에게 한이 있지 않느냐는 내 말을 일축해 놓고는 언니는 그래도 곰곰 생각하는 눈치더니 느닷없는 이야기를 열어 놓았다.

"아버지가 호인인 데다가 인물이 훤언했지. 그때 아버지가 동문 시장 중개인이었는데, 여순반란사건 직후 아니냐, 시장에 떼과부들이 있었어. 생선을 대주면, 여자들이 돈이 없으니까 몸으로 때우는 거야. 이런 사이가 되니까, 나중엔 그 여자들 아프면 쌀 팔아 주고, 미역 사 주고, 동문 시장 여자들 완전히 먹여 살렸지."

"엄마는 어땠어?"

"장바닥 동서들 사이에서 형님 노릇 했지, 뭐. 엄마가 한번 시장에 나가면 여자들이 우 몰려와 형님, 형님 하며 대단했어. 아버지 돌아가시고 엄마가 동문 장바닥에 기반을 잡은 것도 다 그 여자들이 나서서야."

"거참, 엄마 기분이 어땠을까?"

"글쎄, 서방님 생시에 다른 여자들에게 몸뚱이 보시해 준 인연으로 먹고 살게 되었으니, 생각해 보면 엄마 팔자도 기구하다야."

언니의 이야기를 듣고 보니 이해될 듯한 것이 하나 있었다. 엄마가 두고 쓰는 욕지거리가 '사당할 잡년'이었다. 도대체 '사당하다'는 게 뭔가. 엄마가 하도 쓰길래 국어 사전을 찾아 본 적도 있었다.

"엄마, '사당할 잡년'이라는 게 뭐야?"

"사당할 잡년이 그냥 사당할 잡년이제."

그러니까 엄마가 감(感)으로만 잡고 썼던 그 말은, 엄마가 무의식중에 가장 경멸했던 시장 여자들의 그 행위였는지도 모르겠다. 내가 뭐 국어학자는 아니지만, 그 말은 성(性)을 팔며 살았던 저 조선조의 '사당(寺党)'짓을 할 잡년이라는 욕이 아니었던가 싶다.

언니의 말처럼, 생각해 보니 엄마의 팔자도 기구했다. 문제는 '생각해' 봤더니 엄마의 팔자가 기구하더라는 것이다. '생각해' 보기 전까지 나는 한 번도 엄마에 대해 관심을 갖지 않았다. 아마 다른 형제들도 마찬가지일 것이다. 엄마는 이를테면 주변 환경이었는데, 그것도 벗어나고 싶은 주변 환경이었다. 내가 철든 이래 엄마는 늘 새벽에 나갔다가 밤 늦게 돌아왔다. 생선 비린내에 절어 살았고, 가끔은 시큼한 막걸리 냄새도 풍겼다. 엄마가 우리에게 해준 것은 무엇일까. 그건 쌀독 채워 놓고 연탄 안 떨어뜨린 것뿐이었다. 우리가 학교 다니면서 공부는 어떻게 하는지, 친구는 잘 사귀는지 이런 것에 대해서는 엄마가 단 한 번도 관심을 가져본 적이 없었다. 우리가 엄마와 나누는 대화라는 것은 돈을 주고 받을 때뿐이었다. 돈을 달라면, 어디다 어떻게 쓸 것인지를 시시콜콜이 캐물으며 닳아서 희부끄레해진 검정 몸뻬 속에서 주머니를 꺼내기까지 어떻게 인색하게 굴었던지, 치사해서 그 돈을 팽개치고 싶을 정도였다. 우리는 엄마의 아기자기한 손길을 한 번도 느껴본 적이 없었다. 엄마는 새벽에 일어나 하루치의 밥을 지어놓고, 밥상에 김치 한 보시기와 팔다 남은 생선에 무를 대충 썰어 넣은 찌개를 달랑 올려 놓고 나가면 그만이었다. 깨끗이 정돈된 집안, 따뜻하게 차려진 밥상, 깔끔하게 다림질된 옷, 우리는 이런 것들을 그리워하며 자질구레한 집안일들을 함께 해결해야 했다. 그뿐인가, 든

든한 어른이 없는 탓으로 누가 동네애들하고 싸움이라도 하게 되면 온 형제들이 달려나가 이겨내야 했다. 그때, 우리 형제들은 일종의 전우애로 뭉쳐 내우외환(內憂外患)을 견디고 있었다. 집안의 적이란 당연히 엄마였다. 누군가가 엄마에게 돈을 타내야 할 때는 형제들이 응원군으로 동원되었다. 엄마는 장삿속만 밝았지, 세상 물정에는 어두웠다. 학교 일 같은 것은 더구나 캄캄절벽이었다. 때로 우리는 서로 눈을 꿈쩍이며 엄마를 속이기도 했다. 맏이인 탓에 엄마의 깐깐함에 멍사모르고 손해를 가장 많이 봤던 언니는, 안 가면 졸업장을 못 탈 것처럼 꾸며서 세 동생들을 모두 수학여행을 보낸 것을 자린고비 엄마와 겨루었던 그 시절의 가장 큰 성공담으로 꼽고 있다.

생각하면 어처구니없기만 하다. 엄마도 한낱 고달픈 과부, 장바닥 생선 장수로 네 자식을 먹여 살려야 했던 고단한 신세에 불과했을 텐데 왜 우리는 엄마를 대결해야 할 무적의 용사처럼 여겼는지, 넘어야 할 산, 건너야 할 강처럼 느꼈는지. 우리들끼리 히히덕거리다가도 엄마만 오면 왜 웃음을 딱 그쳤는지, 엄마가 시장 여자들과 먹다가 자식들이 마음에 걸려 싸왔음직한 차가운 시루떡 조각이나 고구마를 내놓을 때면, 왜 그렇게 시큰둥한 얼굴로 받았는지…….

엄마는 작은오빠네에서 따돌림을 받고 있는 거야. 따돌림이 치매의 원인이야.

나는 분노가 치밀었다. 엄마의 돈을 다 거덜내고 엄마의 말년을 망치고 있는 작은오빠에게, 성경책을 안고 엄마를 새침하게 쳐다보고 있는 올케에게.

화가 나니까 전화 번호도 헛눌러졌다. 다행히 언니는 있었다.

"다 엄마가 사서 하는 일이지, 뭐."

엄마가 작은오빠네 집에서 부엌데기 노릇이나 하며, 찬밥 신세로 지냈던 건 아니냐는 나의 추궁을 언니는 심드렁하게 받아들였다.

"엄마가 원래 궁둥이가 가벼워 대접 못 받게 처신하잖아. 자기가 일 구덕 속에 들앉는데 누가 뭐래."

노인네가 진득한 데가 없어 체신없이 군다는 것은 언니와 내가 엄마를 두고 흉을 볼 때의 주된 레퍼토리였다. 언니네 집에 다니러 가서도 느긋이 좀 기다리고 있으면 언니가 어련히 식사 준비를 하련만, 그 사이를 못 참아 부엌으로 나가 찬물에 손을 담그고 밥상을 차려 오는 것이었다.

또 어디 시골에라도 다녀올 때면, 마중 나갈 테니 터미널 약국 앞에서 기다리라고 신신당부를 하건만, 그 기다리는 시간을 못 참아 휑하니 택시를 타고 오는 것이다. 당연히 길이 엇갈릴 수밖에. 내가 터미널에서 헤매고 있는 동안 엄마는 아파트 앞 복도에서 쭈그리고 앉아 있는 것이다. 노인이 짐을 가지고 오는데, 안 나가볼 수도 없고, 그때마다 그 짓을 반복해야 되니 한두 살 먹은 아이도 아니고 짜증이 안 나겠는가 말이다.

엄마의 조급증, 그래, 그건 조급증이라고밖에 말할 수 없다. 아무리 시간을 정해 주어도 그 시간까지 차분히 기다리지를 못하는 것이다. 서연이가 감기로 목이 부었을 때였나? 세 시간마다 약을 먹이라고 신신당부를 하고 나갔었는데, 일이 있어 잠깐 집에 들렀더니 그동안 서연이에게 하루치의 약을 다 먹여버린 것이었다. 아직 오전 중이었는데 말이다. 분노에 가까운 심정으로 벌벌 떨면서 병원에 전화를 한다, 물을 먹인다 법석을 피우는 내 앞에서, 엄마는 '시간 재감시로 먹였어야' 하고 우기고 있지 않은가!

혹시 엄마의 조급증은 무거운 책임감에서 오는 강박증은 아니었을까. 미리 미리 마련해 두지 않으면 생때같은 네 명의 자식들과 이 세상을 살아내지 못할 거라는 두려움 말이다. 마루 뒤켠의 쌀 가마니가 떠오른다. 여름이 가까워 쌀벌레가 곰실거려도 엄마는 늘 쌀독을 채우고 쌀 가마니를 앞세우며 살았다.

그래서 그랬는지 모르겠다. 그렇게 나하고 싸우면서도 부득부득 15인용 전자밥통 그득그득 밥을 지어 놓는 것 말이다. 엄마에겐 그것이 쌀 가마를 들여 놓는 행위였나? 엄마의 김치 욕심도 그것이었나? 냉장고에 엊그제 담아 놓은 김치가 있는데도, 채소 트럭이 배추든지 무든지 김치거리만 싣고 오면, 김치 욕심을 내는 것이다. 엄마, 미쳤어? 우리 집에 김치 못 먹어 죽은 귀신 있어? 무슨 돈으로 밤낮 김치를 담아? 그때마다 내가 하도 퍼부어 댔더니, 나중에는 김치거리를 숨겨 놓고 다듬어 몰래 김치를 담곤 했던 것이다.

여럿이 어디를 가게 될 때, 무거운 짐은 항상 임질이 능했던 엄마 차지였다.

"센찬타. 이리 도라."

엄마의 쇠고집을 익히 아는 우리는, 젊은 시절 엄마가 쌀 몇 말 정도는 거뜬히 이고 다녔다는 생각으로 엄마가 머리에 이겠다면 서슴없이 짐을 넘기곤 했다. 그런데 어느 날 보니까 엄마는 우리들 누구보다도 몸피가 작았다. 흐르는 세월에 몸뚱이조차 닳아 버린 엄마가 보따리를 이고, 장성한 네 자식들 사이에서 걸음을 맞추느라 손을 헤적이며 걷던 모습이 갑자기 떠오르자 가슴이 미어졌다.

"큰딸이 되어 가지고 그런 생각만 하고 있으니, 올케들이 오죽하겠어? 딸들이 엄마를 잘 모셔야 며느리들도 조심을 하지! 밤낮 엄마 부려먹기만 하고!"

속사포같이 쏘아부치자, 언니는 기가 막힌 듯 한동안 수화기 너머로 쌕쌕 숨소리만을 보내왔다.

"아이고, 막둥이 철들었네……. 모시고 살 때, 좀 잘해드리지 그랬어."

이번엔 내가 머쓱했다. 엄마랑 함께 살 때, 사흘이 멀다하고 언니에게 엄마 때문에 못 살아, 못 살아하고 전화를 했던 것이다.

"딸네 집서 일하는 것하고, 며느리 집서 일하는 것하고 똑 같아? 올케 눈치 때문에 일하는 게 싫단 말이야!"

함께 살면서 엄마에게 매몰차게 굴었던 내 행동에 대한 가책까지 실어 나는 어거지를 부렸다. 엄마의 치매에 대한 책임을 누군가에게 물어야 속이 시원할 것 같았다.

"너, 엄마 성격 모르니? 엄마는 일을 해야 마음이 편한 사람이야. 자존심, 그래애, 난 너희 집에서 공밥 안 먹는다. 이거 아니니. 딸네 집서 일하는 건 다르다고? 딸이라서 도와주고 싶어서? 천만에, 그냥 엄마 자존심일 뿐이야. 공밥 안 먹는 거. 그래서 일하는 거지. 딸네 집이건, 며느리 집이건."

엄마의 자존심?

언니의 말은 나를 놀라게 했다. 엄마가 자존심이 있었나?

하긴 엄마의 체면치레가 유난히 심하긴 했다.

언니는 내가 서연이를 엄마에게 맡기는 게 못 미더워 가게를 그만 둔 것으로 알고 있다. 물론 그런 측면도 없는 것은 아니다.

마흔이 가까워 얻은 아이여서 내게는 서연이가 끔찍히도 귀했다.

베이비 샴푸, 베이비 로션, 베이비 오일.

베이비라는 글자만 앞에 붙어 있으면, 무조건 사들이는 통에 그렇지 않아도 좁은 욕실은 세제와 목욕용품, 그리고 각종 베이비용품으로 미어 터질 지경이었다. 새 물건을 사올 때마다, 엄마에게 어디다 쓰는 것인지 누누히 설명은 했었지만. 엄마가 서연이를 목욕시킬 때 과연 그런 것들을 잘 구분해서 쓰는지 항시 의심스러웠다.

"안다. 알아!"

내가 은근히 주의를 주려면 엄마는 늘 호기롭게 말문을 막곤 했다. 정전기 방지용 린스로 서연이를 씻기고 있었으면서 말이다.

그러나 치사해서, 차마 형제들에게 터놓고 이야기하진 못했지만 엄마를 작은오빠에게 돌려 보낸 가장 큰 이유는 이것이었다. 도대체 엄마의 경조사비를 감당할 수 없는 것이다. 아버지의 형제가 여덟이니 그 집안이 오죽 번다하겠는가. 그런데 엄마는 그 많은 경조사에 일일이 부조를 하는 것을 인간의 고상한 법도쯤으로 알고 있는 것이다. 나는 출가외인임에도, 엄마와 함께 살다 보니, 친정집 사촌오빠의 제삿날에까지 부조금을 내놓게 되었다. 엄마가 돈이 어디 있는가. 다 내 주머니에서 나가는데. 조금 가까운 친척의 경조사에는 어쩌겠는가. 엄마와 함께 가면서 내 인사는 안 닦을 것인가. 어쩔 수 없이 이중으로 돈봉투를 내놓아야 하는 것이다.

가게에서 푼돈을 벌어 목돈으로 부조하며 엄마와 함께 산다는 것은 내 인생을 마이너스 통장 속에 차곡차곡 구겨 넣고 있는 것만 같았다. 나는 차라리 남편의 쥐꼬리 봉급에 의지하여, 내 아이 내가 키우며 살기로 했다.

언니, 오빠에게는 아이 교육을 위해 남편이 가게 일을 그만두라고 한 것처럼 둘러대었다. 어쨌든 막내에게 엄마를 떠맡기고 있었던 게 민망했던 형제들은 고개를 끄덕여 주었다.

자존심, 자존심이라니까 짚이는 게 또 하나 있다. 엄마는 원래 불학무식, 한글을 몰랐다. 학교에서 적어 내라고 하는 '가정환경 조사서'는 늘 언니가 대신 써 주었다. 셈속은 빠르면서 글자를 모른다는 것도 은연중 우리에게 무시당하는 요인이 되었다. 그런 엄마가 작은올케와 교회에 다니면서 어느날부터인가 성경을 줄줄 내리읽게 된 것이다. 작은올케는 하나님의 은혜라고 생색을 냈지만, 엄마는 며느리 앞에서 글 모르는 게 창피해서 죽을 둥 살 둥 한글을 깨우쳤던 게 틀림없다.

자존심이라는 것, 가난한 선비 집안의 대쪽 같은 부인네들이나 간직하는 그 고귀한 품성이라고만 여겼지, 엄마와 연관시켜 본 적은 없었는데…….

생각해 보니, 엄마의 고집스럽고, 생뚱같고, 주책맞은 일련의 행동들을 자존심이라는 꼬챙이로 죄 꿰어낼 수 있을 것도 같았다.

우리는 애초에 엄마의 의사는 묻는 법이 없었다. 우리끼리 얘기해서 엄마를 이리 데려오고 저리 보내곤 했다. 우리 마음 속에선 은연중 엄마는 우리에게 해준 것이 없다, 우리가 돌아가며 엄마를 돌봐주는 것도 대견한 일이다라고 생각하고 있었는지 모르겠다. 보따리를 들고 이리저리 옮겨 다닐 때, 엄마의 자존심은 어디에 있었을까.

엄마를 처음 휴가(?) 보내 드리던 때가 생각났다.

선천성 심방중격 결손증이라든가, 심실 결손증이라든가, 마흔이 가까워 어렵게 나은 서연이는 심장이 좋지 않아 애를 먹였다. 조금 과장하면 잠은 하루에 한두 시간이나 자고, 나머지는 앵앵대면서 보냈다고 할 것이다. 그렇게 시달리니 나중에는 자식이 아니라 원수처럼 느껴졌다. 그때 엄마의 등은 우직하게 그 짜증과 고통을 받아 주었다. 칠순에도 꼿꼿했던 엄마의 등은 그대로일까. 행여 엄마의 등이 휘어졌다면, 백 일에 가까운 날을 아이를 업고 날밤을 새웠던 그 후유증이 뼈를 멍들게 한 것이리라.

서연이가 좀 우선해지자, 알량한 딸인 나도 피곤에 지친 엄마를 한 일주일 쉬게 하고 싶었다. 마침 아버지의 제사와 외할아버지의 제사가 비슷한 시기에 있었다. 부산에 있는 큰오빠네 집에 먼저 들러서 며칠 쉬다가 아버지의 제사를 보고, 작은오빠와 함께 여수로 가면 될 것 같았다. 아르바이트생에게 가게를 일주일 맡기기로 하고, 엄마에게 용돈도 얼마간 쥐어준 나는 대단한 효도라도 하는 듯한 들뜬 기분으로 큰올케에게 전화를 했다. 그런데 큰올케가 전화를 심드렁하게 받는 것이었다. 나는 얼른 엄마의 눈치를 살폈다. 기저귀를 개고 있던 엄마는 등을 돌리고 앉았지만, 온 신경을 전화의 내용에 쏟고 있음이 분명했다. 올케의 말인즉 제사 전날이나 오시지 뭣하러 며칠 전에 오시느냐는 것이었다. 날씨도 덥고, 집도 좁은데 고생스럽지 않느냐는 것이었다. 나는 며칠 간이라도 엄마를 떠맡기려는 사람처럼 쩔쩔매며, 내일 자기는 밖에 일이 있으니 오빠를 집에 있게 하겠다는 약속을 받은 뒤, 전화를 끊었다. 끊고 나서 생각하니 내가 왜 그렇게 비굴하게 굴었는지 화가 치밀어 올랐다.

"엄마, 내일 부산 가지 마! 여수 작은오빠네에 있다가 제사 당일날에나 가라고!"

엄마는 고개 한 번 안 돌리고 기저귀를 개고 있었는데, 그 목이 뻣뻣이 굳어 있었다.

나는 발작적으로 큰오빠네 집으로 전화를 했다. 오빠든 올케든 걸리는 대로 한바탕 붙고 싶었다.

"니는 그렇게 겪어봐도 니 언니 속을 그렇게도 모르겠드나?"

따지고 보면 오십이 넘은 오빠는 대학부터 부산에서 다녔으니까, 경상도 말을 쓰는 것이 자연스러우련만, 부산내기 올케와 오래 살아 말투조차 변한 것 같아 새삼 불쾌했다.

"니 언니가 언제 마음에 없는 말로 간살부리는 것 봤나? 니하고 전화할 때 내도 옆에 있었다마는 무에 그리 섭섭하드나? 니가 뭐라고 전했길래 오신다든 어머니도 제삿날에야 오시노 말이다."

"아이구, 가재는 게 편이라더니, 오빠가 그렇게 언니를 싸고 도니까, 언니가 엄마한테 함부로 하지! 시어머니가 간다는데, 어서 오시라고는 못할망정 방이 좁으니, 내일 볼 일이 있느니 이러쿵 저러쿵, 못된 속이 다 보이는데 그럼 화가 안 나겠어? 자기도 시어머니가 돼보라지, 며느리가 그렇게 나오면 좋은가."

"니도 참 속이 좁아 터졌다. 방이 좁고, 일이 있다는 게 그럼 거짓말이란 말이가? 설사 니가 좀 서운했다 치자. 그 말을 그대로 어머니한테 전해서 쓰겠나? 니도 인자 낫살이나 묵지 않았나? 어머니한테 섭섭지 않게 말을 전하면 안 되나?"

엄마가 치매에 걸렸다니까, 오빠도 그때 일이 마음에 걸리긴 했나 보았다. 나를 골뱅이 소갈머리로 만들어 죄를 내게 뒤집어 씌울려고 오히려 큰소리였다.

치매의 책임을 서로에게 떠맡기려는 공방전처럼 오빠 앞에서야 한 발자국도 물러서지 않고 대들며 싸웠지만, 전화를 끊고 보니 오빠의 말에도 일리가 있었다.

그러고 보면 나는 한 번도 엄마 앞에서 감정을 걸러 전달해 본 적이 없었다. 엄마를 휴가 보내려 했던 그날도 올케에게 괜히 쩔쩔매었던 게 약이 올라 큰오빠와 함께 싸잡아 욕을 해대고, 언니네 집에 전화해서 큰올케의 말을 과장해서 전하며 길길이 뛰었던 것이다. 그러니까 내가 받았던 스트레스를 푸는 데만 여념이 없었지, 자식에게 대접받지 못하는 엄마가 입을 상처는 안중에도 없었던 것이다.

학교에 다닐 적에 엄마가 돈을 주면서 너무 인색하게 굴면, 그 돈을 팽개치고 싶었지만 어쩔 수 없이 받아갔던 아픈 기억들을 보상받기라도 하려는 것처럼 우리 형제들은 누구도 엄마의 못마땅함을 참아본 적이 없었다. 우리는 분명 엄마를 물먹는 스펀지처럼 여기고 있었다. 자식들의 거친 감정을 받아들이기만 할 뿐, 반응할 줄은 모르는 혹은 반응해서는 안 되는 사람으로 말이다.

"그래, 자식 잘되는 꼴이 그렇게도 배가 아픕디여, 아이구, 정말 어머니가 아니라 원수여, 원수라니깐."

작은오빠는 엄마에게 대놓고 이렇게 퍼부은 적도 있었다.

언젠가 좀 어리숙한 큰집 장손이 선산 한 귀퉁이를 팔아달라고 작은오빠에게 부탁한 일이 있었다. 물론 오빠는 흔쾌히 승낙했다. 그때 돈으로 이천만 원쯤 되는 땅이었는데, 오빠는 그것을 오백만 원에 사기로 계약을 했다. 오빠가 한동안 흐흐거리며 돌아다닐 때, 엄마는 오빠 뒤를 졸졸 따라다니며 그래선 안 된다, 선산을 도적질하려느냐, 친척들 얼굴을 어떻게 보려고 그러느냐 하고 외고 다니더니 급기야는 장손에게 전화를 했다. 무슨 말을 어떻게 했는지, 장손은 놀랜 강아지처럼 그 땅을 남에게 후다닥 팔아 넘겨버린 것이다. 그것도 단돈 이백만 원에……. 그 소식을 듣고 우리는, 작은오빠가 잘한 것은 아니지만 결과적으로 헐값에 넘어간 그 땅이 아까워 엄마를 구박했는데, 엄마는 무슨 정절을 지켜낸 대갓집 부인네나 되는 것처럼 꿋꿋했다. 누가 손해를 보든 무슨 상관이냐, 내 자식이 깨끗하면 되지 하는 것처럼.

뜻밖에 작은오빠네 가게는 제법 번듯했다. 여기저기서 돈을 끌어 모아 고물상에 가까운 중고품 가게를 열었다는 소식은 들은 것 같은데, 그래도 왕년에 사업을 했던 가락이 있어서 그 방면에는 눈이 틔었던지, IMF 이후 중고품 매매업의 호황과 맞아떨어진 모양이다. 신수가 훤해진 오빠는 이제는 대리점을 내어야 할 지경이라고 너스레를 떨었다.

아들의 위세가 이 정도면 엄마가 며느리에게 예전처럼 기죽어 지내지는 않았을 것 같지는 않았다. 나는 심증을 굳히고 물증을 수집하러 온 형사처럼 도끼눈을 하고 작은오빠네 집의 구석 구석을 살펴 보았다. 늙으면 치매가 온다지만, 정신이 혼미

해지고 기력이 쇠해지는 데는 그래도 어딘가 원인이 있을 것 아닌가. 엄마의 마지막 거주지였던 작은오빠네 집에 혐의를 두지 않을 수 없는 것이다.

형제들이 온다니까 올케가 신경을 썼겠지만, 엄마는 깨끗이 모셔져 있었다. 해말끔한 얼굴에 화사한 분홍 스웨터를 걸치고, 남색 방석 위에 앉아 있었다.

"누구여?"

내가 엄마의 손을 부여잡자, 엄마는 몹시 수줍어 하면서 물었다.

"엄마, 나야, 영옥이, 영옥이 몰라?"

엄마는 금방 고개를 끄덕였다.

"으응, 영옥이여."

나는 옆에서 쭈뼛거리고 있는 딸애의 손목도 엄마에게 잡혀주었다.

"엄마, 서연이야, 서연이."

"으응, 서연이."

딸애는 제 이름이 나오자, 모기 소리로 할머니 하고 불렀다. 딸애도 자기의 모든 뜻을 받아준 할머니에게 그리움이 있을 터였다. 엄마가 이 애에게 얼마나 사탕을 먹여댔는가! 아이가 달라면 시도 때도 없이 사탕을 주었다. 밤늦게 집에 왔을 때, 아이가 사탕을 입에 물고 끈끈한 침을 흥건하게 흘리며 자고 있는 모습을 볼 때, 얼마나 화가 났던지……. 엄마가 떠난 뒤, 한동안 아이는 할머니는 안 그랬는데, 할머니는 안 그랬는데라는 말을 입에 달고 살았다.

"누구여?"

세상에, 엄마는 서연이의 얼굴에서 눈을 떼고 나를 보더니, 몹시도 궁금한 낯빛으로 다시금 묻는 것이었다.

"영옥이라니깐!"

"으응, 영옥이."

엄마는 다시 고개를 끄덕였다. 그리고는 또 묻는 것이었다.

"누구여?"

나는 참다 못해 벌떡 일어났다. 마침 올케가 차를 갖고 들어왔다. 엄마의 호기심은 대번에 올케에게 옮겨졌다.

"누구여?"

"어머니, 저예요, 작은며느리요. 여기는 고모고요, 영옥이, 여기는 서연이, 서연이 아시겠어요? 어머니가 늘 못잊어 하셨잖아요."

올케는 이력이 났는지, 서두르지도 않고 차를 타면서 엄마가 고개를 끄덕일 때마다 한 마디씩 하였다. 나는 올케에게 눈물을 보이기 싫어 방안을 서성였다. 중고품이 분명했지만 싸구려 같아 보이지는 않는 고풍스런 장롱이 방안을 무게있게 장식하고 있었다.

아아, 엄마도 그동안 여기서 엄마의 장롱을 갖고 살고 있었구나.

나는 올케에게 미안함과 고마움을 동시에 느꼈다. 설령 의무감에서 한 일일지라도 엄마를 잘 모시려고 한 마음이 장롱에서 보였다. 말뿐, 생각뿐인 딸보다는 며느리가 훨씬 나았다. 왜 나는 엄마와 살면서 보따리 타박만 하고 조그만 장롱 하나 마련해 주지 못했을까?

살며시 장롱 문을 열어 보았더니, 뜻밖에 그 속엔 엄마의 낯익은 보따리 두 개만 덩그라니 들어 있었다. 그럼 이건 형제들이 온다니까, 급히 들여온 눈속임용 장롱인가? 올케를 힐끗 돌아보는 내 눈길이 저절로 차가워졌다.

"치매기가 시작되면서 옷들을 다 보따리에 싸시네요. 내놓으면 다시 싸고, 내놓으면 다시 싸고, 아무리 말려도 소용이 없어요."

올케가 어쩔 수 없지 않냐는 듯 이마에 주름을 만들어 보였다. 엄마는 여전히 궁금해 하는 얼굴로 나를 보고 있었다.

큰오빠와 큰올케도 마찬가지였다. 인사를 받을 때는 고개를 끄덕이더니, 금방 낯설디 낯선 표정을 되돌려 주는 것이었다. 알아 보는 사람은 언니와 작은오빠뿐이었다. 그것도 자기 자식이라는 걸 안다기보다, 의지해도 될 사람으로 알고 있는 듯했다. 밥을 먹다가, 문득 두려운 얼굴로 주위 사람들을 쳐다 본다. 그 중에 언니나 작은오빠의 얼굴을 찾아내고는 안심하는 빛이 역력해지며 밥을 또 먹는 것이다.

엄마의 기억 속에서 나와 함께 지냈던 시간은 다 스러져 버렸다는 말인가. 엄마를 한 번도 제대로 대접해 본 적이 없었다는 게 마음이 아팠다. 그렇다고 엄마는 그렇게 귀해 하던 서연이도 못 알아 본다는 말인가.

서연이 때문에 엄마와 싸운 것은 셀 수도 없다. 우유병을 소독하면 뭘하겠는가. 팔팔 끓여 놓고도 수돗물 틀어 다시 한번 헹구는데. 그것도 손가락을 집어 넣고 말이다. 분유를 타서는 꼭 손목에 한 방울 떨어뜨려 뜨겁기를 살펴 보라고 그렇게 일렀건만, 언제나 자기 입으로 고무 젖꼭지를 쪽쪽 빨아 온도를 확인하던 버릇.

"아따, 입으로 묵는 것을 입으로 알아봐야지, 어치께 손목으로 안다냐?"

자기 입으로 밥을 한번 씹어 아이에게 먹이는 것은 또 얼마나 나의 치를 떨게 했는가.

"아직 이빨도 지대로 안 났는디, 그라문, 꿋꿋한 밥탱이를 기양 멕이란 말이여?"

육아법이 나와는 맞지 않았지만 엄마는 서연이를 거두는 데 혼신의 힘을 다했음에 틀림없다. 심장이 안 좋아 서연이가 줄창 울어대고만 있었을 시절, 서연이는 오직 엄마에게 업혔을 때만 울음을 그치곤 했던 것이다. 서연이가 좋아하는 사탕을 먹이려고 냉장고에도, 찬장에도, 책장에도 사탕을 숨겨놓고 그렇게 내 눈치를 보면서 비굴하게 굴던 것도 생각난다. 그런 서연이를 엄마가 잊다니…….

애애애!

갑자기 서연이가 울음을 터뜨렸다. 비스듬히 앉아 밥을 헤집고 있다가 찌개를 덥혀 오던 작은올케에게 손을 밟힌 것이었다.

애애애!

아기였을 적부터 그애는 벌에 톡 톡 쏘이는 듯이 고통스럽게 울어대곤 했었다. 처음엔 심장이 나빠 그렇게 우는가 했었는데, 심장이 좋아진 다음에도 우는 소리는 여전히 자지러졌다.

애애애!

그때였다. 오메, 내 새끼 하며 엄마가 달려들어 등을 들이댄 것은.

"오메, 내 새끼, 어찌까? 어찌까?"

엄마는 서연이의 엉덩이를 또닥거리며, 주문에 걸린 사람처럼 끝없이 되뇌는 것이었다.

오메, 내 새끼, 어찌까? 어찌까?

그 순간이었다. 벼락이라도 맞은 것처럼 전신이 짜르르해지며, 머릿속이 선연해진 것은. 엄마의 생애를 관통해 온 화두가 갑자기 풀린 것은.

올망졸망한 네 명의 새끼를 안고 척박한 세상에 내동댕이쳐진 어미, 그것이 엄마의 삶이었던 것이다. 엄마의 어기참과 철면피함, 인색함과 조급함, 그 생뚱맞은 자존심, 이 모든 게 오메, 내 새끼 어찌까? 어찌까? 하는 깊디 깊은 울음이었던 것이다.

엄마가 갑자기 의아해 하며 좌중을 돌아다 보았다.

"오늘이 아부지 제삿날이냐?"

엄마는 보따리를 버리고, 내가 사준 가방에 가벼운 옷가지만 넣어 의기양양히 걸어 온다. 어머니 방도 여기 있고, 어머니 농도 여기 있으니, 아가씨 집에 가서는 잠깐만 쉬었다 오시라고, 작은올케가 간곡히 이야기한 것과, 우리 집에 먼저 가시자고 큰올케가 손을 잡고 권한 것이 엄마의 기분을 한껏 고무시켰음에 틀림없다. 큰딸과 두 아들이 쥐어준 두둑한 용돈도 한몫했겠지.

엄마의 저 의기양양해 하는 얼굴을, 어디서 봤더라?

그래, 내가 처음으로 취직해서 여수에 내려간 날, 동문시장에 들렀을 때, 내가 사간 야쿠르트를 장바닥 아줌마들에게 돌리면서, 엄마는 저렇게 의기양양했었지.

엄마가 얼마 동안이나 우리 집에 있게 될지, 내 못된 성미와 엄마의 쇠고집이 또 얼마나 부딪쳐 파란만장한 사연을 만들어 낼지는 알 수 없지만, 집에 가면 먼저 엄마의 장롱부터 들여놓아야겠다.

하르르 하르르 벚꽃잎이 날리는 봄이다.

(1999. 10)

그림자 사랑 1

– 남아 있는 날들 –

"할머니 주머니는 잘 챙겨 왔냐?"

시어머니는 차에 들어서자마자 주머니의 안부부터 물었다. 지숙은 다시 한번 핸드백을 열어 보았다.

"츳, 할머니가 그것을 너희들에게 보관하라고 했단 말이지?"

시어머니는 기가 막히다는 듯 혀를 찼다.

"네에. 혼자 살아 집이 허술하니 저희들이 가지고 있으라고 하시던데요."

그날, 집에 와서 생각해 보니, 시할머니가 떠맡긴다고 해서 그 주머니를 냉큼 받아온 것은 아무래도 주제넘은 짓이었다. 주머니를 먼저 맡아야 할 사람은 응당 시어머니였다. 시할머니가 대를 뛰어 넘어 손자 며느리인 자신에게 그것을 맡겼다는 것은 아들은 뒤주에서 죽게 하고 손자에게 왕위를 물려주는 역사 드라마와 닮아 있었다. 자칫하다가는 시할머니와 시어머니의 틈바구니에 끼어 곤욕을 치를 수도 있는 일이었다. 지숙은 잠깐 망설이다가 시어머니에게 전화를 했다. 두 사람 사이에서 중립을 지키는 것을 원칙으로 하되, 유사시에는 자신과 촌수가 더 가까운 시어머니와의 유대에 더 무게를 두어야 할 터였다.

“더 말할 것도 없다. 이번 설에 내려가면서 다시 갖다 드려라. 그 주머니 때문에 내가 얼마나 곤욕을 치렀는지 모른다.”

할머니가 맡긴 주머니를 어떻게 해야 좋을지 몰라서 전화를 드린다는 지숙의 말을 시어머니는 중간에서 잘랐는데, 그때 시어머니의 목소리에 얼마나 짜증이 섞여 있었던지, 지숙은 큰 죄나 지은 사람처럼 네, 네만 하다가 전화를 끊었던 것이다.

“나는 은제 죽을랑가도 몰르고, 시골에 도적도 무서운께, 인자 느그들이 이걸 간수혀라.”

한 달쯤 전의 일이었다. 근처에 출장을 나왔다가 시할머니에게 들렀을 때, 시할머니는 장롱 안을 한참 뒤적거리더니 웬 주머니를 끄집어 내는 것이었다. 색깔이 바래고 고운때가 묻은, 원래는 진홍빛이었을 비단 주머니였다. 이것이 세상 사람들이 말하는 소위 ‘패물 주머니’라는 것 아닌가. 지숙은 호기심에 가슴이 두근거렸다. 한때는 나주 바닥에서 이 집안의 땅을 밟지 않고는 다닐 수가 없었다느니, 잔치를 한 번 열면 사흘은 족히 상을 벌였는데, 몇 첩 반상을 대청 마루에 차곡차곡 쌓아두었다가 손님이 오는 족족 내어갔다느니 하는 말을 결혼하기 전부터 수도 없이 들은 터였다. 그런 집안에 후실로 들어와 20여 년을 살아 온 시할머니가 내놓는 패물 주머니…….

시할머니는 주머니를 지숙에게 밀어 주더니, 이제는 그것이 자신과 연을 끊은 물건이라는 듯 멀찌감치 떨어져 앉았다. 지숙은 행여 자신이 그 주머니를 탐내는 것으로 비칠까 봐 조심하면서 살며시 주머니를 열어 보았다.

애걔.

숙연한 모습으로 건너다 보고 있는 시할머니 앞에서 지숙은 하마터면 실소를 터뜨릴 뻔했다.

서 돈짜리 금반지 둘, 백금 반지 하나, 옥가락지 둘, 금비녀 둘, 백금 비녀 하나, 금목걸이 하나, 그리고 노리개가 두 개 있었다. 돈으로 환산해 보면 얼마나 될까.

"인자 느그들이 잘 간수혀라."

무슨 왕가의 보물이라도 내어놓는 듯한 시할머니의 태도며 비장한 목소리는 지숙에게 사뭇 희화적으로 느껴지기까지 했다. 그러나 패물이라고 하는 것은 제각각 사연을 담고 있는 것이고 주인에게 길들은 물건이라 돈으로 셈할 수만은 없는 것일 게고, 아닌게 아니라 호젓한 살림에 도둑이라도 든다면 시할머니의 상심이 크겠다 싶어 그 주머니를 받아 온 것이었다.

"너도 알아 두어라만 할머니가 이상한 성질이 있단 말이다."

"어머니는 또,"

운전을 하던 남편이 못마땅한 듯 뒷자리에 앉은 시어머니를 돌아 보았다.

"이제는 얘도 우리 집안 사람이 되었는데, 알 건 알아야지."

시어머니는 남편의 말을 아랑곳하지 않고 주머니 이야기부터 시작했다.

시할아버지가 돌아가시고 얼마 되지 않았는데, 어느 날, 시할머니가 그 주머니를 시어머니에게 맡기더라는 것이다. 노인네가 혼자 있으니, 도둑 걱정이 될 법도 하겠다 싶어 시어머니는 그것을 받아 가지고 왔는데 며칠이나 지났을까, 시고모에게서 전화가 왔다는 것이다.

"언니가 어머니 패물 가지고 갔수?"

"뭔 말이요?"

"어머니한테 전화를 하는데, 어머니가 힘이 하나도 없습디다. 왜 그러냐니까, 광주에서 패물 주머니를 가져갔다 하면서 한숨을 푹 쉽디다."

시고모의 말투가 마치 시할머니를 윽대겨 패물 주머니를 뺏어온 사람 드잡는 듯하더라는 것이다. 시어머니는 그 자리에서 바로 전화를 끊고 일어나 시할머니에게 주머니를 돌려주고 왔다는 것이다.

"할머니가 그런 사람이다. 여기 가서는 이 말 하고, 저기 가서는 또 딴 말 하고, 집안 소문 다 물어내고, 너도 겪어 봐라만 속 뒤집어지는 일이 한두 가지가 아닐 것이다."

더구나 시고모들이 자신들의 몫에서 행여 숟가락 하나라도 줄어들까 봐 눈을 부릅뜨고 지키고 있는데, 괜히 오해받을 짓을 하지 않는 게 좋다면서 시어머니는 말을 맺었다. 지숙은 주머니를 받아온 날, 시할머니가 함께 건네 주던 마늘 꾸러미를 생각했다.

"직장 생활 허느라고 바쁠틴디, 다 까났응께 냉장고에 나뚜고 묵어라."

정말, 출근길 바쁠 때는 마늘 까기도 수월찮았다. 아침에 끓이는 찌개에는 양파나 살짝 썰어 넣고 마는 지숙에겐 콩콩 찧어 넣기만 하면 되는, 깐마늘이 그렇게 대견할 수 없었다. 물론 아파트 앞의 수퍼마켓에서도 깐마늘은 있었지만, 시할머니의 마늘은 맵기만 하고 맛을 못 내는 그런 종류의 수입 마늘들과는 풍미가 달랐다. 엄지 손톱만한 토종 마늘을 일일이 손으로 까서 그만한 꾸러미를 만드는 데는 얼마나 시간이 걸렸을까. 지숙은 손자며느리의 마음을 사기 위해 그렇게 애를 쓰는 시할머니가 고맙기도 했지만 애처롭기도 했다.

"아이고, 젊은 사람이 어짜면 요로고 심지도 짚을꼬."

들고 갈 것이 마땅치 않아, 제과점에서 대강 고른 선물용 카스테라의 봉투를 뜯으며 시할머니는 호들갑을 떨었었다. 시골에서는 먹고 싶어도 구할 수 없는 게 이런 고급 빵이라는 것이다.

"어째, 엄니 기분 맞추며 살기가 심들제?"

시할머니는 지숙의 눈치를 보며 슬쩍 운을 떼었다.

"요량머리도 없고 주변머리도 없어서, 느그 엄니 보고 있으믄 내가 복장이 터진다. 평생을 살아도 아부지 비우 하나 못 맞추고, 느그 결혼할 때도 집도 하나 장만 못해줬담서야? 에미가 엽렵혀야 자석들에게 돌아가는 것이 있는 법이여."

시할머니는 용케도 지숙의 가려운 곳을 슬슬 긁었다. 사실 지숙은 결혼을 할 때, 당연히 시집에서 아파트 정도는 얻어 주려니 했었다. 그런데 막상 결혼 날짜를 받아 놓고도, 시집에서는 아무 말이 없었던 것이다. 조그만 사업체를 가지고 있는 시아버지는 지독한 절약가였고 자식들에게는 철저히 자립을 요구했다. 혼수를 줄이고, 이리저리 은행돈을 융자받아 전세로 집을 얻으면서, 지숙은 솔직히 서운하기 짝이 없었다. 왜 저렇게 인색한지 모르겠다고 시어머니는 당신의 남편을 탓하며 안타까워했지만 그뿐, 지숙이 새살림을 차리는 데는 아무런 도움이 되지 못했다.

"느그 아부지가 꼼쟁이긴 혀도 인정도 많고 기마이도 있는 사람이여. 기분만 맞으믄 벨일도 다 헌단다. 근디 느그 엄니는 자존심만 강해가꼬 평생을 뛰뛰허니 사니께 어뜬 남자가 좋다고 허겄냐, 옛날부터 여시허고는 살아도 곰허고는 못 산다고 허지 안트냐."

시어머니를 트집잡는 시할머니는 표정은 다양하고도 풍부했다. 감정을 얼굴에 잘 드러내지 않는 시어머니와는 영 딴판이었다. 말을 하면서 입을 삐쭉 내밀기도 하고 눈을 슬몃 내리깔기도 했다. '뛰뛰허니'라고 할 때는 뾰로통하게 볼부은 흉내를 내기도 했다.

"허기사 느그 아부지가 엄니 말을 신용허지 않는 것도 다 이유가 있긴 혀. 결혼하자마자 느그 외할무니가 계한다고 저금난 재산을 다 말아묵어 부렀응께."

지숙은 시할머니의 말을 중도에 끊기가 어렵기도 하고, 시어머니의 흉을 듣는 게 재미있기도 하여 한참을 고개를 끄덕이며 앉아 있었다. 얼마 겪어 보진 않았지만 시어머니는 대단히 꼿꼿한 성품이었다. 시댁은 경제권이 시아버지에게 있었는데, 시어머니는 어떠한 경우에도 시아버지에게 아쉬운 소리를 하지 않았다. 천 원 주면 천 원만 쓰고, 만 원 주면 만 원만 썼다. 어머니가 어떻게 딴 주머니도 좀 차고 엉너리도 칠 줄 알아야 자식들에게 돌아갈 몫이 있다는 시할머니의 말이 일리 없는 소리는 아니었다.

"아이구, 어서 오니라."

과수원 길목으로 들어서는 차 소리를 듣고 허둥지둥 나왔는지 시할머니는 고무신을 짝맞춰 신지도 못하고 대문 앞에서 기다리고 있었다.

“내려 오니라고 얼메나 고생들 혔어? 날씨가 엥간히 추워야제. 어서 안으로 들어가자.”

잘 계셨냐는 시어머니의 인사에 ‘잉’하고 건성으로 대답했을 뿐, 시할머니의 신경은 온통 지숙과 남편에게만 쏠려 있었다.

“무건디, 짐 이리 도라.”

“아니에요, 제가 들게요.”

“아이고, 이리 주랑께.”

“할머니, 괜찮아요.”

시할머니와 지숙의 실랑이가 가소로운 듯, 시어머니는 핑하니 먼저 방으로 들어가 버렸다.

“할머니, 패물 다시 가져왔어요.”

지숙은 마루에 앉아 핸드백을 열고 주머니를 꺼냈다.

“멋하러 다시 가져 와? 느그들이 잘 간수하랑께.”

지숙이 내어놓는 주머니를 보고 시할머니는 못 볼 것이라도 본 양 깜짝 놀라며 외면을 했다.

“할머니 패물이시잖아요. 할머니가 보관하셔야죠.”

지숙의 말에도 시할머니는 주머니를 바로 보지 못하고 머뭇거렸다.

“할머니 건데, 할머니 마음대로 하세요. 팔아서 쓰시든지, 누구를 주시든지, 할머니가 알아서 하세요.”

남편이 옆에서 거드니까 시할머니의 얼굴에 비로소 화색이 돌았다.

“그라먼, 내가 보간허까? 폴아서 쓰다니……. 내가 잘 보간허

마. 꽁꽁 잘 감차 놀란다."

시할머니는 조심스레 주머니를 자기 쪽으로 끌어 당기더니, 얼른 집어들고 안방으로 들어갔다.

그렇게 애지중지하는 것을 내놓긴 왜 내놓았단 말인가.

지숙은 어이가 없어서 남편을 바라보고 웃었다. 한참을 지나 안방에서 나온 할머니의 얼굴은 눈에 띄게 화사해져 있었다. 고방 열쇠를 잃고 주눅이 들었다가 다시 찾은 마님처럼 의기양양하기까지 했다.

"싱싱한 걸로 사다 줬는데, 어떻게 말렸길래 죽상어에서 이렇게 꼬리한 내가 난담?"

대청에서 시어머니의 투덜대는 소리가 들렸다. 명절상에 쓰는 생선은 시어머니가 미리 장을 보아다 주고 할머니가 다루는 모양이었다.

"그나마 다 죽이 됐네그려, 도대체 생선을 어떻게 쪘길래 이 모양이야."

지숙은 얼른 할머니를 돌아 보았다. 조심성 없이 내뱉는 시어머니의 목소리가 찬방까지 들려왔기 때문이다. 아니나 다를까, 새로 장을 보아온 바구니에서 비닐 봉투들을 끄집어 내는 할머니의 손길도 거칠어졌다.

"또 나물을 니 가지 사왔네, 시 가지믄 시 가지, 다섯 가지믄 다섯 가지를 사와야 헐 꺼 아녀."

도라지, 숙주, 시금치, 느타리. 나물거리들을 나란히 풀어 놓는 할머니의 어조에는 경멸이 섞여 있다.

"명태포를 떠올라믄 좀 자라죽허게 떠와야제, 똠방허게 이거시 머여?"

전감으로 떠온 명태포도 마음에 들지 않는지 미운 놈 떨치듯 저만큼 밀어 놓는다. 이번에는 할머니의 목소리가 시어머니에게 들릴까봐 지숙은 마음이 조마조마했다. 안 듣는 데서는 임금님 흉도 본다고, 서로에게 불만이 있어 고시랑거리는 것까지는 좋은데, 왜 음성을 낮추지 않는가 말이다. 두 사람은 마치 대전을 앞둔 권투 선수들이 상대방의 기분을 긁으려고 스윙질을 하며 깐죽거리는 것처럼 보였다.

"왜 이번 홍에는 홍에 맛이 안 나. 홍에가 좀 얼큰해야제."

아니나 다를까. 찬방으로 들어서는 시어머니에게 시할머니가 시비를 걸었다.

"싱싱해서 그런갑소."

"싱싱혀도 홍에 맛만 나드라."

"수입 것이라 그런갑소."

"수입 것이라고 다 그러간디, 잘못 샀응께 그러제."

"……."

나물 다듬을 칼을 찾던 시어머니는 벌떡 일어나 꼬막 꾸러미를 들고 나가 버렸다. 지숙은 한숨을 쉬었다. 시할머니와 시어머니가 주고받는 가시 박힌 말들은 옆에서 듣는 것만으로도 오금이 저렸다.

"꼬막만 혀도 그래. 지삿상에는 참꼬막을 올려야제. 꼬막 하나 지대로 못 사온당께."

짜그락 짜그락 밖에서 꼬막 씻는 소리가 요란하게 들렸다. 시어머니가 꼬막에다 대고 화풀이를 하는 모양이었다.

"밤 이리 도라. 밤도 내가 치야제, 니 엄니 솜씨가 하도 알량

헌께."

지숙으로서는 나물이 세 가지면 어떻고 네 가지면 어떻다는 건지, 참꼬막이면 어떻고 아니면 어떻다는 건지, 왜 그런 것이 싸움까지 벌일 정도로 중요한 일인지 한편으로는 우습기도 했다.

나물을 다 다듬고 전을 부치고 있는데, 시어머니가 꼬막을 방으로 밀어 넣었다. 할머니와 부딪치기 싫어서 밖에 있는 아궁이에서 삶아낸 모양이었다. 할머니는 밤 치던 칼로 꼬막을 한 개 들어내어 까 보았다.

"내 이럴 줄 알았당께. 꼬막 살 쫄아분 것 좀 봐. 꼬막을 피만 살짝 건히게 삶아야 살도 통통허고 윤기가 잘잘 흐른단 말이제."

그 말이 끝나자마자, 방문이 탕하고 열렸다.

"어머니는 대체 나하고 무슨 원수가 졌다고, 사사건건 물고 늘어지시요, 응?"

"……."

"참을라고 참을라고 해도, 내가 못 참겠다니까! 대체 내가 어머니한테 뭘 잘못했소? 어디 한 번 들어나 봅시다."

열이 오른 시어머니의 음성에서는 쇳소리가 났다. 이제 보니 시어머니도 결코 만만한 사람이 아니었다. 평소에는 지숙이 보기에도 답답한 정도로 행동이 굼뜨고 목소리조차 어릿어릿했는데, 대쪽 같은 성미가 일단 아니다 싶으면 물불을 가리지 않는 것 같았다. 시할머니는 얼른 돌아앉아 밤 치는 시늉을 했다.

"어머니가 처음 이 집안에 들어왔을 적에 누가 제일 먼저 어머니라고 불러 드렸소? 지금까지 어머니 생일상은 누가 차려

드렸소? 사람이 그렇게 경우가 없으면 못 써요."

"하나님 아부지이, 하나님 아부지."

시어머니의 살기등등한 기세에 시할머니는 느닷없이 하나님을 불러댔다. 중립을 지키되, 시어머니와의 관계에 좀더 무게를 두려던 지숙은 약간 난처해졌다. 시할머니가 최근에 가톨릭 신자로 개종을 했다는 말이 생각났던 것이다. 젊었을 적에는 천리교라는 일본 종교를 믿다가, 시할아버지의 재취로 들어올 무렵에는 통일교 신자였는데, 시할아버지가 돌아가신 다음 다시 가톨릭 교회에서 영세를 받았다고 한다. 지숙의 신앙심이라야 일주일에 한 번씩 미사에 참여하는 것이 고작인 정도였지만, 그래도 시할머니가 하나님을 찾으며 매달리니까 갑자기 그녀가 돌봐야 할 어린 양처럼 느껴지는 것이었다.

"명절이면 명절, 제사면 제사, 다 광주에서 장 봐다가 음식장만하고, 팔자에도 없는 장남 며느리 노릇을 하고 있는데, 고마운 줄은 모르고 밤낮 트집이야, 트집이."

"아이구, 고맙기도 허지. 하나님 아부지이, 하나님 아부지."

"친어머니면 그럴랍디여? 옛날 어머니는 안 그랬어. 며느리한테도 그렇게 따숩게 해주고, 어머니는 아버지 생전에 어쨌소? 밤낮 애기씨들하고만 한 통속이 돼서 우리를 따돌리고, 흉 보고 안 그랬소!"

시어머니는 '우리'라는 말을 통해 은연중 지숙을 통제하고 시할머니를 돌려 세웠다.

"하나님 아부지이, 하나님 아부지, 왜 저를 안 데려 가시고 오…."

시어머니의 다그치는 목소리는 방을 쩌렁쩌렁 울리고, 시할머니는 눈물 콧물을 닦으며 하나님 아버지를 찾고 있으니, 누가 보더라도 시할머니는 핍박받는 양의 모습이었다.

"어머니, 또 왜 그러세요!"

그때 마침 종손집에 다니러 갔던 남편이 마당으로 들어서며 화를 내었다.

"할머니가 또 애먼 소리를 안 하냐!"

시어머니도 기세를 꺾이지 않으려고 목소리를 높였다.

"하나님 아부지이, 하나님 아부지, 빨리 저를 데려 가시고오…."

때맞춰 할머니 눈에서는 눈물이 주르르 흘러내렸다. 잿더미 속의 불씨를 살살 건드려 불을 확 당긴 책임은 아무래도 시할머니 쪽이었는데 정황은 시어머니에게 불리하기만 했다.

"어머니, 동네 창피하게 왜 이러세요? 사람들이 보면 대체 뭐라고 하겠어요?"

남편은 시어머니를 나무라며 시할머니의 손을 잡고 눈물을 닦아 주었다. 사태는 단박에 역전되었다. 시어머니의 불 같은 성미가 단기전에 강했다면 시할머니의 의뭉한 지모는 장기전에서 승부를 보았다고나 할까.

"내가 빨리 죽어야제, 느그들 고생도 안 시키고……."

고개를 돌리고 코를 팽하고 푸는 시할머니는 뛰어난 연기자와도 같이 보였다.

"무슨 말씀이세요, 할머니가 건강하게 오래오래 사셔야 저희들도 좋지요. 할머니가 안 계시면 누가 이 집을 지키겠어요?"

남편이 시할머니를 위로하며 따둑이는데, 이번에는 시어머니의 눈에 눈물이 핑 돌았다.

서울에서 전화가 걸려 오지 않았더라면 수습이 어려웠을 상황이었다. 시간이 좀 지나자 뿌리 깊은 고부간의 갈등이 되었든, 집안의 주도권 다툼이 되었든, 결혼하고 처음으로 명절을 쇠러 온 새며느리 앞에서 시어머니와 시할머니쯤 되는 사람들이 싸움을 벌이고 있다는 것에 생각이 미쳤던 모양이었다. 갑자기 말이 없어진 시할머니와 시어머니와 함께 저녁을 먹고 있는데 서울에 있는 시고모에게서 전화가 걸려 온 것이다.

"잉, 나여. 명절 장이사 광주에서 다 봐왔제. 성수 어매가 다 알아서 하니께. 그러제, 광주 아니믄 내가 어떻게 살어. 그 공을 어떻게 갚을란가 몰르겄다."

전화기를 잡고 너스레를 떠는 시할머니는 한껏 화해의 제스처를 취하고 있었다. 시어머니도 슬그머니 그것을 받아들였다.

"서울 애기씨요?"

"한 번이나 내다 본단 말이제. 전화만 삐쭉 허고 삐쭉 허고…."

"요새도 몸이 안 좋다요?"

"벌 받은 것이제."

"……."

"오빠가 있는디, 어련히 알아서 허까마는 출가외인이란 것들이 집안 문제를 가지고 그 방정을 떨까잉."

유산 문제로 시아버지와 시고모들 사이에 갈등이 있었다는데, 아마도 시할머니는 그 말을 하는 듯했다. 시고모들이 공동의 적으로 등장하면서 시할머니와 시어머니는 갑자기 의기투합하기 시작했다.

"내가 왜 서울 애기씨하고 싸운 줄 아시요? 어머니 돈을 못 내놓겠다고 합디다."

"시상에, 그거시 도독 심보가 아니고 머시여."

"아버지가 작은애기씨하고 둘이 나눠 쓰라고 했답디다."

"쩽베락 맞을 소리 하등갑네, 나 있는 자리에서 서이 앉혀 놓고 느그들이 이 돈 잘 가지고 있으믄서 매달 어무니 용돈이나 대어드려라 했는디."

"그래서 용돈을 한 번이라도 받아 보셨소?"

젊은 시절에 면서기를 지냈다는 시할아버지는 상당히 치밀한 분이었던 모양이었다. 재취로 와서 자식도 없이 20년 이상을 함께 살아온 시할머니의 노후를 위해 이리저리 궁리한 흔적이 보였다. 시할머니에게는 얼마간의 현금을 남겼고, 손자인 남편에게는 시할머니의 생활비를 관리해 달라며 매달 이자를 받게 되어 있는 은행의 통장을 맡겼다. 그리고도 미덥지 않았는지 당신의 딸들에게 또 돈을 맡기며 시할머니의 용돈을 부탁했다는 것이다.

시고모들이 매달 시할머니에게 꼬박꼬박 용돈을 대어 주었더라면 몇 천만 원이 그들에게 건너가 있는 줄은 아무도 몰랐을 것이다. 그러나 시고모들이 약속을 지키지 않자, 시할머니는 시아버지에게 이 사실을 밝혀 버린 것이다. 물론 시고모들은 그 돈을 시할아버지가 자신들에게 그냥 준 것이라고 우기긴 했지만.

"광주에다가 그 말을 혔다고, 김실이와 나실이가 또 얼매나 퍼부섰는지 몰른다. 딸들이 돈을 가져갔는디 친엄니 같으믄 오빠에게 일렀겄냐고 지랄 지랄허드라."

"하마터면 어머니가 누명 쓸 뻔 안 했소."

"금메 말이여. 아부지 돈이 뻔한디, 수천만 원이 없어졌으니 누굴 의심허겄어? 다 나가 딴 조마니 찬 줄 알제."

"그러니까 어머니는 아무 말씀 말고, 우리가 시키는 대로만 하란 말이요."

"그러제, 그러제. 나가 지금 누굴 믿고 살간디, 성수 아부지허고, 우리 성수허고." 시할머니는 남편 손을 꼭 끌어 잡았다. 감상적인 데가 있는 남편은 시할머니의 울먹이는 듯한 어조에 금방 마음이 젖는 듯했다.

"할머니, 걱정 마세요. 제가 앞으로 할머니를 잘 모실게요."

"아이구, 이 늙은이가 병이나 안 들고 죽어야 할 틴디. 나가 날마다 하나님헌테 기도 드린다. 느그들 고생시키지 않고 죽게 혀 달라고. 그저 잠자다가 살째기 죽게 혀 달라고."

분위기가 갑자기 숙연해졌다. 과수원과 논밭을 소작하는 이가 가끔 들르기는 한다지만, 덩지 큰 이 집을 지키면서 시할머니가 날마다 기다리고 있는 것이 죽음이라고 생각하니 지숙은 고부간의 갈등이니, 재산 문제니 하는 것들이 그야말로 사소하게 느껴졌다.

"일부러라도 틈을 내서 좀 자주 들러야겠어요. 노인 혼자 사시는데, 얼마나 적적하고 외로우시겠어요."

개밥을 줘야겠다고 할머니가 밖으로 나간 사이에 남편이 자책하듯 말했다.

"할머니 말은 못 믿어야. 여기 가서는 이 말 하고, 저기 가서는 저 말 하고 다니는 양반이니까."

시어머니가 샐쭉하여 말을 받았다.

"어머니는 또 왜 그러세요? 혼자 사는 할머니가 불쌍하지도 않아요?"

남편이 못마땅한 얼굴로 시어머니를 바라보았다.

"안 그러냐? 할머니가 고모들한테는 또 얼마나 우리 흉을 보는지 아냐?"

"어머니, 언제 돌아가실지 모를 할머니한테 좀 너그러우시면 안 돼요?"

남편은 퉁명스럽게 반박하며 밖으로 나갔다.

"죽음 앞에 나이가 따로 있다더냐?"

시어머니는 자기 편을 들지 않은 남편의 태도가 섭섭한지 볼멘 소리를 뱉었다.

"할머니가 말 지어내는 데는 선수다, 선수. 친어머니 같으면 안 그러지. 동기간에 허물이 있더라도 부모가 덮어 주고 다독거려 주면 우애를 하게 되는 법인데, 없던 말도 지어내서 형제간에 싸움을 붙이니, 아이구, 말도 말아라."

지숙과 단 둘이 찬방에 남게 되자, 시어머니는 며느리 앞에서 자신의 시어머니에게 불경스러운 태도를 취하는 입장을 변명이라도 하려는 듯, 옛날 일들을 끄집어 냈다. 남편이 어렸을 적, 과수원을 둘러보며 '이것이 다 내 땅이다'라고 했다고 시할머니가 꾸며서 전하는 바람에 미국에 있는 큰아버지가 화를 내며 전화를 했던 일이며, 시아버지가 과수원을 등기 이전하려 한다고 소문을 내는 바람에 시고모들하고 한바탕 싸우게 된 일 등, 시어머니가 시시콜콜 집어 내는 이야기에 따르면 시할머니는 이 집안을 들쑤시는 모략가요, 음해가였다.

"어머니, 할머니의 장점은 없어요?"

행여 시어머니에게 충고하는 것처럼 들릴까 봐 지숙은 조심스레 물었다. 정말 그 점이 궁금했다. 남편과 자신에게는 그렇게 살갑게 구는 할머니가 그동안 집안 사람들을 서로 이간시키고만 살아왔다는 말인가?

"할머니도, 장점이야 있지. 부지런하고 일 잘 하고, 할아버지 뜻 받고 살긴 했다. 할아버지가 여간 까탈스런 사람이 아닌데, 마실 한 번 안 다니고 그 뜻을 다 받고 살았으니, 남편을 얻은 것이 아니라 상전을 얻은 것이라고 동네 사람들이 다들 그랬으니까."

시할머니 집에 와서, 처음 설거지를 하던 날, 지숙은 찬장을 열어 보고 깜짝 놀랐다. 열 개도 넘는 마른 행주가 정갈하게 개켜져 쌓여 있는 것이었다. 잘 가꾸어진 텃밭, 정돈된 헛간과 넓은 마당, 깨끗이 닦인 마루. 일흔이 넘은 시할머니가 혼자서 사는 집이라고는 믿어지지 않을 만큼 깔끔했다.

"돌아가신 할머니 제사도 끔찍이 챙기고…, 어쩔 때는 할머니가 불쌍하기도 하다. 노인이 자기 한 몸 거두기 위해 저렇게 수고를 아끼지 않는구나 싶은 생각도 든단 말이다."

시할머니를 너무 헐뜯은 게 열적었든지, 사람을 평가하는 데 있어서 중립적인 시각 정도는 당신도 지니고 있다는 것을 과시하고 싶었든지 시어머니는 이렇게 말을 맺었다.

그날 저녁, 그 전화만 오지 않았더라면, 시어머니의 감정도 그럭저럭 마무리되어 명절을 앞둔 밤이 그런대로 화목할 뻔했다. 은행일을 보느라 함께 내려오지 못한 시아버지에게, 다음날 새벽 일찍 모시러 가겠다고 말하고 남편이 전화를 끊는데, 바로 전화벨이 울렸다.

"아이구, 누나, 얼마만이에요? 애들은 잘 크지요? 그새 학교에 들어갔어요? 참, 우리가 노안역까지 걸어 다니면서 놀던 때가 엊그제 같은데."

한참 반갑게 전화를 받던 남편의 목소리가 점점 낮아지더니 갑자기 높아졌다.

"왜요? …… 60만 원요… 그러지요… 그래요? …… 원, 참! 기름값 같은 거야 따로 드리죠… 예, 알겠어요."

전화를 끊고 난 남편은 험악한 얼굴로 시할머니를 돌아보았다.

"할머니, 할머니가 생활비 20만 원씩 받는다고 동네에다 소문냈어요?"

시할머니의 얼굴이 좀 질린 듯했다.

"소문은 무슨, 큰집 메느리가 생활비를 얼매씩이나 받느냐고 물어싸서 20만원 받는다고 했제."

"세상에!"

시어머니가 기가 막히다는 듯, 자리에서 벌떡 일어났다.

"60만 원씩 받으면서 왜 20만 원씩 받는다고 거짓말을 해요? 누구 욕을 먹일려고?"

"동네 소문이 하도 흉흉해서 종희 누나가 전화를 했다는 거예요. 부잣집에서 노인 혼자 달랑 남겨 두고 생활비를 20만 원씩밖에 안 준다고요. 나만 못된 놈 다 됐습디다. 할머니 대체 왜 그러셨어요?"

"나는, 기양, 늙은이 혼차 사는디, 돈이 있다 하믄 도적이 들까 무서워서."

시할머니는 더듬거리며 해명을 했다. 시할머니가 한껏 난처한 지경에 처해 있는데 이번에는 작은집의 시할아버지에게서 전화가 왔다.

"예예, …내일 아침 일찍 오시기로 했습니다… 예… 그러지요… 그럼요… 알겠습니다…."

"뭐라고 하시냐?"

"할머니 좀 잘 모시라고요."

남편은 화가 잔뜩 난 얼굴로 담배를 물고 나가 버렸다.

"어머니는, 무슨 말을 뱉으면 화가 누구에게 미칠지 생각도 안 하요? 동네 사람들이 얼마나 우리 성수를 욕했겄소? 말 나온 김에 성옥이 이야기도 좀 물어 봅시다."

시어머니는 별렀던 일이 있는데 잘 되었다는 듯이 할머니 앞에 무릎을 다잡고 앉았다. 성옥이는 시누이의 이름이었다.

"어머니가 작은애기씨한테 그랬다면서요? 성옥이가 작은고모는 시집 재산 다 팔아 먹고, 인제 친정 재산 팔아 먹으러 다닌다고 했다고요."

"나실이가 땅을 보러 댕기기는 혔제."

"아니, 작은애기씨가 무슨 짓을 했든, 우리 성옥이가 그런 말을 했소, 안 했소?"

"성옥이가 그러등만, 이 과수원이 나믄 지가 살란다고."

"그 말 말고, 성옥이가 작은애기씨 흉을 봤느냐 이 말이요."

"성옥이가, 나실이가 땅을 보러 다닌다고 그러등만."

"더 말씀하실 것 없어요. 어머니, 내일, 성옥이 불러서 할머니하고 대면시키고 작은고모한테 전화하세요."

밖에서 듣고 있었든지 남편이 들어오며 말을 끊었다.

"그래, 누구 말이 옳은지 삼자 대면해서 한번 말을 맞춰 봅시다."

시어머니는 은근히 신이 나는 눈치였다.

"이번 기회에 할머니 버릇을 좀 잡아 놔야 한다."

잠자리에서 시어머니는 남편을 부추겼다.

"너도 이제 확실히 알았지야? 그동안 내 말을 통 안 믿더니…."

"긴가민가했지요. 할아버지 돌아가신 후로 어머니도 고모들도 할머니에게 함부로 하잖아요. 나이드신 분이 어리숙하니 당하고만 사는 것 같아서 그런 거지요."

"할머니가 어리숙해?"

시어머니는 코웃음을 쳤다.

"할머니가 얼마나 영리한 사람인 줄 아냐? 일부러 어리숙한 척하는 거야. 난 아무것도 모르니까 너희들이 다 알아서 하라고 하지? 모르긴 뭘 몰라. 할머니는 다 알면서 뭐든지 모른 척하는 거야. 어떻게 하는가 보자 하고 말이야."

시할머니가 영리한 사람이라고? 일부러 어리숙한 척한다고?

지숙은 새로운 화두를 잡은 것 같았다.

"그나저나 할머니 혼자 저 방에서 주무시니, 마음이 불편하네요."

안방에다 세 사람의 이불을 펴 주고, 시할머니는 찬방에서 혼자 자겠다고 부득부득 고집을 부렸다. 해소기가 있어 밤이면 그릉대는 소리가 심하니, 다른 사람 자는 데 방해가 된다는 것이다.

"성수는 낼 아침 일찌거니 아부지 모시러 가는디, 푹 자야제. 찬방도 뜨뜻허니 나는 괜찮다. 혼차 자는 것이 더 편혀."

남편이 찬방에서 자겠다고 하자, 시할머니는 손을 휘휘 저었다. 세 사람이 한 패가 되어 시할머니를 안방에서 쫓아낸 것 같은 기분이었다. 아니, 시할머니가 그렇게 느끼고 있지 않을까? 시누이 사건을 계기로 시할머니에게는 적군과 아군이 확연히 나눠지지 않았는가. 사면초가, 고립무원. 패배가 뻔한 내일의 결전을 앞두고 시할머니는 무슨 생각을 하고 있을까?

지금까지의 정황으로 미루어 보자면, 시누이가 시고모의 흉을 보았다는 것도 시할머니가 꾸며낸 이야기에 틀림없다. 시할머니는 왜 없는 이야기를 꾸며 낼까? 무슨 뿌리 깊은 피해의식이라도 있는 걸까? 상상 속에서 당신이 만들어 낸 생각을 실제라고 믿는 걸까? 아니, 그런 것 같지는 않았다. 시어머니가 말한 대로 시할머니는 영리한 사람임에는 틀림없었다. 사이가 나쁜 며느리가 있는 아들 쪽보다는 매달 생활비를 챙겨주는 손자 쪽을 택하는 게 낫겠다는 계산, 가정의 권력이라는 것도 세월이 흐르면 결국 다음 세대로 넘어가는 것인데, 차세대 주자인 손자며느리의 환심을 사려는 행위, 자신들과의 관계는 그렇다 치고, 왜 시할머니는 이 사람 저 사람들을 이간시키는 걸까?

"아무래도 제가 찬방으로 가야겠어요. 할머니 혼자 주무시게 하는 것이 마음에 걸리네요."

지숙은 베개를 집어 들었다. 안방과 찬방 사이에 있는 화장실에 다녀오다가, 또 하나님 아버지를 찾고 있는 시할머니의 중얼거림을 들은 것이다.

"왜, 안방에서 자지."

지숙이 이불 속으로 들어가자, 말은 그렇게 하면서도 할머니는 이불깃을 여며 주고 돌아누웠다.

"하나님 아부지, 하나님 아부지."

시할머니는 울고 있었던 모양이었다. 그릉대는 소리 사이로 코 훌쩍이는 소리가 간간 섞여 나왔다. 하나님을 찾으며 우는 사람 중 힘 있는 사람이 있을까? 시할머니는 약자이다. 이 집안에 자기 혈육 한 점 없는 시할머니는 그렇게 느꼈는지도 모른다. 고독해서, 고독해서 이리저리 빌붙으려 했는지도 모른다. 의붓 자식들의 비위를 맞추려고, 일가 친척들의 동정을 사려고, 동물적인 본능으로 그들의 구미에 맞는 말을 찾다 보니, 말을 꾸미게 되었는지 모른다. 그러나 시할머니는 결코 약자가 아니었다. 시할머니가 얼마나 많은 재산을 가지고 있는가? 할아버지가 임종시 남긴 것 말고도 읍내에는 시할머니 명의로 된 집과 전답이 또 있었다.

"아버지가 그럽디다. 어머니 집하고 땅은 어머니 돌아가신 후에 막내 주라고요. 막내는 결혼할 때 받아간 것이 없잖아요."

시할아버지가 돌아가실 무렵 병수발을 자주 했던 시고모들은 이렇게 주장했다. 시할머니는 그런 말을 들은 적이 없다 했고, 시아버지 역시 고개를 저었다. 그러나 지숙은 시할아버지가 그런 말을 했을지도 모른다는 생각이 들었다. 상전처럼 시할머니를 부렸다는 시할아버지. 그는 가부장적인 남성임에 틀림없었다. 시할머니는 어쨌든 타성받이였다. 시할머니 생전에 먹고 쓸 것은 여유롭게 주되, 집안의 재산은 당신의 자손에게 물려주어야 한다고 시할아버지는 생각했는지도 모른다. 이자로 시할머니의 생활비를 쓰게 해 달라고 남편에게 맡겨진 돈, 이것은 당신의 작은아들과 손자의 몫이었다. 시할머니의 용돈을 주라고 시고모들에게 맡겨진 돈, 이자로 용돈을 주라는 뜻이었던 것 같은데, 이것은 당신의 두 딸 몫이었다. 시할머니 명의의 집과 땅은 당신의 막내아들 몫이었고, 과수원과 지금 이 집은 당연히 당신의 큰아들 몫으로 생각했으리라.

그러나 세상은 달라졌고 법도 바뀌었다. 시할아버지는 시할머니가 이 집안에 들어와 20년 동안 머슴처럼 산 대가를, 살아생전 의식이나 궁하지 않게 하면 될 것이라고 여겼겠지만. 이제 시할머니는 결코 약자가 아니었다.

"할머니, 할머니 이름으로 된 집과 땅은 다 할머니 거예요. 할머니 마음대로 팔아 쓰실 수도 있고, 주고 싶은 사람에게 주실 수도 있어요. 할아버지 명의로 되어 있는 것들도요, 거기에도 할머니 몫이 있어요. 할머니 재산이 제일 많아요."

지숙은, 시할머니의 권리를 찾아 주고 싶다는 사명감까지 느꼈다. 그러나 시할머니는 깜짝 놀라며 일어나 앉았다.

"나가 왜 땅을 팔어?"

"땅을 팔든 어쩌든 다 할머니 마음대로 하실 수 있다는 거예요. 법적으로 다 할머니 것이라니까요."

시할머니는 손을 휘휘 저었다.

"나가 멀라고 그런 욕 먹을 짓을 헌단 말이냐? 두고 봐라. 난 이 집 재산, 손톱 끝만치도 안 건드리고 간직했다 내놀랑께."

지숙은 멍하니 시할머니를 바라보았다. 시할머니는 명의만의 위치를 지키는 것에 엄청난 자긍심을 지니고 있는 것이었다.

"하나님은 속내를 다 알고 있능께. 아이고, 하나님 아부지이."

시할머니는 다시 누우며 또 하나님을 찾았다. 시할머니는 정말 겸손과 청빈 그리고 순명의 삶을 사는 진실한 기독교인이 되었다는 말인가?

"할머니, 그럼, 할머니 돌아가시면 제사는 안 지내도 되겠어요? 미사만 바치고요."

"…그래도 되제."

한참을 생각하더니 시할머니는 덧붙였다.

"제사도 같이 지내주면 더 좋고…. 그저 이 집안에 들어왔으니, 이 집안에 뼈를 묻는 것이 내 원잉께."

패물 주머니!

지숙은 문득 시할머니의 빛바랜 패물 주머니를 떠올렸다.

서 돈짜리 금반지 둘, 백금 반지 하나, 옥가락지 둘, 금비녀 둘, 백금 비녀 하나, 금목걸이 하나, 그리고 노리개 두 개.

현실에서는 이미 가치를 잃은 그 패물 주머니를 잃을까 봐, 시할머니는 저토록 버둥대며 살아온 것이었다. 아니, 시할머니 자신이 바로 그 패물 주머니였다.

하나님 아버지를 이제 다 불렀는지 시할머니는 그릉거리며 자고 있었다.

(2000. 3.)

그림자 사랑 2

– 거짓말 –

승혜를 처음 본 순간 그렇게 마음이 끌린 것은 미니, 그 녀석 때문이었다. 작고 날씬한 몸매, 말곳말곳한 눈망울. 승혜는 바로 녀석을 연상시켰다. 녀석이 떠난 지 얼마 되지 않아 승혜와 만나게 된 것도 다 인연이 아닌가 싶었다.

미니, 녀석을 잊을 수 없다. 외출을 하려고 스타킹을 신을 때마다 낑낑대던 녀석이 떠오른다. 녀석이 스타킹을 얼마나 싫어했는지! 스타킹을 신으면 내가 밖에 나가려고 준비를 한다는 것을 녀석은 알고 있었다. 스타킹만 보면 물어 뜯으려 했던 녀석은 다른 여자들이 신고 있는 스타킹까지도 원수로 생각했다. 그래서 집에 몇 번 손님으로 왔던 여자들은 일찌감치 스타킹을 벗어 던지곤 했었다.

승혜가 아들을 따라 처음 집에 온 날, 스타킹을 신지 않은, 하늘색 운동화에 하얀 면양말 차림이었던 것도 내게는 예사롭지 않게 여겨졌다. 녀석이 나간 자리를 승혜로 채우고 살라는, 그런 운명의 뜻이 있는가 싶기조차 했다. 그런데 이런 청천벽력이라니!

"어머니, 저 결혼해요."

승혜의 목소리는 너무나 자연스러워 나는 잠깐 내 귀를 의심했다. 혹시 어머니, 비 와요 하는 소리를 잘못 들은 것은 아닌지.

"어머니, 승혜는 거짓말을 해요."

어느 날인가 아들이 흐린 얼굴로 말했다.

"금방 탄로날 일인데도 거짓말을 하고선 늘 둘러대요."

"무슨 거짓말인데?"

"별 중요한 일도 아닌데 말예요. 거짓말할 필요가 없는 것들요."

"가령?"

"점심은 먹었는지, 도서관에는 언제 왔는지, 수업 끝난 후에 어디에 가는지 하는 것들요."

"왜 그럴까?"

아들의 이야기를 전해 들은 승혜는 목덜미까지 빨개졌다.

"사실이에요, 어머니."

승혜는 고개를 떨구고 한참을 머뭇거리더니, 말문을 열었다.

"국민학교 4학년 때, 아빠가 파산을 했거든요. 저희 집은 갑자기 가난해졌어요. 전 그걸 다른 사람에게 알리고 싶지 않았거든요. 처음엔 옷이랑 신발 같은 게 그대로 있으니까 아무도 눈치채지 못했어요. 그런데, 나중에는 뭐든지 다 꾸며대야 했어요. 그러다 보니 습관이 되었나 봐요. 사실대로 이야기를 하면 왠지 불안해요. 어떤 때는 아무 일도 아닌데 그냥 거짓말을 하게 돼요."

전 어쩌죠? 하는 얼굴로 나를 쳐다보는 승혜의 눈에는 근심이 가득했다. 금방이라도 말간 물이 차오를 것 같았다.

"자신의 문제를 안다는 것은, 그것을 해결할 수 있는 법도 안다는 얘기란다."

나는 승혜의 손을 잡아 주었다.

거짓말을 하게 만든 네 환경을 먼저 탓해야 할까?

미니어쳐 핀셔. 녀석 역시 '토이 그룹의 왕'이라고까지 불리우는 자신의 혈통에도 불구하고 그렇게 게걸댈 수가 없었다. 식사를 할 때나, 과일을 먹을 때, 하다못해 차를 마실 때조차 옆에서 어떻게나 껄떡이든지 음식을 덜어 주지 않고는 배겨내지를 못했다.

미니 녀석의 그 게걸댐이 기회만 나면 자신의 몸에 더 많은 영양을 비축해 두려는 일종의 생존 본능이었다는 것을 알게 된 것은 녀석의 전 주인에 대한 이야기를 들은 후였다. 녀석의 전 주인은 애견 수집가였다. 몰티즈, 비글, 푸들, 슈나우져, 세인트버나드 등 잘 나가는 개들을 스무 마리씩이나 소유했던 그는, 그 많은 개들을 집에서 키울 수 없어서 시골 별장에다 가둬 두고 하루에 한 번씩 먹이를 주러 다녔다고 한다. 하루에 한 번씩 주어지는 먹이, 녀석이 집에 온 게 생후 5개월쯤 되어서였으니까, 그 많은 개들 사이에서 어린 것이 그동안 먹이나 차지할 수 있었겠는가. 승혜의 거짓말도 녀석의 그 게걸댐과 같은 것인지 모른다. 생존을 위한 보호 본능.

이제는 그렇게 살지 않아도 된단다.

나는 차갑고 딱딱한 승혜의 손이 내 손 안에서 용서를 받은 듯 부드럽게 풀리는 것을 느꼈다. 그리고 지나온 시간, 승혜가 우리에게 전해 준 기쁨은 얼마나 영혼을 충만하게 하는 것이었는지.

승혜는 살가운 아이였다. 말을 해도 마음에 차악 엉기게 하는 데가 있었다. 승혜는 까다롭고 무뚝뚝한 남편마저도 사로잡았다. 눈이 오면 승혜는 남편에게 전화를 했다.

아버님, 눈 와요.

승혜를 만나고 남편은 잊었던 감성을 되찾았다. 남편은 얼굴에서, 말투에서, 젊은 날의 유쾌함이 살아났다.

아버님, 영현 씨가 약속을 안 지켜요.

아들과 다투면 꼭 남편에게 일러 바쳤다.

그 자식이 왜 그 모양이라니?

남편은 껄껄 웃으며 승혜를 달랬다. 남편에게 승혜는 귀여운 연인이었다.

승혜는 내게도 온 정성을 다했다. 승혜가 처음으로 내게 선물을 한 날, 나는 눈물이 핑 돌았다. 어느 누구도 그런 선물을 한 적은 없었다.

어머니,
좋은 날, 축하해 드리고 싶은데
제가 가진 게 없어서 마땅히 드릴 만한 것이 없네요.
선물 가게에도 가 봤지만 그냥 구경만 하고 나왔습니다.

책방에 들러 시집 한 권 샀어요.

너무 작아 부끄럽지만 어머니께 조금이라도 기쁨이 되었으면 합니다.

승혜 올림

이 세상에서 누가 나를 위해 안타깝게 주머니를 헤며 선물을 사러 다니겠는가? 나에게 승혜는 가난한 연인이었다.

어머니,
오랫동안 용돈을 모았어요.
어머니께 어울리는
부드럽고 예쁜 순면 잠옷을 사드리고 싶었는데…….
그래도 순면 잠옷이니까
어머니, 이 옷 입으시고 편안한 꿈 꾸세요.

승혜 올림

승혜는 이런 아이였다. 애절한 사랑을 바치는, 미니 녀석을 꼭 닮은.

대체 녀석은 어디서부터 나의 흔적을 감지했던 것일까. 돌층계를 오르면서 집안으로 귀가 열리는 순간부터 녀석이 킹킹거리며 현관문을 긁는 소리가 들렸다. 나를 맞는 녀석의 환호를 어떻게 표현할까. 단미를 하여 흔들 꼬리가 없었던 녀석은 온몸으로 내게 뛰어 오르며 열광을 드러냈다. 내가 이리 움직이면 이리 따라오고, 저리 움직이면 저리 따라왔다. 난초 화분에 물을 주려고 유리문을 닫고 베란다로 나오면 녀석은 유리문에 몸을 바짝 붙이고 코를 납작하게 뭉개면서 일이 끝나기를 하염없이 기다리곤 했다. 그런 순정. 승혜는 그런 순정이 있는 아이였다.

그런데 문제는 아들이 승혜에게 점점 시큰둥해지는 데 있었다. 사람 보는 눈이 없는 아들은 선물과도 같은 아이 승혜를 몰라 보았다.

"승혜는 재미가 없어요. 이러자면 이러고, 저러자면 저러고."

온유함과 순명의 성품이 인성을 이루는 얼마나 큰 미덕인가를 알기엔 아들은 아직 나이가 어렸다.

그애를 아직 못 잊었을까?

나는 불안했다. 승혜의 나긋나긋함을 볼 때마다 아들의 실연이 얼마나 다행스럽게 느껴졌던가. 아들의 첫 여자는 같은 학과의 동기생이었다. 외모는 수수했으나 당찬 데가 있는 아이였다. 평소에는 별로 말이 없다가도 자기 주장을 해야 할 땐 단호했다. 아들이 지갑 속에 여자애의 사진을 가지고 다니게 된 것을 알았을 때, 나는 마음에 차지는 않았으나 그애를 받아들이기로 결심했다. 아들이 사랑하는 여자를 함께 사랑하고자 했다.

아들이 입대를 하게 되었을 때 아들을 논산 훈련소까지 데려다주었는데, 아들은 제 여자와 이별을 하느라 혼이 빠져 부모에게는 건성이었다. 첫 면회를 갔을 때는 또 어땠는지. 며칠에 걸쳐 장을 보아 차곡차곡 찬합에 재여간 음식들, 평소에 그렇게 좋아했던 닭찜이며, 갈비, 얼음을 채워간 생선회, 철 이른 과일들은 거들떠 보지도 않고 아들은 여자애와 손을 잡고 이야기를 나누느라 정신이 없었다. 내가 할 수 있는 일은 대화 사이를 눈치껏 비집고 들어가 "애야, 좀 먹어라." 하고는 얼른 빠져나오는 것이었다.

아들이 내게 다시 돌아온 것은 두 번째 휴가 이후였다. 여자애가 아들을 두고 다른 남자 친구와 만나고 있었던 것이다. 나는 치를 떨었다. 하필이면 아들이 군대라는 열악한 환경에 있을 때 그애가 눈을 돌렸다는 것이 생각할수록 괘씸했다. 그 동안 나는 여자애를 몇 번 만났었다. 생일도 챙겨 주고 가끔씩 점심도 사 주며 용돈도 쥐어 주었다. 아들이 훗날 아내와 어머니 사이에서 마음이 불편한 일이 없도록 나는 미리미리 채비를 했던 것이다.

여자애는 아들에게 용서를 빌었고 아들은 분노와 미련 사이에서 갈팡질팡했다. 나는 그애에게 전화를 해서 배신을 가차없이 나무라고 아들의 자존심을 부추겨서 잘 벼린 낫을 쓰듯 둘 사이를 싹둑 끊어 버렸다.

한 번 배신한 사람은 언제라도 또 배신할 수 있는 법이다. 나의 판단이 옳았다. 내가 그애를 용서하지 않았기 때문에 아들은 승혜를 만날 수 있었던 것이다. 아들뿐만 아니라 온 가족이.

"거짓말하는 것도 싫고요."

아들은 고개를 흔들었다. 그러나 나는 정말이지 승혜 같은 애를 놓치고 싶지 않았다.

승혜에게 자신감을 심어 주어야겠구나.

나는 승혜에게 거짓말을 안 해도 좋을 든든한 배경이 되어 주고 싶었다. 승혜까지 잃을 수는 없었다.

어떻게 하면 녀석의 게걸거림을 고칠 수 있을까.

껄떡이는 대로 녀석을 먹이다 보니 녀석의 체중 조절이 안 되는 것이었다. 사람처럼 물큰하고 냄새나는 똥을 싸대는 것도 골치거리였다. 결국은 주위의 의견에 따라 녀석의 먹이를 사료로 제한했는데, 그 양이 문제였다. 녀석과 같은 미니핀 종자의 경우, 갓난아이 손톱만한 알약 같은 사료는 열다섯 알이 적정량이라는데 녀석은 그 배가 되는 서른 알을 일 초도 안 되어 아자작 삼켜 버리는 것이었다. 열다섯 알을 주어본 적도 있었는데 순식간에 먹이를 먹고 난 후 얼마나 애처롭게 쳐다보든지 먹이를 제한하는 자신이 잔혹하게 느껴질 정도였다. 녀석은 그러니까 저와 같은 녀석들에 비해 두 배씩이나 먹고 사는데도 불구하고 음식 앞에서 덤비는 습성을 버리지 못했다.

애견 병원의 의사는 정색을 했다. 소화해 낼 수 있는 양보다 많은 음식들을 지속적으로 먹게 되면 위가 무력화되어 배가 부른 줄을 모른다는 것이다. 녀석은 지금 만성위염에 걸려 있을 거라고 단언했다. 의사는 녀석에게 사료 이외는 일체 먹이지 말 것이며, 먹이는 정확한 양을, 하루에 네 번씩 규칙적으로 주라는 처방을 내렸다.

"다 너를 위해서란다."

나는 더 달라고 보채는 녀석을 쓰다듬고 안아 주었다. 그리고 먹이가 늘 곁에 있다는 걸 보여주어 녀석을 안심시키고자 유리로 환히 들여다 보이는 찬장 안에 사료 봉투를 넣어두곤 했다. 나중에는 녀석도 포기를 했는지 열다섯 알을 먹고도 더 이상 끙끙대지 않게 되었다. 녀석은 눈에 띄게 유순해졌으며 말라갔다. 사료의 양을 줄이면 일시적으로 그렇게 마르다가 나중에는 제 체중을 찾게 된다는 게 의사의 이야기였다. 누가 무엇을 먹어도 예전처럼 달려들지 않게 된 것도 커다란 변화였다. 녀석이 먹을 것 앞에서 품위를 지키게 된 것에 나는 만족했다. 녀석이 촐랑대며 나를 따라 다니는 횟수도 줄어들었다. 조용히 누워서 이리 고개를 돌리고 저리 고개를 돌리고 시선으로만 좇아 다니다가 내가 앉으면 그제서야 무릎으로 오르곤 했다. 녀석은 갑자기 철이 든 어른 같았다.

남편과 내가 승혜와 함께 보낸 시간은 승혜가 태어나서 먹고 살기에 바쁜 제 부모와 보낸 시간보다 길었을 것이다. 잠만 제 집에 가서 잤을 뿐, 거의 모든 생활을 같이 했다. 승혜와 백화점 쇼핑을 하는 것은 즐거웠다. 승혜는 쇼핑을 즐길 뿐만 아니라 물건을 보는 안목이 있었다. 내가 이 옷, 저 옷을 입어보며 망서리거나, 변덕을 부릴 때조차 승혜는 웃으면서 이런저런 조언을 해주었다. 작고 날씬한 승혜의 몸은 무슨 옷을 사 입혀도 맵시가 났다. 나는 승혜와 쇼핑백을 나누어 들고 좋은 기분으로 돌아오곤 했다. 입맛이 까다로와 외식을 잘 안 하는 남편도 승혜와 함께라면 어디든지 갔다. 음식이 소문난 곳을 수소문해 알아오기도 했다. 승혜가 합류함으로써 우리 식구들은 더욱 단란해졌다. 일요일에 교회에 나가 가족석에 나란히 앉아서 나는 새사람이 된 승혜를 축복하곤 했다.

"승혜가 요즘도 거짓말을 하니?"

"글쎄요."

아들은 탐탁한 낯빛이 아니었다.

"너무 함께 지내니 이젠 걔가 거짓말을 하는지 않는지도 모르겠어요."

"이제는 거짓말 안 할 거야."

나는 덧붙였다.

"거짓말할 필요가 없어졌는데 왜 거짓말을 하겠니?"

아들의 기분도 이해할 만했다. 연애라고 하는 게 밀고 당기는 맛이 있어야 달아오르는 법인데, 늘상 같이 지내다 보니 아들은 승혜가 귀한 줄을 모르는 것 같았다. 아들도 나이가 조금만 더 들면, 나는 그렇게 생각했다. 편안한 사랑이라는 게 얼마나 소중한 것인지 알게 될 거라고.

그러나 아들은 교육용 소프트웨어를 만드는 무슨 벤처 회사에 취직이 되었다며 훌쩍 서울로 떠나 버렸다.

"승혜는?"

"그동안 저 때문에 우리 집에 왔었다면, 이제 올 필요가 없겠죠. 어머니 아버지 때문에 왔었다면 계속 드나들 거예요."

아들의 대답은 냉소에 가까웠다.

"너, 아주 못됐구나. 어떻게 그런 식으로 이야기하지?"

"두고 보면 알겠죠."

아들은 승혜가 저를 사랑하는 것이 아니라, 제가 가진 조건을 사랑하고 있는 것이 아니냐고 말하고 싶은 것 같았다. 아마도 아들은 사람들에게는 자신이 처한 모든 환경과 무관한 인간성이라는 게 있다고 생각하는 모양이었다. 그러나 한 인간을 사랑한다는 것은 그의 전 면모를 사랑하는 것이다. 가난한 남자를 사랑한다는 것은 그의 가난한 환경까지도 사랑하게 되었다는 한다는 말이지, 가난과 무관한 그 인간만을 사랑한다는 것은 아니다. 재산이 있는 남자를 사랑한다는 것이 왜 순수하지 못하다는 말인가.

아들이 서울로 떠난 뒤, 승혜는 아무래도 집에 드나드는 횟

수가 줄어 들었다. 풀이 죽은 모습이 역력했다. 나는 아들에게 결혼 말을 꺼냈다가 면박만 당했다. 아들은 기반을 잡기 전에는 절대 결혼할 수 없으며, 승혜가 기다릴 수 없다면 언제든지 떠나게 하라고 냉정하게 잘라 말했다. 아들은 승혜를 끝없이 시험하는 것 같았다. 멀리 있으면 마음도 멀어지는 법인데. 막연히 안타까워 하고 있을 때 승혜는 서울에 있는 사촌 언니의 학원에 강사로 가게 되었다고 전했다.

아들의 아파트로 승혜를 들여 보내면서, 나는 아들이 도도한 사위처럼 여겨졌다. 아들은 무뚝뚝하게 승혜의 짐을 날랐다. 승혜는 사랑을 구걸하는 딸처럼 느껴졌다. 아들이 안쪽의 방 두 칸을 쓰고 승혜가 문 쪽의 방 한 칸을 쓰는 것조차 안쓰러웠다. 아들은 승혜와 한 집을 쓰게 하는 부모의 의사를 따를 뿐이지, 승혜에게는 관심이 없다는 듯이 굴었다. 애초에 승혜를 데려온 게 누군데. 나는 아들의 태도에 분개했다. 책임질 일만 벌여 보라지.

한 달에 한 번씩 서울에 올라가 고기며 김치며 과일로 냉장고를 채워 놓고, 나는 정말 사위의 마음을 사려는 장모처럼 굴었다. 집안 청소도 말끔히 해놓고 아들의 와이셔츠며 바지 등속도 말쑥하게 다려놓곤 했다. 승혜도 성품이 고왔지, 부지런한 아이는 아니었다. 학원 강사 생활이 고달픈지 제 방도 엉망으로 어질러 놓기가 일쑤였다. 이런 승혜가 깔끔한 아들의 비위를 맞추기 위해서 얼마나 애를 쓰며 살지는 보지 않아도 환했다.

“저녁은 해먹지 말고 함께 사먹어라.”

나는 승혜에게 용돈을 듬뿍 쥐어주곤 했다. 나는 승혜가 일감

속에 묻히기를 바라지 않았다. 아들에게 일해 주는 여자로서가 아니라 아들과 함께 사는 여자로서의 승혜를 원했던 것이다.

"어머니, 영현 씨가 절 구박해요. 욕실에 머리카락 빠뜨린다고요."

"걔는 젊은 애가 왜 그렇게 좀쌀영감처럼 군다니? 아니꼬우니까 네가 조심해 버려라."

밤이면 하잘것없는 이야기를 쑥덕거리기도 하고 깔깔대기도 하고 나는 승혜와 손을 잡고 잤다.

그런 승혜였다. 그런 승혜가 아들이 아닌 사람과 결혼을 하다니!

"너, 결혼한다고 했니? 누구와?"

나는 당황해서 무슨 말부터 해야 할지 갈피를 잡지 못했다.

"사무관이에요. 행정고시 패스한 사람이고요."

승혜의 목소리는 들떠 있기까지 했다.

"어떻게 그리 갑자기? 지난 번 전화했을 땐, 전혀 그런 얘긴 없었잖니?"

영현이는 어쩌고?

금방이라도 튀어나오려는 말을 입술을 깨물어 눌렀다.

"예, 그쪽에서 서둘러요. 남자가 나이가 차서 바쁜가 봐요."

승혜의 목소리는 자랑스럽게 들리기조차 했다.

나는 뭐라고 말을 마무리했는지도 모르고 전화부터 끊었다. 우선 정신부터 추스려야 일을 수습할 수 있을 것 같았다.

어디서부터 잘못되었지?

일이 꼬이기 시작한 것은 아들이 다니는 회사에서 지사를 세워 아들을 이곳으로 보내버리면서부터일 터였다. 그 전에야 서로 티격태격은 했겠지만 한 집에 살고 있으니 밥도 같이 먹고, 비디오도 같이 보면서 정은 정대로 들었을 것이었다.

"승혜는?"

"승혜야 직장이 서울인데, 거기 있어야죠."

아들은 당연하지 않느냐는 듯 눈을 치떴다. 어쩐지 고소해 하는 듯한 얼굴이었다. 나는 마치 아들에게 소박을 맞은 듯한 심정이었다. 그래서 아들에게 보라는 듯 승혜에게 전화를 했다. 아들이 썼던 방으로 옮기라고. 네 집이나 마찬가지니까 혼자서 편안히 지내라고.

그리고는 정말이지 외동딸 챙기듯 뒷바라지를 했다. 다달이 용돈을 통장으로 부쳤으며, 김치를 담을 때마다 고속버스 편으로 택배를 보냈다. 승혜가 입을 만한 예쁜 옷이 눈에 띄면 그냥 지나치지 않았고, 승혜가 바빠서 내려오지 못하는 달은 내가 서울에 올라갔다. 좋은 음식점을 기억해 두었다가 승혜가 내려오면 데리고 가는 것은 남편의 몫이었다.

"어머니, 영현 씨가 제게 거짓말하고 다른 여자를 만나요."

승혜가 이렇게 말했을 때, 나는 내가 아들로부터 배반을 당한 것 같았다. 그 녀석이 그랬구나. 그래서 승혜를 그렇게 시큰둥하게 대했구나.

"어머니, 왜 저를 승혜에게 묶어두려 하세요? 저는 다른 여자도 만나보고 싶어요. 승혜도 그러라고 하세요. 왜 꼭 승혜와 결혼을 전제로 해야 하죠?"

그녀의 추궁에 아들은 항변했다. 부모가 재산이 좀 있다는 것 말고는 제가 승혜보다 나을 것이 무엇이 있다고. 나는 아들이 괘씸했다.

“기다리자. 걔가 어디서 너만한 애를 만나겠니. 돌아올 거야.”

눈물이 그렁그렁한 승혜의 손을 나는 꼭 잡아 주었다.

녀석의 먹이를 사료로 바꾼 지 한 달이나 지났을까. 녀석은 감기에 걸렸다. 녀석은 털이 짧은 종자라 추위에 약했다. 어떤 이들은 단모종 개들에게 옷을 입히기도 했지만 나의 정서는 아직 거기까지 이르진 못했다. 봄이 되면서 낮에는 보일러를 꺼두곤 했는데, 환절기의 기온 차이를 이기지 못한 모양이었다. 의사는 링겔을 맞춰야겠으니 하룻밤 입원을 시키라고 권했다.

다음날 아침 녀석을 데리러 갔는데, 녀석은 벌벌 떨고 있었다. 나는 화가 치밀어 간호원과 싸우다시피 했다. 녀석은 진료실의 차가운 시멘트 바닥에서 사지가 묶인 채 링겔을 맞고 있었던 것이다. 집에 온 녀석은 조금 토했다. 체온은 계속 떨어졌다. 나는 드라이어를 쬐어 주기도 하고, 온 몸을 문질러 주기도 했다. 녀석은 귀찮은 내색도 없이 내게 몸을 맡겼는데, 녀석의 몸에서 희끗희끗한 살비듬이 보였다. 녀석이 혹시? 나는 처음으로 그런 생각을 했다. 영양 부족이 아닐까?

나중에 다른 수의사에게 물어본 바 녀석은 십중팔구 영양실조에 걸려 있었다는 것이었다. 영양실조가 면역의 기능을 떨어뜨려 병을 이겨내지 못했으리라는 것이었다. 그렇게 먹고 싶어하는 것을 못 먹게 하고, 영양실조 때문에 죽게 하다니! 녀석이 그동안 그렇게 얌전하게 굴었던 것이 힘이 없어서였는데 그것을 몰랐다니!

물에 담궈 두지 않았던 쌀이 퍼져서 미음이 될 때까지 시간은 너무 많이 지체되었다. 녀석은 느른하게 누워 슬픈 눈으로 나를 따라 다녔다. 내가 이렇게 아픈데 엄마는 왜 나를 이렇게 내버려 두지? 그런 얼굴이었다. 미음을 식혀 왔을 때, 녀석의 눈망울이 더 이상 움직이지 않게 된 것을 알았다. 녀석은 미음을 쑤고 있는 나를 하염없이 바라보고 있다가 세상을 뜬 것이다. 그 눈!

승혜의 행복을 빌어주어야 할까? 아들이 그토록 못되게 굴었으니 승혜가 기다리지 못하고 떠나는 것을 받아들여야 할까? 승혜가 결혼하려는 남자는 어떤 사람일까? 승혜는 정말 그 사람을 사랑하고 있는 걸까?

홧김에, 승혜가 홧김에 아들을 떠난다면 그것은 어리석은 일이었다. 나는 승혜가 진심으로 사랑한 사람이 아들이 아니라는 것을 믿을 수 없었다. 아들을 진심으로 사랑하는 마음이 없고서야 나나 남편에게 그렇게 잘할 수는 없는 것이다.

"그 사람도, 네가 영현이와 사귄 것을 아니?"

나는 유치하다고 생각을 하면서도 이렇게 물었다.

"예. 다 말했어요. 오랫동안 사귄 사람이 있었다고요."

그런데 다 이해를 했다는 말이지? 그렇다면 참 대단한 남자구나.

"자기도 그런 아름다운 추억이 있다면서 고개를 끄덕이데요."

나는 그래. 그럼 행복해라 하고 전화를 끊고도 싶었다. 그러나 아들보다 괜찮은 남자가 갑자기 나타나서 승혜의 마음을 사로잡고 승혜를 채가는 것이 너무나 억울했다. 공들여 다듬고 있는 청보석 같은 승혜를 이대로 놓친다고 생각하니 마음이 타들어 가는 것 같았다.

남자를 수소문하는 것은 어렵지 않았다. 승혜가 남자의 근무지를 자랑이나 하듯이 이야기했기 때문이다.

"승혜하고는 어떤 사이십니까?"

남자는 호감어린 눈길로 나를 바라보았다. 해사하고 말쑥한 남자는 어딘지 아들을 닮은 듯했다. 그래서 승혜가 선택하게 되었을까? 아들이 마음을 주지 않으니까?

"김영현이라고 아세요?"

"글쎄요?"

"승혜의 남자 친구예요. 저는 걔 엄마고요."

"아, 승혜에게 들은 것 같기도 하군요. 그런데, 왜?"

"승혜가 우리 영현이하고 사귄 것을 아신다고요?"

나는 남자를 마주보았다. 사무관쯤 되면, 그래 아들보다 나은 게 딱 하나 있다면 사무관쯤 된다는 것인데, 그러면 남의 여자를 빼앗아도 된다는 건가?

"몇 년 전 이야기 아닙니까? 유학을 갔다면서요?"

남자는 어처구니없다는 듯, 정절을 강요하는 조선 시대의 늙은 여자를 보는 듯한 시선으로 나를 보았다. 나는 펀듯 정신이 들었다.

"우리 영현이가 유학을 갔다고요? 여기 멀쩡히 있는데?"

이번에는 남자가 멍해졌다.

"그럼 지금도 사귀고 있다는 말입니까?"

지금도 사귀고 있다고 할 수 있나? 아들의 마음은 진작 승혜를 떠났는데. 그렇다고 사귀고 있지 않다고 할 수 있나? 승혜는 늘 우리와 함께 있었는데.

"얼마 전까지만 해도 승혜가 영현이 아파트에서 살았는데요."

정확하게 말하자면, 영현이가 없는 영현이 아파트였겠지만 승혜를 묶어 두고 싶은 내 마음은 풍부한 뉘앙스를 가진 표현을 택했다.

"대치동에 있는 아파트 말입니까?"

남자는 잠시 얼이 빠진 듯했다.

"그게 승혜네 아파트가 아니었다는 말이죠?"

남자는 사기극에 휘말린 것을 뒤늦게 알아챈 사람처럼 안색이 변하기 시작했다. "승혜네 아파튼 줄 알았어요?"

나는 여유를 찾았다. 그래, 이 사람은 승혜를 정말 사랑한 게 아니야. 승혜를 서울에 아파트 한 채 정도는 가지고 있는 유복한 집안의 딸로 알았던 게야. 그래서 사무관쯤 된 사람이 결혼하자고 했겠지. 아무리 우리처럼, 몸뚱이 하나뿐인 승혜를 관용으로 싸안을 수 있을까.

"아버지가 사업을 확장하느라고 아파트를 팔아서, 그래서 언니 집으로 옮긴 것으로 알고 있었는데…."

말꼬리를 흐리는 남자의 얼굴에서 서서히 분노의 표정이 일기 시작했다. 나는 승혜의 깜찍한 거짓말이 한편으로는 맹랑하고 귀엽게 느껴지면서도 아들이 아닌 다른 남자의 마음을 사기 위해 거짓말을 했으려니 싶어 한편으로는 언짢았다. 혹시 승혜가 아들의 아파트를 나오기 전부터 이 남자를 알고 있었던 것이 아닌가 하는 의심이 들기도 했다.

"승혜를 만난 지는 얼마나 되셨어요?"

승혜의 말로라면 제 사촌 언니 집으로 옮긴 뒤, 형부의 소개로 알게 되었다고 하니까 두 사람이 사귄 지는 두 달이 채 되지 않아야 했다.

"일 년 조금 넘었네요."

이제 와서 그게 무슨 중요한 일이겠냐는 듯 남자는 시큰둥하게 대꾸했다. 그러나 나는 벌벌 떨리기 시작했다. 승혜는 아들의 아파트에 살면서, 내가 보내준 김치를 먹고, 내가 사준 옷을 입고, 내가 부쳐준 용돈을 쓰면서 이 남자와 만나왔다는 말인가? 그리고는 아들이 다른 여자와 만난다고 투정을 했다는 말인가?

"아파트 안에도 들어가 보셨어요?"

아파트에는 처녀아이 혼자 쓰기에는 어울리지 않는 살림들과 아들의 소지품이 남아 있고, 내 옷가지들도 걸려 있었다. 혹시라도 제 거짓말이 탄로날까 봐 승혜는 남자를 안에 들이지는 않았을 것이다.

웬걸요, 어디 승혜가 들어오게 해야죠. 늘 집 앞까지만 바래다 준 걸요.

남자는 이렇게 대답해야 했다. 승혜가 일말의 양심이 있는 아이라면, 그래도 아들의 아파트인데 그곳에 다른 남자를 들이지는 않았어야 했다.

"그럼요. 거의 주말마다 갔지요."

남자는 이제 승혜를 동료 남성을 배반한 여자, 자신을 속이려 했던 사기꾼쯤으로 치부하는 듯했다. 승혜의 죄상을 낱낱이 밝혀내는 게 남의 여자를 가로채려 했던, 하마터면 남이 먹던 밥을 먹을 뻔했던 자신의 입지를 회복할 수 있는 길이라는 듯 그는 갑자기 의기투합한 동지처럼 굴었다.

"주말에는 나도 가끔 서울에 갔는데?"

내가 가면 그렇게 반갑게, 그토록 곰살궂게 사랑을 표현했던 승혜가 양 다리를 걸치고 이리저리 재고 있었을 줄을 어찌 짐작이나 했겠는가.

"혹시 교수님이세요?"

"아뇨."

"학교 다닐 적 워낙 자기를 귀여워 한 교수님이 계시는데, 주말에 세미나에 오시면 함께 지내드려야 한다더군요."

승혜는 자신을 포장하기 위해, 자신이 고급 상품인 것처럼 보이기 위해 별 거짓말을 다 했나 보았다. 부잣집 딸인 것처럼, 졸업한 후에도 교수의 신임을 얻는 총명한 학생인 것처럼.

"한 번도 승혜네 아파트가 아니라는 생각은 못했어요. 거기서 밥도 몇 번 먹었는데."

"김치도 드셨어요? 내가 담궈준 것이었는데."

"하, 그 맛있는 김치! 교회에 자기를 좋아하는 어떤 아주머니가 있어서 혼자 밥해 먹는 게 안쓰럽다고 김치를 가져다 준다고 하더군요."

나는 하도 가당찮아 잠시 입을 벌리고 앉아 있었다. 어디쯤 가야 그 많은 거짓말들을 헤치고 승혜의 참말과 만날 수 있을까.

"그러면, 대치동의 그 아파트는 그대로 있다는 말입니까?"

남자는 35평짜리 아들의 아파트에 아직도 미련이 있는가 보았다.

"지금 함께 가볼까요? 가구들이며 소지품이 다 그대로 있으니까."

"글쎄요. 냉장고며, 세탁기며, 다 새것 같은데 그대로 가져가 써도 되지 않겠느냐고 했더니 못 사는 고모가 가져가기로 했다더군요. 워낙 대수롭지 않은 말투여서 부잣집 딸이라 그러나 보다 했죠. 참….”

“용돈 이야기는 안 하던가요? 내가 매달 오십만 원씩 부쳐 주었는데.”

승혜의 거짓말에 대해 나는 끝장을 보고 싶었다.

“막내라 아버지가 못 미더워서, 돈을 벌고 있다고 해도 용돈을 꼭꼭 부쳐 준다고 하더군요.”

승혜라는 공적을 퇴치하기 위해 서로 맞장구를 치고 흥분하여 한 시간 이상을 이야기를 나눈 남자였지만, 찻집에서 나와 햇볕 아래서 마주보니 어색했다. 남자도 같은 기분이었는지 눈인사만 한 후 황황히 길을 건너가 버렸다.

아들이 옳았다. 아들은 직감적으로 승혜가 어떤 아이라는 것을 알고 있었나 보다. 그러나 승혜를 사랑했던 나는 승혜의 거짓말 속에 승혜가 되고 싶은 승혜가 들어 있다고 생각했다. 나는 승혜의 거짓말을 용서했고 거짓말로부터 승혜를 구원했고 승혜가 되고 싶은 승혜로 만들어 주었다고 생각했는데, 그러나 인간의 욕심은 끝이 없는 법이라는 걸 나는 잠깐 잊었던 것 같다. 세상을 살아가면서 승혜는 끝없이 자기가 욕망하는 존재로 보이기 위해 남에게 거짓말을 할 터였다. 우리가 베푼 모든 물질과 모든 선의가 승혜의 신분 상승을 위한 거짓말의 재료로 이용되었다는 것에 나는 몸서리를 쳤다.

승혜가 파혼을 당했다는 소식은 승혜의 사촌 언니를 통해 들었다. 젊은애들이 만나기도 하고 헤어지기도 하는 법인데, 어쩌면 승혜의 앞날을 그렇게 망칠 수 있냐고 승혜의 언니는 포악을 떨었다. 승혜의 아버지 사업이 어려울 때 내가 도와준 것이며, 승혜에게 다달이 돈을 부쳐준 것은 결혼을 하겠다는 전제가 있었기 때문이 아니냐고, 그 돈을 변상해 내겠느냐고 했더니 그때야 전화를 끊었다. 승혜가 우리 가족에게 입힌 상처는 생각하지 않는 모양이었다. 믿었던 인간에게 배신을 당한 영혼의 상처는 영원히 치유가 불가능하다는 것을 모르는 것 같았다.

잊어야 할 아이, 승혜. 영원히 제 욕망이 시키는 대로 거짓말을 해댈 아이, 승혜는 자가당착도 유분수지, 적반하장이라더니, 전화의 자동응답기를 통해 울먹이는 메시지를 남겨놓고 떠났다.

어머니는 거짓말쟁이에요. 저를 딸이라고 하시더니, 영현이가 아들이 아니라, 네가 내 딸이라고 하시더니…….

딸이라면, 평생을 영현이에게 빌붙어 그렇게 비굴하게 사는 게 좋으셨겠어요? 제가 어렵게 새로 찾은 삶을 그렇게 망가뜨릴 수 있으시겠어요?

(2000. 6. 개작 2009. 7)

네 손을 위한 소나타

부대 지나서 육교 넘어 마트 뒤에 있다.

텅텅 뚫린 길을 제멋대로 달리던 칼바람이 자신의 조그만 몸뚱이와 부딪쳐 만만한 장난감이라도 대하듯 튕겨낼 때마다, 연희는 어깨를 웅숭그려 아이를 싸안으며 중얼거렸다.

대구시 신천동의 그린 빌라트가 구체적인 공간으로 존재해 있다는 걸 확인한 이상 세상의 끝까지라도 걸어갈 수 있을 것 같았다.

고속버스에 타자마자 옆 자리에 앉은 사람에게 묻기 시작하여, 터미널에서, 버스 승강장에서, 슈퍼에서 물어본 그 많은 사람들이 다 고개를 흔들었을 때, 택시 기사가 자신있게 태워다 준 그린 아파트에서 수위로부터 그런 곳이 있다는 걸 들은 적은 있는데, 어디 있는지는 모르겠다는 말을 들었을 때, 그 여자가 있는 곳은 늘 꿈 속에서나 그릴 수 있는 곳이지 현실 속에서는 영원히 찾아낼 수 없는 곳이 아닌가 싶어 얼마나 두려웠던지.

부대는 지났는데, 걸어도 걸어도 육교는 나타나지 않았다. 길만 휑하니 닦였지 아직 건물이 들어서지 않아, 도시는 턱없이 넓고 황량하고, 바람은 거칠고 매서웠다. 처음 걷기 시작했을 때는 따스함으로 전해 오던 아이의 동그만 체중도, 피로와 냉기가 겹쳐 점점 감당하기 어려운 무게로 불어나고 있었다. 이대로 하염없이 걷기만 하다가는 아이도, 자신도 함께 쓰러질 것만 같았다. 그 여자는 이쯤에서 안고 있던 아이의 띠를 풀어 자기의 삶에서 던져 버렸을까? 생의 고단함에 눌리고 눌리다가 아이의 손길을 스르르 놓아 버렸을까? 연희는 갑자기 섬뜩해져서 정신을 추스렸다. 다행히 빈 택시가 지나갔다.

부대 지나 육교 넘어 마트 뒤에 있다.

파출소에서 가르쳐 준 말이 영원히 잊히지 않을 시구처럼, 골목놀이 하는 아이들의 숨바꼭질 노래처럼 떠올랐다.

육교 넘어 마트 뒤로 가 주세요. 그린 빌라트로요.

연희는 기사에게 일렀다.

"두 시에 어디 예식장이랬나?"

욕실에서 머리를 털며 나오는데, 아침 먹을 때 물어 본 말을 남편은 또 물어 보았다. 남편은 그녀를 기억의 저장고로 생각하는 듯했다. 전화를 하다가도 모임의 안내를 받는다거나, 약속을 하게 되면 그녀를 쳐다 본다. 그리고 평소의 목소리보다 약간 옥타브를 높여 시간이나 장소를 되뇌인다. 그녀는 음성으로 입력받는 컴퓨터처럼 그것들을 기억해 두었다가 남편에게 알려 주곤 했다. 그것이 결혼 생활에서 아내의 세심한 내조나 되는 것처럼, 여자의 신성한 의무나 되는 것처럼. 남편은 머리를 점점 비워가더니, 어느 날부터인가는 아주 가볍게 세상을 살고 있었다. 모든 것을 그녀에게 의지하면서. 반면에 그녀의 머리는 자신과, 남편과, 두 아이가 알아야 할 정보들로 가득 차고, 무거워졌다. 세월이 흐르고 나이가 들자, 그녀의 머리는 이제 용량이 넘쳐서 기억들이 새어 나가고 있었다. 건망증이라는 이름으로 새어 나간 기억들이 가족들의 짜증으로 돌아오는 것을 막기 위해 그녀는 거실의 달력에다 빨간 동그라미를 치고, 그것도 못 미더워 그날 잊지 않아야 할 일들을 빨간 글씨로 적어 두곤 했다. 남편도 아이들도 결코 달력을 보지 않는다. 무언가를 기억했다가 필요할 때 내어 놓는 것, 그것은 그녀의 일이었다.

"행복 예식장이라고 했잖아요."

"원앙이 아니고?"

"원앙은 다음 일요일이에요."

신문 읽는 데 방해가 된다며 남편에게서 구박을 받은 강아지가 끙끙대며 발등에 묻혔다. 아이들이 훌쩍 커 버린 지금, 집안의 막내둥이 노릇을 톡톡히 하고 있는 조그만 요크셔테리어를 들어 안았을 때, 초인종이 울렸다.

"누고?"

연희는 나무와 수은등이 공원처럼 고즈넉히 서있는 곳에서 내렸다. 야트막한 통나무 울타리 사이로 짙은 갈색의 지붕을 얹고 녹색 벽돌로 지어진 3층짜리 건물들은 귀족처럼 우아했다.

대구시 신천동 그린 빌라트 8동 102호.

그녀는 다행히 이곳에 살고 있는 모양이었다.

"빌라도 나름이지, 길 건너 금성 빌라를 봐!"

그녀의 주소를 손에 쥐게 되었을 때, 빌라에 사는 사람들은 경제적 여유가 있는 사람들이 아니냐고 연희는 넌즈시 남편에게 물었다. 남편은 코웃음을 쳤다. 금성 빌라는 연희가 사는 동네 건너편에 있는 3층짜리 연립주택이었다. 낡은 주택가에 끼어 있는 그 비좁은 건물은 고물거리는 사람들로 마치 토끼장처럼 보였다. 평수가 넓은 집에서는 사는 사람들도 적은데, 왜 좁은 데서는 그렇게 많은 사람들이 고물대며 살아야 하는지 모를 일이었다.

그녀가 진짜 빌라다운 빌라에 살고 있는 건 다행이었다. 어느 허름한 술집의 주모가 되어 막가는 인생을 살고 있거나, 혹은 병들어 의지할 데 없는 천덕꾸러기가 되어 있다가 피붙이라는 빌미로 자신에게 딱 달라 붙으면 어떻게 할 것인가. 적어도 그런 염려는 하지 않아도 좋았다. 그렇지 않아도 고단한 자신의 삶에 덤터기를 쓰는 일은 일어나지 않을 것 같았다. 그런데, 그런데 그녀는 자신을 어떻게 생각할까? 자기의 삶에 덤터기 씌울 존재로 여기지 않을까? 그런 사람 모른다고 냉차게 고개를 흔들지도 모른다. 아니, 다 그만두고, 저 집에 살고 있는 사람이 과연 자신이 그토록 찾아 헤맸던 그 여자이기는 한 걸까?

연희는 지갑을 열고 쪽지를 꺼내었다. 아까부터 자신의 행색을 살피며 수상쩍은 눈길을 거두지 않고 있는 관리실의 수위를 의식해서였다.

대구시 신천동 그린 빌라트 8동 102호.

옆집 아가씨에게서 주소가 적힌 쪽지를 전해 받고 일별하는 순간, 그 주소는 영원히 지워지지 않는 문신처럼 또렷이 뇌리에 박혔지만, 연희는 그 쪽지가 보물섬의 지도라도 되는 것처럼 애지중지 지갑 속에 넣어 가지고 다녔다. 세상살이가 적막해서 눈물이 핑그르르 돌 때, 그것이 지갑 속에 들어있다는 생각만으로도 얼마나 많은 위안을 받았는지. 이제는 접힌 선들이 날깃날깃해진 쪽지를 연희는 다시 들여다 보았다.

일이 그렇게 쉽게 풀릴 수도 있었다. 결혼하기 전에도 그 여자를 한번 찾아볼 생각은 했었다. 고모부가 아는 경찰 간부의 도움으로 이혼 서류에서 찾아낸 그녀의 이름과 주민등록번호로 신원조회를 했더니, 그때 그녀는 신안군의 어느 섬에서 살고 있었다. 그녀를 생각할 때마다 창밖으로 바다가 보이는 어느 허술한 술집이 배경으로 떠오르는 것도 그런 연유에서일 터였다. 연희는 그녀를 찾지 않았다. 삶을 독하게 살아내야 할 때, 원망은 힘이 되지만, 연민은 짐만 될 것 같았기 때문이다.

다만 연희는 그 여자의 이름과 주민등록번호를 암호처럼, 기억력 나쁜 병사가 전쟁터에서 행여 잊을까 되뇌이고 되뇌이는 암호처럼 간직하고 있었다. 언제라도 암호만 대면 자신을 둘러싸고 있는 척박한 삶의 비밀을 풀어볼 수 있으려니 했다. 그러나 이제는 고모부도 없었고, 부탁한다고 해서 신원조회를 쉽게 해주는 시대도 아니었다. 단란주점에 나가는 옆집 아가씨가 자기에게 자주 들르는 손님이 대단한 사람이라고 해서, 별 기대도 없이 어떤 사람 좀 찾을 수 있을까? 했을 뿐인데 며칠 만에 대구시 신천동의 주소가 왔던 것이다.

그 여자를 찾고 싶어진 것이, 그녀가 있는 곳이 그리움의 장소로 떠오르게 된 것이 '대구시 신천동 그린 빌라트'라는 대도시의 그럴듯한 주소와 관계된 것은 아니었을까? 전남 신안군 어떤 섬의 그 여자와 대구시 신천동 그린 빌라트의 그 여자는 같은 인물일까? 전남 신안군 어떤 섬의 그녀가 자신이 관계 맺고 싶지 않았던 사람이라면, 대구시 신천동 그린 빌라트의 그녀는 자신과 관계 맺고 싶지 않은 사람이 아닐까?

두근대는 심장 소리가 자꾸만 밖으로 새어 나온다. 숨을 깊숙히 들이마셔 본다. 개구리 왕자였지. 공주가 자신의 입맞춤으로 깨어난 개구리 왕자와 함께 마차를 타고 가는데, 툭툭 둔중한 무언가가 끊기는 소리가 난다. 무슨 소리냐고 묻는 공주에게 왕자가 대답한다.

"오, 공주여, 심장이 터질 것 같을 때마다 심장을 묶어 두었던 끈이 이제 하나씩 끊기는 소리라오."

고단한 일상에 퉁퉁 불은 심장이 터질 것 같을 때마다, 연희는 어린 시절 읽었던 동화의 한 대목을 떠올리며 심장을 묶었었다. 식은땀 밴 손바닥을 아이를 안은 띠에 몇 번이고 문지르고, 연희는 초인종을 눌렀다. 더 이상 서성이다가는 관리실의 수위가 쫓아 올라올 것 같았다.

띵,동.

손가락이 떨려서인지 초인종 소리도 매끄럽지 않았다.

"누고?"

"저, 박은강 씨 찾아왔는데요."

"박은강은 난데, 누고?"

"저, 서울에서 심부름 왔는데요."

"누구 심부름?"

"정현숙 씨 심부름요."

정현숙? 서울? 정현숙! 정현숙이 왜 갑자기 나의 인생에 끼어든단 말인가!

그녀는 불길함에 떨며 렌즈 구멍에 눈을 댔다. 머리를 묶어 드러난 귀가 발갛게 얼어 있는 젊은 여자가 안은 아이를 추스리며 잔뜩 긴장한 모습으로 서 있었다.

"본인은 누군데요?"

그녀는 계속 문을 열지 않고 버텼다. 문을 열면 정현숙과 관련된 모든 것들이 한꺼번에 자신의 울타리 속으로 쏟아져 들어올 것만 같았다.

"정현숙씨가 제 고모 됩니다. 제 이름은 정연희고요."

암기 시험을 보는 학생처럼, 외운 것을 잊을까봐 봐 화급히 쏟아 놓는 듯한 답변을 듣는 순간 그녀는 정수리를 얻어맞은 것처럼 숨이 탁 막혔다. 남편은 안방에서 신문을 보느라 여념이 없었다. 그녀는 현관문 소리를 죽이며 밖으로 나왔다.

"니가, 니가, 살아 있었나?"

강아지를 안은 팔이 부들부들 떨렸다. 주인의 심상치 않은 기색을 알아차렸는지 강아지는 낑 소리도 안 내고 가만히 있었다.

"네, 못, 못 믿으시겠다면,"

젊은 여자는 얼굴이 빨갛게 되어 더듬거렸다.

"여기, 서류도 있습니다."

여자는 허둥대며 기저귀 가방을 열었다. 호적등본 같은 것을 꺼내는 여자의 손도 떨고 있었다.

"됐다, 됐다."

그녀는 손사래를 쳤다. 서류를 볼 필요도 없었다. 그 아이였다. 천근 무게로 짓눌려진 그녀의 목소리는 신음처럼 들렸다.

"얼굴 보면 안 되나. 니가, 니 고모 얼굴 똑 닮았다."

"저, 저는 단지, 그냥, 확인해 보고 싶어서,"

그 아이는 울 듯한 얼굴로 말했다. 그녀는 두려웠다. 춥고 지친 아이의 초라한 행색에 막 목욕을 마치고 나온, 자신의 따뜻한 몸뚱이가 벌을 받을 것만 같았다.

"그래, 내다. 니, 잠깐만 기다려 주겠나?"

"저는, 저는, 이제 그냥 가도 됩니다."

아이는 슬픈 것도 같고 화난 것도 같은 목소리로 더듬거렸다.

"무슨 말이고? 잠깐 기다려라."

그녀는 미어질 것 같은 가슴을 누르고 들어와 웃옷을 걸쳐입고 쫄랑대는 강아지를 안방으로 밀어 넣었다. 남편은 여전히 신문을 들여다 보고 있었다.

연희는 허겁지겁 화장실 문을 열었다. 식당에서, 지글지글 구워지는 고기에 상추쌈을 하고 있는 사람들 앞에서 똥 싼 아이의 기저귀를 갈아줄 수는 없는 일이었다. 조잡한 타일이 깔린 조그만 화장실은 아이를 눕히고 기저귀를 갈아줄 만한 공간이 없었다. 연희는 오른 무릎을 꿇고 왼 무릎을 세워 아이를 얹고 기저귀를 벗겼다. 파란 볼기짝에 엉겨붙어 있는 물크덩한 덩이들을 벗겨낸 기저귀로 대강 훔친 다음 화장지에 물을 묻혀 닦아냈다. 냄새를 없애려고 차가운 물을 듬뿍 적신 화장지가 살갗에 닿을 때마다 아이는 소스라치며 울어댔다. 손이 하나만 더 있다면 아이의 입을 틀어막고 싶었다. 아이가 울지만 않아도 덜 초라할 것 같았다. 혹시라도 그 여자가 문을 벌컥 열고 들어와 자신과 아이의 궁상맞은 행색을 보고 혀라도 끌끌 찰까 봐 연희는 애가 탔다.

그 여자가 처음 연희의 눈 앞에 나타났을 때, 막 목욕을 마친 사람처럼 따스하고 향긋한 비누 냄새를 풍기며 발그레한 얼굴과 젖은 머리칼로 나타났을 때, 분홍색의 반팔 티셔츠를 걸치고 앙징맞은 애완견을 팔에 안은 채 나타났을 때, 고급 승용차가 갑자기 자신의 콧구멍만한 과일 가게 앞에 멈췄을 때처럼, 구색을 갖춰 놓지 않은 고급 과일을 찾으면 어쩌나 하는 염려와 혹시 차려 놓은 과일을 몽땅 사가지 않을까 하는 기대로 비굴하게 웃으려 하는 자신을 느꼈다.

"니가, 니가, 살아 있었나?"

그 여자는 엄청난 충격을 받은 듯 음성조차 신음처럼 떨고 있었다.

침착하게, 침착하게…….

연희는 주문을 걸 듯 마음 속으로 되뇌었으나, 이런 상황을 염두에 두고 몇 번이고 연습했던 말들은 잘 나오지 않았다.

"네, 못, 못 믿으시겠다면, 여기, 서류도 있습니다."

연희는 얼굴이 빨개져서 허둥대며 기저귀 가방을 열었다. TV 드라마 같은 데서 부자인 부모가 옛날에 잃어 버린 자식을 찾으려 할 때, 재산을 노린 사기꾼이 때로는 말을 더듬으며, 때로는 눈물을 보이며 온갖 연극을 하는 것처럼, 자신이 그렇게 느껴졌다. 집을 출발하면서, 버스 안에서, 택시를 타고, 이 집의 현관 앞에서 몇 번이고 확인했던 호적등본이 기저귀 가방 속에 있었다. 아버지의 이름과 나란히 X표가 쳐져 있는 박은강이라는 여자의 이름이 있고, 그 아래에 자신의 이름이 새겨진 문서가 거기 있었다.

"됐다, 됐다."

그 여자는 손사래를 쳤다.

"얼굴 보면 안 되나. 니가, 니 고모 얼굴 똑 닮았다."

그 여자의 낮은 목소리가 너무도 무겁고 비통해서 연희는 울고 싶었다. 자신은 절대 그녀에게 부담을 주려고 온 게 아니었다. 그녀가 같은 하늘 아래 살아 있는지만 확인하고 싶었을 뿐이다. 그리고 허락이 된다면, 왜 그녀가 자신을 버려야 했는지를 묻고 싶었을 뿐이다.

"잠깐만 기다려 주겠나?"

그녀의 목소리는 더욱 낮아지며 달래듯 사정하듯 부드러워졌다. 그래, 현관문 하나를 사이에 두고 그녀의 다른 세계가 있는 것이다. 어렸을 적 본 만화에 문을 지고 다니는 사람이 있었다. 어디에서든 그 문만 세우고 그 안으로 들어가면 꿈 같은 세상이 있었다. 연희는 얼마나 그 문을 가지고 싶었는지! 그 문 안에는 자신의 진짜 가족들이 있을 것 같았다. 포도 넝쿨이 시원한 그늘을 드리운 정원에는 하얀 의자가 있고, 깔끔하게 다림질된 와이셔츠를 입은 아버지가 신문을 보고 있다. 함께 살다가 영영 사라져 버린 개구쟁이 오빠가 신나게 펌프질을 하고 있고, 부엌에는 음식 만들기에 여념이 없는 엄마가 있다. 이들은 포도 넝쿨 아래에 멋진 식탁을 차려 놓고 자신을 기다리고 있지는 않을까?

"저는, 저는, 이제 그냥 가도 됩니다."

연희는 목구멍 안에서 뭔가 슬픈 것이 치밀어 오르는 것 같아, 그것이 우는 목소리를 만들까 두려워 하며 더듬거렸다.

"무슨 말이고? 잠깐 기다려라."

그녀는 현관문을 닫고 들어갔다. 웃옷을 걸쳐 입고 다시 나오기까지 2, 3분 걸렸을까? 연희는 그 시간을 참지 못하고 계단을 내려왔다. 혹시라도 그녀가 들어간 저 문이 연희를 향해 영원히 다시 열리지 않으면 어떡할 것인가? 1초, 2초, 3초……. 그것을 지켜보고 기다린다는 것은 잔인한 일이었다. 문이 열리든 안 열리든 차라리 먼저 등을 돌리고 떠나는 게 나았다.

“남편이 두 시 결혼식에 가니까, 조금만 기다려 주겠나? 저기 저 돌아가는 모퉁이에 음식점 하나 보이제? 내 금방 올끼다.”

그녀는 종종걸음으로 달려와 연희를 따라잡았다. 분홍색 티셔츠와 아이보리색의 야구잠바는 화사한 그녀에게 잘 어울렸다. 날씨조차 그녀 앞에선 봄날처럼 구는 것 같았다. 연희는 망설이다가 고개를 끄덕였다. 그녀가 자신을 붙잡는 게 마음에 없는 행동 같아 보이진 않았다. 그리고 또 춥고, 배가 고팠다.

혹시 화장실에 있는 사이, 그녀가 식당에 왔다가 자신을 못 찾고 가 버리면 어떡하나! 연희는 마음이 급해졌다. 기저귀 가방을 들고 들어와, 식당에는 아이를 안고 온 어깨띠 외엔 자신의 흔적이라곤 없었다. 자신이 마음이 변해 가버린 줄 알고 그 여자가 떠나버리면 어떡하나! 서둔 나머지 접착제가 붙은 부분을 잘못 고정시켜 파랗게 언 아이의 엉덩이에는 기저귀가 삐뚜름하게 채워졌다. 연희는 세면대에 걸쳐 둔 아이의 바지를 입혀 가며 화장실을 나왔다. 그녀가 두리번거리고 있다가 반색을 하며 연희 쪽으로 걸어왔다.

석정회관.

모퉁이를 돌아 식당 간판이 눈에 들어오자, 아이가 가버릴까 봐 조바심에 잉걸불처럼 타던 그녀의 마음은 화르르 사그러지고, 발걸음은 점점 느려졌다. 이제부터 감당해 내야 할 문제들이 천근 무게를 지닌 끈끈이처럼 그녀의 발에 달라붙어 있었다.

"죽었다."

갑자기 법원에서 날아 온 출두 명령서를 받고, 아이의 아비를 다시 만나게 되었을 때, 그는 차갑게 내뱉지 않았던가.

"잊어라. 죽었단다."

지금의 남편과 결혼하기 전, 아이를 찾아 달라고 친정 오빠에게 매달렸을 때도, 친정 오빠는 냉정하게 잘라 말했다. 다시 살아가야 할 자신의 인생을 위해서 아이의 죽음을 받아들이면서도, 마음 한 구석에는 여전히 아이가 살아 있을지 모른다는 생각이 남아 있었다. 아이는 그림자처럼 그녀를 따라다녔다. 그녀가 새 아이를 안고 젖을 먹일 때, 아이는 멀찍이 창틀에 앉아 부럽게 바라보고 있었다. 그녀가 새 아이의 그네 침대를 흔들며 웃어댈 때, 아이는 창 밖에서 슬픈 듯이 안을 들여다보고 있었다. 그녀가 남편과 함께 아이를 유모차에 싣고 산책을 나갔다 돌아오면, 아이는 현관문 앞에 쭈그리고 앉아 그녀를 기다리고 있었다.

아이가 그녀 앞에 다시 나타나지 않게 된 것은 천도재를 지내고 난 다음부터였다. 법원에서 이혼 소송에 대한 출두 명령서가 들이닥쳤을 때, 그녀의 주변에는 약간의 소동이 있었으나 곧 가라앉았다. 남편이 워낙 그녀를 믿은 덕분이었다. 약혼을 했다가 파혼한 과거가 있다고 남편에게 말한 적이 있어서, 남편은 지레짐작으로 상대방이 결혼 신고까지 했던 모양이라고 여겼다. 그 시절에는 서류 처리들이 허술해서, 그녀는 시가의 호적에 올라가 있으면서도, 친정 쪽 호적에는 미혼으로 남아 있었다. 자신의 이름이 그대로 남아 있는 호적등본을 보면서, 그녀는 자신을 잠깐 스쳐간 세월이 꿈인지도 모른다는 생각을 했다. 정녕 잊고 싶은 꿈이었다. 굳이 남편에게 결혼한 사실이 있었다는 것을 말할 필요가 있겠느냐는 친정 식구들의 만류를 못 이기는 체 받아들였던 것도 그 때문이었다.

아이의 죽음을 그애 아비의 싸늘한 음성으로 확인하면서, 자신을 그림자처럼 따라 다니던 그애가 어미를 떠나지 못하는 혼백이었구나 싶어서 얼마나 울었던지. 이혼 서류에 도장을 찍고 온 다음 몇 달 동안을 그녀는 시름시름 앓았다.

"천도재를 지내야 한대요. 억울하게 죽은 원혼이 애기씨 몸에 붙어 있대요."

문병을 온 친정 올케가 용한 점쟁이를 만나고 왔다며 귓가에 속삭였다. 그녀는 혼백이나마 자신이 거두어야 하지 않을까 싶어 눈물을 흘렸다. 온갖 재롱을 받아 주며 오냐 오냐 키워야 했을 나이에 버려두고 온 아이가, 자신의 몸을 집으로 삼고 싶다면, 설령 그로 인해 자신의 몸이 망가지는 한이 있더라도 아이의 뜻을 받아주는 것이 어미된 자의 도리가 아니겠는가 말이다. 올케는 고개를 흔들었다.

"천도재를 지내야 해요. 그래야 이 세상을 훌훌 털어버리고 다음 세상으로 갈 수 있죠."

천도재를 지내고, 아이도 더 이상 나타나지 않아, 아, 더 좋은 세상으로 갔으려니 여기며 까마득히 잊어 왔는데, 이렇게 살아 있다가 아무런 예감도 없이 불현듯 나타나다니!

아이가 이 세상에서 어떻게 살아왔는지는 매무새의 후줄근한 모습만 보아도 알 수 있을 것 같았다. 작고 여윈 몸매, 피로가 덕지덕지 끼어 있는 까무스름한 얼굴, 머리는 왜 또 그렇게 질끈 묶어 추워 보이게 동였는지, 배에 매달고 있는 어린애는 영원히 부릴 수 없는 인생의 짐처럼 보였다. 자신이 아이를 버리지 않았다면 어떻게 되었을까? 정말 떠올리기가 싫어 아까부터 도망쳐 온 생각이 그녀의 머릿속에 복병처럼 숨어 있다가 불쑥 고개를 들었다.

사람은 제 운명대로 사는 거다.

그녀는 모질게 뱉어 보았다. 제가 그렇게 살 운명이었으면 아무리 어미가 옆에 붙어 있다고 해도 그렇게 살게 되는 게지. 그녀가 전남편과 계속 살았다고 해도 아이는 행복할 수 없었을 것이다. 궁핍한 삶, 아비의 잦은 가출, 어미와 할미의 불화 속에서 아이는 결코 행복할 수 없었을 것이다.

그러나 적어도,

복병처럼 숨어 있던 생각은 날카로운 비수를 들고 그녀의 심장을 찔러댔다.

어미의 사랑은 받고 자랐을 것이다. 저렇게 추워 보이는 얼굴이 되지는 않았을 것이다. 자신이 행복이라고 믿고 살아온 그 시간들 속에는 아이의 눈물이 숨어 있었다.

연희야!

그녀는 울컥이는 마음으로 식당 문을 밀어 젖혔다. 아이를 얼싸안고, 무슨 말부터 시작할까. 우선은, 우선은 이 터지려는 울음부터 풀어내야 할 것 같다. 그런데, 그런데 아이는 아무데도 없었다.

가버렸나? 가버리다니!

그녀는 망연자실했다. 그럴 수는 없는 일이었다. 그래도 뭔가 매듭을 짓고 가닥을 추려야 할 일이었다.

가버렸구나……!

휑한 가슴 사이로 순간 안도감 비슷한 것이 후딱 지나갔다. 그녀는 누군가에게 자신의 마음을 들킬까 봐 허둥지둥 종업원을 찾았다.

"여기 아아 데리고 온 새댁 못 봤나?"

"화장실에 간 것 같데예."

그때, 화장실 문이 열리며 아이가 어린애를 안고 나왔다. 그녀는 한숨을 내쉬었다.

"아아는 하나뿐이가?"

그녀는 상을 사이에 둔 채, 멈칫거리며 아이를 들여다 보았다. 아직 면접관에게 가까이 올 자격을 부여받지 못한 수험생 같은 얼굴이었다.

"아니요."

연희는 얼굴이 빨개졌다. 아이가 몇이나 되느냐는 질문을 받을 때가 제일 싫었다.

"그럼, 둘?"

"아니요."

"셋? 무슨 아를 그리 많이 낳았노?"

그 여자는 눈을 동그랗게 뜨며 잠깐 이마를 찌푸렸다. 연희에겐 그것이 '미련스럽게…'라는 말의 표정처럼 느껴졌다.

"넷이에요. 이 애가 쌍둥이거든요."

연희는 스스럼없이 보이려 애를 쓰며 대답했다.

"남편이 장남이에요. 위로 딸 둘이라, 아들인 줄 알고 하나 더 낳았는데 딸 쌍둥이였어요."

그러나 막상 내뱉고 나니 연희는 목이 메었다. 세상은 자신에게 왜 그렇게 늘 박절한 것일까? 그토록 아들을 원했건만, 딸 쌍둥이를 낳다니, 이미 딸이 둘이나 있는데 말이다. 쌍둥이의 출산이 연희에겐 남은 인생의 예고편처럼 여겨졌다. 지금까지 살아오면서 힘겹지 않은 때가 없었던 것처럼, 앞으로의 세월도 결코 순탄치 않으리라는, 자신은 평생 그러한 굴레를 벗어나지 못하리라는.

"넷이라니…, 요즘 세상에…, 장남이라캐도 다 딸 둘 낳고 그만 낳더마는……."

그녀는 안타까운 듯 혀를 끌끌 찼다. 그러나 그 말 끝이 얼굴도 본 적 없는 사위, 그래, 굳이 따지자면 그녀에게는 사위인 남편을 비난하는 듯해서 연희는 언짢았다. 그녀가 남편에 대해 이렇다 저렇다 할 자격이 있는 걸까?

"얼마나 고생스럽노?"

그녀는 말 한마디로 천냥 빚 갚기로 결심한 사람처럼 살갑게 굴었다. 돈 없이 아이들을 키우는 그 고생스러움이야 어떻게 말로 표현할까. 아이의 목으로 꿀떡꿀떡 우유 넘어가는 소리에도 애가 타는 걸. 옛말에 마른 논으로 물 들어가는 소리와 아이 목으로 젖 들어가는 소리처럼 듣기 좋은 게 없다고 했지만, 쌍둥이가 먹어대는 우유값을 감당하기는 너무도 힘들었다.

"남편은 잘해 주나?"

연희는 고개를 끄덕이고 조금 웃었다. 남편이 잘해 준다고 말할 순 없었다. 남편은 가부장적인 사람이었다. 성질이 급하고,

자존심이 강하면서도 한편으로는 소심해서 남에게 상처도 잘 주고 상처도 잘 받는 타입이었다.

“싸우기도 잘해요.”

그녀의 눈빛이 순간 긴장했다.

“싸우고 나선, 정말 집을 나가버리고 싶을 때도 많아요.”

그녀는 움찔하더니, 연희의 눈을 뚫어져라 쳐다보았다. 연희는 그 시선을 피하지 않고 맞받았다.

“집을 나가더라도, 저는 애들은 다 데리고 갈 거예요. 어떻게, 어떻게 오빠와 저를 두고 나갈 그런 생각을 하셨어요?”

그녀의 눈에서 눈물이 핑 도는 걸 보고 연희는 고개를 숙였다. 추운 데서 서럽게 울어 지친 아이는 우유를 빨다 잠이 들어 있었다. 연희는 고개를 들지 않고, 들릴 듯 말 듯하게 말했다.

“그 대답만은 꼭 듣고 가고 싶어요. 다른 것은 없어요.”

어색한 침묵 사이로 에이프런을 걸친 통통한 종업원이 가스를 틀고, 불판에 양파와 버섯을 놓고, 집게로 고기를 얹다가 누가 부르니까 갑니더 하고 나가 버렸다. 시선을 어디다 두어야 할지, 두 손을 어디다 두어야 할지 모르던 연희는 이때다 싶어 집게를 잡으려다 그녀의 손과 부딪쳤다. 따스하고 보드라운 손이었다. 어머니의 손이라기보다는 사랑받는 여자의 손 같았다.

남편은 잘해 주냐는 물음에 아이는 고개를 끄덕이며 조금 웃었다. 그녀가 정말 알고 싶은 것은 아이의 남편이 무슨 일을 하며 사는가였다. 그러나 물어 보기가 겁났다. 아이의 남루한 행색으로 미루어 남편이 변변한 직업을 가진 것 같아 보이지 않았다. 거기에다가 요즘 세상에 대책도 없이 아이를 넷씩이나 낳게 하는 남자라면 어떤 위인인지 뻔한 노릇이었다. 자신이 해줄 수 있는 것이 아무것도 없는데, 아이의의 환부를 들여다 본다는 것은 가슴만 아플 뿐일 터였다. 그래, 그래, 가난해도 즈그 둘이 단란하게 살믄 그기 행복이제. 그녀는 그렇게 생각하고 싶었다. 그러나 아이는 갑자기 도전적인 어조로 말했다.

"싸우기도 잘해요."

그녀의 눈을 똑바로 쳐다 보며, 싸우고 나선 집을 나가버리고 싶을 때도 많다고 할 때, 그녀는 직감적으로 아이가 싸움을 걸어 오는 걸 느꼈다. 피할 순 없었다. 아이의 시선은 칼날이었다. 맞받지 않으면 그대로 심장에 들이꽂힐 비수였다.

"집을 나가더라도, 저는 애들은 다 데리고 갈 거예요. 어떻게, 어떻게 오빠와 저를 두고 나갈 그런 생각을 하셨어요?"

그래, 지금껏 어미에 대한 원한으로 살아온 거야. 그녀는 억장이 무너지는 것 같았다. 아이는 고개를 숙이고 들릴 듯 말 듯한 목소리로, 그러나 그녀에게는 천둥 소리보다도 크게 들리는 목소리로 말했다.

"그 대답만은 꼭 듣고 가고 싶어요. 다른 것은 없어요."

그때, 에이프런을 걸친 통통한 종업원이 고기를 들고 나타나지 않았더라면 그녀와 아이를 둘러싸고 있는 공기는 팽창하고 팽창하여 터져 버렸을지도 몰랐다. 그 종업원은 가스를 튼다, 불판에 양파와 버섯을 놓는다, 고기를 얹는다 하며 수선을 떨더니 누가 불렀는지 예, 갑니더 하고 나가 버렸다. 팽팽하고 어색한 긴장에서 벗어나기 위해 그녀는 얼른 종업원이 놓고 가는 집게를 집으려다 아이의 손과 부딪쳤다. 젊은애답지 않은 차갑고 까칠한 손이었다. 할 수만 있다면, 아이의 그 손을 감싸안고 따뜻하게 녹여주고 싶었다. 아이의 마음과 함께.

아이는 잠든 어린애를 옆자리에 눕히더니, 몸을 틀어 몇 번 이고 다독였다.

나도 니를 그렇게 키웠단다.

그러나 그 말은 차마 입 밖으로 내놓지 못했다. 세상의 모든 어미들이 첫아이를 그렇게 키우는 것처럼 그녀도 경이와 기쁨과 두려움 속에서 아이를 키웠다. 그러나 버렸잖아요! 아이는 비웃을 게 뻔했다.

그녀가 고기를 구워 계속 접시 위에 올려 주자, 아이는 부담스러운 얼굴을 했다. 은근슬쩍 어미 노릇을 하고자 하는 그녀를 용납지 못하겠다는 듯도 했다. 그러나 아이의 얼굴을 마주 보지 않는 유일한 길은 고기를 뒤집고 뒤집는 일밖에 없었다. 인생이라는 것도 누군가의 손에 의해서 이렇게 뒤집히고 뒤집히는 것은 아닌지. 어디서부터 이야기를 시작해야 할까. 무슨 이야기를 어떻게 하든 아이는 변명으로 여기겠지. 변명. 그래, 변명이라도 해야지. 지나온 자기 생을 이야기할 때 누군들 변명에서 자유로울 수 있겠는가.

"정우는 니 친오래비가 아이다."

"네?"

"니 아버지가 밖에서 낳아 온 자식이다."

오빠가 친오빠가 아니라니! 한 번도 그런 생각을 한 적이 없었다. 연희의 유년은 오직 오빠밖에 없었다. 아버지는 집에 안 들어오는 날이 더 많았고, 집에 들어오는 날에는 술을 마시고 할머니와 싸웠다. 식구들은 모두 뼈대가 굵고 몸집이 컸다. 할머니는 호랑이 같았고, 고모들도 억셌다. 성난 목소리가 이 방 저 방을 뛰어다니다가 호전적인 고함 소리로 어우러지는 집안은 늘 살벌한 싸움터 같았다. 연희가 잔정을 나눌 수 있는 사람은 한 살 터울인 오빠뿐이었다. 초등학교 때, 그 많은 숙제들과 준비물들, 오빠는 언제나 연희의 해결사였다. 연희의 유년에는 엄마 대신 오빠가 있었다. 집에 가면 맞아 주고, 밥도 챙겨 주고, 만화도 빌려다 주던 오빠가 친오빠가 아니라니….

"내는 정우도 죽었다고 들었는데, 그럼, 정우도 살아 있나?"

연희의 눈에서 눈물이 핑 돌았다. 왜 갑자기 자신의 인생에서 오빠가 사라져 버리게 되었는지 연희는 이해하지 못했었다. 미국에 가서 돈을 벌어 꼭 연희를 데려가겠다고 해서 고개를 끄덕였을 뿐인데, 하루 아침에 오빠는 없어져 버린 것이다. 왜 아무 생각도 없이 고개를 끄덕여 오빠를 잃었을까. 길고 지루한 인생의 봄날, 문간에 앉아 막막한 하루를 보내며 연희는 얼마나 자신을 탓하고 탓했는지.

"미국에 살던 고모가 아들 삼는다고 데려갔는데, 거기서 중학교 다니다가 교통사고로 죽었어요."

한 사람의 인생을, 그와 함께 했던 추억을, 몇 마디 말로 끝낼 수 있다는 건 어처구니없는 일이었다. 오빠의 죽음을 듣고 눈물도 없이, 하염없이 거리를 쏘다녔던 단발머리 소녀를 떠올리며 연희는 손등으로 눈시울을 지그시 눌렀다.

"정우는 니 친오래비가 아이다."

이 한 마디면 아이도 제 어미가 빠져 나온 삶이 어떠한 것인지 짐작할 수 있지 않을까. 아이를 낳은 지 얼마나 되었을까.

아직 부석부석한 기가 가시지도 않은 때였는데, 남편이 열흘이 넘도록 들어오지 않았다. 먹을 것이 떨어져, 할 수 없이 아이를 들쳐업고 서울 시댁에 갔더니 남편이 거기에 있었다. 아이와 몇 달 차이도 없어 보이는 사내애와 함께. 시어머니가 하는 말이, 남편이 못된 여자를 알고 다녀, 끊어 놓으려고 자신과 결혼을 시켰는데, 그 여자가 사내애를 낳아 왔다는 것이다. 아이를 안은 자신과 사내애를 안은 남편이 한 마디 말도 없이 서울에서 부산까지 기차를 타고 내려오던 그날 밤을 생각하면 지금도 숨이 막혔다.

사내애의 이야기가 나오자 그녀는 아이의 눈에서 눈물이 어리는 것을 보았다. 친오빠로 알고 살았구나. 하긴 제 아비가 아이를 데려갔다는 말을 들었을 때, 그녀가 제일 먼저 떠올린 것도 사내애였다. 어미도 없이, 있으나마나 한 아비 밑에서 어린 것들이 서로 의지하면서 살았을 걸 생각하니, 그녀는 가슴이 미어졌다. 어린 남매를 버리고 팔자를 고친 부도덕한 여자처럼, 자신이 그렇게 느껴졌다.

"니 아부지가 니를 데려간 날, 바로 서울로 올라가서 니를 찾아왔어야 했는데……!"

그녀의 탄식에 아이는 멀뚱히 그녀를 쳐다 보았다.

"아버지가 저를 데려갔어요?"

"그래, 광주까지 와서, 내가 회사에 가고 없는 틈에, 니를 데리고 가부리지 않았나?"

"광주?"

"광주 외가 생각 안 나나? 한 일 년 살았는데……."

그녀는 안타까왔다. 그녀와 함께 한 시간들을 아이는 전혀 기억하고 있지 않았다. 자기와 함께 살기 위해서 그녀가 얼마나 발버둥쳤는지 아이는 알아야 했다.

"니 할머니가 정우 데리고 가 버리고, 니 아버지는 집을 나가 소식이 없고, 아는 사람 하나 없는 부산 바닥에서 더 이상 살 수 없어 니를 데리고 광주 친정으로 갔제. 일자리가 귀한 때라, 처녀라고 속이고 회사에 안 들어갔나. 니 한 목숨, 나 한 목숨 그것 못 살리겠냐고 열심히 다녔는데, 어느 날, 회사에 갔다 오니, 니가 없는 거라……."

그날은 지금의 남편과 첫데이트가 있던 날이었다. 정말 그때는 아이를 데리고 어떻게 살아가나 하는 것만이 관심의 전부였다. 입사 때부터 그녀에게 호감을 가지고 친절을 베풀어 온 남편은, 이 핑계 저 핑계 대며 거절하는 그녀를 무던히도 참아 주고 기다려 주었다. 드디어 그녀도 마음이 기울어 그와 함께 영화를 보고, 아이스크림을 먹고 온 날, 아이는 사라져 버렸던 것이다.

그날, 밤 늦어 서울 가는 차편만 끊기지 않았더라도 그녀는 아이를 데리러 갔을 것이다. 그러나 때를 놓친 그 다음날은 월요일이었고, 갑자기 회사에 일이 터졌고, 경리인 그녀는 그 일이 마무리되는 석 달을 일요일도 없이 내내 시달려야 했다. 그 동안 남편은 자기 일처럼 그녀를 도와주었고, 데이트 횟수도 늘어날 수밖에 없었던 것이다.

"아버지가 저를 데려갔다고요?"

아이는 믿기지 않는 얼굴로 다시 한번 물었다.

"그래. 그럼 니는 어떻게 알고 있었노?"

갑자기 그녀는 가슴이 철렁했다. 정말 저애 아비가 와서 아이를 데려갔던 것일까? 식구들이 모두 그렇게 말해서 자신은 그렇게 믿고 있었을 뿐이다. 혹시?

“좋은 사람 있으면, 새 출발해야지. 젊으나 젊은 것이 언제까지 혼자 살겄냐?”

그녀의 주위에 남편이 맴도는 것을 알고 친정 어머니는 부쩍 성화를 부렸다.

“내가 왜 혼자예요? 연희가 있잖아? 돈 많이 벌어서 둘이 살 거야.”

“연희는 제 아비한테 가야지.”

평소에 말이 없어 어렵던 오빠가 단호히 그녀의 입을 막았다.

“인생이란 두 번 있는 게 아니란다.”

어머니는 한숨을 쉬었다. 혹시?

혹시 오빠가 아이를 서울에 데려다 준 것은 아닐까? 그녀는 입술이 덜덜 떨렸다. 생각해 보니, 그날 밤 오빠를 보지 못했던 것도 같다.

“아버지가 저를 데려갔다고요?”

연희는 다시 한번 확인하고 싶었다. 그럼 자신은 그녀로부터 버림받지 않았다는 말인가?

“그래, 그럼 니는 어떻게 알고 있었노?”

그랬었구나. 그랬었구나. 연희는 고개를 끄덕였다. 어린 시절, 왜 그렇게 아버지가 미웠는지. 어린 자신은 아버지가 자기를 그녀로부터 떼어 놓았다는 것을 알고 있지 않았을까. 연희는 비로소 그녀를 똑바로 바라 보았다. 의심을 받고 있는 그녀는 억울하고 슬퍼 보였다. 입술조차 바르르 떨고 있는 것 같았다.

"어머니가, 바람이 나서, 오빠와 나를 할머니 집에 버리고 ……."

연희는 말을 맺지 못했다. 입술은 웃고 눈은 울었다. 툭, 툭. 자신의 심장을 묶고 있었던 끈이 풀리는 소리를 들었다. 그녀가 덥썩 연희의 손을 잡았다. 보드랍고 따뜻한 손이었다.

"제가 광주에서도 살았어요?"

연희는 그녀와의 모든 기억을 되찾고 싶었다. 사랑받고 보호받았던 시절에서부터 자신의 인생을 돌려놓고 싶었다.

"그래, 지산동에, 포도 넝쿨이 있는 집이었제…."

"그 밑에 하얀 의자가 있었어요? 펌프도 있고?"

연희는 다급하게 소리쳤다.

"기억 나나?"

그녀도 목소리를 높였다. 아, 자신이 그렇게 꿈꾸어 왔던 집이 외가였더란 말인가? 연희는 가슴이 뭉클했다.

"그럼, 오빠도 그때, 함께 살았어요?"

"그건 아이다. 정우는 니 할머니가 진즉 데려갔제. 지산동 집에서는 외할머니와 외삼촌과 넷이서 살았단다."

그렇다면 신나게 펌프질을 하던 오빠의 모습은 왜 그 꿈에 끼어 있었을까. 그리움의 조각들은 그렇게 마음 속을 떠돌아다니다 비슷한 꿈으로 엮어지는 걸까?

연희의 손은 점점 따뜻해졌다. 그녀는 행여 연희가 손을 놓을까 싶어서인지 번질대는 눈물조차 닦을 생각을 안 했다.

"고기가 다 타버렸네요."

연희가 웃었다.

"그래, 못 묵겄다."

그녀도 따라 웃었다.

"하필이면 이리 추운 때 왔노? 아아까지 데리고…. 날이나 좀 풀리면 오제……."

그녀는 어린애까지 데리고 겨울날 그 먼 길을 다시 되짚어 가야 하는 아이가 안쓰러워 중얼거렸다. 품에 안긴 어린애는 그녀를 바라보며 뭐라고 옹알거렸다. 그래, 내가 니 외할머니다. 그녀는 아이가 들을 수 없게 마음 속으로 말했다. 외할머니라는 생경한 언어가 주는 이질감. 지금부터 자신의 삶 속에 섞여들어 올 낯선 얼굴들이 잠깐 두려워졌다.

"결혼하기 전에는 어머니를 이해 못했어요. 결혼을 하고, 살아 보니까, 아, 정말 도망가고 싶다, 이런 생각이 들 때마다, 어머니도 이랬겠지 싶더라고요."

아이는 그녀가 제 아이를 안고 어르는 것이 기쁜 듯 얼굴을 붉혔다.

"애를 바라볼 때마다, 내 어머니도 이런 마음으로 나를 보았을 텐데 싶었어요. 다른 여자들이 애를 낳고, 친정 엄마의 수발을 받는 것을 보면 눈물도 났고요…."

어머니라 했나. 어머니라 했나, 용서해라, 용서해라. 나의 모든 것을.

그녀는 아이의 손을 다시금 꼬옥 잡았다. 그날 네 아버지가 너를 데려간 것이 아니라, 네 외삼촌이 너를 데려다 준 것인지도 모른다는 말은 차마 할 수가 없었다. 아이의 얼음처럼 차갑던 마음이 간신히 녹았는데, 거기에 다시 찬물을 끼얹을 용기는 없었다.

대신, 믿어 주렴, 이제는 도망치지 않으마.

그녀는 자신의 마음이 전달되기만을 바랐다. 시간은 좀 걸리겠지. 네가 내 인생의 일부라는 것을 남편에게, 다른 아이들에게 밝히려면, 그러나 꼭 그렇게 하마. 약속하마.

"이거, 제 집 전화 번호예요."

기저귀 가방 있는 데서 등을 돌리고 한참을 부스럭거리던 아이가 불쑥 쪽지를 내밀었다.

(062) 515-0789 정연희

그녀는 쪽지를 받아들고 어쩔 줄을 몰랐다. 자신의 전화 번호도 적어 주어야 할 것이 아닌가…….

"전화 안 하셔도 돼요."

그녀의 망설임을 어떻게 읽었던지 아이는 얼굴이 빨개졌다. 아이의 마음이 달아날까봐 그녀는 허둥대며 아이의 손을 잡았다.

"내 꼭 전화하마. 그런데…, 그런데…, 니가 이해해라. 내 전화 번호를 못 적어 주는 거……."

"저는, 살아계신 것을 확인한 것만으로도 됐어요."

아이는 자존심이 상한 듯 조금 쌀쌀하게 받았다. 그녀는 허겁지겁 메모를 했다.

"이거, 지산동 외가의 전화 번호다. 일 년에 한 번씩은 내도 꼭 광주에 간다. 4월 시제가 안 있나, 그때 보제이. 꼭 다시 보제이."

너를 피하려는 것이 아니야, 단지 너를 받아들일 시간의 여유가 필요한 거야.

그녀는 간절히 아이를 바라보았다. 아이는 고맙게도 고개를 끄덕였다. 그리고 그녀가 준 쪽지를 소중히 접어 기저귀 가방에 넣었다.

"내년 봄에 보제이. 내년 봄에 보제이."

아이가 탄 택시가 시야에서 사라진 한참 후까지 그녀는 바람 속에 서 있었다. 남편이 돌아올 시간이었다.

그녀가 쪽지를 받아들고 어쩔 줄을 모르자 연희는 당황했다. 그녀가 자신의 연락처를 알고 싶어 할 거라고 생각했는데. 자신은 마음을 다 열었는데, 그녀는 아니었나? 함께 손을 잡고 울었던 것, 그것이 이 이야기의 결말이었나? 그 후 모두 행복하게 살았다는 후일담은 동화책에서나 있는 이야기인가?

"전화 안 하셔도 돼요."

연희는 얼굴이 화끈 달아올랐다. 상대방은 그렇게 생각하지도 않은데, 공연히 감상에 겨워 주제넘은 짓을 하지 않았나 싶었다.

"그게 아니고, 애야."

그녀는 연희의 손을 꼭 잡았다.

"내 꼭 전화하마. 그런데…, 그런데…, 니가 이해해라. 내 전화 번호를 못 적어 주는 거……."

아하, 그거였구나. 내가 자기에게 전화할까 봐? 나 때문에 자기 생활이 위험해질까 봐?

"저는, 살아 계신 것을 확인한 것만으로도 됐어요."

정말이지, 자신은 그녀에게 무슨 권리를 주장하러 온 것은 아니었다. 자기로 인해 그녀의 일상에 어떤 사소한 피해도 주고 싶지 않았다. 설령 그녀가 전화 번호를 적어 주었다 해도 연희는 그녀에게 전화하지 않았을 것이다. 그 정도의 헤아림은 있었다. 그녀가 자신의 속내를 그렇게밖에 몰라주는 것이 연희는 섭섭했다.

연희의 쌀쌀한 말투에 그녀는 당혹해 하는 빛이 역력했다. 허겁지겁 메모를 하더니 그 쪽지를 연희의 손에 꼭 쥐어 주었다.

"이거, 지산동 외가의 전화 번호다. 일 년에 한 번씩은 내도 광주에 간다. 4월 시제가 안 있나, 그때 보제이. 꼭 다시 보제이."

택시 안에서 돌아볼 때마다 점점 작아지는 그녀는 애잔한 느낌으로 연희에게 남았다.

"잊어라. 네 에미, 독한 여자다. 그 한겨울에 너를 할머니 집에 보냈더라. 네 외삼촌을 시켜."

죽어서 하늘에 있는 줄만 알았던 그녀가, 사실은 자신을 버리고 집을 나갔다는 사실을 처음 알고 전말을 따졌을 때, 아버지는 그렇게 말했다. 아버지에 대한 미움이 그녀에 대한 증오로 바뀌며 연희의 강팍한 삶이 시작되는 순간이었다.

아버지가 광주에 와서 자신을 데려갔건, 외삼촌이 자신을 서울로 데려다 주었건, 그건 중요하지 않았다. 그녀는 연희를 버리지 않았던 것이다.

"내년 봄에 보제이. 내년 봄에 보제이."

연희는 스멀스멀 졸음이 밀려오는 것을 느끼며 차창에 머리를 기대었다. 포도 넝쿨이 시원한 그늘을 드리운 정원에는 하얀 의자가 있고, 깔끔하게 다림질된 와이셔츠를 입은 아버지가 신문을 보고 있다. 개구쟁이 오빠는 신나게 펌프질을 하고 있고…….

(1999. 12. 개작 2009. 7)

다카포 페르마타*

오늘은 꼭 말을 해야 해.

그녀는 자신의 통장에서 빠져 나간 그의 휴대 전화 요금을 다시 한번 확인했다.

20020728 이동통신 70,430 6418508

같은 날 계산된 그녀의 전화 요금은 36,100원이다. 지난 한 달, 그는 누구에게 이렇게 많은 전화를 했을까. 그녀도, 아이들도 그의 전화를 받지 못했는데.

그녀는 또 한번 망설였다. 그녀의 통장에 자동이체로 연결되어 있는 그의 휴대 전화를 정리해 달라고 하는 것은 너무 냉정한 짓이 아닐까?

그녀는 다시 한번 통장을 들여다 본다. 각종 공과금이며, 카드 사용료, 스쿨뱅킹 납부금, 보험료……. 그의 통장에서 거래될 때는 눈에 띄지도 않았던 지출의 세부 항목들이 부실한 수

* 되돌이 연주의 끝내기를 지시하는 마침표

도관의 고장난 수도꼭지들 같다.

이건 현실이야. 냉정해져야 해.

그가 그의 여자, 그의 동료, 그의 가족들과 나누는 시간의 비용을 왜 그녀가 지불해야 한단 말인가.

내 통장에서 당신 핸드폰 번호를 보지 않게 해줘.

정서적으로 본다면 그런 면이 있기도 했다.

자신도 모르게 부여받는 주민등록번호에서부터 시작해서 그녀의 인생에 관여해 온 수많은 숫자의 조합들. 유년 시절, 학년이 바뀔 때마다 환경조사서에 써내야 했던 집의 번지수, 전화번호, 부모님의 나이, 그렇게도 중요하게 여겼던 친구들의 생일날짜, 결혼하고 나서 이사를 다녔던 아파트의 동호수, 자동차번호……, 그리고 그녀가 결혼 기념일에 선물했던 그의 휴대전화 번호, 그녀의 기억 속에 가장 확고하게 자리잡았던, 때로는 잘 생각이 나지 않는 자신의 전화 번호보다 더 가깝게 느껴졌던 패스워드. 언제라도 그를 그녀에게 끌어 올 수 있었던…….

내 통장에서 당신 핸드폰 번호를 보지 않게 해줘.

그가 그녀에게 대했던 꼭 그만큼의 냉랭함을 견지하면서 그에게 말하고 싶다. 그러나 무슨 영화를 찍는다고, 그렇게 에두른 말을 폼나게 한다는 말인가.

내 통장에서 당신 핸드폰 정리해 줘.

그녀는 몇 번 되뇌어 본다. 그 정도의 말은 할 수 있을 것 같다.

“아빠야? 응. 다 준비됐어. 지금 내려 갈게, 엄마아!”

아이들이 우당탕거리며 뛰어 나가는 소리를 들으며 그녀는 얼굴을 다시 매만진다. 그가 기다리고 있다고 해서 선뜻 내려가긴 싫다. 가능하다면 영원히 그를 기다리게 하고 싶다.

너, 너……, 미쳤니?

어머니는 기가 막혀 말을 잇지 못했다.

최 서방한테 빌고 다시 시작해, 이것아! 내가 가랴?

왜 그런 일들이 벌어지게 되었는지 어머니에게 일일이 해명할 기분도 아니었지만, 어머니는 아무것도 들으려 하지 않고 벌벌 떨기만 했다.

남자들 밖으로 도는 것도 다 한때니까, 다른 생각 말고 애들 키우면서 단단히 살아.

딸과 사위의 관계가 자신의 힘으로 어찌할 수 없는 단계에 이르렀다는 것을 하는 수 없이 수용하면서 어머니가 힘없이 내뱉은 말이었다. 그가 돌아오면 언제라도 받아들일 준비를 하고 있으라는 것이었다.

무슨 꼴이야? 형부에게 뭐라고 말하니?

언니는 그렇게 말했다.

당분간 전화하지 마, 원, 창피해서.

원래 사려 깊은 성품이 아닌 줄은 알고 있었지만, 그래도 하나밖에 없는 언니가 그렇게까지 자기중심적으로만 생각할 줄은 몰랐다.

적막강산(寂寞江山). 그녀는 그때 이 한자성어를 만든 사람을 생각했다. 아마 그도 뼈저린 외로움을 느껴 본 사람이었으리라. 어쩌면 단 네 글자로 그렇게 황량함의 깊이를 드러낼 수 있었을까.

말을 나눌 상대가 없을 때는 세상사도 함께 순탄치 않았다.

그녀가 세내어 피아노 교실을 열고 있는 건물의 주인이 빚에 몰려 다른 사람에게 건물을 넘겼다. 은행 융자와 그녀의 전세금을 떠안고 들어온 새 주인은 어떻게 재주를 부렸는지 그 건물을 담보로 또 융자를 받아 부도를 냈다. 건물이 경매에 부쳐졌을 때, 피아노 교실이 남의 손에 넘어갈까 봐 그녀는 얼마나 마음을 졸였던지…. 생계의 문제가 그렇게 절박할 때 의논할 사람이 없다는 것이 얼마나 무서웠던지….

피아노 교실에 문제가 생겼어요. 전화 좀 줘요.

그녀는 그가 전화를 받지 않자 음성 메시지를 남겼다. 단축번호 1번, 버튼만 길게 누르면 충고든, 질책이든 언제나 그의 목소리를 되돌려 받을 수 있었던 휴대 전화는 그와의 소통 창구였다. 예전처럼, 전화를 받을 때까지 몇 번이고 그를 불러댈 용기가 나지 않아 음성을 남긴 것이다. 물론 그는 아무런 연락도 없었다.

"엄마, 엄마! 이거 어때?"

"엄마, 나는?"

두 아이는 디자인은 같고 색상만 다른 줄무늬 수영복을 흔들어 보인다. 코발트 블루의 줄무늬와 주황과 노랑이 색색이 섞인 수영복을 입고 희고 통통한 팔다리로 바닷가를 뛰어 다니는 모습은 얼마나 화사할까? 아이들을 대견스럽게 지켜보는 사람은 분명히 그인데!

"야, 신난다! 아빠, 고맙습니다!"

"아빠, 고맙습니다!"

아이들은 기쁨을 과장하며 수선을 피운다. 그녀의 눈치를 살펴 가며 그의 마음에 들려고 애를 쓴다. 아이들은 단란한 가족의 행복을 연출한다. 아이들을 위해 그녀는 모든 것을 참아야 했을까? 일 년에 한 번씩 벽지를 갈아 내면서 시어머니의 담배 연기를 견뎌야 했을까?

아침에 일어나면 담배 세 대를 피우고 나서야 하루를 시작하던 시어머니. 두 아이의 쇄골 사이에 아직도 거므스레 남아 있는 흉터를 볼 때마다 그녀는 진저리를 쳤다. 시어머니가 아이에게 우유를 먹이며 담배를 피우다 불똥을 떨어뜨린 자국이었다. 우유를 먹이고 나서 담배를 피우면 좀 좋았을까. 그 잠깐 동안을 참지 못해 두 손녀에게 나란히 흉터를 남긴다는 말인가. 그녀조차 견디기 힘든 독한 담배 연기는 아이들의 연한 기관지에 또 얼마나 치명적이었던가. 공기가 조금만 건조해도 아이들은 밭은 기침을 해대었고 겨울에는 아예 감기를 끼고 살았다.

어떤 시어머니들은 며느리의 눈치를 보며 산다고도 하는데, 그녀의 시어머니는 늘 당당했다. 담배를 자기 방에서만 피우든지, 하다못해 베란다에 나가서라도 피운다면 얼마나 고마웠을까. 시어머니는 담배를 피우는 데 있어서도 아무런 거침이 없었다. 안방과 거실과 화장실, 벽과 바닥의 틈틈마다 결결마다 담배 연기가 배어 있고 담뱃진이 묻어났다.

한이 많으신 분이야. 젊은 나이에 담배를 시작했지.

서른 둘에 홀로 되어 다섯 남매를 거두고 큰아들을 교수로 키워낸 시어머니는 두려울 게 없었다. 시어머니에게 있어서 교수 아들이란 무소불위의 권력과 화수분과 같은 재물을 가진 존재였다.

애비야, 나는 죽더라도 관에 반듯이 누워서 나올 수 있는 데서 살고 싶다.

시어머니의 이 한 마디에 그는 49평 아파트를 덜컥 계약했다. 25평 아파트의 11층에서 살아오던 시어머니는, 12층에서 살던 노인이 세워진 관 속에 눕혀져 엘리베이터를 타고 내려오는 모습을 보고 충격을 받았다. 그가 그녀에게 일말의 상의도 없이 계약한 아파트는 1층이었다. 49평 아파트의 넉넉한 층계는 관 하나쯤 언제라도 드나들 수 있을 만큼 여유로웠다. 시어머니가 마음의 평화를 얻는 대신 그녀는 등이 휘어질 만큼의 짐을 졌다. 살던 아파트를 팔고, 적금을 해약해도 이억 가까운 빚이 남았다. 그녀는 두 명의 강사들을 내보내고 피아노 교실의 교습을 모두 떠맡았다. 어떠한 출장 레슨도 마다하지 않았고 입시생들을 모집해서 주말과 휴일에는 특별 과외를 했다. 그 3년, 자정 안에 집에 들어가 본 적이 몇 번이나 되었을까. 그녀는 그때, 피아노를 가르치는 일에 신물이 났다. 모차르트나 바하도 소음처럼 느껴질 때, 바이엘이나 체르니 같은 연습곡들은 책장만 넘겨도 귀울음이 났다.

어머니에 대한 그의 아름다운 사랑을 위해 그녀가 이명에 시달리며 마련한 아파트, 그 집이 그대로만 있었더라도 그녀는 오늘 아이들의 수영복을 사주며 어색한 웃음을 짓는 그를 지켜보지 않았을지도 모른다.

나 때문에 대학 문턱도 밟아 보지 못한 동생들이야.

조그만 회사에서 경리를 보던 막내 시동생이 공금을 변상해야 할 일이 생기자 그는 그녀에게 일언반구도 없이 집을 담보로 잡히고 대출을 받아 주었다. 상환해야 할 대출금이 밀리고 밀려 집이 경매에 부쳐진다는 통보가 왔을 때야 그녀는 그 사실을 알았다.

알아봤더니, 우선 대출금의 10%만 있으면 당신 앞으로 분양이 된다는군. 나머지는 은행에서 융자를 해준대.

갚아야 할 대출금과 이자를 합하면 또 일억이 넘었다. 그녀는 공포를 느꼈다. 그녀는 그에게 혹은 그의 집안 사람들에게 붙들린 가마우지는 아닌지? 길고 끝이 구부러진 주둥이와 긴 목으로 물고기를 재빠르게 낚아 채서 꿀꺽 삼키는 검푸른 새, 가마우지. 가마우지 낚시꾼들은 새의 목 아랫부분을 끈으로 묶어 물고기를 삼키지 못하게 하고 그 목구멍에 걸린 고기를 꺼내어 살아간다고 하지 않던가.

그는 자신의 어머니를 위해서 49평의 아파트가 유지되기를 바랐지만, 그녀는 단호히 거절했다. 평생을 자기가 잡은 물고기를 토해내야 하는 가마우지처럼 살 수는 없는 일이었다. 집을 팔아 융자금을 갚고, 다시 25평 아파트로 옮겼다. '다시 넓은 데로 이사할 때까지만'이라는 단서를 붙여 시어머니는 둘째 시동생이 사는 고향으로 보냈다. 십여 마지기 되는 전답과 텃밭이 넉넉한 시골집을 자기 앞으로 등기를 마치고 나서 시동생은 비로소 입을 다물었다. 담배 냄새가 없는 네 식구만의 오붓한 공간. 그녀는 자다가도 문득 깨어나 이런 게 행복이 아닐까 생각하곤 했다.

"저는 탕수육 먹고 싶어요."

"나는 피자!"

"집에서는 탕수육 먹고 싶다고 했잖아!"

"그래두!"

아이들의 실랑이를 바라보며 그는 조금 웃었던가? 백화점의 잡답 속에서도 학자풍인 그의 얼굴은 해맑게 돋보였다.

"무얼 먹겠어?"

말을 할 때 약간씩 일그러지는 그의 입매조차도 지적으로 느껴졌다.

괜찮은 남잔데…….

자신을 떠난 남자라서 새삼 괜찮게 보이는 걸까? 아니, 지난날에도 그는 괜찮은 남자였음이 분명하다. 그래서 그녀는 그와 결혼을 했고, 그를 위해 많은 것들을 견뎌내지 않았는가.

그에 대한 사랑이 남아 있었더라면, 시어머니의 문제는 잘 해결되었을지도 몰랐다. 화장실 문을 열어 놓고 일을 보는 시어머니의 모습이 천진하게 느껴졌을지도 몰랐다. 신혼 때 그가 그녀에게 했던 것처럼, 화장실 문 앞에 쪼그리고 앉아 시어머니에게 하루 일을 주워섬겼을지도 모른다.

당신 잠깐 나오지그래.

새벽 두 시가 넘은 시각이었다. 사모님, 나오세요오 하는 학생들의 소리가 수화기 저 편에서 왁자하니 건너왔다. 학생들과 종강 파티가 있다더니, 2차 3차로 길어지는 모양이었다. 그녀는 내키지 않았지만, 학생들 앞에서 호기를 부리는 그의 체면을 생각해서 노래방으로 찾아갔다.

이쁜이, 이리 와 봐!

그녀는 순간 자신의 귀를 의심했다. 학생들 앞에서 그가 그런 호칭을 썼다는 것이 믿기지 않았다. 아직 서로에게 성욕이 남아 있던 시절, 호젓한 시간에 그는 그녀를 그렇게 부르지 않았던가.

여자애 하나가 키득이며 도망갔다. 그녀는 다시 한번 경악을 금치 못했다. 이쁜이는 그녀의 이름이 아니었다. 마이크를 잡고 여자애를 찾는 그의 집요한 눈길! 여자애는 그녀의 눈치를 살피며 다른 아이의 등 뒤로 숨었다. 노래방의 침침한 조명이 아니었더라면 그녀는 달아오르는 얼굴을 감당할 수 없었을 것이다. 여자애가 교수님, 교수님 하며 그에게 엉겨 온다면 그것은 차라리 참을 수 있는 일이었다. 그러나 술김에 드러나던 애절한 그의 눈빛!

당신이 올라와.

그가 좋아했던 향수를 쓰고 그의 등을 안았을 때, 그는 마지못해 몸을 반듯이 눕히며 말했다.

하고 싶으면, 당신이 올라와서 하라구.

그녀는 순간 자존심이 상했지만 그의 위로 올라갔다. 고달픈 몸이 섹스를 거부하자, 그와의 관계는 점점 서먹해지더니 소원해지기까지 했다. 그녀는 집을 찾고, 가정을 찾았으므로 그도 다시 찾고 싶었다. 졸려서 죽겠다는 듯 눈도 뜨지 않는 그의 몸을 덥히려고 그녀는 그의 젖가슴을 애무하고 젖꼭지를 깨물었다. 그의 남성이 조금 고개를 들자 그녀는 행여 놓칠까봐 그를 몸안에 집어 넣었다.

사정을 하고 난 그는 벌떡 일어나 욕실로 가더니 오래 오래 씻었다. 그 오래 오래 씻던 일이 노래방에서 왜 그렇게 선연히 떠오르던지. 아마 그때부터였을 것이다. 그녀가 마음에 빗장을 걸기 시작한 것은.

그러나 술을 마시고 이성이 잠깐 마비된 사이에 풀려났던 본능적 자아만을 보고 그의 인격을 판단한다는 것은 어리석은 일이 아닐까. 한 영혼의 심연과 형상을 함께 소유하고자 하는 것이 턱없는 욕심이라면, 그가 보여주는 현실적 자아를 그의 모습으로 받아들여야 하지 않을까.

아이들을 앞세우고 음식점으로 들어가면서 그녀를 돌아보며 그는 조금 웃는 듯했다. 누구일까, 그에게 깨끗한 와이셔츠를 입히는 여자는? 파르스름한 면도 자국으로 그의 얼굴은 더없이 깔끔했다.

그는 괜찮은 남편이고, 괜찮은 아버지였나? 전자에 대한 판단은 그녀의 몫이지만 후자에 대한 판단은 아이들의 것이었다. 그녀의 과도한 감정과 조급한 결단이 아이들의 괜찮은 아버지를 빼앗아 버렸을까?

너, 이혼하기 전에 나를 먼저 만났어야 했는데…, 이혼녀로 살아가기에 한국은 지불해야 할 것이 너무 많은 나라야. 세상의 모든 부부가 사랑해서 결혼 생활을 계속하고 있는 줄 아니? 이혼하는 것보다는 결혼 상태로 있는 것이 손익 계산에서 플러스가 되기 때문이야.

삼십대 초반에 교수가 되어, 결혼을 했다가 바로 이혼한 경력이 있는 선배는 오랜만에 만난 그녀를 신랄하게 나무랐다.

이혼하지 않고서도 얼마든지 자기 생활을 즐기며 살 수가 있는데, 바보처럼 덜컥 이혼부터 하니? 누구 좋으라고?

바보처럼 덜컥 이혼을 해서 그는 좋았을까?

……그래. 이혼하지.

그녀는 상상도 못했다. 사랑이 없어진 일상의 자리를 채우게 되는 말다툼, 짜증, 염오……. 우리, 이제 그만 헤어져요! 늘 생각해 왔지만, 입 밖으로는 내지 못했던 그 말을 순간의 분노와 결기를 삭이지 못해 내뱉었을 때, 그가 그토록 선선히 동의해 오리라고는.

탕수육을 주문하고 나서 그녀를 바라보며 그는 잠시 이마를 매만졌다.

"……당신은? 양장피 시킬까?"

그가 주춤거린 건 '당신'이란 말을 하기 위해서였나? 그녀는 가슴이 뭉클해서 그를 바라 보았다. 그의 호흡을 한 템포 늦추기 위해 왼손으로 이마를 매만지는 건 어느 오래된 시절, 그들이 사용하던 암호였다. 말더듬에서 풀려나 일단 말문이 트인 그는 한번 말을 쏟으면 멈출 줄을 몰랐다. 주위 사람들의 얼굴에 지루한 빛이 떠오르면, 그녀는 슬몃 이마를 어루만졌다. 그는 재치있게 말을 끊어 분위기를 바꾸곤 했다.

선배의 말처럼 사랑이 없이도 함께 살아갈 수 있을까? 애초에 미지근하게 시작했기 때문에 냉각되어 가는 애정의 온도를 체감할 수 없는 사람들에게는 그것이 가능할지도 모른다. 그러나 어느 한때, 섭씨 백 도쯤의 사랑을 나눈 사람들에게는 그것이 불가능한 일 아닐까.

경수에게 카드를 빌려 줬어.

카드 빚이 삼천만 원이라니, 어느 날 날아든 카드 회사의 청구서를 받아들고 아연해 하는 그녀에게 그는 실토했다.

갑자기 목돈이 필요하대서.

이제 새여자가 생긴 친구의 뒷감당까지 하라는 말인가? 그녀는 전화를 하고 그의 친구를 찾아 갔다.

나, 지금 경수랑 같이 있어.

수화기 너머로 혀가 꼬부라진 그의 음성이 들리고, 교태 어린 여자의 웃음 소리가 살내를 풍기던 바로 그 카페리라. 그녀는 그가 경수라는 친구와 자주 어울리는 것이 늘 마뜩치 않았다. 친구가 아내가 아닌 여자와 함께 있을 때, 그는 누구와 함께 있을 것인가?

어쨌든 김 원장 돈은 갚을 테니까, 걱정 말아요.

그의 친구는 그녀를 친구의 아내가 아닌 고리대금업자 대하듯 했다. 그녀는 그를 통과해서 굴절되어 있는 자신의 모습이 어떠한 것인지를 알 수 있었다.

준호에게도 여자가 필요하다는 걸 알고 있소?

자필로 차용증을 쓰고 서명을 한 서류를 그녀에게 던지면서 그의 친구는 빈정대듯 내뱉았다.

그녀는 그에게 필요한 여자가 아니었나? 인습과 제도를 뛰어넘는 친구의 애틋한 사랑을 이해해 주는 그는 낭만적인 영혼과 뜨거운 가슴의 소유자. 돈 때문에 자정이 넘도록 일을 하고, 시어머니를 내몰고, 남편의 인간 관계까지 파괴하는, 그녀는 그에게 그토록 냉혹한 속물이었나?

그녀가 돈을 벌어야겠다고 생각한 것은 언제부터였을까? 'ㄷ'자만 나오면 호흡이 막히고, 'd'자만 나오면 말이 막히는 그의 말더듬 증상을 기어이 고쳐 보겠다고 마음먹으면서부터였을 것이다.

그는 말더듬 교정 학원에 다니면서, 밤마다 그녀의 곁에 누워 책읽기 연습을 했다. 읽기에 장애가 되는 단어가 나와 그의 배가 긴장으로 단단해지면 그녀는 그를 안은 손에 가볍게 힘을 주곤 했다. 그녀는 자꾸 달아나는 그의 시선을 붙잡고, 완벽한 말을 하려고 애쓰는 것보다 자연스럽게 더듬는 편이 듣는 사람도 훨씬 편안하다는 것을 이해시켰다. 그가 이마를 찡그리면 웃어 주었고, 불안하게 허벅지를 두드리면 그의 손가락을 잡아 주었다. 괜찮아, 괜찮아, 괜찮아. 사랑하는 사람들끼리는 심리적 전이가 있으리라는 것을 확신하며 그녀는 그의 말이 끝날 때까지 몇 번이고 응원을 하곤 했다.

당신만 있으면, 나는 이제 더듬지 않아.

오래된 어느 날, 'ㄷ'자를 극복하고 '당신'이란 말을 처음으로 온전하게 발음하면서, 그는 조금 눈시울을 붉혔던가?

교수 공채를 위한 논문 발표회가 있던 날, 그는 그녀가 발표회장의 맨 앞자리에 앉아 주기를 바랐다. 그러나 질문 공세에 몰리게 되면, 그가 흥분한 나머지 더듬기 시작하여 자신의 논리를 충분히 방어해 내지 못하지나 않을까, 실은 그보다도 더 떨고 있는 그녀가 맨 앞자리에 앉아 있을 수는 없었다.

여보, 나, 이 문 뒤에 있을게.

발표회장으로 들어가는 그의 손을 꼭 쥐며 그녀는 속삭였다.

새어나오는 말소리에 귀 기울이며 닫힌 문 뒤에서 그녀는 얼마나 조바심쳤던가.

당신이 문 뒤에 있다는 생각을 하니까, 마음이 안정되더라구.

더러는 더듬고, 더러는 한 템포 느린 답변을 했지만 심사위원장인 지도 교수가 흡족해 했던 발표를 마치고 그는 조금 수줍게 웃었던가?

여보, 나는 항상 당신 옆에 있을 거야. 혹시 안 보이더라도 문 뒤에 있다고 생각해.

그날 밤 그녀는 그를 꼭 끌어 안고 잠이 들었던가?

아이들에게 민소매 원피스를 하나씩 사주고 나서, 그는 면으로 된 티셔츠가 한 장 필요하다면서 남성복 매장으로 내려갔다. 그는 뜻밖에도 연두색 셔츠를 선택했다. 그녀가 그를 위해 한 번도 고려해 보지 못한 색깔이었다. 살빛이 깨끗한 그는 감청색 계열의 옷도 깔끔하게 어울렸지만, 황금색 계통의 색상도 세련되게 소화해 냈었다. 그녀는 마네킹이 입고 있는 겨자색의 폴로 티셔츠를 벗겨 그에게 입혀 보고 싶었다.

"여보, 저 티셔츠, 당신에게 사주고 싶은데……."

그의 눈빛이 잠깐 흔들리다 멈췄다.

"그럴 필요 없어."

그가 고른 연두색은 그녀와 연관된 모든 기억을 접고 시작하는 새로운 세상의 상징 같았다. 그는 연두색 옷을 입고 연두색 집에서, 연두색 여자와 사는 것일까?

그녀는 그에게 반발하듯 여성복 매장에 들러 감귤색 티셔츠를 샀다.

그 색깔이 그렇게 마음에 들어? 내가 하나 사주지.

그녀의 호의를 거절한 게 미안해서라도 그는 그렇게 말하지 않을까? 그러나 그는 그녀가 카드를 꺼내 계산을 마칠 동안 지루한 표정으로 기다리고 있을 뿐이었다.

"다음 주 토요일날, 영어 이야기 대회 있는데, 아빠 올 거야?"

큰애가 조심스레 그를 바라 본다.

"안돼. 아빠 출장이야."

이런 상황에 처했을 때, 단호하게 거절하기 위해 그는 그 말을 수십 번, 수백 번 연습해 온 것은 아닐까?

아빠 없이 어떻게 영어 이야기 대회에 나가지?

큰애의 얼굴에는 수심이 가득하다. 작은애도 덩달아 풀이 죽는다.

지난 2년 동안 영어 이야기 대회가 있을 때면, 그는 아이의 원고를 손봐 주고, 원어민 교수에게 데려가 발음도 고쳐 주었다. 그녀는 아이가 다니는 학원의 영어 선생에게 부탁해서 원고를 교정해 주고, 이야기 연습도 시켜 주었지만 아이는 내내 시쿤둥했다.

잘했다. 내년에는 금상이다.

지난해, 아이가 학교 대표로 시 대회에 나가서 은상을 받던 날, 그는 아이를 껴안으며 말했던가? 아이의 기억 속에는 생생하게 남아 있는 말이 그의 기억 속에서는 아스라이 사라진 걸까?

일요일 오후 한 나절, 자신이 할애한 시간만큼만 아빠 노릇을 하는 그. 그는 오래된 어느 시절 그에게 필요했던 그녀와, 지금 그를 필요로 하는 아이들을 두고 자신이 필요한 여자를 찾아 간다.

그 여자는 누구야?

사진을 나누다가, 서로 다른 두 자아가 시공간을 공유하며 보듬고 살기까지의 더러는 기뻤고 더러는 고달팠던 사연을 담은 사진첩을 해체하다가, 그녀는 물었다. 두 사람이 오랜 세월 함께 걸으며 남겼던 발자국을 일시에 지우고, 함께 쌓아 왔던 추억들을 무위로 돌리는 이 폭발적인 에너지의 근원은 무엇인지?

당신은 나를 이해시켜야 돼.

눈물을 보이지 않으려고 그녀는 입술을 조금 깨물었던가?

이혼하자고 먼저 말한 사람은 …당신이야.

남편의 말은 'ㄷ'자 앞에서 한 템포씩 느려지기 시작했다.

그러나 다른 남자가 필요해서 그런 얘기를 한 건 아니지.

나도 다른 여자가 필요해서 그런 얘기를 한 건 아니라고 그는 말하지 않았다.

…당신은 나를 주눅들게 해. 당신은 나를 경멸하지? 당신은 나의 장점을 보지 않아. …당신은 늘 나를 부끄럽게 해.

그녀는 그를 경멸했다. 그것은 그가 변했기 때문이다. 그는 더 이상 실험에 매달리지 않았으며, 권위 있는 학술지에 논문을 싣는 것도 바라지 않았다. 연구실의 불을 켜지 않고 밤마다 그는 어디에 있었는가?

변하지 않는 사람은 없어. …당신은 변하지 않은 줄 알아? 예전에 당신은 어머니에게 얼마나 잘했어?

한 사람과의 관계가 변하면, 그와 관련된 모든 사람과의 관계가 함께 달라진다는 걸 그는 모른 체하는 것일까?

당신에게 중요한 건 뭐야? ……돈밖에 모르잖아.

그녀의 변모를 그도 경멸했다. 그러나 그녀가 변한 것은 그가 만들어 낸 환경 때문이었다. 두 사람의 변모를 동등하게 견준다는 것이 그녀는 억울했다.

나에게도 이상적인 자아가 있어. 그것을 보아 주는 사람이 필요해. …당신 앞에서 나는 무능하고, 비겁하고, 타협하는 현실적 자아만을 보게 돼. ……나는, 나를 찾고 싶어.

스스로도 부정하고 싶은 존재가 그의 현재 모습이었다. 그는 자신의 실체를 인정하지 않고 현란한 말속임으로 자신을 변호하려고 안간힘을 쓰고 있었다. 그녀 앞에 앉아 있는 그는 그가 아니면 누구인가?

그건 …당신이 나를 보는 한계고.

자기 모습이 마음에 들지 않으면 바꾸면 되는 일이었다. 그의 용어를 빌어 말하자면, 이상적인 자아란 따로 있는 게 아니라, 현실적 자아를 변화시키면 되는 일이었다. 그는 가난한 말더듬이 청년에서 유능한 대학 교수로 자신을 바꿔내지 않았는가.

…따지지 마. 그런 태도, 지긋지긋해.

그 대목에서 그녀는 말을 잃었다. 경멸과 혐오는 다른 것이다. 상대를 경멸하면서 함께 살 수는 있지만, 혐오하면서 함께 살 수는 없는 일이었다.

언제부터 그녀는 그에게 지긋지긋하게 되었을까? 놋그릇의 녹을 닦아내듯 그녀에게 엉겨 붙은 관성의 때와 세월의 더께를 벗겨 내면 그가 사랑했던 그녀의 모습이 오롯이 떠오를까?

자신은 변하면서, 그녀는 한결같기를 바라는 그의 모순에 그녀는 얼마나 분노했던가. 그의 현재 모습을 그녀가 싫어하듯, 그녀의 현재 모습을 그가 싫어하는 것이 얼마나 부당하게 느껴졌던가. 그러나 그가 달라지기를 원한다면 그녀 역시 달라져야 한다는 것을, 아니 그가 달라지지 않더라도 그녀는 달라져야 한다는 것을 그녀는 받아들이지 않을 수 없었다. 그와의 관계를 회복하기를 바란다면.

백화점 순례의 마지막 코스인 아이스크림 매장으로 들어가는 그의 얼굴은 숙제를 마쳐가는 아이처럼 밝아 보인다. 그의 장점은 무엇이었을까? 닳고 닳아 일상이 되어 이제는 그녀의 눈에 띄지 않게 된 그의 장점은 무엇이었을까? 그녀의 눈앞으로 수줍은 한 청년이 다가선다. 열정이 넘쳐 말을 더듬던 그 눈빛의 순수. 자신이 지닌 재능에 대한 우월감과 가난으로 인한 열등감이 복잡하게 교호하던 그의 내면, 어머니와 동생들에 대한 부채감과 장자 의식…….

제 입맛대로 아이스크림을 고르러 간 아이들은 아직 오지 않았다. 먼저 말을 할까, 커피를 한 모금 마시고 나서 할까, 그녀는 잠깐 망설였다.

"여보, 나, 할 말 있어…. 미안해. 내 입장만 생각한 거…."

그는 설탕을 넣으려다 말고 멈칫 그녀를 바라 보았다.

"나 많이 반성하고 고쳐나갈 거야. 나만 옳다고 주장한 것 미안해. 이젠 따지지도 않을 거야."

그의 부신 듯한 표정이 그녀에게 마지막 용기를 내게 했다.

"여보, 언제까지 기다려야 될까?"

그는 차스푼을 찻잔 받침에 내려 놓고 자세를 고쳐 앉았다.

"…당신은 항시 옳았어."

그도 그녀와 똑같은 과정으로 생각하고 똑같은 결론에 도달한 것일까? 사랑하는 사람들끼리는 심리적 전이가 가능하다는, 아주 오래된 날의 믿음이 그녀의 가슴을 떨리게 했다.

"하지만 기대하지 마. 사랑이라는 게 옳고 그름의 문제가 아니더라구. 나도 …당신에게 미안해."

그의 얼굴에도 괴로워하는 빛이 역력했다. 사랑이라는 것이 옳고 그름의 문제가 아니어서, 그 깨어진 사랑을 접붙이기가 쉽지는 않겠지만, 그 역시 헤어짐에 대해 그녀와 같은 강도의 고통을 느끼고 있다면, 재결합에 대한 희망도 아주 없다고 할 수는 없지 않을까?

"여보, 생각해 보니 우리가 함께 했던 시간이 너무 부족했어. 하지만 빚 때문에 어쩔 수 없었다는 것은 당신도 잘 알잖아. 이제는 빚도 다 갚았으니, 나도 이제 가족 위주로 살 거야. 당신이 옆에서 지켜봐 줘."

그의 얼굴이 문득 굳어졌다.

"우리가 함께 한 시간은 충분했어. 다시는 되돌아가고 싶지 않아. 지옥 같은 날들이었잖아? …당신도 미련을 버려."

그가 그녀와 함께 한 지옥 같은 날들! 그녀는 그가 지옥 같이 느낀 날들을 어떻게든 돌이켜 보려고 안간힘을 쓰는 자신에게 심한 모멸감을 느꼈다. 그러나 또 이 한순간을 참지 못해 상처를 봉합하는 바늘을 놓친다면, 또 얼마나 후회를 할지 알 수 없는 일이었다. 우선은 그와 그녀와 아이들을 꿰매고 얽어 놓아야 했다. 시간이 흐르면 영혼의 상처는 서서히 치유되리라. 손상된 나무의 줄기나 뿌리에 상처 호르몬이 저절로 흘러 그 나무가 회복되듯이.

"아이들은 어떻게 할 거야?"

그녀는 배수진을 치고 물었다. 아이들은 그녀가 맡는다는 전제가 있었기에 그는 집을 나섰을 것이다. 그녀 또한 아이들을 두고 집을 나설 수 있다는 것을 그도 알아야 했다. 그렇다면 그의 생각이 조금 달라지지 않을까?

"…당신이 맡지 않겠다면, 시골 어머니에게로 보내야지."

그러나 그의 말은 냉정하고 명쾌했다. 천 번쯤 연습한 말을 뱉는 것처럼.

가족이 둘러 앉아 밥을 먹고 있는데, 시어머니가 갑자기 화를 낸다. 그녀가 자신의 반찬을 먹어 버렸다며 입을 벌리라고 다구친다. 어이가 없어 그녀는 찾아 보라며 입을 벌린다. 시어머니의 손이 목구멍 안으로 쑤욱 들어 온다. 그 이물감! 그녀는 손을 뱉으며 토악질을 한다. 그는 옆에서 웃고 있다…….

그녀가 잃어 버린 49평 아파트, 낯익은 길을 걷다가 문득 자기가 살던 집에 들러 보고 싶은 충동을 느낀 그녀는 아파트의 초인종을 누른다. 누구세요? 하는 젊은 여자의 목소리가 들리고 문이 열리는데, 여자의 뒤에 서 있는 남자는 바로 그다! 화들짝 놀라서 나오려다가, 문을 열어 준 여자를 다시 보니 시어머니다!

요즘도 그녀는 문득 깨어나, 꿈속에서 빚어지는 상황에 대한 분노로 기진해 있거나, 공포 영화의 한 장면에서 도망쳐 나온 것처럼 땀에 젖어 있는 자신을 발견하곤 했다. 지옥 같은 날들! 그녀가 그와 함께 한 날들도 지옥 같았다.

"나, 핸드폰 바꿨어. 아이들 일 외에는 전화하지 마. 피아노 교실 일은 이제 당신 일이야."

아이들이 아이스크림을 들고 오는 것을 보고 그는 일어서서 계산대로 갔다.

내 통장에서 당신 핸드폰 정리해 줘.

그녀는 이제 그 말을 할 필요가 없다는 걸 문득 생각해 내고 후련해졌다. 그와의 마지막 고리를 끊는 게 그다지도 힘들었을까? 페르마타, 오랜 되돌이 연주가 끝나는 겹세로줄 위에서, 마침표처럼 그녀는 한참을 그렇게 앉아 있었다.

(2002. 11.)

맞선

뚜르르 뚜르르.

3층에서 4층으로 옮아가는 계단의 모서리에 이르자 전화벨 소리가 딸애네 집에서 나고 있는 게 더욱 확실해졌다. 그녀는 살집의 무게를 감당하지 못해 관절염의 증세를 보이고 있는 무릎을 추스리며 급하게 계단을 올라갔다.

내버려 두세요, 엄마. 급한 전화면 다시 오겠죠.

그녀의 허둥거림을 딸애가 보았더라면 딸애는 아마 이맛살을 찌푸리며 그렇게 말했을 것이다.

그러나 울리고 있는 전화는 늘 그녀를 다급하게 만들곤 했다. 뚜르르 뚜르르 하는 저 순간이 통화자의 인내가 끝나는 곳이라면? 그 어떤 기회가 전화를 받지 않음으로써 영원히 사라져 버리고 마는 것이라면?

슬로모션으로 보았더라면 그 어느 육상 선수의 골인 장면에도 뒤지지 않을 만큼의 열의를 가지고 뛰어와 현관문에 열쇠를

꽂았으나 어느 결에 소리는 딱 멈추고 말았다.

딸깍.

그녀는 맥없이 현관문을 열었다. 밀폐된 실내의 후터분한 공기 속을 떠다니던 음식 냄새들이 그녀에게로 왈칵 달려들었다.

창문부터 열었다.

욕실 입구엔 이 집의 세 식구가 벗어 던지고 간 빨래감들이 뒤집히고 흐트러져 어수선하게 쌓여 있고 거실에는 지우개며 색종이, 연필 등속들이 어지럽게 널려 있었다.

"쯧쯧, 이런 주제에 파출부 쓰겠다는 말은 곧잘 하지. 남의 사람 쓰는 것이 어디 그리 쉬운 일인 줄 알고? 흉잡히기 딱 좋지…."

딸애는 어려서부터 제 물건도 정리할 줄 몰랐다. 아니, 그보다는 그녀가 딸애에게 정리하는 법을 가르쳐주지 않았다. 딸애는 명석하고 책읽기를 좋아했다. 학교 선생님들에게는 늘 칭찬받는 아이였다. 딸애가 너무도 소중하고 아까워서 제 방을 청소하는 것도, 제 실내화를 빠는 것도, 제 책상 서랍을 정돈하는 것도 시킬 수가 없었다. 그녀는 딸애가 무슨 교수나 아니면 유명한 문필가가 될 거라고 생각했다. 그리고 일생 동안 손 끝에 물을 안 묻히고 살 줄 알았다. 딸애가 이리저리 옮겨다니는 공립학교의 선생이 되어 직장일과 가사일에 함께 시달리며, 정리할 줄 모르는 습관이 제 생활의 일감을 쌓이게 하리라는 걸 그녀가 어떻게 알 수 있었을까.

"내가 살아 있는 날까지는 저를 봐주지만, 내가 죽고 나면 고달파서 어떡할까…."

세탁기를 돌려놓고 그녀는 식탁으로 갔다. 잔뜩 어질러진 식탁이 제딴에도 미안한지 딸애는 신문지로 그것을 덮어둔다. 색깔이 고운 상보를 사다가 냉장고 위에 개켜 두었건만, 그것 내려 쓰기도 힘든지 딸애는 꼭 신문지로 식탁을 덮어둔다.

유치원에 다니는 어린것은 오늘도 밥을 절반쯤 남겨놓고 갔다.

애들은 밥을 잘 먹어야 쑥쑥 크거늘…. 점심은 꼭 붙들고 앉아서 떠먹여야겠다고 그녀는 생각한다. 문득 시계를 본다. 아파트 단지의 길 건너에 있는 유치원이 끝날 시간은 한참 남았다.

어린것이 돌아올 때쯤 되면 그녀는 베란다의 창문을 열고 몇 번이나 내려다보며 어린것을 기다린다. 어린것도 모퉁이를 돌아 자기네 아파트가 보이는 지점에서부터 고개를 쳐들고 걸어오다가 베란다에서 내려다보는 그녀와 눈이 마주치면 함머니! 하고 뛰어온다. 엉덩이께에서 찰방찰방하는 노란 유치원 가방을 메고 두 팔을 벌리며 달려오는 어린것은 나풀나풀 나비와 같다. 그녀는 한 줌에 쥐일 것만 싶은 그 나비가 긴긴 5층 계단을 오르다가 어디론가 꼭꼭 숨어버리기라도 할 것처럼 급히 현관문을 열고 계단을 내려다본다. 자기를 기다려 주는 할머니가 있는 집을 향해 계단을 오르는 어린것의 발걸음 소리는 찰박찰박 힘이 있다.

이런 아이를 어떻게 파출부의 손에 맡긴단 말인가.

그녀는 달려드는 어린것을 꼭 안고 들어온다. 자식을 키울 때는 미처 느끼지 못했던 사랑과 행복감이 그녀의 영혼을 충만하게 한다.

뚜르르 뚜르르.

다시금 전화벨이 울린다. 이번엔 놓치지 않으려고 그녀는 잽

싸게 몸을 움직여 네 번째 신호를 보내고 있는 수화기를 들었다. 무리하게 움직인 무릎에 욱신 통증이 온다.

"엄마요?"

큰아들이었다. 그녀는 바짝 긴장이 되었다. 아들의 목소리가 밝은지 어두운지는 아직 가늠이 서질 않았다.

"그래, 나다."

그녀는 경계를 풀지 않고 말했다. 아들이 또 어떤 요구를 해올 경우 딱 잘라 거절을 해야 했다.

당신이 그 애를 망쳤어.

남편은 화가 나면 늘 그렇게 그녀를 몰아세우곤 했다.

처음에 부도를 냈을 때, 제 힘으로 해결하게 내버려 두었어야 했어. 쪼르르 달려가 막아주고, 쪼르르 달려가 막아주고 하더니 이 꼴이 뭐야?

대학을 졸업하고 어느 제약회사의 영업사원으로 취직한 큰아들은 약국에서 수금한 돈들을 제 주머니에 넣고 다니면서 다 써버리곤 했다. 영업부장의 전화를 받고 그녀는 남편 몰래 저금해 둔 돈을 찾아 아들이 쓴 돈을 갚았다. 그러나 아들의 버릇은 고쳐지지 않았다. 그녀는 이 구멍 저 구멍 메우다가 지쳐버렸고 결국 아들은 공금 횡령죄로 입건되기 직전 남편의 퇴직금을 절반 이상 잡아먹고 풀려나면서 회사도 함께 그만두었다.

그녀 자신이 과연 큰아들의 장래를 망쳐놓은 것일까. 그때 그 돈은 갚아주지 않아야 옳았던 것일까. 그러나 세월이 거슬러 가서 그 시점이 다시 온다 하더라도 그녀는 돈 몇 백만 원 때문에 고통에 빠져 있는 아들을 외면할 수는 없을 것 같다.

"엄마, 은희네 부모님이 올라온대요. 선보자고…."

"널 만나자고 했어?"

"양가 부모랑 함께 만나자고 하더래요."

그녀는 긴장되어 있던 얼굴의 근육이 부드럽게 풀리며 헤실헤실 떠오르는 웃음을 감출 수가 없었다.

아들이 서른 고개를 넘은 지도 이태가 지났다. 일찍 결혼한 제 친구들은 서너 살 된 아이들도 있었다. 그동안 만나는 여자도 있는 것 같았으나 결혼 말을 끄집어내면 아들은 늘 시큰둥하게 굴었다. 제가 안정이 되고 아파트라도 하나 있어야 결혼을 할 수 있다는 것이었다. 그녀가 방 하나는 비울 수 있으니 집에 들어와 살면 되지 않느냐고 하면 아들은 화를 벌컥 냈다. 제 아버지하곤 뜻이 안 맞아 죽어도 함께는 못 산다는 거였다.

"엄마, 내버려 두세요. 제 인생도 책임 못 지는 아인데 처자식을 어떻게 부양하며 살겠어요? 애라도 하나 덜컥 낳아 놓고 여자가 못 살겠다고 나가버리면 그 애 뒤치닥거리는 누가 해요?"

언젠가 그녀가 아들의 결혼 문제를 걱정하는 말을 건넸더니, 딸애는 냉담한 목소리로 이렇게 말했다. 하기야 사위 몰래 큰아들이 제 누나에게 뜯어간 돈이 몇 백은 되었으며, 선배가 목 좋은 데다가 전자오락실을 세우는데 특별히 자기에게만 몇 대의 게임기를 설치할 수 있게 했다며 사위를 보증인으로 하여 마을금고에서 천만 원을 대출받고는 그 돈을 갚지 않았으니 딸애의 태도를 나무랄 수도 없었다.

딸애네 아파트의 통로에 들어서면 제일 먼저 눈에 띄는 게 왼쪽 벽의 우편함들이었다. 몇 달 전만 해도 그녀는 얼마나 조마조마한 마음으로 통로에 들어섰는지 몰랐다. 행여나 딸애네 우편함이 노란 봉투를 물고 있지나 않은지? 그 노란 봉투 속엔 마을금고에서 보증인 앞으로 보낸 월부금 납입 독촉장이나 연체료 통지서가 들어 있기가 십상이었다. 그녀는 사위가 눈치챌세라 그것을 얼른 감추고 여기저기서 빚을 얻어 그 돈을 갚곤 했었다. 그녀가 하도 허덕이고 고달파하니까 보다 못한 딸애가 사위와 상의하여 저희들 적금 탄 것으로 나머지 돈을 모두 갚아 버렸다. 그녀는 사위의 무던함이 눈물겹도록 고마우면서 한편으로는 친정 동생 일로 딸애네 부부의 금슬이 깨지지 않을까 속으로 전전긍긍했다. 사위가 조금만 언성을 높이거나, 딸애의 얼굴이 조금만 어두워도 혹시나 그 일 때문은 아닌가 하여 마음이 천근만근 무거워지곤 했다.

사위가 다시 큰아들의 보증을 서지 않는 한 노란 봉투가 더 이상 마을금고에서 날아온 것일 리가 없건만, 그녀는 지금도 무슨 학원이 생겼으니, 가게를 새로 열었느니 하는 안내장이 든 노란 봉투만 보아도 가슴이 철렁하곤 했다.

그녀 자신도 그럴진대 딸애가 제 동생을 얼마나 못마땅하게 생각하겠는가 싶으면서도 그녀는 딸애의 말이 여간 섭섭하지가 않았다. 한 다리가 천 리라더니 동기간 생각하는 마음은 자식 생각하는 마음과 이렇게 다른가 싶었다. 제 동생이 여자 잘 만나 마음잡을지도 모른다는 생각은 왜 못하는 겐지. 또 설령 만에 하나 딸애가 말한 것과 같은 일이 생긴다 해도 손자 녀석 하나쯤 못 거두어 키울 것인가. 누가 제 신세질까 봐?

그녀는 딸애가 그 아이, 생기지도 않은 손자가 제 부모의 노후에 짐이 될까 염려하고 있다는 걸 번연히 알면서도 딸애를 고깝게 생각함으로써 아들을 결혼시킬 용기를 얻으려 했다.

은희라는 아이는 아들이 뒤를 봐주고 있는 —아들은 제가 주먹깨나 쓰는 것처럼 이런 식으로 표현하는 걸 좋아했다— 카페에서 만났대나 어쨌다나 했는데 눈치로 보아 이미 동거를 시작한 것 같았다.

가진 것 없는 놈이 성질만 사납다고, 아들 녀석이 꼭 그 꼴이어서 아들에겐 더 이상 결혼 말을 못 꺼내고, 아이고, 저것이 결혼식도 제대로 못 올리고 밑바닥 인생으로 시작하는구나 하고 애닯게만 바라보고 있었는데 그 쪽 집안에서 정식으로 선을 보자 하니 대견하지 않을 수가 없었다.

"그래, 날은 받았니?"

그녀의 들뜬 마음은 목소리조차 부풀렸다.

"엄마."

"왜?"

"돈 천만 원만 해주셔요. 그래도 남자가 살 집은 마련해야 할게 아니에요."

그녀는 숨이 딱 멎는 것 같았다. 배반감 때문에 눈물조차 핑 돌았다. 그래, 결국은 또 돈 이야기를 하려는 것이었구나. 이 애는 대체 왜 이럴까. 늙은 어미가 무슨 능력이 있다고 이렇게 부대끼게 할까. 차라리 자신의 껍질을 벗겨 아들 앞에 탁 던지며 자, 이게 전부다! 하고 말하고 싶었다.

"성태라고, 엄마도 잘 알잖아요 그 선배가 삼십 평 아파트를 가지고 있는데 특별히 내게 천만 원에 전세를 내주겠대요."

아들은 늘 이런 식이었다. 어느 조상의 어느 뼈다귀에서 나왔는지 모르는 선배나 후배들은 늘 그에게 '특별히' 잘해 주었다.

"엄마, 정 못 믿겠으면, 전세 등기는 아버지 명의로 해도 좋아요. 집만 하나 얻어 주세요. 엄마, 나도 지쳤어요. 결혼을 해야겠어요."

애야, 나도 지쳤다 하고 싶은 것을 참으며 그녀는 느릿하게 대꾸했다.

"요즘 세상에 삼십 평짜리 아파트를 천만 원에 전세내는 사람이 어디 있다든?"

"예, 월세는 따로 삼십만 원씩 내기로 했어요. 그것은 제가 어떻게 해볼 테니까 천만 원만 해주셔요, 예?"

그럼 그렇지 싶으면서 그녀는 기가 탁 막혔다. 제 주제에, 일정한 벌이도 없으면서 어떻게 매달 삼십만 원씩을 내놓는다는 말인가. 월세를 못 낸 만큼 보증금조로 내어 놓은 전세금만 야금야금 갉아먹다가 결국은 천만 원 다 날리고, 두 손 탈탈 털며 일어날 게 너무도 확실했다.

"엄마, 천만 원 아무것도 아니에요. 게임 몇 번만 붙이면 금방 빠질 돈이에요. 엄마, 천만 원만 해주셔요. 예?"

제약회사에서 쫓겨난 이래 단돈 십만 원도 벌어본 적이 없는 녀석이 남의 돈 몇 백만 원, 몇 천만 원은 늘 별것이 아니라고 했다. 그리고는 백만 원이 있으면 이백만원을 버는 법을 늘 알고 있었다. 물론 그것이 한 번도 실현된 적은 없었지만.

"엄마, 엄마…."

그녀가 아무런 대꾸도 안 하고 있자, 아들은 다급한 목소리로 불러댔다.

"엄마…."

행여나 그녀가 전화라도 끊을까봐 아들은 겁먹은 목소리로 그녀를 부른다. 제가 세상의 신용을 모두 잃고 손 내밀 데라고는 이제 어미밖에 없겠지. 그녀는 짠한 마음에 콧등이 시큰해진다.

아이였을 적, 큰아들은 유난히 소심하고 겁이 많았다. 그 시절엔 대부분 기차를 타고 다녔는데, 외지에서 손님이라도 왔다가면 아이들을 데리고 기차역까지 배웅을 나가곤 했었다. 그녀는 아이들을 플랫폼에 세워두고 기차 안으로 들어가 손님의 자리를 살펴주곤 했는데, 조금이라도 지체를 하면, 큰아들은 기차 떠난다고, 엄마 내리라고 고래고래 소리를 지르며 자지러지게 울어대곤 했다. 다른 아이들은 아무렇지도 않은데…. 그때 그 예닐곱 살 더벅머리 큰아들의 얼굴이 떠오르며 그녀는 가슴이 찡해 왔다.

젊었을 적, 자궁에 종양이 생겨 아이들을 옆집에 맡겨놓고 병원에 간 적이 있었다. 수술실로 들어가면서 그녀는 잠깐 죽음을 생각했다. 자신이 죽으면, 남편은 새장가를 갈 것이고 딸애는 영특하니 제 앞가림은 할 것이고 막내는 어리니 새여자가 거두어 줄 것 같았다. 제일 걸리는 게 큰아들이었다. 그 어리숙한 게 천덕꾸러기가 되겠구나 싶어 하염없이 눈물을 흘렸었는데 눈을 떠 보니 수술이 끝나 있었다.

"욱아, 이젠 엄마도 능력이 없다. 늙은 사람이 이 집, 저 집 돈 빌리러 다니는 것도 낯부끄러워 못하겠다."

그녀는 타이르듯 나직나직 말했다.

"누나나 준이에게 엄마가 좀 얘기해 보세요…."

"난 못 한다. 매형 보기도 미안하고, 준이도 결혼자금으로 모아둔 돈 다 네게 빌려주지 않았니?"

아, 그러면 관두세요. 관둬!

다른 때 같으면 이렇게 성질을 부리며 수화기를 꽝 놓았을 텐데, 아들은 잠자코 있다가 한숨을 푹 쉬며 알았어요 하고 전화를 끊는다. 얼마나 돈이 궁하고 다급했으면 꼬라지 사나운 놈이 저렇게 풀이 죽어 고분고분해졌을까.

내게 천만 원만 있다면…….

천만 원이 있다면 그녀는 아무 조건 없이 아들의 가슴에 덥썩 안겨주고 싶었다.

아들의 말을 전해 들은 딸애는 코웃음부터 쳤다.

"아직도 정신을 못 차렸군요. 내버려 두세요. 걔는요, 고생을 더 해야 해요. 가진 게 없으면 단칸방에서부터 시작해야지, 꼭 아파트라야 된다는 법이 어디 있어요? 그것도 전세 천만 원에 월세 삼십이라구요? 기가 막혀. 아니, 제가 어떻게 매달 삼십만 원씩 낸대요? 은희라는 아이도 똑같은 애 아니에요?"

"아니, 애는 참하더라. 전화로 몇 번 얘기해 봤는데 아주 상냥하고 예의바르던데."

"그럼, 시어머니가 될지 모를 사람 앞에서 얌전을 빼지 않는 사람도 있어요? 사람은 겪어보지 않고는 몰라요."

"아니다. 어쩐지 정이 가는 그런 아이 있지 않니? 걔가 꼭 그러더라."

"엄마는, 예전에 욱이가 다른 아이 사귈 때도 꼭 그렇게 말하셨잖아요."

딸애의 말을 듣고 보니 그런 것도 같았다. 따지고 보면 큰아들의 경우만 그런 것도 아니었다. 딸애가 연애 시절, 처음으로 사위를 집에 데려왔을 때, 사위는 얼마나 믿음직스럽고 잘나 보였던가. 막내가 결혼을 약속하고 사귀고 있는 아이는 또 얼마나 깜찍하고 귀염성스런가.

은희는 상당히 성깔이 있는 것 같기도 했다. 그녀임을 확인하고 한 옥타브 낮추면서 부드러운 음성으로 변하기 전, 전화를 받는 목소리는 암팡진 데가 있었다. 그녀는 그것마저도 마음에 들었다.

"요즘 세상엔 여자도 대찬 구석이 있어야지. 아주 야무진 아이 같더라."

그녀는 은희가 겉으로만 왁살스러울 뿐 실은 한없이 무르고 약한 아들을 휘어잡고 이 험난한 세상을 헤쳐가 주기를 바랐다.

"그런 데서 일하는 아이들은 두 부류가 있대요. 편하게 살려고 들어와서 돈 번 것 죄다 옷 해 입고 사치하는 데 쓰는 애들이 있고, 한번 살아 보려고 악착같이 돈 모으는 애들이 있대요."

"사치스런 아이 같으면 욱이하고 살겠니? 아주 실속 있는 아이 같더라."

"엄마도, 참. 실속 있는 아이라면 욱이를 택해요?"

"욱이가 어때서? 직업 하나 없어서 그렇지. 인물이 남만 못하냐, 학벌이 남만 못하냐? 정은 또 얼마나 많은데."

딸애의 말이 너무 냉담하여 그녀는 절로 서운한 얼굴이 된다. 사실, 제 여건만 허락된다면 냉철한 딸애나 계산이 빠른 막내보다는 큰아들이 훨씬 부모에게 잘 할 것 같다. 술에 취해 집에 들어오는 날이면 큰아들은 그녀의 손을 꼭 잡고 거기에 얼굴을 부비며 눈물을 곧잘 흘렸다. 엄마, 미안해요. 미안해요 하면서.

"욱이 같은 애에겐 생활력이 강한 여자가 필요한데……."

그녀의 서글픈 표정이 마음에 걸리는지 딸애는 목소리를 누그러뜨린다.

"제가 한번 만나볼까요? 은희라는 아이?"

"그럴래?"

그녀의 얼굴은 금방 화안히 밝아온다.

"만나서, 말이 통할 아이 같으면 솔직히 이야기할래요. 우리가 해 줄 수 있는 건 이만큼이니, 너도 혼수해 올 생각 말고, 그 돈 보태서 집이라도 한 채 얻으라고요."

"그러면 오죽 좋겠니!"

딸애가 하는 일이라면 늘 틀림이 없었다. 그녀는 큰아들을 이제야 결혼시킬 수 있겠다고 생각하며 흐뭇한 마음으로 집으로 돌아왔다. 마침 남편도 집에 있었다. 빨리빨리 일을 추진시키고 싶은 생각에 그녀는 저녁 차릴 준비도 하지 않고 남편을 붙들고 앉았다.

"여보, 욱이가 사귀고 있는 아이네 집에서 부모끼리 만나자고 한답디다."

신문을 보고 있던 남편은 그녀를 힐끔 쳐다보고는 대꾸도 하지 않았다. 큰아들에 관한 한 남편은 모든 것이 부정적이었다. 그녀의 기억으로는 남편이 세 아이들 중 유독 큰아들을 엄하게 다루었던 것 같았다.

큰아들이 열 살 때였다. 시험을 보았는데 아는 문제를 틀렸다고 남편은 아들을 발가벗겨서 대문 밖으로 내쫓았다. 잘못했어요. 잘못했어요 하면서 문을 두들기는 아이에게 남편은 양동이에 찬물을 담아다 대문을 열고 확 끼얹는 것이었다. 이십 년도 전의 일이지만 그때를 생각하면 그녀는 지금도 남편에게 정이

뚝 떨어졌다.

아들이 제 누이나 동생과는 달리 대학을 제때에 못 가고 재수, 삼수를 하면서부터 시작된 남편과 아들의 불화는 아들이 제가 다니던 회사의 공금을 횡령하고 입건 직전에 이르렀을 때 그 절정을 이루었다. 아들의 멱살을 잡고 쥐어흔들 때, 남편의 눈에 팍팍 튀는 불꽃을 보며 전생의 무슨 업보가 이들을 부자지간으로 태어나게 했을까 하는 생각을 하며 그녀는 얼마나 울었는지 모른다.

"언제까지나 데리고 살 거요? 같이 살기도 징그럽소. 빨리 결혼시켜서 내보냅시다."

얼마나 못났으면 삼십이 넘은 놈이 자립할 생각도 않고 부모 밑에 빌붙어 사느냐고, 꼴도 보기 싫다고, 남편이 입버릇처럼 하던 말을 그녀는 자기 생각인 것처럼 진지한 음성으로 남편에게 되돌려 주었다.

아들은 집에 들어와서 자는 날보다 안 들어오는 날이 더 많았다. 그래도 그녀는 아들의 방에 항상 따뜻이 연탄불을 넣어 놓고 싶었다. 그러나 퇴직 후 더욱 꼼꼼해진 남편은 그 방에 불을 피워두는 걸 낭비라고 생각했다. 그녀는 새벽 한 시나 두 시까지는 늘 수잠을 잤다. 아들이 오는 기척이 있으면 벌떡 일어나 안방의 연탄불을 빼다가 넣어주곤 했다. 그런데 언젠가는 그녀가 깜박 잠이 들어버린 날이 있었다. 새벽녘, 화장실에 가려고 뜰로 내려서는데 아들의 구두가 제 방 앞에 놓여 있었다. 깜짝 놀라 들여다보자, 아들은 간밤에 술에 취해 들어왔던지 이불도 깔지 않고 겨울날, 그 싸늘한 방바닥에서 새우처럼 구부리고 자고 있었다. 그녀는 아들의 방에 새로 연탄을 피워주며 그 새벽에 또 얼마나 눈물을 떨구었던지.

"어떤 집구석인고?"

남편은 신문에서 눈도 떼지 않은 채 말만 던졌다. 그 정도라도 반응을 보이는 건 남편도 마음이 좀 움직인다는 뜻이었다.

"시골에서 농사 짓는 모양인데, 아주 얌전하고 규모가 있는 집안이랍디다."

남편은 흥, 하고 코웃음을 쳤다. 그녀는 속이 좀 상했지만 꾹 눌러 참았다.

"아이가 참 착합디다. 상냥하고 예의바르고…."

"어디서 굴러먹던 계집애래?"

남편은 그녀의 말을 딱 자르고 퉁명스럽게 내뱉았다.

"욱이네 카페에서 일하는 앤데, 욱이가 겪어 보니…,"

"아니, 당신 미쳤어?"

남편은 보고 있던 신문을 홱 내던졌다.

"큰며느리야, 큰며느리! 술집에서 굴러먹던 계집애를 큰며느리로 삼자는 거야? 헛, 참, 여편네가 생각이 요 모양 요 꼴이니까 집안이 이렇게 우습게 돌아가지!"

그녀는 불처럼 화를 내고 있는 남편을 멍하니 쳐다보았다. 남편이 지금 막내를 결혼시키는 걸로 착각하고 있는 것이 아닌가 해서였다. 자기도 늘상 못난 놈, 못난 놈 하면서, 큰아들이 뭐 내세울 게 있다고 여자 쪽을 그렇게 트집잡는단 말인가.

"대학까지 나온 놈이 골라잡은 게 겨우 술집 계집애야? 난 용납 못 해! 절대로 안 돼! 이게 무슨 망신이야!"

그녀는 아무 말 않고 부엌으로 나왔다. 탕탕 소리를 내며 밥상을 차려 남편 앞에 밀어주고는, 부엌방에 이불을 깔고 누워 버렸다.

시골에 남에게 소작을 준 조그만 농토가 있는데, 추수가 끝나면 쌀이 예닐곱 가마씩 올라오곤 했다. 마침 남편도 없던 터라 이 정도면 저희들 몇 달 식량은 되겠다 싶어 아들을 불러 자루에 서너 말쯤 담아주었는데, 아들이 대문을 나서려는 찰나 남편이 골목으로 들어오는 모습이 보였었다. 아들은 허겁지겁 쌀자루를 뒷마루에 감추었다가 남편이 방으로 들어서자, 슬쩍 집어들고 나갔는데 그 모습이 어떻게나 비굴하게 보였던지 그녀는 종일 가슴이 아팠다. 남편이 결혼을 인정해 주지 않는다면, 살 만한 형편의 다른 자식들은 그냥 가져다 먹는 쌀을 큰아들은 그렇게 훔쳐가듯 해야 할 것 아닌가. 그녀는 이리 뒤척, 저리 뒤척 잠을 이룰 수가 없었다.

은희를 만나보고 온 딸애는 만족해 했다. 아이가 차림새도 수수하고 생각도 건전하더라는 것이다. 꼭 아파트를 얻어야 하겠냐니까 그렇지 않다면서 몇 개월만 있으면 그동안 곗돈 부은 것, 탈 차례가 되었으니 그때가 되면 부모님들 신세 안 지고도 식을 올릴 수 있을 것 같다고 했다는 것이다.

"참, 장한 애다. 주위에 사치하는 애들 천지일 텐데 어떻게 그렇게 돈을 모았을까?"

그녀는 벙싯거리는 입술을 다물 수가 없었다.

"그래, 걔는 욱이의 어디가 그렇게 마음에 들었다더냐?"

그녀가 아까부터 딸에게 가장 묻고 싶었던 말이었다. 그녀가 알고 있는 아들의 장점을 은희도 알고 있는지…….

"살아 보려고 노력하는 게 마음에 들었대요. 욱이, 걔, 요즘 좀 달라지긴 했어요?"

"글쎄다, 요즘은 택시도 잘 안 타고, 외상으로 옷도 안 사 입는 것 같더라. 술도 통 안 마시고…."

그녀는 딸에게 아들의 달라진 점을 될수록 많이 알려주고 싶었으나 더 이상 이어나갈 말이 없었다. 그러나 달라진 점은 확실히 있었다. 예전 같으면 창피하다고 쌀자루를 들고 가지도 않았을 것이다.

이 애가 이젠 사람 되려나 보다.

그녀의 가슴은 한껏 부풀어 올랐다.

"그런데, 방은 우선 하나 얻어 주어야겠더라구요. 지금 살고 있는 방이 기한이 다 되었대요. 아빠가 한 삼백 내시고 저와 준이가 백만 원씩 내면 어떨까요? 그 정도면 변두리에 허름한 방 하나는 전세낼 수 있을 텐데…. 나중에 은희 곗돈 타면 더 좋은 데로 옮기든지 하고…."

딸애의 말에 그녀는 백만 원군이라도 얻은 듯 마음이 든든했다. 그녀는 아까 남편이 한 말을 일러바치듯 딸애에게 전했다.

"요즘 세상에, 아빠는 하여튼…."

딸애는 당장 수화기를 집어 들었다.

딸애에 대한 남편의 사랑은 특별한 데가 있었다. 그렇게 제 방을 어질러놓고 이불도 안 개고 몸만 쑥 빠져나가도 정리를 해줄지언정 나무라는 법이 없었다. 딸애가 원하는 것이라면 무엇이든지 해주었다. 넉넉지 못한 살림 속에서도 딸애가 그 방면에 특별한 재능을 보이지도 않는데 피아노를 사줄 정도였다. 그녀는 남편이 딸애에 대한 사랑의 반이라도 아들에게 보여주었으면 하고 늘 안타까워하곤 했었다.

그러나 딸애도 남편의 기분을 누그러뜨리지는 못했다. 남편의 쨍쨍한 목소리는 수화기 밖으로 통째로 굴러나와 그녀까지 움찔하게 했다.

“왜, 너희들은 시키지도 않은 짓을 그렇게 저지르고 다니냐?”

“아빠.”

“어디서 굴러먹은 개뼈다귀인지도 모르는 아이를 큰며느리로 들이라는 거냐, 응? 어쩌면 너도 그렇게 생각이 없냐? 에미나 딸이나 다 똑같아, 똑같다구!”

“아빠, 그러면 욱이는 뭐 내놓을 게 있어요? 직장이 있어요, 기술이 있어요? 아니면 유산이 있어요?”

“그래, 그렇게 잘 알면 너희들이 다 알아서 해!”

남편은 꽈당 전화를 끊었다.

“네 아빠는 왜 성질이 저 모양이신지 모르겠다.”

그녀는 일껏 친정일 봐주고 야단만 맞은 딸애에게 미안했다. 그러나 딸애는 싱긋이 웃었다.

“엄마, 걱정하지 마세요. 이건 아빠가 마지막 자존심을 과시하는 거니까.”

“뭐라구?”

“욱이가 정상적인 생활을 하는 아이였다면 솔직히 그런 아인 만나지 않았을 것 아니에요? 아빠도 자기 아들이 어떤 앤지 왜 모르시겠어요. 단지 그런 아이를 맞아들여야 하는 현실이 비통하고 싫으시겠지요. 잠시라도 거부하고 싶으신 거예요. 일종의 허세지요. 집안의 어른으로서 권위도 있고 체면도 있는데 그런 아이를 냉큼 받아들이시겠어요? 조금 기다려봅시다.”

허세라고? 딸의 말이 맞다면 그것은 슬픈 허세였다.

남편은 유난히 교육열이 높았다. 벽촌에서 태어나 고학으로 농업학교를 마치고 가정 형편 때문에 더 이상의 진학을 포기하고 공무원 시험을 보아야 했던 그는 자식들만큼은 꼭 대학까지 마치게 해야겠다는 집념이 있었다. 그 시절만 해도 공무원 봉급이 형편없던 때여서 그는 늘 과도한 교육비 지출에 허덕였다. 그는 일체의 술자리를 피했으며 상사에게 공공연한 상납도 하지 않았다. 그래서 삼십여 년 공무원 생활의 대부분을 행정의 외곽지대로만 떠돌아다니며 고생을 했다.

왜 자신은 남편이 자기의 성취를 희생해 가며 자식들을 뒷바라지해 왔었다는 사실을 까마득히 잊고 있었을까. 남편이 큰아들에게서 느꼈을 배반감 같은 것은 일찍이 그녀가 생각해 본 적이 없었다. 그저, 큰아들을 유난히 미워하는 남편이 그녀 자신도 미웠을 뿐이었다. 그녀는 점점 성겨지는 남편의 희끗희끗한 머리칼을 떠올리며, 소일 삼아 산에 오르고 있는 그에게, 더 추워지기 전에 따스한 모자를 장만해 주어야겠다는 생각을 잠깐 했다.

딸애의 추측이 맞았던 모양이다. 그녀가 이삼 일 동안 아들에 관한 이야기를 일체 꺼내질 않고 있었더니 남편이 먼저 말을 부쳐 오는 것이었다.

"어떻게 하기로 했어?"

"뭘요?"

그녀는 짐짓 시치미를 떼었다.

"욱이 녀석 말이야."

"아이구, 나도 모르겠소. 저야 동거를 하든지 말든지…. 식도 안 올리고 덜컥 아이나 낳으면 남 우세스러워서 어쩌나…."

그녀는 체모를 중시하는 남편에게서 반응이 있을 법한 이야기를 고르며 일부러 심란해 하는 표정을 지었다.

"그 애 부모가 올라온다고 했다면서?"

"당신이 하도 펄펄 뛰는 바람에 더 이상 알아보지도 않았어요."

남편은 아무 말도 않고 윗목에 밀어둔 신문을 다시 펼쳐들었다. 그러나 남편이 기사를 건성으로 읽고 있는 게 분명했다. 남편은 늘 신문을 순서대로 개켜서 읽곤 했는데, 아까 그녀가 TV 프로그램을 찾느라 흐트러놓은 그대로를 손에 쥐고 있었다.

"선영이가 만나보니, 인상이 어떻드래?"

남편은 관심도 없다는 듯이 고개도 돌리지 않고 지나가는 듯한 말투로 물었다.

"글쎄, 선영이 말로는 수수하고 건전하게 보이더랍니다. 생활력도 강한 것 같고…."

"선영이 제가 뭘 알아? 순전히 책상물림인 것이."

그녀가 조심조심 남편의 기분을 맞춰가고 있는데 전화가 울렸다. 뜻밖에 은희였다.

"어머님, 갑자기 전화 드려 죄송합니다. 내일 저희 아버지가 올라 오신대요."

그녀는 수화기를 한 손으로 막고 애네 아버지가 내일 올라오신대요 하고 남편에게 전했다. 남편은 미닫이를 열고 아들 방으로 들어가서 다른 수화기를 들었다. 은희가 어떤 아인지 목소리라도 들어보고 싶은 모양이었다.

약속 장소와 시간을 정하고 나자 은희는 부탁이 있다고 하였다.

"저희 아버지가 굉장히 고지식한 분이세요. 제가 아직도 회사에 다니고 있는 줄 아세요."

그렇게 말해 놓고는 자기도 민망한지 죄송해요 어머님, 하고 덧붙였다.

"어머님, 저희 아버지께는요. 욱이 씨가 직장에 다니는 걸로 해주세요, 네? 그렇지 않으면 아버지가 결혼을 허락 안 하실 거예요."

순간 그녀는 기분이 묘해졌다. 이제껏 은희를 자신의 집에서 받아들일 것인가 아닌가만 생각했지 아들 역시 저울질당하게 될 거라는 생각은 한 적이 없었다. 은희가 카페에서 일하는 아이라고 해서 그녀 자신도 은연중 그 애를 무시하고 있었던 게 틀림없었다. 은희도 자기 집에선 얼마나 소중한 딸일 것인가. 아들 녀석이 은희의 부모에게 딱지를 맞을 수도 있으리라 생각하니 불안해졌다. 걔가 겨울 양복은 있던가? 머리는 깎았나?

남편이 아들의 방에서 건너왔다.

"제 주제는 생각도 않고, 남자 쪽이 직장이 있느니 없느니 그런 소리를 해? 헛, 참, 가소로워서…."

"은희 제가 그런답디까? 어떻게든 제 부모에게서 승낙을 받아내려고 하는 말이겠지요."

"걔 아버진 아직도 걔가 회사에 다니는 걸로 알고 있대잖아. 제 부모 속이고…, 욱이하고 똑같은 놈이야. 그러니까 욱이하고 결혼하려고 하지. 정신이 똑바로 박힌 아이면 욱이하고 살려고 하겠어?"

"여보, 당신은 욱이가 잘 되기를 바라는 사람이요, 못 되기를 바라는 사람이요?"

"말도 안 되는 소리…."

"은희가 제 부모 마음 안 다치게 하려고 애쓰는 것. 가상하지 않아요? 또 우리 욱이가 직장 하나 없는 것 말고 무엇이 얼마나 남만 못해요? 대학 나오고, 인정 많고, 그런 자식이 나중에 효도한답디다."

"어쩌고 저쩌고 간에 나는 그런 거짓말하는 자리엔 못 나가니까 당신이 알아서 하라구. 선영이랑 같이 나가든지 말든지…."

어쩔 때 보면 남편은 꼭 오기 부리는 아이 같았다. 옳건 그르건 자기 주장만 고수하려 들었다. 그럴 때마다 그녀는 남편이 한풀 꺾일 때까지 기다렸다가 달래기도 하고 사정을 하기도 했다. 그러나 이번엔 큰아들의 결혼 문제 아닌가. 가장인 자기가 어떻게든 밀고 나가야지. 가만히 앉아서 트집만 잡고 있으면 되겠는가. 그녀는 남편의 태도에 짜증과 피곤을 함께 느꼈다.

"그쪽에선 부모가 함께 나오는데 이쪽에선 나만 나간다면 그쪽에서 우리 집안을 어떻게 보겠어요?"

그녀는 남편의 약한 부분을 걸고 넘어졌다.

"사돈이 되고 안 되고 간에 예의범절 모르는 집안이란 소린 안 들어야죠."

남편은 계속 말이 없었다. 그녀는 혼잣말처럼 중얼거렸다.

"아이구, 빨리빨리 치워야지. 준이도 이젠 장가간 친구가 더 많다는데…."

막내 이야기를 하자 남편의 표정이 눈에 띄게 움직였다. 그녀는 얼른 덧붙였다.

"준이가 사귀는 아이 집에서도 연애 기간이 너무 길어진다고 걱정한답디다."

남편이 후, 하고 한숨을 쉬었다. 남편의 상식으로 큰아들을 결혼시키지 않고 작은 아들을 먼저 결혼시킨다는 것은 있을 수 없는 일이었다.

"이제 시대도 변했어요. 저희들끼리 좋다면 맺어주는 것이지요, 뭐…."

그녀는 그동안 큰아들의 혼사 문제로 계속 이야기를 나눠온 것처럼 시치미를 뚝 떼고 의논성스럽게 물었다.

"여보, 선영이도 데리고 갈까요? 같이 갔으면 좋겠는데…."

남편은 무뚝뚝하게 대답했다.

"누나가 선보는 자리에 참석하는 것이 결례는 아니겠지."

이제 한 고비는 넘겼다 싶었다.

그날은 몹시 추웠다. 약속 시간은 오후 세 시였지만 그녀는 새벽부터 잠이 깨었다. 아들에게 전화를 넣어 직장 문제는 어떻게 했으면 좋겠는가를 물었다. 아들은 잠이 깨지 않은 퉁명스런 목소리로 어제부터 선배네 회사에 다니고 있다고 대답했다. 그녀는 귀가 번쩍 띄었다. 눈가림 식으로 며칠간만 그렇게 다니기로 했는지, 아니면 혹시라도 정말 취직이 되었는지 물어보고 싶었지만 중요한 날이 공연한 질문으로 부정을 탈 것만 같아 '국제 물산'이라는 회사 이름만 전화번호부 옆에다 적어놓았다. 늦잠 자는 버릇이 몸에 배인 아들인지라 짜증이라도 내지 않을까 조심하면서도 그녀는 아들이 이발은 했는지, 무슨 옷을 입고 나올 건지, 구두는 있는지를 시시콜콜히 확인했다.

"엄마, 월세라도 얻어야겠는데 한 삼백만 원이라도 안 될까요? 예?"

어쩐지 고분고분하게 대답을 하는 것 같더니 또 돈 이야기였다. 아들은 이제 잠이 말짱 깬 목소리로 애절하게 물었다. 그녀는 남편이 들을까 봐 얼른 수화기를 막았다. 아들이 돈 이야기를 하고 있다는 걸 알면, 남편의 화증이 종잡을 수 없게 치솟을 것이고 그렇게 되면 오늘은 맞선이고 뭐고 다 끝장이 날 터였다.

"다음에 이야기하자. 무슨 수가 있겠지…."

그녀는 소리를 죽여 얼른 얘기하곤 전화를 놓았다. 딸애의 이야기도 있었고 하니 삼백만 원 정도라면 남편 모르게 마련할 수 있을 것 같았다. 무엇보다도 아파트 운운하던 아들이 월세로 내려앉은 게 기특했다. 며느리는 잘 볼 것 같았다.

퇴직 후, 어쩐지 초췌해진 듯한 남편을 신수 훤한 시아버지감으로 보이게 하고 자신 또한 너그러운 시어머니감으로 보이게 하기 위해 그녀는 오전 내내 바빴다.

"어디 좋은 데 가시나 봐."

검정 양복에 검정 코트를 걸친 남편은 휑성한 머리칼만 빼고는 아직 젊었다. 그녀 자신도 딸애가 마음먹고 해준 화사한 한복과 두루마기를 차려입고 나서니 만나는 동네 사람마다 인사를 보냈다. 미장원에 들렀다 온 딸애도 평소보다 고왔다.

다방문을 여니 구석에 앉아 있던 사위가 벌떡 일어나서 인사를 했다.

"정 서방도 그 사람들 선 좀 봐야겠대요. 저쪽에서 누구 기다리는 척하며 있겠대요."

딸애의 말에 그녀는 벙긋 웃음이 터지려 했다. 사위까지 와서 떡 자리를 지키고 있으니 아무리 까다로운 혼사라도 어려울 일이 없을 듯했다.

약속 시간 5분 전에 아들은 은희와 그 애의 부모와 함께 나타났다. 그녀의 눈길은 사돈이 될 사람들과 인사를 나누는 것보다 은희라는 아이를 탐색하기에 바빴다. 호리호리한 몸매에 약간 작은 듯한 키, 파마기 없는 머리에 깨끗한 피부, 뛰어난 미모는 아니지만 인상이 좋은 아이였다. 맞선 보는 자리만 아니라면 몇 시간이고 그애를 붙들고 물어볼 말이 있을 것 같았다.

감색 싱글을 입고 새신랑처럼 차리고 온 아들은 주문을 받으러 온 레지를 옆에 세워놓고 그 사람들에게 아버님, 어머님 해가면서 커피를 드시겠는냐, 율무차는 어떠신가, 이 집은 녹차 맛이 일품이라는 둥 수선을 피웠다. 아들에 대한 말대접으로 그녀가 녹차를 주문하자 모두들 녹차를 시켰는데 나온 것은 어느 다방에서나 흔해 빠진 일회용 봉지 녹차였다.

시골 사람들이라 숫기가 없어서 그런지 내외가 다 말이 없었다. 바깥사돈 될 사람은 표정이 뚱해 보이기까지 했다. 남편도 입을 꾹 다물고 마주보이는 수족관 속의 열대어들만 노려보고 있었다. 딸애가 쌀 개방이니 우루과이 라운드니 해가면서 대화를 이끌어 나가려 했지만 모두들 시큰둥했다. 어색한 침묵이 흘렀다. 구석에서 지켜보던 사위도 답답했던지 담배를 꺼내 물었다.

"그래, 자네 회사 이름이 뭐라고 했나?"

드디어 바깥사돈 될 사람의 무거운 입이 열렸다. 아들은 공손

하게 대답했다.

"예, '국제 물산'입니다."

"뭣하는 데라고?"

그녀는 얼른 남편의 눈치를 살폈다. 아니꼬와하는 표정이 역력했다. 제발 좀 참으라고 그녀는 탁자 밑으로 손을 넣어 남편의 무릎을 꾹 찔렀다.

"예, 오퍼상입니다. 우리 물건을 수출하거나 외국 물건을 수입하는 데 중개 역할을 하는 곳이죠."

"복덕방 같은 것이구만."

바깥 사돈 될 사람은 입맛을 쩝쩝 다셨다. 아들의 직장이 마음에 들지 않은 모양이었다.

"저희 아버진, 공무원이 최곤 줄 아세요."

은희는 쩔쩔매며 남편과 그녀의 눈치를 살폈다.

"애들 아버지도 삼십 년이 넘게 공무원 생활을 했답니다."

그녀는 분위기를 누그러뜨리기 위해 얼굴 가득 웃음을 지어 올렸다.

"그래도 남은 건 조그만 집 한 채밖에 없어요."

"아이구, 무슨 말씀을…. 세 자식이 다 대학을 나왔다면서요. 그럼 됐지요."

그녀의 웃음엣말을 무슨 겸양의 뜻으로 해석을 하고 안사돈 될 사람은 천부당만부당하다는 듯 말을 받았다.

"그래서 요즘 젊은 사람들이 개인사업을 선호하는 것 같아요."

딸애가 얼른 끼어들어 대화를 제자리로 돌려두었다.

"예, 요새는 공무원 생활해 가지곤 돈 못 벌어요."

저는 제법 돈이라도 버는 것처럼 아들 녀석이 말했다.

"그럼 자네는 지금 집칸이라도 장만할 돈을 모았다는 얘긴가?"

바깥사돈 될 사람의 꼬장꼬장한 목소리가 금방 아들의 허를 찌르고 들어왔다.

그녀는 일순 긴장했다. 돈을 모았다고 한다면 금방 들통날 거짓말이 될 것이고 사실대로 말한다면 저네들의 호감을 잃게 될 것이 아닌가.

이럴 때에 남편이 턱 나서며 '장남 결혼시키는 데 집 한 칸 마련해 주지 않겠습니까?' 한다면 얼마나 좋을까. 하지만 남편의 못마땅해 하는 얼굴에는 '제 딸 간수도 못한 작자들이 별걸 다 챙기네' 하는 비아냥만 꽉 차 있을 뿐이었다.

"모아둔 건 아직 없습니다. 그러나 젊음이 있지 않습니까."

그녀는 깜짝 놀랐다. 아들이 그런 류의 말을 한 적은 한 번도 없었다. 그런 말은 건전하고 성실한 젊은이들에게서나 나옴직한 말 아닌가? 은희가 그렇게 말하라고 시켰을까?

"저희들은 단칸방에서부터 시작할 겁니다. 아버님께서도 은희 혼수 걱정하실 필요 없습니다. 우리들은 양가 부모님께 일절 부담을 안 끼쳐드리고 결혼하기로 했으니까요."

남편도 찌푸렸던 이맛살을 펴고 있었다. 저런 말을 하고 있는 게 정말 큰아들놈이란 말인가 하는 표정이 역력했다.

"허허허…."

그 시골 영감이 웃었다.

"욱이라고 했나? 난 자네가 번지르르하게 생겼길래 실속은 없겠다 하고 지레짐작을 했었다네. 이제 보니 정신이 똑바로 박혔네그려?"

바깥사돈 될 사람은 남편을 향해 고개를 돌렸다.

"요즘 세상에선 도시나 시골이나 정신 바로 박힌 젊은이를 찾기가 힘들어요. 안 그래요, 선생님?"

노인네는 의외로 활달했다.

"그렇지요."

남편은 어색한 표정으로 탁자를 향해 바로 앉았다.

이 사람들이 살고 있는 곳이 남편이 몇 년 근무한 적이 있었던 군(郡)이라는 사실이 밝혀지면서 남자들끼리의 대화는 갑자기 활기를 띠기 시작했고 그녀도 안사돈 될 사람과 함께 이런 저런 이야기를 나누게 되었다.

사돈 될 사람들이 오늘 바로 시골로 내려가야 한다고 아들은 버스 터미널까지 모셔다드리고 오겠다며 그네들과 함께 떠났다.

또 한 고비를 넘겼구나.

그녀는 아무도 몰래 깊은 한숨을 내쉬었다.

"어째, 이야기가 잘 되신 것 같습니다."

멀찍이서 뒤따라 오던 사위가 합류했다.

"그런대로 괜찮은 사람들 같던데요. 영감님이 좀 까탈스럽긴 하지만…."

딸애가 누구에게랄 것도 없이 말했다.

"은희라는 아가씨. 인상이 좋던데요. 차분하고 야무지게 생겼어요. 욱이 녀석 휘어 잡히겠던데요."

"자네도 그렇게 봤나? 며느리 될 아이라서 그런지 몰라도 내 눈엔 왜 그렇게 참하고 예뻐?"

"허허, 그 아가씬 시집살이 걱정은 안 해도 되겠군요."

그때 잠자코 걸어가던 남편이 그녀를 쳐다보았다.

"욱이 녀석, 이제 정말 속을 좀 차린 건가?"

그녀는 우쭐해서 대답했다.

"아까 다방에서 하던 말 못 들으셨수? 저도 나이가 삼십이 넘었는데 속도 차릴 때가 되었지요. 그러니까 당신도 이젠 욱이를 좀 그만 미워하세요."

"제 녀석이 건전한 생각을 갖고 바른 일만 한다면 내가 왜 절 미워해?"

사위가 남편의 소매를 끌었다.

"아버님, 오랜만에 시내에 나왔는데 맥주나 한잔 하고 가시죠. 여보 당신, 어머님 모시고 먼저 들어가."

그럴까 하며 남편이 사위 쪽으로 돌아섰다.

"아이, 추워…. 엄마, 택시 탑시다."

딸애가 팔짱을 꼈다.

"얘야, 좀 걷자. 장인 사위 간에 오랜만에 술 한잔 하는데 시간이 좀 걸리겠지. 참, 우리 은솔이는 지금 어디 있니?"

"제 친구네 집요. 잘 놀고 있을 거예요."

"오늘 같은 날은 눈이나 좀 펑펑 내렸으면 좋겠다. 그렇지 않니?"

"아이구, 우리 엄마는 아직도 감상적이셔. 그럼 어디 분위기 좋은 데 가서 커피나 한잔 드십시다."

"아니다, 우리 아기 기다리는데 빨리 가봐야지."

바람이 찬지 딸애는 어깨를 웅숭그리며 그녀에게로 바싹 달라붙었다.

"그런데 은희네 부모는 정말 자기 딸이 무슨 일을 하고 있는지 모르는 것 같아요."

"글쎄, 그런 것 같더구나."

"어쩐지 가짜 인생들 들러리 서고 온 기분이에요."

가짜 인생들이라고?

그녀는 명치끝이 저려 왔다.

인생이라고 하는 것이 그렇게 진짜와 가짜로 확연히 구분될 수 있는 것일까?

"애야, 내 생각엔 말이다…."

그때 정말 눈발이 날리기 시작했다. 길가는 사람들 사이에 가벼운 술렁임과 환호가 있었다.

"살아 보니까 그렇더라. 인생이라고 하는 것이…."

그러나 딸애는 더 이상 그녀의 말을 듣고 있지 않았다. 딸애는 그녀의 아스라한 기억의 저 쪽, 예닐곱 살 깡총한 단발머리 아이로 돌아가 윗니를 약간 드러낸 채 쏟아지는 눈발을 정신없이 바라보고 있었다.

(1993. 1.)

꿈꾸는 노래

아파트의 통로에 들어서자 그녀의 눈은 습관처럼 우편함에 머문다.

왼쪽 벽에 2열 종대로 붙어 있는, 붉은 페인트가 군데군데 벗겨진 자리에 조금씩 녹이 슬어가고 있는 열 개의 철제함.

백화점의 사보가 들어 있는 크고 얇은 봉투에서부터 신용카드 대금 청구서, 동창회의 모임을 알리는 엽서에 이르기까지 이 통로에 함께 거주하는 열 가구의 생활 반경을 가늠케 하는 각종 우편물들이 삐죽히 고개를 내밀고 주인을 기다리고 있는데, 511호라고 씌어진 그녀의 것만이 텅 비어 있다. 그녀는 깊은 수치심을 느낀다.

입에다 우편물을 물고 옆구리가 단정히 여며진 다른 우편함들은 마치 제복을 차려 입은 충직한 시종처럼 보인다.

그녀는 우편물을 넣은 구멍의 뚜껑도 잘 닫히지 않는데다가 반쯤 몸통을 열어 보이고 있어 매사에 여물지 못한 자신의 성품을 드러내고 있는 듯한 자기네 우편함의 허리를 꾹 눌러 닫았다. 남편은 통로를 들어설 때마다 열쇠를 두 번씩이나 잃어버려 억지로 우편함을 열려다 아예 자물쇠까지 고장내 버린 그녀를 생각하며 눈을 흘길지도 모른다.

주위에 사람이 아무도 없음을 확인하고 그녀는 재빠르게 손가락 두 개를 길게 늘여 512호의 우편물들을 끄집어 내어 본다. 주소가 잘못되어 옆집으로 간 것은 없을까. 우체부가 잘못 분류하여 그리로 간 것은 없을까.

아무 이상이 없다. 그녀는 다른 여덟 가구의 우편물들도 모두 확인해 보고 싶은 욕망을 누르며 계단으로 걸음을 옮긴다. 칙칙한 벽에는 그녀의 두 아이도 한 몫 거들었을 낙서들이 어지럽게 널려 있다. 성큼성큼 계단을 오른다. 자기 집까지 가는 동안 아무도 안 만나고 싶다. 초라해지는 자신의 심경을 남에게 들키고 싶지 않다.

5층까지 계단이 길기도 하다. 전망이 좋고, 조용하고, 사생활의 침해를 안 받는다고 남편은 늘 자랑삼아 말했지만 사실은 다른 층보다 값이 헐해 선택한 집이었다. 남편의 허세가 얄미울 때도 있고 같잖을 때도 있다.

하기야 남편이 시장엘 갈까, 동사무소엘 갈까, 아이들 학교엘 갈까. 출근할 때 한 번 내려가고 퇴근할 때 한 번 올라오니 하루에 몇 번씩 오르내리는 고충을 알기나 하겠는가. 결혼생활 십 년 만에 장만한 아파트니 장하기도 하겠지. 5층이 아니라 6층, 7층의 아파트라도 남편은 즐겁게 오르내렸을 것이다.

그녀는 남편의 일상이 자기와는 무관하게 저만큼 떨어져서 보인다.

반찬이 맵다느니, 짜다느니, 와이셔츠 깃이 더럽다느니, 손수건이 안 다려져 있다느니 하는 일상사의 잡다한 타박에서부터 현실 감각이 없다느니 경제 관념이 희박하다느니 하는 그녀에게로 향한 남편의 끝없는 짜증.

이제 다시 그러한 생활로 되돌아 간다면 그녀는 그것을 견딜 수 없을 것 같았다.

그날, 그 망년회.

남편이 다니는 회사에서 노사 화합의 장으로 마련했다는 첫 부부 동반 모임. 어떤 연유로 사장은 그 많은 사람들 중에서 자신을 지명하여 노래를 부르게 했을까. 평범한 외모, 수수한 차림 속에 숨겨져 있는 재능을 사장은 어떻게 알아차렸을까. 그런 것을 운명이라고 하는 게 아닐런지.

뜻밖의 지명에 그녀는 당황하여 남편을 쳐다 보았다. 남편 역시 빨개진 얼굴로 부자연스럽게 앉아 있었다. 주위에서는 손뼉들을 쳐대며 나서기를 독촉하였다. 옆 자리에 앉았던 세련된 미모의 부장 부인이 시샘어린 눈초리로, 그러나 입으로는 웃으면서 그녀를 밀어 내었다.

첫 소절은 떨려서 잘 나오지 않았다. 그러나 마음이 좀 가라앉고 밴드의 반주 음악에 음정이 안정되자 목소리가 제대로 나오기 시작했었다. 여고 시절엔 합창반장을 지냈던 경력이 있었다. 소풍이나 무슨 행사 때면 빠지지 않고 반 대표로 나가 노래를 부르곤 했었다. 아아, 노래를 불러본 지가 얼마나 오래 되었던가. 생활의 그 무엇이 이처럼 까마득히 노래를 잊고 살도록 만들었을까.

용케도 가사가 생각이 나곤 했었다.

그녀는 우레와 같은 박수와 함께 앵콜을 받았다.

“앵콜! 앵콜! ”

자신을 지명한 사장이 제일 큰 목소리로 연호를 하는 것 같았다. 그녀는 낮은 기침으로 목소리를 가다듬었다.

“내애가 왜 이이럴까, 오오지 않는 사아람을…”

‘장미빛 스카프’ 란 노래였다. 처녀 시절 그녀가 즐겨 불렀던 곡 중의 하나였다.

“어어디선가 웃으면서 와아줄 것만 같은데…”

좌중은 음료수 한 모금 꼴깍대는 소리도 없이 조용했다. 그녀는 공연한 설움이 훅 북받쳤다. 망년회 때 입을 옷을 사기 위해 백화점에 갔다가 가격에 놀라, 되돌아 오는 버스를 탔을 때의 초라한 심경. 어린것들 데리고 유원지에 갔다가 세워주는 택시가 없어 지친 아이들을 업고, 안고 하염없이 뙤약볕 밑을 걸어 오던 일, 그런 쓸데없는 일들이 생각나며 목이 메이는 것이었다.

“장미빛 장미빛 스카프만 보오면은 내애 눈은 비잇나네. 거얼음이 멈춰지네…”

특히 고음으로 처리되는 이 부분에서 그녀의 절묘한 허스키가 발휘되었다. 나중에 남편이 고백하는 바에 의하면 이 부분에선 자기조차 가슴이 찌잉해졌다는 것이다.

“장미빛 장미빛 스카프만 보오면은 내애 눈은 비잇나네. 거얼음이 멈춰지네…”

그녀는 소리를 죽여 그 대목을 불러본다. 아파트 계단만 아니라면 그때처럼 기분을 내어 참석했던 사람들의 귀가 되어 자기 목소리를 다시 한번 확인하고 싶다.

갑자기 딸깍 하는 소리와 함께 412호의 문이 확 열렸다.

그녀는 얼른 입술을 움츠렸다.

"마침 잘 만났네. 고추 안 사실 거예요? 이 통로에 사는 사람들끼리 함께 사서 나누기로 했는데 준이네는 어쩌실래요?"

"그, 글쎄요."

"빨리 결정해서 알려 주세요. 이번 토요일에 ㅈ군으로 사러 가기로 했거든요."

"네에."

"그리고 이 통로 청소하는 아줌마, 깨끗이 닦지도 않고 돈만 받아 가는데, 차라리 사람 쓰지 말고 우리끼리 교대로 청소하면 어떻겠어요?"

"다들 그러신다면 그러죠, 뭐…."

"아, 그리고 내일 반상회하는 것 아시죠? 209호예요. 8시까지 오세요."

"네…."

412호 여자는 더 이상 그녀에게 볼 일이 없다는 듯 투탁투닥 아래로 내려갔다. 불과 두어 달 전까지만 해도 그녀를 보면, 숨겨왔던 신분이 드러난 고귀한 혈통의 후예라도 만난 것처럼 온갖 너스레와 수사를 동원하여 그녀가 성취한 세계를 훔쳐 보려고 애를 쓰던 여자가 아니었던가. 그런데 어쩌면 그렇게 그녀 자신의 안부는 쏙 빼고 그야말로 생활적인 이야기만 내뱉고 등을 돌린다는 말인가.

쌀쌀한 그녀의 뒤통수가 "꿈 깨라, 꿈 깨. 이제 너도 다시 밥으로 돌아온 거야." 하고 내뱉는 것 같았다.

국문과를 나왔다는 311호의 여자가 내용이 너무너무 공감을 불러 일으킨다고 하면서 통로에 사는 여자들에게 돌려가며 빌려 준 시집에 그런 시가 있었다.

일찍이 우리가 연인이었을 때 그대는 나에게
그대 어두운 영혼 밝혀주는
어여쁜 한 송이 꽃이기를 원하였네
우리가 막상 부부가 되었을 때
꽃은 무슨 놈의 꽃
꽃이 밥 먹여 주는가
위엄을 떠는 그대는 나에게 보다 실용적인
따뜻한 밥이나 될 것을 원하였네.
배 고프면 허겁지겁 열렬히 찾는 밥
부르면 허나 거들떠도 안보는 보기 싫어지는 밥
화가 나면 마음대로 성질 부려도 되는 밥
(내가 네 밥이냐? 망할 놈의 지아비)

- 양정자, 「아내일기」 중에서 -

그 시를 읽으면서 정말 그녀는 '무릎을 탁 친다'는 말의 뜻을 알 수 있을 것 같았다. 어쩌면 그렇게 쉬운 말로 재미있게 그러나 적절하게 여자들의 처지를 드러냈을까. 정말 대부분의 아내들이란 그 남편에게 있어서 '밥'이 아니고 무엇이겠는가.

그녀는 표지 안쪽에 실린, 그저 자기네와 같은 평범한 퍼머머리에 소탈한 옷차림을 한, 그러나 '밥' 이라는 시를 씀으로써 자신은 '밥'에서 벗어나 '꽃'이 된 시인을 경탄과 부러움을 가지고 몇 번이나 뜯어 보았던 것이다.

다시 밥이 될 수는 없지, 아무렴.

그녀는 입술을 잘근 깨물었다.

무대에서 자기 자리로 돌아온 그녀는 그때서야 새삼스레 떨리기 시작했다. 아까는 어떻게 이 많은 사람들 앞에서 혼연히 노래를 부를 수 있었을까. 그녀는 옆 자리의 부장 부인에게 떨림을 들키지 않으려고 앞에 놓인 찬 맥주를 조금씩 계속 마셔대었으나 두 다리까지 후들대는 것을 막을 수는 없었다. 얼굴이 벌겋게 상기되어 흥분한 기색이 역력하던 남편이 어떻게 눈치를 채었는지 탁자 밑으로 손을 넣어 그녀의 무릎을 살며시 감싸 주었다. 다른 사람들이 계속 노래를 불러대었지만 그녀에게는 아무 소리도 들리지 않았다.

그날 밤, 남편과의 잠자리는 얼마나 격렬했던가. 전에 없던 긴 애무 끝에 남편은 수줍게 말하는 것이었다. 당신이 노래를 그렇게 잘 부른다는 걸 그동안 까맣게 잊고 있었노라고. 그때 그녀는 목구멍까지 차오르는 뜨거운 갈망을 느꼈다. 꽃이 되고 싶다는, 꽃이 되어야 한다는….

딸칵.

아파트의 문을 열자 밀폐되어 있던 후덥지근한 공기가 그녀에게 몰려왔다. 만사를 미루고 그녀는 장식장의 왼쪽 켠에 있는 은빛 트로피를 향해 걸어갔다. 그녀의 얼굴은 금새 화안히 피어 올랐다. 그 트로피를 받던 날의 환호와 열광과 감격이 고스란히 되살아나고 있었다.

"여보, 직원들이 아주 야단들이야, 그 TV에 '주부가요열전'이라는 프로 있잖아. 당신을 꼭 거기에 출전시켜 보라는 거야."

망년회 다음날이었다. 동료들로부터 무슨 말을 들었는지 기분이 좋아 퇴근한 남편은 싱글싱글 웃으며 그 말을 끄집어 내는 것이었다. 그녀의 두 가슴은 콩콩 뛰기 시작했다. 수많은 방청객을 앞에 두고 찬연한 스포트라이트를 받으며 혼신의 힘을 기울여 노래를 부르던 그 프로의 출연자들.

"아무리, 제가 그 정도야 되겠어요?"

그녀는 짐짓 겸손을 부려 보았다.

"아니, 내 마누라라서 하는 얘기가 아니라 당신이 확실히 노래를 잘 하더라구…."

남편은 상당히 들뜬 목소리였다.

"그 대회에 나가려면 말야, 미리 가요학원이란 데를 다녀야 한대. 시내에 나가면 그런 데가 여러 군데 있다는군. 그 중에서도 ㅎ백화점 옆의 '그랑프리 음악학원'이란 데가 주부가요열전의 전문이라는 거야."

그 비슷한 이야기는 그녀도 들은 적이 있었다. 주부가요열전이라는 TV프로가 인기를 끄니까 주부 수강생들로 가요학원이 붐을 이룬다는 것이었다. 참, 한가한 사람들도 많구나. 그 말을 들었을 때 그녀는 그런 생각을 했던 것 같다.

"한 달 레슨비가 10만원인데, 당신 정도의 실력이면 두 달 정도만 연습해도 충분할 거래. 미스터 김이라고 우리 과에 새로 들어온 젊은 친구 있잖아. 대학 다닐 때 뮤직카페라는 곳에서 DJ도 보고 했다는데 그 방면을 아주 꿰고 있더라구."

"두 달이면 20만원인데 그 돈이 어디서 나요?"

"그 돈은 내가 줄 테니까, 당신 한번 열심히 해 봐."

남편에게 이런 기개와 배려가 있었던가. 하도 돈을 아끼고 가사에 시시콜콜히 간섭을 해대어 그녀가 '쫌보'라고 별명을 붙였던 남편이 아닌가.

"여보…."

정말 영화의 한 장면이었다면 그녀는 남편에게 덥석 안기거나, 손이라도 부둥켜 잡았을 것이다.

"알아? 당신 덕분에 팔자에 없는 동남아 여행이라도 하게 될지…."

남편은 그녀의 어깨를 툭툭 치는 것이었다.

남편의 후원에 힘입어 그녀는 가요학원에 다니게 되었다. 면접에서 그녀의 노래를 들어본, 무슨 연예협회의 이사라는 50대 정도의 원장은 그녀의 목소리가 슬로우록이나 트롯 계통이라면서 백 선생이라는 사람과 묶어 주었다.

그녀는 '장미빛 스카프'를 비롯하여 그녀의 목소리를 살릴 수 있는 노래를 세 곡 선정하여 백 선생의 피아노 반주에 맞추어 하루에 한 시간씩, 금요일엔 두 시간씩 맹연습을 하였다. 하루에 한두 시간이라고 하지만 화장하고 차려 입고 나서는 시간에, 오가는 시간까지 합하면 오전이 후딱 지나갔다. 오후 내내 밀려 있는 집안일을 하면서도 그녀는 피로한 줄을 모랐다. 베란다의 유리창은 늘 말끔했고 남편의 와이셔츠는 더욱 하얗게 빛났다.

노래도 못 부르면서 자가용 끌고 가요학원에 다니는 여자들의 흉이며, 백 선생의 올백머리와 간드러진 음성, 유명 가수치고 자기 손을 거치지 않은 사람이 없다는 식의 원장의 허풍…. 저녁 밥상에 남편과 마주앉으면 낮에 학원에서 있었던 일로 그녀의 화제는 끊일 줄 몰랐다. 무엇보다 그녀는 남편이 자신의 이야기를 관심을 갖고 들어주는 게 좋았다.

자모회 이야기며, 반상회 이야기, 애들 과외 문제, 치솟는 물가, 옆집에 새로 들여온 가구…. 그동안 얼마나 많은 이야기를 남편의 밥상머리에 앉아서 조잘대었던가. 그러나 그 이야기를 듣는 남편의 시쿤둥함, 이따금 그녀를 쳐다보는 권태로운 눈빛. '쓸데없는 이야기 말고 물이나 갖다 줘.' 하는 식의 말막음.

남편은 그녀의 하루를, 식구들 중 제일 먼저 일어나 밥 짓고, 빨래하고, 청소하고, 시장보고, 애들 뒤치닥거리하고, 문단속하고, 제일 늦게 잠자리에 드는 그녀의 일상을 '쓸데없는' 것이라고 그렇게 간단히 치부해 버리곤 했던 것이다.

"여보, 요즘 당신은 꼭 다른 사람 같아."

콧노래를 부르며 설겆이를 하는 그녀를, 참, 그답지 않게 등 뒤에서 끌어 안으며 남편은 그런 말을 하기도 했다.

몇십 대 일의 주부가요열전 예선대회를 통과했을 때의 감격! 무슨 노래를 불러 보겠다는 여자들이 그렇게도 많은지…. 주 장원과 월 장원을 따냈을 때의 환희! 같은 아파트 단지 내는 물론이고 인근 수퍼마켓, 시장에서 장사하는 사람들까지도 그녀를 알아 보는 것이었다. 그리고 드디어 기말대회에서 그랑프리를 안았을 때의 그 영광! 그녀도 역시 스크리인을 통해 소개되는 모든 주인공들처럼 슬로우모션으로 뛰어나가 트로피를 받고 눈화장이 지워지는 눈물을 연출하며 스타로서 탄생했던 것이다.

'주부살롱'이라는 라디오 프로그램에의 출연, '여성시대'라는 잡지와의 인터뷰, 친척들의 축하 전화, 잊고 있었던 동창들의 연락, 주부가요열전에 출전하고 싶다는 주부들로부터의 편지, 가요학원의 자축파티. 그리고 사장으로부터 특별휴가를 얻은 남편과의 4박 5일 동남아 여행. 일급 호텔에의 숙박과 비행기 여행은 제주도도 아직 가보지 못했던 그녀에게 신분과 지위가 갑자기 격상되는 듯한 기분을 불러 일으켰다.

그녀는 이제 평범한 아낙이 아니었기 때문에 시장에만 가려해도 예전처럼 슬리퍼만 꿰차고 갈 수가 없었으며, 뒷베란다의 창을 열고 놀이터에서 놀고 있는 자기 아이들을 목청껏 불러댈 수도 없게 되었다.

남이 자기를 알아 준다는 것, 세상으로부터 인정을 받는다는 것, 그것처럼 살맛나는 것이 그녀에겐 없었다. 그것은 단순한 현시욕이 아니라 좀더 본질적인 문제 이를테면 존재 확인과도 같은 것이었다.

그녀는 결혼하면서 잃어버렸던 '김명옥'이라는 이름을 찾았다. 하다못해 생활비를 넣어 두고 쓰는 통장도 남편의 명의로 되어 있었던 그녀는 "김명옥 씨"라고 불릴 때마다 어쩐지 부끄러우면서도 자랑스러운 느낌이 들곤 하였다.

그런데 어떻게 다시 생활의 나락, 일상의 늪으로 돌아와 밥이 된단 말인가.

그녀는 움켜 잡고 있었던 손잡이에 부옇게 손자국이 난 트로피를 조심스럽게 옷섶으로 닦아서 윤을 낸 뒤 다시 장식장 위에 올려 놓았다.

그때 바로 밤무대로 나갔어야 하는 건데……. 그랬었다면 지금처럼 이렇게 무기력하게 나앉게 되지는 않았을 건데……. 그녀는 후 한숨을 내쉬며 때늦은 후회를 했다.

인기란 정말 허망한 것이었다. 언제부터인가 그녀를 찾는 전화가 뜸해지고 우편물도 줄어들더니 놀랍게도 어느 날, 그야말로 모든 것이 딱 끊기는 것이 아닌가. 그리고 또 언제부터인가 주위의 사람들이 더 이상 그녀를 경외의 눈초리로 쳐다 보지 않게 된 것이었다.

노래를 부를 기회도 이젠 별로 없었다. 세상은 그녀를 위해서는 밴드와 마이크를 준비하고 있진 않았다. 그녀의 노래는 다시금 생활 속에 묻히려 하고 있었다.

노래를 계속 부르고 싶어.

그녀가 주부가요열전에서 대상을 받자 밤업소 몇 군데서 출연 교섭이 왔다. 물론 정중히 거절을 했지만 정말 괜찮은 기분이었다. 남편도 그런 것 같았다. 아는 사람을 만나 그녀의 얘기가 화제에 오르면 거참, 매스컴의 힘이 대단하더군, 어쩌구 하면서 은근히 밤업소에서까지 출연 교섭이 오더란 얘기를 내비치는 것이었다.

왜 자신은 밤무대에 선다는 일은 생각조차 안 했을까. 술손님 앞에서 노래한다는 게 천한 일이라는 고루한 잠재의식에서였겠지. 그러나 진짜 프로의식을 가진 사람이라면 그렇게 했을까? 직업인데…. 그리고 무엇보다도 노래를 계속 부를 수가 있는데…….

자신이 밤무대에 나간다고 말하면 남편은 뭐라고 할까.

그녀의 생각은 문득 남편에게 미친다. 어쩐지 남편의 태도도 전같지 않았다. 어제 아침에는 런닝셔츠 하나 변변한 게 없다고 투덜대었다. 그녀 역시 지지 않고 요즘 당신이 날 대하는 게 달라졌다고 불평을 했다. 그러자 남편은 역겨운 듯, 그와 살 섞고 산 지 10년이었다. 그만한 눈치를 모르겠는가, 분명히 역겨운 듯한 얼굴로 내뱉는 것이었다.

"당신, 언제까지나 그렇게 붕 떠서 살 거야?"

"네?"

"이제 그만 현실로 돌아 올 때도 되지 않았어? 집안꼴이 엉망인 것 주부가 못 느껴? 어제는 나영이 도시락도 안 싸줬다며? 애들 지금 학교는 제대로 다니고 있는 거야?"

남편이 갑자기 다그치자 그녀는 말문이 탁 막혔다. 국민학교 3학년인 둘째는 일주일에 두 번씩 도시락을 싸는데 어제 깜박 잊고 그냥 보낸 것이 사실이었다. 3학년쯤 된 애가 자기 도시락 싸는 날도 기억 못 하느냐고 점심을 굶고 온 딸애에게 화를 냈지만 얼굴이 홧홧거리는 건 감출 수 없었다. 그러나 그렇다고 학교는 제대로 다니고 있는지 모른다는, 감정이 개입된 그 과장된 언사는 또 뭔가.

"솔직히 그동안 나도 참을 만큼 참았어. 이제 그 정도 싸돌아다녔으면 제 자리로 돌아와야 하는 것 아니야?"

제 자리로 돌아오라고? 다시 밥이 되라고?

그녀는 수화기를 들었다. 백 선생이 깜짝 반가와 하며 전화를 받았다. 그녀는 단도직입적으로 물었다. 그때 자신에게 출연 요청을 한 업소에 지금이라도 나갈 수 있느냐고.

"아니, 밤무대에 서실려고요? 왜 이제서야……."

백 선생의 말투는 다소 책망하는 듯했다. 인기와 명성은 잠깐인데 그 시기를 놓쳤다는 뜻이겠지.

바쁘시겠지만 내일 시간 좀 내 달라고, 점심 식사나 한 끼 대접하고 싶다고, 어쨌든 백 선생님은 나를 키워준 은인이 아니냐고 간절한 음성으로 청하며 그녀는 자신이 한물 간 여배우처럼 비굴하게 느껴졌다.

백 선생은 선선히 시간 약속을 했다. 백 선생을 물고 늘어지는 수밖에 없었다. 전자오르간의 주자이기도 한 그는 밤무대도 뛰고 있었고 연예계의 이곳저곳에 선이 닿아 있는 눈치였다.

남편에게는 뭐라고 말할까. 상의하는 식으로 말할 필요는 없을 것 같다. 생각할 여유도 없게 통고하는 식으로 말해야지. 펄펄 뛸지도 모른다. 그러나 이미 계약이 끝났다 하면 더 이상 어쩌겠는가. 뛰다가 말겠지. 그때 계약금이다 하면서 몇 십만원 탁 내어 놓는다. 그러면 남편도 마음이 좀 누그러지겠지.

백 선생을 만나면 ㅅ댐 근처의 횟집으로 가리라고 그녀는 마음 속으로 정했다. 전망이 좋고 이목이 좀 적은 곳에서, 그녀도 상당히 얼굴이 알려진 터라, 허심탄회하게 자신의 미래를 상의하고자 했다.

다음날, 그녀는 공들여 화장을 했다.

마침 아이들은 둘 다 도시락을 싸는 날이어서 학교 파하거든 피아노 학원으로 바로 가라고 일러 두었다. 꽉 끼는 코르셋으로 아랫배의 군살을 죽이고 처진 엉덩이를 올리고 목선이 깊이 패인 검정색 니트 투피스를 입고 나서니 자신이 보기에도 아직은 꽤 쓸만한 여자 같았다.

그러나 그녀의 유쾌한 기분은 약속된 다방의 문을 여는 순간 사라졌다. 백 선생이 불청객과 함께 있었다.

"인사들 나누시죠. 이쪽은 새로 나온 사모님인데 주부가요열전 지망생이에요. 하도 김 여사님을 뵙고 싶다 하길래 함께 나왔어요."

그녀는 웃으면서 그 여자와 인사를 나누었지만 기분은 바람빠진 풍선처럼 쭈그러지고 말았다. 늘씬한 키에 긴 생머리, 그리고 하얀 칼라가 순결해 보이는 단정한 옷차림.

그녀는 문득 은퇴했다가 몇 년 만에 재데뷔하여 TV에 출연한 어느 여가수의 옷차림이 생각났다. 그녀를 위한 특집 프로그램이었는데 그녀는 계속 옷을 바꿔 입어가며 노래를 불렀었다. 그런데 그 옷들이란! 젖무덤이 거의 들여다 보이는 옷, 한 쪽 허벅지가 온전히 들여다 보이는 옷…….

부족한 젊음과 매력을 짙은 화장과 과다한 노출로 메꾸어 보려는 그 서글픈 몸짓. 그녀 자신도 그 가수와 무엇이 다른가.

이제 갓 결혼을 했을까. 화장기 없는 보송보송한 얼굴의 그 여자는 차만 한 잔 마시고 나갔지만 그녀는 갑자기 자신감이 없어져서 ㅅ댐은 말도 끄집어 내지 못하고 백 선생이 이끄는 대로 어느 장어구이집으로 들어갔다.

"김 여사님, 정식으로 가수가 되고 싶으세요?"

백 선생은 역시 프로였다. 장어 정식 2인분을 먹어 치우고 서비스로 제공되는 커피를 마시면서 한 마디 던지는데, 바로 그녀의 정곡을 찌르는 말이었다. 백 선생이 어쩐지 자신을 우려먹고 있는 것 같아 찜찜하게 앉아 있던 그녀는 귀가 확 트였다.

"그럴려면 먼저 디스크를 내야 해요."

그래, 그렇겠구나.

그녀는 고개를 끄덕였다. 음반이 있어야 그녀의 노래가 방송을 타고 세상에 알려질 수 있겠지.

그녀는 자신의 얼굴이 클로즈업된 디스크 자켓을 황홀하게 그려 보았다.

"그 디스크 내는 건 어렵나요?"

"순전히 돈이죠, 돈."

백 선생인 자기도 원수놈의 돈 때문에 가수가 되지 못했다는 투로 내뱉았다.

"돈이 그렇게 많이 들어요?"

그녀의 목소리는 눈에 띄게 윤기를 잃어갔다. 돈이라면 자신이 없었다. 요즘 세상엔 여자들이 경제권이 있다 하지 않는가. 그러나 그녀의 쫌보 남편은 자신이 월급 봉투를 그러쥐고 그녀에게는 빠듯한 생활비만을 주고 있었던 것이다.

"무명 가수 시절엔 특히 지명도가 높은 작곡가의 작품을 받는 게 필요하거든요. 아무래도 히트할 확률이 크니까요. 그런데 웬만큼 이름 있는 작곡가의 곡은 편당 이삼백 만원을 홋가하고 가사도 편당 기십 만원씩이지요. 그러니까 계산해 보세요. 디스크 한 면은 리바이벌곡으로 채운다 해도 새 작품을 최소한 대여섯 곡 받아야 할 텐데 그 돈이 얼마나 들겠어요. 거기에 밴드 비용도 넣어야죠, 악기별로 기십 만원씩 따로 줘야 해요. 레코드사와 섭외해야죠, 녹음실도 빌려야죠."

"천만 원도 훨씬 더 들겠네요…."

그녀는 한숨을 쉬듯 말했다. 남편의 말대로 이제 그만 싸돌아다닐 때가 되었는가. 이것이 자신의 한계인가. 노래의 끝. 꿈의 끝인가.

그녀의 한숨을 어떻게 해석했는지 백 선생의 목소리가 갑자기 은밀해졌다.

"천만 원 정도로 쇼부를 볼 수 있다면, 김 여사님, 의향이 있으십니까?"

"네?"

"이번엔 ㅁ시에서 열리는 신인가요제 있죠? 거기에서 대상을 받은 사람에게 음반을 내준답니다. 진짜 가요제지요. 가장 실속 있는 부상을 주니까요."

"정말 그러네요. 주부가요열전은 이름만 높았지 아무것도 아니에요. 동남아 한 바퀴 도는 게 고작이잖아요."

"저, 김 여사님, 귀 좀 가까이…."

그녀는 숨이 멎을 듯했다. 마늘 냄새가 아직 가시지 않은 입김 불어대며 백 선생이 소근거린 얘기는 그 가요제에 자기의 직속 선배가 심사위원장으로 앉았는데 천만 원만 쓰면 대상은 떼논 당상이라는 것이다. 물론 그녀처럼 노래 수준이 어느 정도 있는 사람에게 한한 이야기지만 말이다.

"사실 디스크를 내는 것도 중요하지만, 그 이후의 홍보 활동이 더 중요하거든요. 대중가요라는 게 많이 들으면 귀에 익게 되고 그러면 자연히 입으로 흥얼거리게 되는 것 아니에요? 그 노래가 히트하느냐 못 하느냐는 팔구십 프로가 방송국에 달려 있다고 봐야 돼요. 방송으로 얼마나 많이 내보내 주느냐에 달린 것이죠. 그런데 이 가요제는 신인 하나 키워낼 의지가 아주 분명해요. 주최 측에서 방송국 섭외는 물론이고 일체의 홍보 활동을 맡아 준다 이겁니다."

천만 원, 천만 원만 있다면 그렇게 가수가 될 수도 있는 거구나. 지금껏 막연하게만 꿈꿔 온 가수에의 길이 좀더 구체적인, 현실적인 모습으로 그녀에게 다가왔다. 그러나, 천만 원이라니…….

"밤무대에 서서 유명가수가 되기를 바란다는 것은 백년하청이지요. 더구나 김 여사님은 나이가 있잖아요? 경제적 여유만 조금 있으시다면 정공법으로 나가는 것이 좋을 겁니다."

정공법이라니? 음반을 내서 가수가 되는 게 정공법이라는 얘긴가. 돈을 써서 가수가 되는 게 정공법이란 얘긴가? 천만 원이란 돈이 그녀로 하여금 백 선생의 이야기를 거리를 두고 듣게 하였다.

"일단 유명해지기만 하면 그 돈은 금방 빠져요. 지금 김 여사가 밤무대에 선다 하면 얼마나 받을 것 같아요? 의상비도 못 건질 겁니다. 그러나 기성 가수들 보세요. 몇 백씩 출연료 받죠, 지방무대에 몇 번 다녀오고 나면 금방 아파트 사고 차 사고 그러잖아요."

아이구, 그렇게 쉬울 양이면 자기가 직접 가수가 되지, 왜 아직도 가요학원 선생 노릇이나 하고 있담.

"제가 김 여사 정도의 가창력만 있었다면 저도 진작 가수가 되었을 겁니다."

이 대목에서 백 선생은 목소리가 가라앉았다. 빤질빤질한 그의 얼굴에 우수 비슷한 그림자가 슬몃 지나갔다.

"왜 신은 내게 노래를 할 수 있는 재능은 주지 않고 노래를 들을 수 있는 능력만 주었는지 모르겠어요."

그 비슷한 이야기를 어떤 근사한 영화에선가 책에선가 본 기억이 있는데 정확하게 떠오르진 않았다. 이런 식으로 여자들을 꼬드기려니 싶었지만 가창력이 있다는 칭찬을 듣고 나서인지 백 선생이 그다지 밉게 보이지 않았다. 담배를 피워 무느라 일그러지는 입 언저리가 재능이 없는 예술가의 고뇌를 보여 주는 것처럼 느껴지기도 했다.

신인가요제 건은 좀더 생각해 보고 연락하겠다고, 그리고 밤무대에 자리 하나 꼭 마련해 달라고 당부를 하고 백 선생과 헤어졌다. 집으로 돌아오는 길은 천만 원짜리 고뇌 때문에 발걸음이 무거웠다. 천만 원이 없어서 자신의 재능이 영원히 묻히게 될 걸 생각하면 가슴이 터질 것 같았다. 남편의 비밀통장도 생각해 보았다. 다른 집에선 여자들이 남편 몰래 비밀통장을 갖는다는데 어찌된 셈인지 그녀의 집구석에선 남편이 그것을 가지고 있었다.

미친 척하고 남편에게 한번 이야기해 볼까? 자신의 심정이 이렇게 절실한데 십 년을 살 대고 살아 온 남편이 이해해 주지 못할까? 남편에게 시집와서 지금까지 먹는 호강을 해 보았나, 입는 호강을 해 보았나. 뼈 빠지게 해온 일들, 돈으로 치면 얼마나 될까. 파출부 월급으로 계산해 달라고 해 볼까? 파출부라면 출퇴근 시간이라도 정해져 있지. 그동안 무보수 풀타임의 노동을 해왔는데 돈 천만 원쯤 아내를 위해 쓸 수도 있지 않을까.

"미쳤군, 그놈…."

저녁을 먹고 난 후 그녀가 넌지시 백 선생의 말을 전하자 남편은 대뜸 놈자를 붙였다.

"그놈, 사기꾼 아냐? 헛바람 든 여편네들 등쳐 먹고 다니는?"

그녀는 말문이 막혔다. 어쨌든 선생인 사람과 자신의 아내를 사기꾼과 헛바람 든 여편네로 몰아부쳐 버리는 사람에게 무슨 말이 통하겠는가.

"그리고, 당신, 이제 그 노래 이야기 좀 작작해. 언제까지나 스포트라이트가 당신에게 비추기를 기대하는 거야? 이번 주에도, 다음 주에도 그 주부가요열전이란 프로가 있는 한 신데렐라는 계속 뽑히고 있어. 그 사람들이 모두 당신 같다면 세상이 어떻게 되겠어? 제발 정신 좀 차리라구. 당신은 적자 투성이의 가계부가 보이지도 않아?"

그래, 당신 같은 쫌보에게는 적자 투성이의 가계부가 이 세상에서 가장 중요한 일로 보일 거야. 당신 같은 남자에게 꽃은 무슨 놈의 꽃! 그저 평생을 국으로 엎드려 밥같이 지내는 여편네가 딱 어울리는 건데.

그녀의 두 눈엔 눈물이 그렁그렁 차올랐다. 남편은 좀 지나쳤다 싶었던지, 마지막에 돈 문제를 거론한 게 남자로서 좀 비열하다 싶었던지, 그녀의 두 손을 잡으며 변명하듯 말했다.

"여보, 우리 전 재산인 이 아파트가 얼마짜리야? 기껏해야 사오천밖에 더 돼? 천만 원이라니, 그런 큰 돈이 어디 있다는 거야? 그동안에 당신 옷값이며, 교제비 명목으로 쓴 게 또 얼마나 많아. 카드 대금들 갚아 나가려면 한동안 허리가 휘청 휘청할 거야."

"당신 비밀통장 있잖아요…."

그 말은 정말이지, 안 하고도 싶었다. 남편이 왜 그 돈을 모으고 있는지는 그녀도 너무 잘 알고 있었기 때문이다. 적어도 방이 세 개 있는 25평짜리 아파트로 옮기는 게 남편의 꿈이었다. 그 꿈을 이루려면 또 5, 6년이 쉽게 흘러 가겠지. 그녀의 나이는 마흔도 넘을 것이다. 그 나이엔 또 무엇을 할 수 있을까. 남편은 또 그녀의 내핍과 인내를 요구하며 더 넓은 평수의 아파트를 꿈꿀 텐데.

비밀통장 이야기가 나오자 남편의 얼굴이 눈에 띄게 경직되었다.

"그 돈, 나 주면 안되겠어요?"

순간 남편의 얼굴이 창백해지더니 이내 뻘겋게 달아올랐다.

"천만 원? 아니, 설령 일억이 있다 해도 나는 당신에게 그 돈 못 주겠어. 정신 상태가 완전히 썩어 빠졌군. 돈으로 가수를 산다는 거야, 뭐야? 가정이 있는 주부가, 그동안 그렇게 싸다니면서 설쳐댔으면 됐지, 뭐, 으, 음반을 취입해? 이, 이거 집안 말아 먹으려고 작정을 했네, 작정을 했어."

남편은 너무나 흥분한 나머지 말까지 얼더듬었다. 그럴수록 그녀의 마음은 싸늘하게 식어갔다.

애초에 그녀를 부추긴 게 누구인가. 일상의 늪에서 빠져 나오라고 손을 잡아 올린 게 누구인가. 그런데 이제, 남편 자신의 현시욕, 자존심을 적당히 채워 주었으니 다시 제 자리로 돌아가라는 말이지. 아내의 성취라는 것은 그저 남편의 테두리를 지켜 주는 범위에서, 그의 한계를 뛰어 넘지 않은 범주에서만 용납될 수 있단 말이지.

"그래서, 당신은 지금 내가 노래를 한다는 데 반대를 하는 거예요, 돈을 달라는 데 화를 내는 거예요?"

남편의 분노에 기름을 끼얹는 말인 줄 뻔히 알고 있으면서도 그녀는 이렇게 비꼬지 않을 수 없었다.

"둘 다야, 둘 다!"

남편은 버럭 소리를 질렀다. 집어 던질 만한 것을 찾는지 이리저리 부라리는 두 눈이 활활 타고 있었다.

눈물이 왈칵 쏟아지려고 해서 부엌으로 자리를 옮기자 남편은 거기까지 따라오며 소리를 질러댔다.

"당신, 경고하는데, 또 노래다 뭐다 해서 집을 비우고 나돌아

다니면, 그땐 끝장인 줄 알아!"

끝장이라고, 끝장? 내 인생은 일찌감치 당신에 의해 끝장이나 있었다구.

여자라고 하는 것은 또 왜 이렇게 무력한 존재일까. 그녀는 마음 속에 품고 있던 독기가 산산히 흩어져 나가는 것 같았다. 눈물이 주루룩 흘렀다.

그녀의 눈물에 마음이 어느 정도 누어졌는지 남편은 아무 말 없이 베란다로 나가 담배를 피우고 돌아와서 그 언젠가처럼 그녀의 어깨를 싸안았다.

"여보, 미안해. 너무나 화가 나서 마음에 없는 말을 했구려. 당신이 얼마나 노래를 좋아하는지 잘 알아."

남자들은 어째서 여자의 눈물을 화해나 복종의 몸짓으로 쉽게 생각해 버릴까. 그녀는 남편의 손길을 떼어내는 것조차 귀찮아 석고상처럼 서 있었다.

"그렇지만, 당신의 노래라고 하는 것이 가정을 편안하게 하면서 자신을 즐겁게 하는 범위 내에서 만족해야 하는 것이 아닐까? 그 이상 무얼 바라는 거지?"

그 이상 무얼 바라느냐고? 밥이 아닌 꽃, 살아지지 않고 살아가는 삶, 세상사의 주인공, 김명옥이라고 불려지는 존재. 그것이 그토록 지나친 욕심이란 말인가? 허영이란 말인가?

따르릉.

전화 소리에 그녀는 깨어난다.

백 선생이다.

"김 여사십니까? 밤무대 자리 하나 구했어요. 보수는 좀 약하지만 이제 시작 아닙니까…."

쿵쾅 쿵쾅.

그녀의 심장 뛰는 소리가 온 몸을 망치질하고 있는 것처럼 크게 들렸다.

"당신은 지금 내가 노래를 한다는 데 반대를 하는 거예요. 돈을 달라는 데 화를 내는 거예요?"

"둘 다야, 둘 다!"

"그러면, 당신! 내가 노래를 해서 돈을 번다며 어쩌겠어요?"

그녀는 머릿속으로 양 팔의 옷소매를 야무지게 걷어 올리고 허리께에 붙인 두 손에 힘을 주면서 당당한 눈으로 남편을 올려다 보았다.

(1991. 11.)

또 하나의 이별

큰아버지가 오신다.

큰아버지…….

슬몃 떠올리기만 해도 가슴이 화안히 밝아지곤 하던 그리움의 대상이었다. 사막과도 같이 황량하던 소년기와 청년기를 그래도 준섭이 견디어 낼 수 있었던 것은 큰아버지라는 샘물을 마음 속 깊이 간직하고 있었기 때문인지도 몰랐다.

준섭은 큰아버지의 눈이 되어 자신의 차림새를 꼼꼼히 더듬어 보았다. 감색 싱글에 같은 계열의 넥타이, 깔끔하게 다림질된 와이셔츠와 잘 닦인 구두, 이 정도면 거의 30년 만에 만나는 조카가 그리 궁색한 생활은 하고 있지 않구나 하는 인상은 줄 수 있겠지. 그러면서도 마음이 놓이지 않아 창밖을 내다보는 척하면서 사이드미러를 통해 자신의 모습을 자꾸 훔쳐 보다가 시야를 가린다고 택시 기사로부터 핀잔까지 들었다.

뒷좌석에 두 아이를 데리고 앉아 있는 아내도 긴장이 되는지 아까는 딸애의 원피스 칼라를 걸쳐 입힌 스웨터 안으로 넣었다

빼었다 하면서 고민을 하더니 지금은 아들 녀석의 숱 적은 머리를 앞으로 빗길까 옆으로 빗길까 하는 궁리를 하고 있었다. 자주색 투피스를 차려 입고 오랜만에 미장원에 들러 머리 손질을 하고 온 아내 자신도 꽤 괜찮은 여자처럼 보였다.

준섭은 다소 느긋한 기분이 되어 의자에 등을 편하게 기대었다. 아무리 비행기가 대중 교통 수단이 되었느니 어쨌느니 하지만 그래도 버스 터미널이나 기차역이 아닌 공항으로 친척을 마중 나간다는 건 어쩐지 대견했다. 일가족 네 명을 마지못해 태워주는 듯한 택시 기사에게 행선지를 말했을 때도 공연히 목소리가 당당했었다.

"큰어머니는 왜 안 오실까요?"

아내가 뒤에서 생각의 언저리를 잘랐다.

그래, 참, 큰어머니도 있었지. 사촌 형제들도 있었다. 그럼에도 유독 큰아버지라는 이름만이 준섭의 가슴 속에 진한 그리움으로 남아 있었던 것은 일찍 아버지를 여의고 그 빈 자리에 큰아버지를 채워 넣었던 때문인 것 같았다.

"글쎄, 그곳 생활이라 하는 게 그렇게 짬 내기가 어렵다는군. 가게 일이 그렇게 바쁘대나 봐. 두 분이 함께 자리를 비울 수가 없대."

준섭은 택시 기사를 의식하며 짐짓 큰소리로 대답했다.

"그래도 시아버지가 오늘, 내일 하시는데 와 뵙는 게 큰며느리 도리 아니에요?"

아내의 불평은 어머니의 불평이기도 했다. 미국서 시숙 내외가 꼼짝을 않고 있으니 남편이 남기고 간 자식들을 거두어 먹이느라 변두리 시장에 어물전을 내어 옷섶마다 생선 비린내를 품고 살아야 했던 생활의 와중에서도 어머니는 시부모 계신 시골에 내려가 제사나 명절을 챙겨야 했고, 문중의 대소사에 얼굴을 내밀어야 했다.

"글쎄, 미국 생활 30년이니 그쪽 사람이 다 되어 버렸는지. 어쨌는지…."

이번에도 준섭은 택시 기사를 의식하며 미국 생활 30년이라는 말을 강조하였다.

국내선만 오가는 조그만 공항이었지만, 택시를 타고 오는 길에 차창을 통해 본 활주로며, 거기에 엎뎌 있는 비행기 몇 대에 흥분해서 아이들은 어쩔 줄을 몰랐다. 대기실에 앉아 있는 외국인들을 보고는 손가락질을 해가며 미국 사람이다 하고 저희들끼리 킥킥대었다. 비행기 도착 시간은 아직 삼십 분이나 남아 있었다.

"당신, 커피 한 잔 하겠어?"

준섭은 이런 분위기에 익숙한 체하면서 아내를 데리고 매점으로 갔다. 햄버거와 핫도그로 우선 두 아이의 입을 다물리고 커피를 받아 아내에게 먼저 건넸다.

"큰아버지, 올해 연세가 어떻게 되신다고 했죠?"

"아버지보다 세 살 위니까, 금년에 예순 둘이신가?"

"당신, 30년 만인데, 큰아버지 알아 보겠어요?"

"글쎄, 한 핏줄인데 아무리, 못 알아보기야 할려구!"

아내는 흥분이 좀체 가라앉지 않는 모양이었다. 아내의 큰아버지에 대한 인상은 몇 년 전, 아이들의 선물로 받은 물놀이용품과 결부되어 있을 터였다.

그것은 공기를 주입시키면 바닥만 빼고 테두리가 튜브처럼 부풀어 오르는 비닐 제품이었는데 여름에 베란다에 내어 놓고 물을 채워 두면 꼬마들에게는 영락없는 미니 풀장이 되어 주었었다. 지금은 장난감 가게나 물놀이용품점에서 더러 눈에 띄기도 하지만 몇 년 전만 해도 귀한 것이어서 주위의 꼬마들이 부러워서 어쩔 줄 모르던 것이었다. 같은 아파트의 여자들로부터 어디서 산 것이냐는 질문을 수도 없이 받았는데 그때마다 아내는 대수롭지 않다는 듯 미국서 애들 큰할아버지가 부쳐주신 거예요 하고 말하곤 했다. 그 음성엔 늘 웃음이 배어 있었다. 결혼 생활 10년에 큰아버지에게서 받은 것이라고는 그 비닐 제품 하나였는데도, 아이들에게 그런 선물을 할 줄 아는 센스 있는 분이라며 아내는 보지도 못한 큰아버지에게 감사와 신뢰의 말을 해오곤 했었다. 하긴 연애 시절부터 준섭이 얼마나 들먹여온 큰아버지인가. 아내도 어쩌면 시아버지의 자리를 큰아버지로 채우고 있었는지도 모를 일이었다.

드디어 출구에서 사람들이 하나 둘 빠져 나오기 시작했다. 준섭은 두 아이의 손을 잡고 아내와 나란히 서서 나오는 사람들을 하나하나 감정하듯 살펴 보았다. 준섭처럼 격식을 차려 옷을 입은 사람들은 별로 없었다. 사파리나 스웨터, 골덴 바지와 같은 편하고 느슨한 차림들이 대부분이었다. 그들은 한마디로 비행기 여행 정도야 별것 아니라는 듯한 옷을 입고 있었다. 여자들은 더욱 그런 느낌들을 주었다. 대강 묶은 것 같은 머리에 짧은 바지, 샌들, 원색의 티셔츠와 어깨에 두른 스웨터, 어쩐지 옷에서 해방된 듯한 그들에게선 자유롭고 나른하면서도 풍요로운 세계의 냄새가 났다.

준섭은 은근히 주눅이 들었다.

"저 분 아니세요?"

아내가 준섭의 팔을 꽉 움켜 안았다.

할아버지에게서 세월을 거슬러 나이를 덜어낸 듯한 얼굴의 남자가 은발을 정결하게 늘어뜨리고 양 손에 큰 가방을 들고 걸어오고 있었다.

"큰아버님?"

준섭이 그에게 한발 다가섰다.

"오, 네가 준섭이냐?"

큰아버지는 가방을 놓고 영화에서 보아온 것처럼 준섭을 얼싸안았다. 큰아버지에게선 담배 냄새 비슷한, 향긋하면서도 구수한 냄새가 났다. 이것이 아버지 냄새려니 하는 생각에 준섭은 눈물이 핑 돌았다. 큰아버지가 이 나라로 아주 돌아오신다면 꼭 아버지처럼 모시고 살겠다는 생각도 했다.

국민학교 시절, 자기 아버지와 함께 목욕탕에 오는 아이들을 보면 얼마나 부러웠던가. 이 자식, 엄살 떨지 마! 하고 윽박지르면서도 즐거운 얼굴로 아들의 등을 밀어 주는 남의 아버지들을 보면 준섭은 어린 소견에도 못 볼 것을 본 것처럼 고개를 돌리곤 했었다. 큰아버지와 함께 목욕을 간다면, 이제는 자신이 큰아버지의 등을 밀어 드려야겠지. 그러나 그렇게라도 꼭 해보고 싶었다.

대절한 택시를 타고 오면서 큰아버지는 할아버지의 병세와 가족들, 친척들의 근황, 준섭은 염두에 두고 있지도 않은 먼 일가붙이의 소식들까지도 자상하게 캐물었다.

"자네 큰아버지는 참 인정이 많은 분이셨다네. 읍에 있는 고등학교 다닐 적에 할아버지가 야전잠바를 하나 사주셨는데, 어디 갈 때면 항시 동생들에게 벗어 입히곤 했었지."

"그 시절엔 정말 거지도 많았어. 큰아버지는 지나가던 거지들도 불러 들여 밥상을 차려 주곤 했었다니까…."

고모들이 언젠가 들려 주었던 이야기가 큰아버지의 성품을 그대로 드러내는 것 같았다. 세상의 얼마나 많은 사람들이 돈깨나 벌었다고, 출세 좀 했다고 자신의 고향을 저버리고 핏줄을 외면하는가. 그런데 큰아버지는 그게 아닌 것이다.

큰아버지는 특히 준섭의 문제에 대해서 각별한 관심을 보였다. 어떻게 해서 경영 대학에 가게 되었는가. 현재의 직업에 만족하는가. 앞으로의 계획은 어떤가.

준섭은 가슴이 찡해 왔다. 지금까지 누가 자신에게 이런 따스한 관심을 보여 주었던가. 자기를 남편처럼 믿고 의지하는 어머니와, 어린 동생들 앞에서 언제나 어른이어야 했던 그는 이제는 그만 큰아버지의 무릎에 덥석 안기고 싶었다. 대학에 진학한 것도 가족을 책임질 수 있는 직장을 빨리 얻기 위한 것, 그 이상도 이하도 아니었다.

어머니가 없는 집에서 어린 동생들을 거두어야 했던 소년 시절, 모든 시간과 정력을 아르바이트하는 데에만 쏟아야 했던 대학 시절을 큰아버지라는 비상구가 없었더라면 견뎌낼 수 있었을까. 언제라도 마음만 먹으면 큰아버지 곁으로 갈 수 있다는 위안, 큰아버지 곁으로만 가면 공부를 계속하여 박사가 될 수도 있고 장사를 배워 천만금을 벌 수도 있으리라는 희망. 준섭이 학교 다닐 적 영어 성적이 유독 좋았던 것도, 영어를 마치 모국어와 같은 그리움과 동경을 가지고 공부했던 것도, 그것이 큰아버지가 살고 있는 나라로 가는 승차권처럼 여겨졌던 때문이었다.

지금껏 실현되지 못하고 그럭저럭 생활 속에 묻혀가던 퇴색한 꿈들이 큰아버지의 한 마디 한 마디에 부르르 날개를 털며 색채와 윤기를 얻어 되살아났다.

큰아버지가 숙식만 제공해 준다면, 아니, 학비라도 조금 보태준다면, 이까짓 개인회사 당장 때려 치우고, 퇴직금으로 아내에게 가게라도 하나 열어주고 자신은 미국에 가서 새로운 인생을 시작해 볼 수도 있지 않을까. 적성에도 맞지 않은 직업, 그저 그렇게 흘러가는 세월을 조금은 돌이킬 수도 있지 않을까. 기회가 나는 대로 큰아버지와 진지하게 이야기를 나누어 보리라고 준섭은 마음먹었다.

"자, 이건 네 언니가 형제간에 나누어 쓰라고 싸준 선물이다. 장 서방댁이 한번 끌러 봐라."

큰아버지가 가방 하나를 큰고모에게 밀어 주었다. 할아버지의 병세가 점점 위중해지고 사실 날이 얼마 안 남았다는 진단이 내려지자 두 고모들은 열흘 전부터 이곳에 내려와 할머니와 함께 할아버지 곁을 지키고 있었다.

"아이구, 큰오빠, 살아 생전에 뵙게 된 것만도 감사한데 선물은 무슨 선물이에요…."

큰고모는 가방을 저만큼 떠밀었다.

"글쎄, 요즘은 한국도 잘 살게 되어서 뭘 준비해야 좋을지 모르겠다고 네 언니가 걱정깨나 하는 눈치던데 약소하더라도 기념품이려니 하고 받아라."

큰아버지가 가방을 다시 큰고모에게 밀었다. 큰고모는 미국에 있는 큰어머니며 사촌들의 안부, 사업 이야기 등으로 한참 시간을 끌더니 못 이기는 척하고 가방을 끌어 당겼다.

할머니, 어머니, 아내, 작은고모, 큰아버지 왔다는 소식 듣고 찾아온 문중 큰집의 장형 내외, 공연히 기침도 해가며 별것도 아닌 화제를 누군가 끄집어 내면 별스레 맞장구들을 치던 사람들이 큰고모가 가방의 지퍼를 내리는 순간 약속이나 한 듯 말을 딱 멈췄다.

가방 속에서 쏟아져 나온 것은 색색의 넥타이들이었다.

이삼십 개는 될 성싶었다. 그리고 몇 개의 꾸러미가 더 있었다.

"남자들은 넥타이, 여자들은 화장품이라고 하더라. 로얄젤리와 비타민은 아버님과 새어머니 것이고…. 형제간에 나눠 갖고 남으면 친척들한테도 하나씩 돌려라. 그래도 몇 십 년 만에 고향에 오면서 어디 빈 손으로야 오겠더냐?"

큰고모가 넥타이들을 방안에 풀어 놓고 하나를 집어 들었다.

"자, 자기 집 남자 수만큼 넥타이들 고릅시다. 아이구, 나는 이게 좋다!"

여자들이 우르르 몰려 들었다. 그리고 난장판이 되었다.

아내도 남에게 질세라 한 손에 넥타이를 두 개나 골라 들었으면서도 또 한 손으로 연방 다른 넥타이들을 들춰 보고 있었다.

남자들은 뒤로 물러앉아 여자들은 역시 어쩔 수 없다는 식의 얼굴들을 하고 있었으나, 그 쪽으로 쏠리는 관심은 억제하지 못해 이야기가 자꾸 겉돌고 있었다.

큰아버지가 도착했다는 소문이 이제 마을 전체에 퍼졌는지 대소가의 친척들이 몰려오기 시작했다. 사실이기도 했지만, 할아버지는 병세 위독하시니 사람 만나는 걸 피곤해 하실 것 같다는 구실로 사람들은 안방은 들여다 보지도 않고 모두 사랑방으로만 몰려 들었다.

넥타이와 화장품을 하나씩 받고, 준섭의 아이들 몫으로 사왔다는 은박지 입힌 초컬릿이나 캔디들을 오물오물 씹으며 친척들은 모두들 흐뭇한 얼굴들이었다.

다음날의 근무 때문에 준섭은 아쉬움을 안은 채, 아내와 아이들을 데리고 집으로 돌아왔다. 이상하게 아내는 아까부터 통 말이 없었다.

"여보, 어디 그 넥타이 좀 봐, 내일은 그걸 매고 출근할까?"

아내는 핸드백에서 꺼낸 넥타이를 어쩐지 불경스러운 태도로, 마치 던지듯이 준섭에게 건네 주었다. 준섭이 평소에 매고 다니는 것보다는 색깔이 화사했다.

"그걸 매고 다닐 수 있겠어요? 통이 다른 넥타이 두 배는 되겠던데요."

그러고 보니 준섭이 매고 있는 넥타이보다도 통이 일이 센티는 더 넓어 보였다.

"요즘, 미국에서는 통 넓은 넥타이가 유행인가 보지? 이거 본의 아니게 유행의 첨단을 걷게 되겠는 걸."

아내는 픽 웃었다.

"넥타이 뒤 좀 보세요. 어느 나라 제품인지…."

"응? 이거 메이드 인 타이완이네? 미국이 수입품 천국이라더니 그 말이 맞는 게로군."

"제 눈에는 그 넥타이가 우리 나라 길거리에서 파는 천 원짜리나 별 다를 바가 없는 것 같네요…."

큰아버지가 기념으로 사다 주신 것인데 천 원짜리면 어떻고 만 원짜리면 어떠랴 생각은 하면서도 준섭 역시 떨떠름한 기분이 드는 건 감출 수 없었다. 언젠가 여름에 냉면을 먹었는데 고기인 줄 알고 어금니로 힘있게 씹은 것이 물김치였던 기억이 별 연관도 없이 떠올랐다.

"화장품도 그래?"

"아뇨, 그건 메이드 인 유 에스 에입디다. 상표는 처음 보는 것이었지만."

"이 사람아, 우리 나라에 잘 알려진 화장품 회사들이 실은 미국에선 별볼일없다고 하더라구. 큰 어머니가 어련히 알아서 좋은 것 보냈겠어?"

아내는 서운한 표정을 풀지 않았다.

"그래도 작은집이라고는 우리뿐인데, 그동안 할아버지 할머니 수발한 게 또 얼만데, 공을 따지자는 건 아니지만 어쩌면 다른 집하고 똑같이 넥타이 한 개에 화장품 한 개예요?"

"화장품은 두 개지. 어머니도 받으셨잖아?"

"당신, 약올리는 거예요? 어머니도 그래요. 이 세상에 단 하나뿐인 제수 아닌가요? 그런데 겨우 화운데이션 하나가 뭐예요?"

"이 사람이, 이거, 큰아버질 기다린 게 아니고 선물을 기다렸나, 원. 그렇게 따지자면 고모들은 이 세상에 단 둘뿐인 친동생들이야. 그래도 똑같이 받았잖아."

"내참, 창피해서, 아파트 여자들이 무슨 선물 받았느냐고 성화들일 텐데…."

"아니, 그 여자들이 미국서 큰아버지 오시는 걸 어떻게 알아?"

아내는 머쓱해 하며 그제야 입을 다물었다.

다음날은 어쩐지 일이 잘 되었다. 부장에게 올린 결재 서류는 단번에 통과되었고 사무 처리도 막히는 데 없이 진행되었다. 어쩌면 이 모든 것들과 헤어질지도 모른다고 생각하니 좁은 사무실의 다닥다닥 붙어 있는 책상들이며 준섭이 이 사무실에 근무한 이래 한 번도 그 위치가 바뀐 적이 없는 벽시계, 사무실 한쪽 구석에 놓여져 있는 모서리 닳은 탁자와 빛바랜 소파 등속이 자신의 손때라도 묻은 것처럼 정답게 느껴졌다. 일과 직전의 한 잔의 커피, 가벼운 농담, 신입 여사원이 꽂은 꽃 몇 송이, 입사 동기생과의 은근한 경쟁, 점심 시간에 즐겨 찾던 선지국집, 퇴근 후의 술 한 잔. 지나온 세월이 그렇게 나쁘지만은 않았다는 생각도 들었다.

그러나 고인 물은 썩게 마련이다. 평생을 이런 개인 회사에서 상사의 눈치나 보며 살아갈 것인가. 김준섭, 야심을 가져라!

퇴근을 하니 어머니가 집에 와 있었다. 이제는 큰아버지가 계시니까, 어머니와 두 고모들은 교대로 시골집에 내려가 있기로 했다는 것이다. 작은고모만 남고 큰고모도 함께 올라왔다고 했다.

어머니는 백 불 타령부터 하였다.

"그 양반이 어떤 사람이냐 하면, 회갑도 안 지낸 자기 아버지 칠순 잔치에 단 돈 백 불 보낸 사람이다. 백 불이면 얼마냐, 겨우 십만 원 아니냐? 미국서 옷가게를 두 개나 벌였다는 사람이 말이다."

큰아버지의 선물이 아내만큼이나 어머니도 실망시켰는가 보았다. 팔자에 없는 큰며느리 노릇에 문득 화가 치밀 때, 할아버지가 가까이 있는 자식들의 걱정거리에는 무심하면서도 먼 데 있는 당신 큰아들의 안위는 끔찍히 염려할 때, 어머니는 종종 그 말을 끄집어 내곤 했다.

그때 대학생이었던 준섭도 큰아버지가 송금한 액수에 대해서 대단히 실망했던 기억이 있다. 부자 친척의 인색함이랄까 그런 기분을 느꼈던 것 같다. 후에 미국서 몇 년 생활하고 나온 동창생에게서 미국은 생활의 수준이 높아 급료의 대부분이 현상 유지비로 들어가는 데다가 모든 것이 카드로 처리되기 때문에 백 달러라는 게 그 사회에서도 꽤 큰 돈이라는 것을 듣고서, 하기야 그곳에서는 회갑이네 칠순 잔치네 해서 흥청거리는 풍속이 없을 테니까 그 정도 돈을 보낸 것이 최대한의 성의 표시였는지도 모르겠다고 준섭은 혼자서 생각했었지만 어머니는 십 몇 년 동안 미국에 가서 돈 번 큰아들이 자기 아버지 칠순 잔치에 보낸 백 불을 영 납득하지 못했다.

어머니와 아내가 심드렁하건 말건 준섭은 시외 전화를 넣어 큰아버지와 몇 마디 이야기를 나누고 잠자리에 들었다. 약간 잠긴 듯한 큰아버지의 음성에서조차 준섭은 담배 냄새 비슷한 그 체취를 느낄 수가 있었다.

그런 이틀 후였다.

밤 열한 시가 가까웠는데 큰 고모에게서 전화가 왔다.

"어이, 조카, 자네 큰아버지가 큰일낼 양반일세그려."

"예?"

"방금 작은고모한테서 전화를 받았는데, 글쎄, 과수원을 팔아서 양로원을 짓겠다지 뭔가?"

"양로원요? 과수원을 판다고요?"

"그 양반이, 세상이 어떻게 돌아가는지도 모르고, 아직도 옛날 식으로 장남이니까 유산을 다 자기 마음대로 할 수 있다고 생각하는 모양이야. 조카가 내려가서 법이 바뀌졌다고 말씀 드려야겠어."

"그런데, 양로원은 또 뭡니까?"

"글쎄, 나도 전화로만 들은 이야기라서 자세한 건 모르겠는데, 큰아버지가 미국에서 무슨 종교 사업을 한다나, 어쩐다나. 그 양반이 소시적부터 좀 허무맹랑한 데가 있었다네."

할아버지의 재산이래야 논 열 마지기와 밭 몇 뙈기, 그리고 조그만 배 과수원 하나가 전부였었다. 많지 않은 재산으로 두 아들을 대학까지 보내느라고 두 딸들은 국민학교밖에 졸업시키지 못하였다. 이제는 시골에도 농사를 대신 지어줄 사람도 없고 배나무도 나이가 너무 많아 소출이 점점 줄어들어 폐농을 하니, 마니 하고 있었는데 부동산 투기 바람이 갑자기 불어와 도로변에 있는 과수원의 땅값을 천정부지의 금값으로 만들어 놓았던 것이다.

"나는 이곳을 팔고 싶지 않다. 네 명의 자식들을 모두 여기서 낳아 길렀고 너희들 에미도 여기서 눈을 감았으니 나도 그러고 싶다. 또, 미국에 들어간 너희들 큰오래비가 나오면 부치고 살 땅뙈기가 있어야 의지할 데가 있을 것 아니냐."

당신의 두 딸들이 과수원 팔아서 자식 곁으로 와서 편안하게 아파트 살림하라고 그렇게 권했어도 할아버지는 꼼짝도 않았다. 할아버지는 큰아버지가 나이 들면 다시 한국으로 돌아와 살게 되리라는 것을 믿어 의심치 않았다.

"큰오빠가 돌아오기만 한다면야."

언젠가 할머니의 제삿날, 식구들이 모두 둘러 앉았을 때 큰고모는 약간 감상적인 음성으로 말했다.

"이 집, 과수원, 다 큰오빠께 밀어 드리지, 유산 몇 푼 받자고 우린들 고향집을 팔고 싶겠어?"

할머니가 즐겨 드셨다는 약간 덜 퍼진 수제비, 기침을 하면 설탕을 넣고 푹푹 고아 주던 배즙(汁), 국민학교밖에 졸업하지 못한 동생들이 안타까워 부뚜막에 불을 때며 끄트머리가 꺼멓게 타진 막대로 한자를 가르쳐 주었다던 큰아버지, 작은고모를 데리고 콩을 구워 먹다가 외양간에 불을 내었다는 아버지…….

한 시절의 추억을 공유했던 사람들의 따스한 유대가 모여 앉은 다른 사람들에게까지 전해져 왔었다. 그래, 큰아버지만 돌아와 이 집을 맡아 주신다면 마땅히 모두의 고향인 이곳을 지켜 나가야지. 그러나 만일, 큰아버지가 영영 미국에 눌러 앉으신다면? 아무도 거기에 대해서는 말하지 않았었다.

"그럼, 큰아버지가 양로원을 경영하시면서 여기서 사신다는 이야깁니까?"

"아니, 그런 것 같지도 않아. 미국에 가서 지부 수락을 먼저 받아 오느니 어쩌느니 했다는데, 아무래도 이 양반이 무슨 사이비 종교 같은 데 푹 빠져 있는 모양이야."

"사이비 종교라니요?"

"그 양반이 젊었을 적부터 종교를 믿어도 꼭 '하나님의 목자'나 '나무아미천신교' 같은 이상한 것에만 미쳐서 돌아 다녔다네. 미국에 가서도 정신 못 차린 것 같아."

"LA에서 커다란 옷가게를 두 개나 내고 있다고 하시지 않았어요?"

"몰라, 나도…. 그곳에 다녀온 친척들 얘기론 가게 전부를 큰

어머니가 꾸려 나가신대. 큰아버지를 아주 내놓은 사람 취급한다더니 정말이었나 봐. 할아버지가 돌아가시려 하는데 큰어머니나 큰조카가 콧구멍도 안 보이니….”

고모는 한숨을 푹 쉬었다. 준섭은 어안이 벙벙하여 한동안 말을 잇지 못하였다.

정결한 은발, 온화한 웃음, 따스한 말투, 구수한 체취.

큰아버지가 사이비 종교와 관련이 있다는 말도 믿기지 않았지만 그 가족들이 큰아버지를 내놓은 사람 취급한다는 게 도저히 이해가 되지 않았다.

아마도 무언가 잘못 전해진 얘기겠지.

“그럼, 새할머니 문제는 앞으로 어떻게 하시려 할까요?”

새할머니……. 슬하에 자식 하나 없이 할아버지만 바라보고 이십 년 가까이 함께 사신 분이었다. 원래 잔정이 없는 성품이라 할아버지가 건강할 적엔 준섭이네와도 데면데면하게 살아온 편이었지만, 할아버지의 건강이 나날이 나빠지자 눈에 띄게 어머니에게 살갑게 굴더니, 작년엔 직접 농사 지은 것이라며 마늘을 두 접 나눠 주기까지 했다.

“이 마늘, 먹긴 먹어도 속이 안 편할 것 같다.”

할아버지가 돌아가시면 할머니의 남은 여생을 거두어 드리는 게 자손들의 도리일 터였다. 평생을 시부모 뒤치닥거리로 시달려 온 어머니는 그 일이 자신의 몫이 될까 봐 지레 겁을 먹고 있었다. 그러나 준섭은 큰아버지가 이 집안의 장자로서 모든 일을 원만히 처리해 줄 것으로 믿고 있었다.

“글쎄, 그 양로원에 들어와 사시면 되지 않느냐고 하셨대. 그것이 미국식인지는 몰라도, 어디 그럴 수가 있어? 할머니는 화

병이 나서 누워 버리셨다네. 이번 주말에 나도 내려갈 테니 조카가 먼저 시간 좀 내서 큰아버지에게 가보게. 무슨 속인지, 나, 원….”

큰고모의 전화가 끊기고도 준섭은 수화기를 든 채 멍하니 있었다.

“큰아버지가 양로원을 짓는다는 게 무슨 말이냐?”

저녁잠이 유난히 많아 TV의 9시 뉴스만 끝나면 당신 방으로 건너가곤 하던 어머니가 언제 나왔는지 총총한 눈으로 준섭의 옆에 앉아 있었다. 어머니의 음성에서 어쩐지 생기 같은 것이 묻어나는 게 준섭은 순간적으로 싫다는 생각이 들었다.

“글쎄요, 큰고모 말씀 가지고는 종잡을 수가 없네요. 큰아버지를 한번 만나서 직접 이야기를 들어봐야겠어요.”

“그 양반, 젊었을 적 버릇을 아직 버리지 못했군그래. 그때도 야학을 합네, 실업학교를 세웁네 하고 여러 고을 시끄럽게 했다.”

“그래서, 무슨 학교를 세우셨어요?”

“네 큰아버지란 양반이 원래 시작만 거창하지 끝을 못맺는 사람이란다. 끈기가 없어. 참, 네 아버지하고는 달라도 그렇게 다를까. 할아버지 논만 몇 마지기 팔아 먹고 말았지. 미국에 간 것도 여기 일이 이것 저것 여의치 않으니까 훌쩍 떠난 거지, 뭐….”

어머니는 전에 없이 아버지까지 들먹이며 큰아버지의 험담을 해대었다. 그럴까. 큰아버지는 그런 사람일 뿐일까. 준섭은 문득 LA에 있는 사촌형에게 전화를 해보자는 생각을 했다.

“할아버지네 과수원이 조그마해도 시가 몇 억은 된다더라.”

어머니는 불쑥 이렇게 내뱉았다. 앞의 이야기와는 전혀 맥락이 닿지 않은 그 말을 듣고 나니 비로소 어머니의 생각을 짐작할 수가 있었다.

어머니는 자신의 몫을 찾고 싶은 것이다. 생각해 보면 어머니가 일찍이 홀로 되어 네 자식을 키워 내는 동안 할아버지는 실질적인 도움을 준 적이 없었다. 하기야 할아버지가 가지고 있는 땅뙈기들을 팔지 않는 한 돈이 있을 리도 없었지만, 미국에 가버린 자식이 무슨 소용이냐고, 앞으로 아버지 제사 지내줄 손자는 준섭이라고 고모들이 옆에서 말깨나 거들었지만 할아버지는 일편단심 큰아버지만을 생각했다. 끝끝내 땅을 내놓지 않아 땅값이 오르자 다른 사람들로부터 혜안이 있다는 소리를 들었지만 그것은 장자(長子)에의 집착, 그 외에는 아무것도 아니었다. 그런 할아버지 밑에서 맏며느리 아닌 맏며느리 노릇을 대신해야 했던 어머니는 얼마나 억울하고 할아버지가 원망스러웠을까. 어머니에게 법적 상속분이 있다면 마땅히 받아내고 싶을 터였다.

고모들은 또 어떨까. 오빠들 때문에 교육도 제대로 못 받고 그로 인한 인생의 손실이 얼마나 컸을 것인가. 자기 몫의 상속분으로서 그것을 보상받으려 하는 것은 당연한 일이리라.

할머니는 말할 것도 없다. 자신의 노후에 대한 막연한 불안이 큰아버지의 양로원 발언으로 더욱 더 가중되어 있을 이 마당에 자기 몫을 찾으려 하지 않겠는가.

결국 과수원이고 논밭이고 간에 갈갈이 찢어 나누어야 할 것 같았다.

큰아버지가 여기서 사신다면 큰아버지께 밀어주자고 그때 얘기한 것은 아마 모두의 진심이었을 수도 있었다. 그러나 그것은 큰아버지가 다시 고향에 돌아와 살 리가 없다는 확신이 있었기 때문에 그런 것은 아니었을까.

“오우, 준섭!”

사촌형은 반갑게 전화를 받았다. 한국어보다는 영어가 편한 듯한 말투며, 이쪽 말을 들을 때 으흥 하고 받는 버릇, 미국 사람이 거의 다 된 것 같았다. 반갑다는 인사를 몇 번 나누고 큰아버지가 여기서 양로원을 세우려 한다는 말을 전하자 사촌형은 화부터 벌컥 냈다. 화를 내자 한국말이 유연하게 쏟아져 나왔다.

“그 노인네가 거기까지 가서 또 일을 벌여? 아이구, 그냥, 성질 같아서는 쫓아서 날아가고 싶네, 정말!”

“형!”

“준섭, 충고하는데 잘 들어! 난 여기서 고등학교도 제대로 나오지 못했어. 아버지가 저지르고 다니는 일, 어머니랑 수습하고 다니느라고 말야. 세탁소 차려 뼈빠지게 돈 모아 놓으면, 아버지가 다 갖다 썼어. 자기만 번듯하게 차려입고, 무슨 사회 사업이니 유학생 뒷바라지니 하고 떠들고 다니는 게 일인 분이야. 경고하는데, 우리 아버지 믿고 무슨 일 벌이지 마. 나도, 어머니도, 아버지가 하는 일 책임질 수 없으니까…!”

준섭은 맥이 타악 풀렸다. 이것이 내가 꾸어온 꿈의 실체인가. 미궁을 빠져나올 수 있는 실타래를 얻었다고 믿으며 한없이 실을 풀면서 들어갔는데 문득 뒤돌아보니 실이 끊겨 있을 때, 이런 기분이 될까!

준섭이 시골집에 내려갔을 때 큰아버지는 할아버지의 다리를 주물러 드리고 있었다. 준섭도 마주앉아 할아버지의 팔을 주무르기 시작했다. 여윌 대로 여위어 살점이라고는 거의 붙어 있지 않은 뼈마디인지라 주무른다기보다는 식어가는 몸에 살아 있는 이의 온기를 나누어 주는 작업 같았다.

큰아버지는 계속 낮은 목소리로 할아버지께 무언가를 얘기하였는데 영계(靈界)니 신(神)님이니 하는 소리가 섞여 있는 걸 보면 큰아버지가 믿고 있는 종교의 교리인 것 같았다. 할아버지는 가래를 그르렁거리며 얕은 잠에 빠졌다.

"이제 며칠 못 사실 것 같다."

"사람들은 할아버지께서 오래 버티셨다고 해요. 큰아버지를 보고 돌아가시려고 정신을 놓지 않으셨다고 하던데요."

"그러셨을지도 모르지."

큰아버지의 이마에 엷은 그늘이 어렸다.

"할아버지가 큰아버지를 얼마나 기다리셨는지…. 고모들이 그렇게 아파트로 옮기시라고 해도 큰아버지 오시면 발붙이고 살 땅이 있어야 한다고 끝끝내 이곳을 지키고 계셨어요."

큰아버지의 눈빛이 순간 번뜩였다.

"그러니까 할아버지께서는 평소부터 이 과수원이 내 몫이다 하고 말씀을 해오셨다는 말이지?"

준섭은 긴장으로 목이 뻣뻣해졌다. 죽은 이의 별다른 유언이 없을 때 형제간의 법적 분배가 이루어지는 것이지, 죽은 이가 상속인을 미리 지정해 두었다면 다른 사람들은 분배를 받을 수 없을 것 아닌가. 대답을 잘해야 한다. 준섭은 마른 입술을 침으로 축였다.

"글쎄요, 큰아버지께서 여기서 농사 짓고 사실 경우를 전제하신 것이겠지요."

준섭은 은연중 '농사'라는 말을 강조했다. 할아버지의 뜻도 그러하지 않겠는가. 땅을 팔아 큰아버지 마음대로 쓰라는 이야기는 아니었을 것이다.

"양로원 얘기는 어떻게 된 겁니까?"

준섭은 의혹에 찬 자신의 마음이 겉으로 나타날까 봐 눈을 내리깔며 물었다.

"글쎄, 내가 이 나라에 온 지는 얼마 되지 않았지만, 단박에 눈에 띄는 게 노인 문제더군. 복지 시설이 너무 없어. 이 동네만 하더라도 자식들 다 도시로 떠나고 버려진 노인들이 한둘이 아니지 않아."

큰아버지는 진지하게 이야기하는데 그것이 속임수 같지는 않았다.

"재산이라고 하는 게 원래 개인의 것이 아니지. 속계(俗界)의 모든 것은 나누어 쓰는 게 신(神)님의 뜻인 걸 알아야 해."

"죄송합니다만, 큰아버지, 그것이 무슨 종교의 교리예요?"

"종교가 무슨 상관이 있나? 어려운 사람을 돕자는 건 모든 종교나 사상의 공통점인데…."

일찍이 준섭도 신문이나 방송 같은데서 남이 베푼 자선을 미담으로 대했을 때는 싸아한 감동과 카타르시스를 함께 느꼈었다. 그러나 큰아버지의 이야기는 공허하게만 생각되었다. 종교니, 사상이니 하며 준섭과의 논쟁도 불사하겠다는 듯한 얼굴로 앉아 있는 큰아버지는 더이상 믿음직한 어른으로 느껴지지 않았다.

"그래서 지금 할아버지를 설득하는 중이다. 살아 있을 때, 좋은 일을 해야만 영계(靈界)에 가서도 좋은 자리를 차지할 수가 있거든."

"큰아버지!"

준섭은 큰아버지가 과연 어떻게 나오는지를 확인해 보고 싶었다.

"제가 큰아버지 따라 미국에 들어가 공부 좀 계속하면 안 되겠어요?"

큰아버지는 순간 깜짝 놀란 얼굴을 하였다. 그러더니 이내 준섭의 손을 꽉 잡았다.

"잘 생각했다. 미국이란 데가 한번 꿈을 걸어볼 만한 곳이지. 미국에는 너보다 나이 많은 유학생들도 많아. 늦었다고 생각할 때가 가장 빠른 때라는 말도 있지."

큰아버지는 열정어린 목소리로 말을 이어갔다.

"네가 온다면, 바로 자리잡고 공부할 수 있도록 내가 다 조치해 놓으마, 내 도움으로 학업을 마친 이가 한둘이 아니다."

사촌형에게 미리 전화를 해보지 않았더라면 준섭의 머릿속이 얼마나 현란한 무지개로 채워졌을 것인가. 준섭은 씁쓸한 기분을 감출 수가 없었다.

"물론 지금 당장 들어간다는 건 아니겠지?"

큰아버지는 탐색하듯 준섭을 보았다.

"내가 이곳 저곳에 벌여 놓은 일이 많아 요즘은 자금 회전이 좀 순조롭지 않아서 말이다. 몇 군데 정리되는 대로 내 꼭 연락하마."

준섭이 아무 말 없이 앉아 있자, 큰아버지는 짐짓 쾌활한 표정으로 준섭의 어깨를 툭 쳤다.

"왜, 낯선 땅에 가려니까 조금은 두렵냐? 하기는…."

준섭은 큰아버지가 말꼬리를 사리는 것을 담담하게 지켜 보았다.

"좋은 직장 관두기도 조금 아깝고 말이야."

준섭은 더 이상 할 말이 없었다.

큰아버지는 사이비 종교에 푹 빠져 제 정신이 아니다.

주말에 온 가족이 모인 자리에서 큰고모는 그렇게 결론을 맺었다. 마침 큰아버지는 중학 동창들과의 모임이 있다고 읍에 나가 있었다.

"그렇지만, 큰아버지의 말씀 자체는 틀린 게 없었어요."

준섭은 허탈한 심정으로, 그러나 큰아버지를 사이비 종교의 광신도로 몰아 버리는 데 대해서는 약간의 갈등을 느끼며 말했다.

"어이구, 조카가 몰라서 그래. 사이비 종교치고 어벌쩍하지 않은 게 없다네. 그러니까 배웠다는 사람들도 거기에 빠져들지…."

작은고모가 펄쩍 뛰었다.

"큰아버지 기도하는 소리 한번 들어봐. 꼭 무당이 굿하는 것 같아. 아, 솔직히 우리도 이제 먹고 살 만한데 이 재산, 남을 위해 쓸 수도 있지. 큰아버지가 독실한 천주교 신자나 불교 신자라면 말이야. 그러나 이름도 들어본 적이 없는 사이비 종교에다가 할아버지가 평생을 일구신 땅을 다 털어 바친다는 것이 말이나 되는가?"

큰고모는 함께 가서 할아버지께 단단히 말씀 드리자고 했다.

모두들 우르르 안방으로 몰려 갔다.

할아버지는 인체의 수분이 거의 증발해 버린 것처럼 말라서 누워 있었다. 어디선가 몇 백 년 전의 미이라가 원형 그대로 보존되어 발견되었다는데 그것이 아마 이런 모습일 거라고 준섭은 생각했다.

고모들 둘이 양 팔을 주무르기 시작했다. 어머니와 준섭도 엉거주춤 할아버지의 양 다리에 손을 올렸다. 할아버지의 얼굴이 고통스럽게 일그러졌다.

"싫으시대."

할머니가 얼른 통역을 해 주었다. 일행은 머쓱하여 뒤로 물러나 앉았다. 손을 대면 퍼석거리면서 먼지로 풀풀 날릴 것 같은 몸뚱이엔 다른 사람의 손길마저 버겁게 느껴지는 모양이었다.

"아버님."

큰고모가 다소 비정하게 보일지라도 할 말은 해야겠다는 얼굴로 말했다.

"절대 큰오빠 말 듣지 마세요. 큰오빠가 말예요, 과수원을 팔려고 하셔요. 아버님께서 어떻게 지켜 오신 건데…."

고모의 말이 들리는지 어쩌는지 할아버지는 일그러진 얼굴 그대로 움직임이 없었다.

"큰오빠가 그동안 부모 형제를 위해서 뭘 해준 게 있다고 과수원을 판다, 땅을 판다, 그런 생각을 하는지 모르겠어요."

작은고모가 눈짓으로 말막음을 했다. 할아버지가 입술을 달싹거렸다. 그러나 소리로 되어 나오지는 않았다. 입이 조금 열릴 때마다 어둠이 기어 나왔다. 죽음이라고 하는 것은 그렇게 인간의 내부에서부터 밀려 나오는 것 같았다.

"뭐라고 하세요?"

모두들 할머니의 얼굴을 바라보았다.

"싸우지들 말라고 하셔…."

준섭은 얼굴을 붉히고 다른 이들과 함께 할아버지 곁을 물러 나왔다.

그 말은 그대로 유언이 되었다. 할아버지는 그날 밤부터 의식 불명의 상태에 들어가 다음날 숨을 거두었다.

큰아버지는 할아버지가 묵시적으로 신(神)님을 받아들였으며 양로원을 짓는 것도 허락하셨다고 말을 꺼냈다가 무슨 말이냐고, 할아버지는 '싸우지 말고' 나누어 가지라고 유언을 남기셨노라고, 여기 있는 모든 사람이 증인이라는 큰고모의 말에 더 이상 말을 못하였다. 할아버지는 어쩌면 '싸우지 말고' 큰아버지가 하자는 대로 하라는 말을 했을지도 모른다고 준섭은 생각했다.

시골집과 논밭은 할머니 명의로, 과수원은 큰아버지와 두 고모, 그리고 어머니의 공동명의로 등기 이전하기로 결말을 보았다. 할머니는 자기 몸이 허락하는 한 혼자라도 시골집을 지키면서 살겠노라고 말했다.

"큰오빠, 너무 서운하게 생각지 마세요. 큰오빠가 아주 고향으로 돌아 오신다면, 언제라도 그 땅, 오빠 명의로 돌려 드릴게요."

큰고모의 말에 큰아버지는 허허 하고 웃더니만 식구들과 일일이 악수를 하고 탑승구 쪽으로 걸어 나갔다.

이제는 큰아버지와 영영 이별이구나.

준섭은 핑 도는 눈물을 감추려고 눈을 깜박였다. 삼십여 년간을 잊고 있었던 아버지의 부재(不在)가 통증으로 다가왔다.

큰아버지…….

준섭이 실었던 꿈의 무게가 빠져나간 탓인지 화려하고 느슨한 차림으로 어디론가 떠나는 사람들 속에서 큰아버지는 헐렁한 혼(魂)처럼 탑승구를 빠져 나갔다.

준섭의 일가가 걸친 상복(喪服) 위로 늦가을의 햇살만 턱없이 찬연하게 부서져 내렸다.

(1991. 11.)

타인의 십자가

그 작자, 결딴날 날도 얼마 안 남았소. 내 말대로 실속이나 차려 두는 게 좋을 거요.

강 씨는 장 소장의 은밀한 귀엣말을 곱씹으며 자꾸만 헛손질을 하고 있었다. 그렇지 않아도 월급이 두 달치나 밀려 있어 내심 불안한 생각도 없지 않았다. 김 선생이야 자기가 좋아서 하는 짓이니 망하든 흥하든 상관할 바가 아니나, 왜 무고한 자기가 손발이 닳도록 병신 계집애들 시중을 들어주고 월급을 못 받아야 한단 말인가.

사내 자식이 말만한 계집애들 사이에 살면서 흠 하나 없이 온전할라고? 결정적인 단서 하나만 불어 주면 그 밀렸다는 두 달치 월급, 내가 즉석에서 현금으로 드리리다.

장 소장은 금방이라도 꺼내줄 듯한 태세로 지갑을 열어 빠릿빠릿한 만원권 지폐들을 보였던 것이다.

그만한 지위와 풍채를 지닌 이가 나 같은 사람에게 거짓말이야 할라구.

강 씨는 열심히 머리를 굴려 보았다. 김 선생이 나쁜 사람이 아니란 건 확실한 일이지만 좀 모자란 이임에는 틀림이 없었다.

그가 하는 일이란 게 무슨 커다란 이익을 남길 만한 게 아니라는 걸 자기는 애시당초, 이 집에 발을 딛는 순간부터 알아차렸던 것이다. 그럼에도 그동안 뭣에 씌워서 밥상머리에 앉을 때마다 기도를 하고, 병신 계집애들 뒷바라지를 그렇게 알뜰히 해댔는지, 그녀는 새삼 깨어나는 기분이었다.

"이, 이모, 나, 이어, 에레나 어 보아 크게, 조게…!"

에그, 병신 육갑들 하고 있네.

강 씨는 곱지 못한 눈길로 플라스틱 블록을 한 웅큼 내밀고 있는 마리아를 쏘아 보았다. 그래도 한 살 더 먹었다고 헤레나는 제법 잘 조립된 블록 뭉텅이를 들고 헤헤거리며 웃고 있었다.

저것들이 열여덟, 아홉씩이나 퍼먹었다고 누가 믿을꼬.

같이 생활한 지 반 년이 넘어가건만, 진심으로 계집애들에게 따스한 정을 느껴본 적은 한 번도 없었다.

아이 같은 몸뚱이와 부실한 수족.

기형적으로 작은 머리통, 초점이 흐린 눈동자.

그래도 잘 먹여놔서 피둥피둥 살이 오른 게 마치 미운 오리 새끼들 같다.

"안, 돼, 아부지가 혼, 자서 하랬어."

서너 살짜리들이나 갖고 놀 블록을 조립해 놓고 헤레나는 의기양양하여 마리아를 말리고 든다.

"저리 가지 못해!"

계집애들에게 꼭 경어를 사용해 달라는 김 선생의 당부를 깜빡 잊고 강 씨는 신경질적인 쇳소리로 애들을 쫓았다. 계집애들은 금방 주눅이 들며 꼬리 사린 강아지처럼 슬금슬금 물러간다. 워낙에 다른 사람들 눈총만 받고 자란 애들이라 자신들에게 이롭지 못한 타인의 감정엔 본능적으로 민감하다.

염병, 끝순이면 끝순이고 말자면 말자지, 마리아는 뭐고 헤레나는 뭐여.

강 씨는 우선 계집애들의 이름부터 마음에 안 들었다. 마리아, 헤레나, 데레사, 그라시아, 암브로시아, 이 집에 있는 다섯 명의 계집애들 이름만 구별해서 부르는 데도 며칠이 걸렸던 것이다.

만일, 장 소장의 말투로 보아선 기정화된 사실 같았지만, 김 선생이 여기서 쫓겨나게 되면 저 계집애들은 어디로 갈까.

강 씨는 순간적으로 가엾다는 기분이 잠깐 일었으나 이내 고개를 흔들고 말았다.

자기가 보아온 바에 의하면 계집애들은 분에 넘치는 대접들을 받고 있었다.

세상에는 정신 똑바로 박힌 멀쩡한 새끼들도 못 입고 못 먹는 경우가 허다한데 저런 병신 계집애들이 이렇게 따뜻한 보살핌을 받고 잘 먹여지고, 재워지는 이치를 강 씨는 도무지 이해할 수가 없었던 것이다.

또한 이러한 일을 벌이고 있는 장본인인 김 선생이란 자도 이제는 그다지 탐탁하게 여겨지지가 않았다. 물론 처음에야 젊은 사람이 마음 쓰는 게 부처님 가운데 토막 같아서 내심 존경스러운 바도 없었던 건 아니다.

그는 백치 계집애들이 아무리 철없이 굴고, 어처구니없는 일을 저질러도 그저 웃고 타이를 뿐 결코 성내는 일이 없었고, 팔자가 기구하여 남편을 둘씩이나 사별하고 남의집살이로 이리저리 떠돌아 다니던 자신을 친 살붙이처럼 따뜻하게 대해 주었다. 누이라도 되는 양 다정히 이 일 저 일을 상의하기도 했고, 웬만한 것은 강 씨에게 일임해 버리기도 했다. 솔직히 그것이 신명나서 강 씨는 처음 신접 차리는 아낙처럼 살뜰히 집안일을 돌보고 다섯이나 되는 병신 계집애들을 거두었던 것이다.

보아하니 자기를 합쳐 일곱 식구들의 생활을 꾸려나갈 경비는 전적으로 다른 사람들의 동정에 의존하고 있는 듯했다. 결연을 맺고 있는 어느 자선 단체에서 매달 얼마간의 생활비가 보내져 왔으며, 우체국의 사서함을 통해 독지가들이 부쳐주는 대중 없는 성금들이 수입의 전부였다.

김 선생은 어떻게든 자활을 해보고자, 성당에서 쓰이는 양초 따위를 주문받기도 하였으나, 워낙 수요가 적고 또 계집애들의 솜씨가 서툴러 이윤이라고 할 만한 게 남아주질 않았다.

김 선생은 애들에게 조그만 기술이라도 익히게 하여 사회에 적응해 나가게 하는 게 자기의 꿈이라고 했지만, 강 씨에겐 그런 걸 기대하고 있는 김 선생이 오히려 한심하게 보였다. 천행으로 김 선생 같은 사람을 만나서 이제 겨우 '가정'이란 사회를 배워가고 있는, 고작해야 너대여섯 살 정도의 정신 연령을 가진 이 병신 계집애들이 어느 세월에 어른이 되어 제 몫의 일을 한다는 말인가. 계집애들이 정신 박약이 아니라 정신 지체라고 주장하는 김 선생의 말을 십분 감안한다고 해도 말이다.

아무튼 이런저런 속사정까지 알고 난 강 씨가 일종의 사명감조차 느끼며 아껴 쓰고 쪼개 쓰며 살림을 꾸려오던 중 그 일이 일어났다.

새마을금고의 장 소장이 통장으로 있는 이 동네가 '도시 새마을 운동'의 시범 지구로 발탁이 되어 모 기관지에 커다랗게 기사화된다는 것이었다. 장래 지역구에서의 정치 활동을 꿈꾸고 있는 장 소장은 자기 낯낼 만한 것이 없나 하고 이것저것 들쑤시고 다니다가 어느 날 불쑥 김 선생을 찾아왔다. 입성과 풍채로 사람을 평가하는 버릇이 있는 강 씨는 단박에 귀한 손님이 오셨다는 걸 알고선 계집애들이 하기로 되어 있는 차 대접에 자신이 직접 나섰었다.

이상하게도 김 선생은 몹시 화가 나 있었고, 장 소장은 무언가를 설득하고 있었다. 결국은 장 소장이 얼굴이 붉으락푸르락하여 돌아갔는데 대문을 넘어가며 '욧시, 두고 보자'하고 중얼거리는 말이 배웅나간 강씨에게 선연히 들렸다.

김 선생은 평소의 온화한 태도와는 달리 사뭇 경멸하는 투로 사정 이야기를 들려주었다.

"글쎄, 우리 애들의 이야길 기사화하겠다지 뭡니까. 자기가 주도하여 이 동네 사람들의 자선으로 살아가는 것처럼 미담으로 꾸며서 말입니다. 뭐, 매스컴을 타게 되면 각지에서 성금이 쏟아져 들어오게 된다나 어쩐다나, 피차 좋은 일 아니냐고요."

강 씨에겐 장 소장이 했다는 이야기가 사뭇 그럴듯하게 들렸다. 남을 해코지하는 것도 아니고 이 동네를 빛나게 하는 일인데 거짓말인들 좀 하면 어떠랴 싶었다. 더우기 돈이 생긴다면 금상첨화가 아닌가. 집 주인이 월세를 올려 달래서 자기가 두 달치 월급을 못 받고 있는 이 팍팍한 살림살이에 말이다.

그러나 김 선생은 단호했다. 자기들은 값싼 동정으로 살고 있지 않으며, 진심으로 자기들을 도와준 이들을 우롱하는 일은 할 수 없다는 것이었다.

강 씨에겐 김 선생의 말이 희떫게만 느껴졌다. 어차피 남의 동정으로 살아가는 바에야 그것이 값싼 동정이면 어떻고 값비싼 동정이면 어떠랴. 강 씨는 마치 김 선생의 허영 때문에 자기가 손해를 보고 있는 기분이었다.

“아주머니, 애들을 좀 단속하지 않으시고….”

강 씨는 하마터면 바늘로 손끝을 찌를 뻔했다. 대문이 열려 있었는지 김 선생이 소리도 없이 현관으로 들어서고 있었다.

“그 놈들이 또 왔더군요.”

김 선생의 뒤엔 데레사가 고개를 떨구고 따라 들어왔다.

에그, 저것이 꼭 암내를 피우고 다닌다니깐.

강 씨는 김 선생 몰래 계집애를 한껏 흘겨 보았다.

데레사는 이곳에 있는 다섯 계집애들 중 체격도 제일 낫고, 얼굴도 제법 반반했다. 머리는 백치에 가까와도 스무 살의 봄은 찾아오는지 부쩍 몸매가 달라지며 벌어지는 꽃봉오리처럼 여자 냄새를 풍기는 것이었다.

아무튼 이곳에 있는 다섯 계집애들이 꼴은 그래도 나이들은 꽉 차 있었기 때문에 인근 불량배들의 발길이 끊일 날이 없었다. 아마도 제 몸 단속들을 스스로 못하는 데 가장 큰 이유가 있을 터였다.

애들에게도 사회 생활의 경험을 심어줘야 한다면서, 김 선생은 천연스럽게 일요일날 교회에 데리고 가는 것 외에도 날씨가 좋은 날은 동물원에도, 연고가 있으면 자선 음악회 같은 데도 데리고 다녔는데 그 광경은 정말 가관이었다.

희희낙락하여 알아듣지 못할 말로 떠드는 계집애, 뭘 사달라고 조르는 계집애, 겁에 질려 김 선생의 옷 소매를 잡고 놓지 않으려는 계집애, 좀 낫다고 다른 애들을 단속하는 계집애.

이들이 지나갈 때면 동네 사람들은 일손을 멈추고 구경들을 했으며 부잡한 사내놈들은 멀찍이 따라 다니며 휘파람들을 불어댔다.

강 씨를 더욱 기막히게 하는 것은 계집애들의 태도였다. 집에 있을 때도 밖에서 휘파람 소리만 들리면 한껏 달뜬 표정이 되는 것이었다.

김 선생이 강 씨에게 맨 먼저 일임한 문제도 계집애들의 단속에 관한 것이었다.

애들이 워낙 부모나 동기간의 따뜻한 사랑을 못 받고 자라나 정에 약해서 그런 문제들이 일어난다고 그는 변명을 잊지 않았지만, 강 씨가 보기엔 자기들도 명색이 계집이라고 암내 피우는 같잖은 짓으로밖에 보이지 않았다.

"그래, 시청에 가신 일은 잘 되었나요?"

어쨌든 자기가 장 소장을 만나러 가느라 잠깐 한눈을 판 사이에 일어난 일이므로 자기에게 떨어지는 책임을 회피할 양으로 강 씨는 말머리를 돌렸다.

그렇지 않아도 빠듯한 생활비에서 집세를 갑자기 올려주게 된 관계로 쪼들리던 김 선생은 시에서 극빈층에게 베푸는 구호양곡을 받을 수 있을까 하고 교섭을 하러 갔었던 것이다. 어떻게 식량만 해결이 된다 해도 살림살이에는 큰 도움이 될 것이었다.

"글쎄, 통장의 의견서가 필요하다는군요."

김 선생은 난처하다는 듯 머리를 긁적였다.

에그, 저렇게 한 치 앞도 볼 줄 모르는 위인이 무슨 사회사업은 한답시고.

강 씨는 김 선생이 가소롭기만 했다.

이 동네에서 발 붙이고 살려는 사람이 어쨌든 제일가는 유지인 장 소장의 비위를 뒤틀어 놓았으니 무슨 일이 되길 바라겠는가. 지금 당장부터 문제가 생기지 않는가 말이다.

김 선생은 데레사에게 함께 기도를 드리자며 골방으로 들어갔다.

그 방엔 김선생이 신학대학이라든가 하는 곳을 수석으로 졸업할 때 받았다는 커다란 은십자가가 걸려 있었는데 강 씨가 보기에 이 집안을 통틀어 값나갈 만한 물건이라고는 그것밖에 없었다.

쯧쯧, 기도를 한다고 무슨 일이 해결되나.

강 씨는 문득 김 선생의 어리숙함이 가엾게 느껴졌다. 자기를 이 동네에서 내쫓으려 연판장이 나도는 것도 모르고 툭하면 기도나 한다고 골방에 처박히니 저런 위인에게 몸을 의탁한다는 것도 그저 실속 없게만 느껴졌다.

그러나 떠날 때 떠나더라도 밀린 월급 이십만 원은 받아야 할 것이 아닌가.

장 소장은 뭔가 김 선생을 물어뜯을 만한 단서 하나만 제공해 주면 자기가 그 돈을 주겠다고 장담했지만, 말이야 바른 말로 김 선생이 성품 하나 우매해서 그렇지, 어디 흠이야 있는 사람인가. 제 핏줄에게서조차 버림받은 백치 계집애들을 그저 감싸주며 뭐라도 하나씩 깨우쳐 주려고 애쓰는 모습은 실로 뭉클한 데도 있는 것이다.

6개월 전, 강 씨가 처음 이 집에 왔을 때만 해도 마리아는 그저 웅웅거리기밖에 더했는가. 김 선생은 수십 번 되풀이하여 수저 잡는 법을 가르쳐 주고, 화장실 사용법을 가르쳐 주고, 손발도 늘 씻겨 주고 하면서 간단한 의사 소통까지 할 수 있도록 만들었던 것이다.

이런 치열한 세상에서 김 선생의 노력과 같은 것이 과연 가치 있는 일인가에 대해서 강 씨는 근본적으로 회의를 갖고 있었고 자기의 월급이 밀림에 따라 그것의 농도는 더해갔지만, 그런 것들이 김 선생의 인격을 매도할 만한 이유가 되진 못했다.

내가 한 번 나서 볼까?

자기의 밀린 월급을 위해서라도 김 선생의 형편은 풀리지 않으면 안되었다. 강 씨는 변변치 못한 김 선생을 대신하여 자기가 직접 장 소장을 만나 중재 역할을 해야겠다고 마음먹었다.

장 소장과 안면이 있으니 자기가 나서서 그 의견서라는 걸 받아 오겠다는 강 씨의 말에 김 선생은 떨떠름한 얼굴이었다. 그런 작자에게 어찌 되었건 도움을 청해야 한다는 것이 상당히 곤혹스러운 것 같았다.

원, 사람이 세상 살면서 꺾일 때는 꺾일 줄도 알아야지 그저 독불장군처럼…….

강 씨는 혀를 끌끌 차면서 집을 나섰다.

약국 주인과 이야기를 나누고 있던 장 소장은 강 씨를 보자

활짝 반겼다. 새마을금고에 들러 장 소장의 소재를 확인하고 쭈뼛거리며 다방을 들어섰던 강씨는 갑자기 기분이 당당해졌다. 어쩐지 장 소장에게 대접받는 듯한, 썩 괜찮은 기분이었다.

장 소장은 강 씨에게 옆 테이블에서 기다리라고 눈짓을 한 후 약국 주인에게 낮은 소리로 계속 무언가를 소근대었는데 약국 주인은 난처한 기색이 역력한 얼굴을 하고 있었다.

"좋은 건 아니지만…… 못할 망정…."

"…… 불량배… 몇 집이…… 않았습니까?"

"글쎄."

"시초가… 말썽의 소지가…… 않겠습니까?"

생각해 보겠다며 약국 주인은 일어섰다.

지난번 강 씨에겐 연판장이 다 작성된 것처럼 을러대더니 그것도 아닌 모양이었다. 목소리들이 낮아서 잘 들을 수는 없었지만 약국 주인은 병신애들이 가까이 사는 게 그렇게 탐탁하지야 않지만 좋은 일 하느라 애쓰는 사람을 도와주진 못할 망정 내쫓기야 해서 되겠냐고 하는 것 같았고, 장 소장은 병신 계집애들 때문에 불량배들이 꾀고, 풍기가 문란해져 동네 분위기가 좋지 않으니 일찌감치 제거해 버리자고 설득하는 것 같았다.

좋은 일 하는 사람 해코지하는 일에 누가 쉽게 나서려고.

장 소장도 연판장을 작성하는 일에 고전을 면치 못하고 있는듯하여 강 씨는 내심 마음을 놓았다. 일이 잘 풀릴 것 같았던 것이다.

"글쎄, 그 선생이란 자가 원체 하룻강아지 같아서 금새 이렇게 소장님의 힘이 필요한 걸 모르고 버릇없이 굴었지 뭡니까."

"그래, 그 작자가 내게 가서 사정해 보라고 합디까?"

장 소장의 입귀를 오만하게 늘어뜨리며 비웃음 가득한 음성으로 물었다.

"예, 낯이 뜨거워 차마 소장님을 직접 뵐 수가 없다고요"

"원, 그런 위인이 혼자 결백한 체, 신성한 체 온갖 요살을 떨더라니깐, 사람 앉혀 놓고 병신 만들어 가면서 말이야 내참, 같잖아서…."

"아직 나이가 어려서, 세상 물정에 어둡지요. 소장님 같은 분이 너그럽게 이해해 주셔야지요, 어디."

장 소장은 무언가를 곰곰 생각했다. 강 씨는 공명심으로 기분이 둥둥 떠 있었다. 병신 계집애들과 서투른 사회사업가를 위해 자신이 굉장한 일을 해내고 있지 않은가. 그것도 장 소장 같은 사람과 당당하게 마주앉아서 말이다.

"이웃끼리 살면서 아웅다웅 다툴 거야 뭐 있겠소. 이렇게 합시다. 내가 그 구호 양곡을 받을 수 있도록 주선해 줄 테니까, 지난번 그 취재 건은 승낙한 것으로 하고 기자들 데리고 일간 찾아가겠다고 전해 주시오."

장 소장은 굉장한 선심이나 쓰듯이 안면 근육을 굳히며 힘을 주어 말했다.

"예, 예, 감사합니다. 그건 염려마세요, 소장님의 고마우신 처사 잊지 않겠습니다."

"원, 공연히 아주머니가 애쓰시는군요"

장 소장은 호인다운 얼굴로 돌아가며 차를 권했고 꿈벅 죽는 흉내를 내던 강 씨는 속으로 웃었다.

글쎄, 사내들이란 다 똑같다니깐, 조금만 부추켜 주면 금방 넘어가거든.

강 씨는 김 선생과 장 소장, 두 사내를 제 손아귀에 넣고 주물럭거리는 것 같은 흐뭇한 기분으로 돌아왔으나 그게 아니었다. 자초지종을 듣고 난 김 선생은 그게 말이나 될 소리냐고 펄쩍 뛰는 것이었다.

"철면피 같으니라고! 이젠 공권을 이용해 제 잇속을 차리려고? 아주머니, 관둡시다. 차라리 굶어 죽는 게 낫겠어요! 그런 작자들 농간에 놀아나느니…."

강 씨는 어처구니가 없었다. 어쩌면 저렇게 철딱서니가 없을까. 주는 게 있으면 받는 게 있고, 받는 게 있으면 주는 게 세상 사는 이치거늘 이 작자는 한사코 자기 생각만을 한단 말인가.

강 씨가 아무리 조근조근 타일러도 김 선생은 굽히려 들지를 않았다.

"아주머니, 월급을 제때에 못 드려 면목이 없습니다만, 형편이 좀 어렵긴 하지만 당장 나앉는 것도 아닌데, 이 가여운 애들을 팔아 구호양곡 따윌 받고 싶진 않습니다. 조금만 참아 주십시오, 무슨 도리가 있겠지요."

정말 이 작자가 거리로 나앉아야 속을 차리려나.

강 씨는 벌컥 화가 치밀어 올랐다.

자기를 위해 노심초사, 이리저리 뛰어 다니며 일을 해결해 주니까 이제 와선 날 돈에 환장해 애들 팔아 먹자고 날뛰는 년 취급을 해? 좋아, 혼자서 잘해 보라구, 죽이 되든 밥이 되든, 난 나가줄 테니까 내 월급 밀린 것 내놓을 궁리나 하고 말이야.

무엇보다도 장 소장에게 큰소리 탕탕 치고 온 일이 걱정이었다. 언제 기자들을 몰고 들이닥칠지 모를 일 아닌가.

뭐라고 둘러댄담.

장 소장의 붉으락푸르락할 모습을 떠올리며 전화기 앞에서 안절부절 갈피를 못 잡고 있는데 노크도 없이 문이 우당탕 열리며 헤레나가 뛰어들어 왔다.

"아줌마, 데레사, 아파, 웩, 웩!"

그때 강 씨의 머리를 번개같이 스치는 게 있었다.

지난번에도 데레사가 건구역질을 해대지 않았는가, 그땐 점심상에 오른 고등어 조림에 체했나 보다고 약을 사다 먹였는데 이제 생각해 보니 그게 아니었다.

강 씨는 갑자기 신바람이 나서 2층에 있는 계집애들 방으로 달려갔다.

어느 새 김 선생이 와서 등을 토닥여 주고 있었다.

"애가 소화력이 약해졌나 봐요, 걸핏하면 체를 하니…."

틀림없어. 건구역질 끝에 나오는 저 침을 좀 보라지.

강 씨는 김 선생의 말을 건성 들으며 의기양양하여 집을 빠져나와 길 건너의 공중전화 박스로 들어갔다.

아니나 다를까 굶어 죽더라도 그런 취재엔 응하지 못하겠다는 김 선생의 말을 전하자 바르르 하는 장 소장의 노여움이 수화기를 타고 그대로 전해져 왔다.

"아니, 고게, 누굴…, 욧시, 두고 보자!"

"자, 잠깐만요!"

덜컥 수화기를 놓으려는 장 소장을 강 씨는 급히 붙잡았다.

"계집애 하나가 임신을 했어요."

"응?"

"계집애 하나가 임신을…."

"……."

장 소장은 잠시 말이 없었다. 강 씨는 은근히 걱정이 되었다. 이 정도의 제보로는 장 소장의 노여움이 풀어지지 않는 게 아닐까.

"확실하오?"

"예, 예, 데레사란 계집애가…."

"좋소, 그럼 나를 한 번 더 만나 주시오."

"예, 언제라도, 필요하시면……."

"내, 전화하리다."

전화가 끊겼다.

그것이 가치 있는 제보로 인정된 이상 어쩌면 이십만 원을 쉽게 받을 수도 있다는 데 생각이 미치자 강 씨의 마음은 들뜨기 시작했다.

그러나 켕기는 바가 없는 것도 아니어서 집에 와서도 김 선생의 얼굴을 바로 볼 수가 없었다.

내가 뭐, 거짓말을 한 것도 아니고, 언젠가는 결국 밝혀질 일인데, 뭘.

강 씨는 스스로를 위로했다.

조만간 밝혀질 일을 자기가 다소 먼저 이야기함으로써 이십만 원을 벌 수 있다는 것은 자기가 생각해도 무척 영리한 짓인 것만 같아서 일면 흐뭇한 감도 없지 않았다.

혹시라도 장 소장에게 거듭 실수를 할까 봐 데레사를 관찰하기를 잊지 않았는데 멋도 모르고 가끔씩 건구역질해 대는 것하며 군침 흥건한 것이 임신임에 의심할 여지가 없었고, 그날 밤, 우연히 목격하게 된 일이 강 씨의 확신을 더해주었다.

떠날 일을 생각해 이것저것 짐을 꾸리느라 잠자리에 늦게 든 강 씨는 불을 끄고서도 이런저런 잡념에 잠을 쉽게 이룰 수가 없었다. 자정이 조금 넘었을까. 밖에서 무슨 휘파람 소리가 들리는 것이었다.

숨죽인 발자국 소리가 이층에서 내려오고 현관문 삐그덕거리는 소리가 이어 들리더니 그림자 하나가 대문을 빠져 나가는 것이었다.

창문을 통하여 본 어둠 속에서도 그것이 데레사라는 건 분명했다.

초저녁잠 깊은 김 선생이나 자기가 어떻게 저런 사실을 알 수 있었으랴.

병신 주제에 화냥년 행세는 다하고 다니네그려.

강 씨는 풀풀 웃음이 나왔다. 자기 입장을 도와주는 계집애가 괘씸하다기보다는 대견스런 기분이었다.

그 놈이 애빌까?

데레사와 수작을 하다 두어 번 들킨 적 있는, 여드름 투성이의 빤질빤질한 건달놈 하나를 떠올리다 데레사가 들어오는 소리도 못 듣고, 강 씨는 스물스물 잠 속으로 빠져들고 말았다.

다음날 강 씨는 저녁을 먹고 김 선생에겐 친정 조카집에 다녀 오마고 거짓말을 한 후 장 소장을 만났다.

장 소장은 예의 그 지폐가 가득한 지갑을 열어 보이며, 강 씨에게 협박하듯 말했다.

"자, 이 돈을 받고 못 받고는 오늘 저녁 아주머니가 동네 사람들에게 대답을 잘하느냐, 못 하느냐에 달려 있습니다."

아니, 언제는 뭐, 단서만 제공해 주면 돈을 준다더니 또 무슨 일이 남았단 말인가. 강 씨는 우롱당한 듯한, 낭패한 기분이었으나 여기서 말 수도 없는지라 장 소장이 이끄는 대로 그의 집으로 따라갔다.

“잘 생각해서 대답하시오.”

방으로 들어서기 전 장 소장은 강 씨에게 으름장을 놓았다. 거기엔 많은 사람들이 수런거리며 모여 있었다. 강 씨는 더럭 겁이 났다.

“자, 여기 증인이 오십니다.”

장 소장은 자신만만하게 강 씨를 소개했다.

“그 집에서 가정부로 일하고 계시는 강 여사올습니다.”

강 씨는 얼굴이 빨갛게 달아 올랐다.

어쩌면 저 분은 내 성까지 알아서 이 많은 사람들 앞에서 날 여사라고 불러준담.

장 소장에 대한 고마움으로 목이 메는 걸 느끼며 강 씨는 수줍게 고개를 숙였다.

“자, 뭐든 허심탄회하게 물어보시오.”

장 소장은 은밀히 강씨에게 한쪽 눈을 깜빡해 보였다.

“그래, 계집애 하나가 임신했다는 게 사실이요?”

약국 주인이 심각한 얼굴로 물었다.

“예, 틀림없어요.”

“그럼, 그 계집애가 김 선생이란 자의 방에서 자주 함께 있었던 것도 사실이요?”

어쩐지 이야기가 이상하게 돌아간다 싶어서 강 씨는 사람들을 살펴 보았다. 모두들 긴장한 얼굴로 침을 꿀꺽이며 자기의 입만 쳐다보고 있었다. 장 소장이 입술을 잘근 깨물며 눈을 부라리고 있는 모습이 눈에 확 들어왔다.

"예."

강 씨는 자신 없이 대답을 하고 말았다.

그 대답이 의미하는 바에 대해 생각할 때 다리가 후들거렸으며 돈에 환장해 무고한 사람에게 누명을 씌운다고 약국 주인이 고함이라도 지를 것 같았다.

그러나 어쨌든 그 증언 자체는 거짓이 아니지 않는가. 김 선생의 방에 제일 자주 드나든 건 바로 그 계집애였으니까. 또 함께 기도를 한다며 곧잘 단 둘이 골방에 처박혀 있기도 하지 않았는가. 그 계집애가 김 선생과 '자주 함께 있었다'라는 말의 액면 그 자체는 사실인 것이다.

강 씨는 마음 속으로 열심히 자신을 변호하다가 장 소장과 눈이 마주쳤다. 장 소장은 빙긋 웃으며 아무도 몰래 엄지와 집게로 동그라미를 만들어 보였다.

강 씨는 갑자기 힘이 솟았다.

그래, 그래. 나 같은 사람은 장 소장 같은 분만 따라서 살면 되는 거야. 뭘 대수롭게 산다고 착한 척하며 손해를 본담.

강 씨는 모여 있는 사람들을 살펴 볼 여유조차 생기는 것이었다.

괘씸한, 교육이, 고발을, 수치스런!

남자들 입에서는 짤막하고 격한 어휘들이 튀어 나왔으며,

"세상에 그럴 수가 있어요? 그 가여운 애한테 말이죠."

"믿는 도끼에 발등 찍힌다더니, 불쌍하게도……."

여자들은 전혀 동정심이 엿보이지 않는 말투로 계집애를 동정하고 있었다.

누군들 병신 계집애들과 한 동네에 살고, 불량배들이 꾀고, 풍기가 문란해지고 하는 걸 좋아하겠어. 다만 좋은 일 하는 사람을 내놓고 치는 게 꺼림칙해서일 뿐이겠지. 보라구, 불편한 마음을 해결할 구실이 생기니까 모두들 밥맛난 듯이 달려들고 있잖아.

사람들을 내려다 보는 듯한, 일종의 승리감조차 느끼고 있는 강 씨에게 한 여자가 도전적으로 말을 걸어왔다.

"그런 파렴치한 일이 생기면 즉시 알려줄 일이지, 왜 이제야……."

"글쎄 말예요. 조금만 일찍 알았어도…."

또 한 여자가 맞장구를 쳤다.

자기를 향한 힐책 중에 은근한 경멸이 깔려 있음을 간파한 강 씨는 정신이 바짝 들었다.

내가 밀고자란 약점을 이용하여 자기네들이 켕기는 바를 몽땅 내게 뒤집어 씌우려 하는구나.

까딱하다가는 자기도 싸잡혀 매도되리라는 생각에 강 씨는 조급했다.

"전, 지금 몇 달째 월급이 밀려 있어요. 여러분들에겐 몇 푼 안되는 돈이겠지만, 제겐 아주 큰 것이랍니다. 계속 준다, 준다 하면서 저를 속여 오는군요."

자기도 피해자라는 강 씨의 우는 듯한 호소는 금방 효과를 보았다. 파렴치범인 김 선생은 가난한 과부댁의 노동력까지 착취한 죄를 덮쓰게 되었다.

고발장이 작성되고, 연판장이 돌려진 지 며칠 만에 김 선생은 갑자기 들이닥친 사람들에 의해 구속이 되었다.

"계집애가 김 씨의 방에서 자주 발견되었다는 게 사실인가?"

"예."

관계 기관에 여러 번 호출되어 똑같은 증언을 되풀이해야 했던 강 씨는 그때마다 그 대답 자체는 거짓이 아니라고 스스로를 변명했다.

드디어 동네 사람들의 관심 속에서 재판은 시작되었다.

데레사는 법원이 지정한 산부인과에서 임신 판정을 받았고, 강 씨와 장 소장과 마을 사람들이 차례차례 법정에 출두하여 김 선생에게 불리한 증언을 했다.

김 선생의 국선 변호인은 김 선생의 과거의 행적과 증거 불충분을 들어 무죄를 주장하였으나, 증언대에 오른 데레사가 벌벌 떨며 울음을 터뜨리는 것을 본 김 선생이 '그만, 그만!'하고 데레사를 제지한 것이 불리하게 작용하여 6년 징역형을 받게 되었다.

김 선생은 재심을 청구했다가, 데레사, 그 가여운 애에게 더 이상 충격을 줄 수 없다며 이내 취하하고 말았다. 그 소식을 들은 동네 사람들은 뒤가 구려 그런다며 수군대었지만.

형무소로 이감되기 바로 전, 강 씨는 김 선생을 면회할 수가 있었다.

이런 저런 명분을 세우며 자기를 변명해 오던 강 씨도 막상 김 선생에게 징역형이 확정되니 김 선생을 그 지경까지 몰아넣은 게 자기가 아닌가 하고 자책감이 들지 않을 수 없었다. 그러다가 초췌해진 김 선생의 몰골을 대하고 보니 눈물까지 왈칵 쏟아지는 것이었다.

"아주머니, 이러지 마십시오."

"선생님, 제 말 때문에……."

"원, 아주머니, 아닙니다. 아주머니야 어디 틀린 말 했습니까. 단지 상황이 그렇게 꼬여갔던 거지요."

김 선생은 씁쓸하게 웃었다. 묘하게 강 씨의 마음은 즉석에서 편안해지고 말았다.

그래, 내가 잘못한 거야 뭐 있나. 어차피 알려질 계집애의 임신을 조금 더 빨리 알려지게 했을 뿐이고, 계집애가 김 선생 방에 자주 드나든 것도 사실이지 않은가. 당사자도 그렇게 생각하고 있는데 뭐 내가 더 이상 미안하게 생각할 것 있나.

"애들은 잘 있나요?"

김 선생이 수심 가득한 얼굴로 물었다.

"예."

본의는 아니었지만 어쨌든 그 다섯 계집애들을 그때까지 강 씨가 돌보아 오고 있었다. 밀린 두 달치 월급이야 장 소장이 주기로 했지만 김 선생이 구속된 이래, 석 달 동안 병신 계집애들을 돌보아 준 댓가는 어디서 받아내야 할지 복통이 터질 노릇이었다.

"데레사는 어떻게 되었어요?"

"뭐, 미혼모의 집이라든가, 그런 데로 보내진답니다."

"마리아는 잘 있어요? 그 겁 많은 게 무서워하지 않던가요? 내가 없어져서요."

"그럭저럭 잘 있어요."

"헤레나는? 그라시아와 암브로시아…."

"애들은 곧 어디로 보내진답니다."

"오, 저런 가여운 것들……."

김 선생의 눈엔 눈물이 반짝였다.

어쩜 이 사람은 예나 지금이나 자기 생각만 할까.

강 씨는 불현듯 김 선생이 괘씸하게 생각되었다. 그래, 자기 계집애들만 불쌍하고 내 월급 떼먹은 건 아무렇지도 않단 말인가.

"선생님, 제 월급은 어떻게 되는 겁니까?"

강 씨는 내친 김에 퉁명스럽게 물어보았다.

"아, 참! 예……."

김 선생은 깜빡 잊었던 걸 생각해 낸 듯 미안해서 어쩔 줄을 몰랐다.

"애들 걱정과 제 문제에만 골몰해서 미처 아주머니께는 생각이 미치지 못했습니다. 얼마나 밀렸던가요?"

"선생님이 계실 때, 밀린 것 두 달치와 여기 들어와 계신 동안의 석 달치 모두 다섯 달친데요."

"……오십만 원이군요."

김 선생은 괴로운 듯 신음 소리를 냈다.

"제 소지품이라야 별 게 없으니 돈 될 만한 게 없고……."

그건 강 씨도 익히 아는 바였다. 퇴색한 양복 두 벌, 손가방, 책, 찬송가집, 십자가. 십자가? 그거라면…….

"아, 우리 사서함에 가 보셨나요? 혹시 돈이 와 있을지도 모르는데……."

"선생님, 그게 없었다면 우린 뭘 먹고 그동안 살았게요."

"그, 그렇지요."

김 선생은 딱할 정도로 얼굴이 붉어졌다.

약해지면 안 돼, 이 사람이야 저 좋아서 하는 일이니 망하든 흥하든 상관없으나 내가 왜 손해를 본담.

"그 십자가는 어때요?"

좀 심하다 싶었지만 강 씨는 참지 못하고 말을 뱉었다. 뜻밖에 김 선생의 얼굴엔 기쁜 빛이 떠올랐다.

"아, 그거면 상당히 돈이 될 겁니다. 전체가 은으로 되어 있는 데다가 세공도 무척 섬세하니까요. 아주머니께서 그걸 받아주신다면 제 마음이 한결 가볍겠는데요."

김 선생을 면회하고 온 지 얼마 되지 않아 애들은 각기 강 씨의 관심 밖인 곳으로 나뉘어져 갔다.

그리고 강 씨는 데레사의 아기가 동네 건달을 아비로 하고 있음을 입 다무는 조건으로 장 소장에게서 받은 이십만 원과 동네 금은방에 십자가를 처분한 돈 오만 원을 챙겨 남의집살이로 들어갔다.

(1985. 1.)

자작 해설

소설이란 무엇인가

거의 이십오 년 만에 브레히트의 단편소설 「이단자의 외투」를 다시 읽었다. 80년대 초반, 처음으로 이 작품을 읽었을 때, 인간성에 대한 냉정한 통찰에 얼마나 사로잡혔던지.

그때는 아직 브레히트의 작품들이 제대로 소개되던 시절이 아니었는데, 내가 근무하고 있던 고등학교의 독일어 선생님이 이 작품을 번역해서 교지에 실었던 것이다. 소설이라고 하는 것은 억압당하는 사람의 편에 서서 억압하는 것을 고발하는 것이며, 전자에 해당하는 인물은 민중과 소시민, 혹은 지식인 등이고 후자에 해당하는 것은 정부나 정권, 기업과 같은 기득권 세력과 제도라고 여겨왔던 내게 이 소설은 인간의 문제가 그리 간단하지 않다는 것을 깨닫게 했다. 민중이 그들의 위대한 인물들, 이상을 위해 헌신하고 투쟁하는 사람들을 어떻게 대우했는지에 대한 역겨움 혹은 탄식을 이 소설은 이야기하고 있었는데, 나는 이 단편을 읽으면서, 특별한 악의를 지니고 있지 않은 사람도 단지 이상이나 현실에 무지하기 때문에 죄의식 없이 타인의 삶을 벼랑으로 몰고 갈 수 있다는 주제에 깊은 인상을 받았고, 언젠가 같은 주제로 소설을 써보고 싶다는 생각을 했다.

주제는 세계에 대한 도덕적 판단

소설의 주제는 세계에 대한 직시와 세계가 어떠해야 하는가에 대한 도덕적 판단 사이의 교호관계 속에서 구축된다. 자신이 조망한 인간과 삶에 대한 가치를 확신하고 이를 다른 이와 나누고자 하는 열망이 있을 때 소설 쓰기는 비로소 시작된다고 할 수 있을 것이다.

나의 경우에는 주제가 먼저 잡힐 때, 그리고 그 주제에 뼈와 살을 붙여 나가며 이야기를 만들어 가게 될 때 더 마음에 드는 소설이 탄생하는 것 같다. 소재에서 출발을 하다 보면 아무래도 원래의 이야기 구조에 매여서, 단일성이나 통일성의 효과를 내기가 어렵지만, 주제가 분명할 때는 그 주제에 걸맞는 허구적 요소들이 자연스럽게 선택이 되니까 형식적인 면에서 좀더 짜임새를 갖출 수 있게 되는 까닭이다.

「이단자의 외투」와 같은 주제를 마음에 품고 다니던 어느 날, 외국인 신부님이 운영하는 여성 정신지체인들의 시설을 둘러볼 계기가 생겼었다. 그곳에서 그녀들과 식사를 하면서 인물과 배경에 대한 아이디어가 떠올랐고, 그 주제를 드러낼 만한 사건들을 만들어 이야기로 꾸려낸 것이 「타인의 십자가」이다. 이 소설의 주인공 강 씨는 김 선생의 인품과 그가 하는 일의 선함을 안다. 그러나 그것이 자신의 작은 이해와 부딪혔을 때, 그녀는 "뭘 대수롭게 산다고 착한 척하며 손해를 본담."이라고 생각하며 김 선생을 배반한다. 그녀에게 있어서 김 선생의 이상은 "저 좋아서 하는 일이니 망하든 흥하든 상관없"는 '타인의 십자가'인 것이다. 자신의 작은 현실적 이익을 위해 좀더 큰 가치에 눈을 감는 행위, 이것이 바로 '무지'이고, 이 '무지'가 이상을 위해 헌신하는 사람들, 혹은 이상적인 세계로 가는 길을 가로막는다는 이야기를 나는 하고 싶었다.

「www.soriso.com」은 '만약 이 세상에서 소리가 사라지지 않는다면 어떻게 될까'하는 의문에서 출발한 작품이다. 우리가 일상 생활에서 'what if'의 의문을 품게 되는 것은 소설의 소재가 될 법한 것들이다. 소설 쓰기란 인과 관계의 틀을 요구하는 의문과 탐색의 과정이기 때문이다. 만일 소리로 행해진 모든 것들이 공개되고 노출된다면 어떻게 될까? 인간은 그만큼 불행해질 거라는 것이 내 생각이었다. 나는 과학의 발달이 자본주의적 전략이나 '효율'이라는 근대적 미신과 결탁하여 개인의 정보를 유출하고 인간의 사적인 영역을 파괴하고 있는 현상에 대해 두려움을 느낄 때가 많았다. 인간의 끝없는 호기심에 대한 의구심도 있었다. 나는 인간의 내면은 언제까지나 개인의 영토로서 남아 있었으면 했다. 그래서 나는 이 소설의 주제를 '인간의 영역 속에서 누리는 행복의 소중함' 혹은 '인간의 끝없는 욕망에 대한 경계' 로 설정하고 플롯을 구성하기 시작했다.

어떤 경우에는 주제가 확실히 잡히지 않는데도 소재 자체에 대한 관심과 흥미 때문에 소설로 써보고 싶을 때가 있다. 그와 같은 경우에는 일단 초고를 써가면서 주제에 대해 고민을 하게 되는데, 대개는 이야기의 사분지 삼쯤에 이르면 어느 순간 이야기를 꿰뚫는 주제를 발견하게 된다. 이럴 때는 정말 스토리가 스스로 하고 싶은 말을 하는 것 같다. 이는 아마 삶에 대해 이야기할 만한 소재라는 것을 직감으로 느꼈지만, 왜 그것이 가치가 있는지를 설명할 수 없다가 소재를 해석해 가면서 논리적으로 정리가 되기 때문으로 여겨진다.

「꽃의 연원」은 중국 카톨릭의 지하교회와 애국교회의 갈등을 소재로 한 작품이다. 중국이 공산화되면서 지하로 숨은 교회가 죽음의 공포와 궁핍을 견디며 신앙을 지키고 있는 이야기는 내게 늘 감동을 주었고, 기회가 닿으면 그들을 위해 헌금을 하기도 했다. 그러다 우연히 다른 경로의 이야기를 듣게 되었는데 공산당 산하에 있는 애국교회는 어쨌든 로마를 비롯해 다른 나라의 교회와 연결고리가 있기 때문에 신앙적으로 단련이 되지만, 종교 교육을 받을 수 없는 지하교회는 카톨릭에서 벗어나 밀교적 성향으로 변질되어 간다는 것이다. 그동안 공산당이 임명하는 교회는 가짜라고만 생각하고 있었던 나는 충격을 받았고, 지상에 남은 교회도 나름대로의 소신이 있었을 거라는 데에 생각이 미쳤다. 우리도 북한이 공산화되면서 어떤 사제들은 자신의 종교를 지키기 위해 남쪽으로 내려왔지만, 어떤 사제들은 월남하지 않고 지하에 숨어 신앙을 지키는 것을 소명이라고 생각했을 수도 있지 않았겠는가.

지상에 남은 교회와 지하에 숨은 교회, 어느 것이 신의 뜻에 부합하는 길이며, 인간의 진실 혹은 교회의 사명에 가까운 것일까? 나는 뚜렷한 결론을 내리지 못한 채 관련 자료를 읽고, 배경으로 삼은 항주 지역을 답사하고 나서 소설을 쓰기 시작했다. 양쪽의 입장을 고려하며 소설을 쓰다 보니, 후반부의 어느 지점에 이르자 신은 교회의 형식 안에서가 아니라 인간의 진정성이 있는 곳에 존재한다는 주제가 드러남을 깨달을 수 있었고 각자의 삶을 치열하게 산 두 신부는 교회의 몸과 정신으로 합일하게 된다는 결론을 이끌어낼 수 있었다.

「엄마의 방」은 실제 모델이 있는 이야기이다. 언제라도 떠날 듯이 당신의 옷가지를 싸둔 보따리, 친척간에 회자되는 곡 울음, 쓰레기를 몰래 버리다 약봉투 때문에 들킨 사건, 김치거리만 보면 사들이는 버릇, 음식 앞에서의 유난스런 행동 등 친구가 들려준 어머니의 일화는 하나 하나가 재미있고 생생했다. 그래서 다소 산만하다 싶으면서도 에피소드들을 버리지 못하고 이야기를 꾸려 나가고 있었는데, 소설이 거의 끝날 무렵까지 이 어머니의 독특한 행동들을 하나로 꿰뚫을 만한 해석이 떠오르지 않는 것이었다. 나는 답답한 채로 절정 부분을 써내려가고 있었다.

오메, 내 새끼, 어찌까? 어찌까?

"그 순간이었다. 벼락이라도 맞은 것처럼 전신이 짜르르해지며, 머릿속이 선연해진 것은. 엄마의 생애를 관통해 온 화두가 갑자기 풀린 것은." 이 부분은 소설 속의 대목이면서, 한편 작가로서의 내가 주제를 깨닫게 된 시점이기도 하다.

올망졸망한 네 명의 새끼를 안고 척박한 세상에 내동댕이쳐진 어미, 그것이 엄마의 삶이었던 것이다. 엄마의 어기참과 철면피함, 인색함과 조급함, 그 생뚱맞은 자존심, 이 모든 게 오메, 내 새끼 어찌까? 어찌까? 하는 깊디 깊은 울음이었던 것이다.

작가가 확고한 주제의식을 지니고 소설을 시작할 수 있다면, 효과적인 구성을 할 수 있으므로 더없이 좋은 일이겠으나, 소재 자체가 흥미를 끈다면 주제가 잡히지 않아도 일단 소설 쓰기를 시작할 일이다. 스토리는 스스로 하고 싶은 말을 하니까.

플롯은 극적 긴장감의 체계: 가능성, 개연성, 필연성

나는 소설 혹은 소설쓰기에서 제일 중요한 것이 재미와 의미라고 생각한다. 독자가 끝까지 소설을 읽어낼 수 없다면 어떠한 좋은 주제도 전달이 될 수 없을 것이며, 이야기가 아무리 흥미진진하게 전개된다 하더라도 의미를 발견할 수 없다면 그것은 속임수처럼 느껴질 것이기 때문이다. 작가가 소설을 쓴다는 것이 스토리의 힘을 통해 사람들을 변모시키거나 움직이고자 기대하는 것이라면, 플롯이란 이런 일들이 일어날 수 있도록 독자를 이야기 속으로 끌어들이는 힘이다.

창작의 입장에서 좀더 구체적으로 살펴본다면, 플롯이란 '특별한 환경이나 상황 속에서 목표를 추구하게 된 어떤 인물이, 장애물을 만나고 이를 극복하거나 패배하는 결말을 맞이하는 체계'라고 할 수 있는데 이러한 요소들을 효과적으로 배열하면서 독자의 주의를 끌고 극적 긴장감을 잃지 않게 하는 것이 플롯 구성의 기법이라고 하겠다.

「www.soriso.com」은 '회사의 기밀을 누설했다는 누명을 쓴 인물이 소리를 찾아 진실을 밝혀 보고자 하는 목표를 추구하는 과정에서 뜻밖의 비밀을 알게 되고 불행한 삶을 살게 된다'는 이야기이다. 나는 독자의 흥미를 유발하기 위해서 단도직입적으로 문제에 접근하는 첫머리 방식을 즐겨 쓰는 편이기 때문에, 돌발적인 사건이나 문제를 제기하는 주인공의 내면의식에서부터 소설이 시작되는 것이 대부분이다. 「www.soriso.com」의 경우 주인공이 해고되는 데서부터 시작할 것인가, 아니면 그의 내면 의식으로부터 시작할 것인가를 두고 고민했는데, 해고는 사건 발생의 계기는 되지만 주제와 결부시켜 볼 때 그렇게 중요한 일은 아닌데, 여기에서 시작할 경우, 문제에 접근하기까지 시간이 지연되므로 소설의 긴장감이 떨어질 우려가 있었다. 또한 세상에서 흔히 벌어지는 해고 장면보다는 '소리를 찾아낼 수 없을까?'하는 엉뚱한 발상을 제시하는 것이 독자의 호기심을 자극할 수 있지 않을까 싶어 후자를 발단 부분으로 삼았다. 한편, 주인공에게 불행을 가져오는 '듣지 않았으면 더 좋았을 이야기'를 만들어내야 했는데, 나는 그에게 고통을 주는 심리적 요인을 '믿었던 사람에게서 느끼는 배신감'으로 설정하고 세 가지 에피소드를 구성했다. 또한 위기를 고조시키기 위해 신뢰에 대한 배신감의 강도를 점점 높여야 했기 때문에 동료의 이면, 어머니의 다른 인생, 아내의 비밀 순서로 이야기를 배열하기로 결정했다. 결말 부분은 '인간의 끝없는 욕망에 대한 경계'라는 또 다른 주제를 살리기 위해서 불행을 충분히 경험한 주인공이 발화되지 않은 소리도 찾아낼 수 있다는 메시지를 받고 전율을 느끼는 장면으로 처리했다.

「꽃의 연원」은 소재가 무거워 플롯에 각별히 신경을 써야 했다. 내가 쓰고 싶은 이야기는 중국의 지하교회와 애국교회의 갈등이며, 북한의 침묵교회에 대한 관심이었지만 이러한 이야기가 표면에 드러나게 되면, 소설의 재미는 확 떨어질 게 뻔한 일이었다. 그래서 주인공과 중국어 선생 사이의 로맨스를 가미한 추리 소설의 형식을 중심 플롯으로 삼고, 주제를 드러내는 이야기들은 인물들의 말과 회상을 통해 보여주는 복선적 플롯의 형식을 선택했다.

「www.soriso.com」처럼 하나의 사건, 혹은 한 인물의 이야기를 곁가지 없이 집중적으로 전개해 나가는 단선적 플롯은 단일한 인상으로 확실한 결말을 지향하므로 단편소설로서 깔끔하고 강렬한 효과가 있다. 반면, 두 가지 이상의 이야기를 함께 진행시키는 복선적 플롯은 소설의 세계를 확장하고 심화하여 다양한 각도로 주제를 표현할 수 있는 기회가 있는데, 이 경우에는 소설의 통일성을 해치지 않도록 서로 다른 이야기들의 공통점을 고려하여 적절하게 배치하는 것이 중요하다. 「꽃의 연원」이 문체의 변화를 통해 이야기를 섞는 방식의 복선적 플롯이라면, 「말을 알다」는 두 이야기를 교차하여 배열하는 형식의 복선적 플롯이라고 할 수 있다.

「말을 알다」는 내가 상해의 푸단 대학에 교환교수로 갔을 때, 중국어를 배우다가 아이디어를 얻어 쓰게 된 소설이다. 중국어를 전혀 모르던 상태에서는 내 귀에 들리는 게 아무것도 없었기 때문에 나는 마치 거대한 배경 속을 부유하는 듯한 느낌으로 거리를 걸어다녔다. 그러다가 한 마디, 한 마디씩 말이 들리기 시작하자 비로소 그 말들을 하고 있는 사람들이 보이는 것이었다. 이것은 나에게 특별한 경험이었고, 사람을 안다는 게 그 사람이 하고 있는 말을 통해서 아는 것이구나 하는 깨달음을 얻게 되었다. 그래서 새로운 언어를 점점 알게 됨으로써 한 인간을 점점 깊이 있게 이해하게 되는 과정을 소설로 써 보면 재미있지 않겠는가 하는 생각을 하게 된 것이다. '니 자오 선머(你叫什么)?', '닌 선티 부수푸마(您身体不舒服吗)?', '워 넝 부성치마(我能不生气吗)?', '워먼 바 쯔지 마이 짜이쑤이웨중러(我们把自己埋在岁月中了)', '쩐더 하오샹 니(真的好想你)' 등 소설의 소제목으로 삼은 다섯 개의 중국어 문장은 소설의 전개 과정 속에 나타나는 인물들의 말인데, 문법적으로 점점 복잡해지고 있다. 이는 주인공의 중국어 이해 능력이 점점 높아지면서 문화대혁명이라는 격랑을 헤쳐 온 중국인의 삶을 이해하게 되는 과정이면서 동시에 광주항쟁에 대한 기억을 플래시백을 통해 단계별로 드러내고 있는 제목이기도 하다.

플롯은 흔히 여행에 비유되기도 하는데 그것은 소설 속의 인물이 목표를 향해 나아가는 길찾기의 노정이면서, 독자의 입장에서는 인물을 통해 사건을 대리 경험하는 과정이라고 할 수 있기 때문이다. 그런데 이 여행은 사건과 인물의 행동 층위에서 벌어지는 표면 여행일 수 있고, 사건을 겪으면서 인물이 심리적 변화를 경험하는 내면 여행일 수 있다. 기억할 만한 플롯은 단순히 액션을 보여주는 것이 아니라 인물의 성장과 변화를 함께 보여 주며, 이러한 인물의 내면 여행이 소설의 주제를 결정한다.

「꽃의 연원」의 경우, 표면 여행은 외삼촌의 권유로 상해에 중국어를 배우러 온 주인공이 중국인 여선생과 사랑에 빠지고 그녀의 부탁으로 뭔가 위험한 물건을 운반하는 과정에 참여하면서, 중국의 지하교회와 애국교회의 갈등을 알게 된다는 것이지만, 이러한 과정을 통하여 종교적 소명이라는 것에 회의적이었던 주인공이 한 인간이 자신의 양심에 따라 걸어온 길은 신의 길일 수밖에 없음을 발견하는 내적 변화가 이 소설의 내면 여행이라고 할 수 있을 것이다..

「www.soriso.com」의 표면 여행은 누명을 쓴 인물이 사실을 밝히기 위해 소리를 찾아 「소리소」라는 곳에 가서 또 다른 진실을 알게 된다는 것이지만, 인물이 겪는 내면 여행은 타인의 진실에 대한 발견이고, 인간에 대한 불신의 고통이다. 「말을 알다」의 표면 여행은 중국어를 알아 가면서 한 여인의 삶을 통해 문화대혁명의 폭력성을 이해하는 것이지만, 내면 여행은 광주항쟁의 비극성을 헤집어 보는 것이며, 「다카포 페르마타」의 경우, 표면 여행은 이혼한 남편과의 외출이지만 내면 여행은 남편에 대한 미련으로부터의 벗어남이며, 「또 하나의 이별」에서의 표면 여행은 그리움의 대상이었던 큰아버지와의 삼십 년 만의 해후이지만 내면 여행은 큰아버지에게서의 심리적 이탈이라고 할 수 있을 것이다.

인물의 내면 여행은 플롯을 심화시키며, 동일시와 대리 경험과 카타르시스로 독자를 만족시킨다. '캐릭터 아크'라고도 불리는 인물의 이러한 변화는 역시 플롯의 일반 원칙으로 알려진 '처음에는 모든 게 가능(possible)하고, 중간에는 모든 게 개연적(probable)이며, 끝에는 모든 게 필연적(necessary)이어야 한다.'를 따라야 함은 물론이다.

인물은 개성적인 성격 창조의 문제

소설의 인물은 독자와 감정적 유대를 지닐 수 있는 현실적 인물로 창조되어야 한다. 동일시든, 연민이든, 호감이든 독자를 플롯으로 끌어들일 만한 유대를 형성하기 위해서는 인물은 살아 움직여야 하는데, 그러기 위해서는 무엇보다도 인물의 개성화가 중요하다. 그러므로 인물 창조는 철저히 개인(individual)으로부터 시작해야 한다. 전형성(typicality)이나 보편성(universality)만으로는 기억할 만한 인물을 창조할 수 없다.

개성적인 인물 창조를 위해 가장 기본적인 것은 인물의 말과 태도를 통해서 스스로를 드러내게 하는 것이다. 이를 위해 인물의 신분과 나이에 걸맞는 일상 생활의 구두어와, 인물의 내적 가치를 보여줄 수 있는 구체적인 세부 사항을 통해 성격을 표현하는 것이 필수적이다.

> "느그 아부지가 꼼쟁이긴 혀도 인정도 많고 기마이도 있는 사람이여. 기분만 맞으믄 벨일도 다 헌단다. 근디 느그 엄니는 자존심만 강해가꼬 평생을 뛰뛰허니 사니께 어뜬 남자가 좋다고 허겄냐, 옛날부터 여시허고는 살아도 곰허고는 못 산다고 허지 안트냐."
>
> 시어머니를 트집잡는 시할머니는 표정은 다양하고도 풍부했다. 감정을 얼굴에 잘 드러내지 않는 시어머니와는 영 딴판이었다. 말을 하면서 입을 삐쭉 내밀기도 하고 눈을 슬몃 내리깔기도 했다. '뛰뛰허니'라고 할 때는 뾰로통하게 볼부은 흉내를 내기도 했다.
>
> (「그림자 사랑 1 -남아 있는 날들」 중에서)

서연이 때문에 엄마와 싸운 것은 셀 수도 없다. 우유병을 소독하면 뭘하겠는가. 팔팔 끓여 놓고도 수돗물 틀어 다시 한번 헹구는데. 그것도 손가락을 집어 넣고 말이다. 분유를 타서는 꼭 손목에 한 방울 떨어뜨려 뜨겁기를 살펴 보라고 그렇게 일렀건만, 언제나 자기 입으로 고무 젖꼭지를 쪽쪽 빨아 온도를 확인하던 버릇.

"아따, 입으로 묵는 것을 입으로 알아봐야지, 어치께 손목으로 안다냐?"

자기 입으로 밥을 한 번 씹어 아이에게 먹이는 것은 또 얼마나 치를 떨게 했는가.

"아직 이빨도 지대로 안 났는디, 그라문, 꿋꿋한 밥탱이를 기양 멕이란 말이여?" (「엄마의 방」 중에서)

소설의 인물도 현실의 인물들처럼 배경과 조건을 지니며 소설의 영토 안에서 활동을 한다. 「그림자 사랑 1 -남아 있는 날들」의 시할머니와 「엄마의 방」에서의 엄마는 둘 다 교육 정도가 낮은, 나주와 여수의 노인들이다. 이들이 사용하는 지역 사투리는 인물의 기질과 감정을 드러내는데 효과적일 수 있으며, 행동의 구체적인 디테일은 인물을 좀더 생생하게 표현해 준다.

인물을 통해 소설의 주제를 드러내는 방식은 대체로 두 가지라고 할 수 있는데, 성격의 변화를 통해서 주제를 드러내거나, 개성적인 인물의 창조를 통해서 주제를 드러내는 것이다. 전자의 경우, 주인물의 성격이 변화하는데 이를 입체적 인물이라고 하고, 성격이 고정되어 있으며 부차적 역할을 하는 인물을 평면적 인물이라고 한다. 한편 개성적인 인물의 창조를 통해 주제를 드러내는 경우, 인물의 독특한 성격이 단순히 흥미를 끄는 데 그쳐서는 안 되고, 삶의 깊이를 더듬어 낼 만한 수단이 되도록 구성되어야 한다. 「꽃의 연원」, 「www.soriso.com」, 「또 하나의 이별」 등은 입체적 인물을 통해 주제를 드러냈고, 「그림자 사랑 1 -남아 있는 날들」, 「그림자 사랑 2 -거짓말」, 「엄마의 방」, 「타인의 십자가」 등은 개성적인 인물의 창조를 통해 주제를 드러낸 경우라고 하겠다.

시점은 특정한 관점으로 체험을 제공하는 장치

소설의 시점이란 스토리를 누가 말하는가의 문제이다. 같은 사건이라도 이야기를 하는 사람에 따라, 보고 느끼고 판단하는 것이 다를 것이기 때문에, 시점은 인물과 플롯의 단순한 조합을 뛰어 넘어 의미를 제공하고, 독자에게는 특정한 관점으로 사건을 대리 체험하게 하는 장치라고 할 수 있다.

나는 일인칭 시점은 잘 쓰지 않는다. 그것은 이야기 속의 인물인 '나'가 직접 이야기를 들려 주는 형식이므로 '사실'이라는 환상을 주면서 독자의 공감과 신뢰를 얻어 내기는 쉽지만, 인물의 성격에 맞는 목소리를 내어야 하므로 그의 계층이나 나이, 교육 수준, 취향 등에 적합한 지식과 어법의 수준으로 언어의 사용을 제한해야 하는 부담이 있기 때문이다. 그러나 최근에 쓴 소설인 「꽃의 연원」과 「말을 알다」는 인물의 내면 여행이 중요했고, 주인공이 내 경험의 일부를 공유하고 있어서 서술이 자유로웠기 때문에 일인칭 시점을 선택했다.

삼인칭 시점은 이야기 밖의 서술자가 인물과 사건을 조망하면서 독자에게 이야기를 전해 주는 방식으로, 서술자가 가진 능력 혹은 정보의 양에 따라 전지, 선택적 전지, 관찰자의 시점으로 나누어 볼 수 있다. 삼인칭 소설에서 이러한 시점들이 반드시 분리되어 존재해야 하는 것은 아니고, 다양한 시점의 활용으로 주제를 탐사하는 농담의 효과를 낼 수도 있겠지만 단편소설에서는 이야기의 단일한 효과를 위해 한 종류의 시점을 쓰는 것이 일반적이다.

내가 쓴 소설의 대부분은 삼인칭 선택적 전지의 시점인데 이는 일인칭 시점의 강렬함과 삼인칭 시점의 유연성이 결합한 형태라고 할 수 있다. 이는 서술자가 사건을 객관적으로 볼 수 있으면서, 등장인물들 중 한 사람의 마음을 출입하며 이야기를 전하는 방식인데, 이 한 사람을 시점인물 혹은 초점화자라고 부른다. 삼인칭 선택적 전지의 시점은 작가의 입장에서 보자면, 인물이 볼 수 있는 것을 넘어서서 이야기를 구사할 수 있고, 어휘 선택의 구속도 덜 받는 자유로움이 있는 한편 독자의 입장에서는 인물의 내면을 보면서 인물에 몰입할 수 있고, 사건을 객관적으로 조망하여 소설의 통합적 의미를 찾을 수 있게 하는 장점이 있기 때문에 현대소설에서 가장 널리 쓰이는 시점이기도 하다.

다중 시점이란 두 사람 이상의 시점 인물이 있는 경우이다. 이 시점의 이점은 인물들의 서로 다른 관점을 통해, 다양한 삶의 관련성에서 빚어지는 복합성의 긴장 관계를 독자에게 입체적으로 보여 줄 수 있다는 것이다. 「네 손을 위한 소나타」는 어린 시절 자신을 버리고 간 어머니를 찾아간 딸의 이야기이다. 제목은 모차르트의 피아노 연탄곡인 “네 손을 위한 소나타 (Piano Sonata for 4 hands)”에서 빌어 왔다. 한 대의 피아노를 두 사람이 연주하면서 화음을 완성해 가듯 두 인물의 시점을 교차시키며 소설을 썼는데, 특히 한 장면에서의 시선의 겹침을 표현해 보려고 했다. 그런데 같은 장면이 연희의 입장에서 서술이 되고, 또 조금 후에 그녀의 입장에서 서술이 되기 때문에 어떤 독자는 그 섬세한 차이를 좋아했지만, 어떤 독자는 지루하게 느끼는 것 같아서, 개작의 과정에서는 중복되는 부분을 상당히 줄였다. 이 소설은 삼인칭 다중 시점이지만, 만일 일인칭 다중 시점을 선택했더라면 훨씬 뛰어난 솜씨가 필요했을 것이다. 왜냐하면 각각의 목소리가 확실히 달라야 하고, 인물의 태도로써 세계관이나 관점의 차이를 보여줄 수 있어야 하기 때문이다.

여러 가지 시점 중에서 내가 가장 흥미있게 느끼는 것은 신빙성 없는 서술자의 시점이다. 우리는 대체로 일인칭 서술자의 말을 진실로 받아들이는데, 지적인 능력이나 세계관이 결여되어 스토리의 의미를 왜곡해서 전달하는 일인칭 서술자를 신빙성 없는 서술자라고 한다. 독자는 서술자가 말하는 것을 진실로 받아들이면서 소설 읽기를 시작하다가, 스토리가 펼쳐지는 어느 지점에서 그가 믿을 수 없는 서술을 하고 있다는 것을 발견하고, 서술자의 말과 진실 사이의 거리를 즐기게 되며 스토리를 뒤집는 소설의 주제를 이해하게 되는 것이다. 그런데 이 시점 구성의 어려운 점은 독자들이 신빙성 없는 서술자라고 하는 것을 알아차릴 수 있는 어떤 지점을 스토리 안에서 만들어내야 한다는 것이다. 서술자의 말 속에 모순되거나 과장된 언술을 포함시켜야 하는데, 너무 선연히 드러나게 하면 스토리가 전복되는 재미가 없어질 것이고, 지나치게 숨기면 독자에게 주제를 제대로 전할 수 없게 되기 때문에 효과적인 사용이 어렵다고 할 수 있다.

「그림자 사랑 2 -거짓말」은 처음에 3인칭 선택적 전지의 시점으로 발표했다가, 주제가 잘 전달되지 않아, 1인칭 신빙성 없는 서술자의 시점으로 바꾸었다. 이 소설에서 서술자는 승혜의 거짓말을 비난하고 있지만, 내가 드러내고 싶은 것은 기독교적 온유와 순명의 삶을 살고 있다고 자부하면서도 용서할 줄 모르는 서술자의 거짓말이었다. 나는 주인공이 신빙성 없는 서술자라고 하는 것을 독자가 알아차릴 수 있도록 서술자의 자기중심적 삶의 태도와 도덕적 오만을 드러내는 어휘 등을 스토리 안에 배치했다. 만일 어떤 독자는 나의 의도를 파악했고 어떤 독자는 그러지 못했다면 나는 이 시점의 운용에 성공한 것일 것이고, 대다수의 독자가 승혜의 거짓말만을 나무란다면 나는 이 소설에서 시점 활용에 실패했다고 할 수 있다.

내가 가장 어렵게 느끼고, 언젠가 도전해 보고 싶은 시점은 서술자의 개입이 많은 3인칭 전지적 시점이다. 독자들은 인물이나 사건을 직접 보고 스토리를 판단하고 싶어 하기 때문에 서술자의 개입을 좋아하지 않는다. 그러나 서술자가 독자들이 보는 것 이상으로 인물의 심리나 상황을 흥미있게 전할 수 있고, 독자들이 스타일을 즐길 만큼 유려한 글쓰기가 제공된다면 이 시점은 또 다른 즐거움을 줄 수 있을 것이다. 작가의 통찰력과 빼어난 문체는 3인칭 전지적 시점의 필수적인 조건이다.

좋은 문체의 기반은 정확한 문장

소설의 시작이 주제라면 소설의 완성은 문체가 아닐까 한다.

문체란 작가의 주제 의식이 언어 사용의 형식으로 드러난 것이라고 할 수 있기 때문이다. 어떤 이는 자신의 경험을 감각적인 단문으로 독자에게 직접 보여주고자 할 것이고 어떤 이는 지성의 여과와 분별을 거친 긴 문장으로 자신의 주제를 말하려고 할 것이다. 작가가 하고 싶은 이야기를 자신에게 즐거움을 주는 글쓰기의 방식으로 쓸 수 있다면, 그는 이미 자신의 스타일을 발견했다고 할 수 있다. 자신이 하고 싶은 이야기를 가장 잘 표현할 수 있는 언어야말로 작가의 개성이 정직하게 나타난 언어이기 때문이다. 고유한 문체란 자신에게 가장 자연스러운 방식으로 쓰다 보면 스스로 드러나는 것이다. 그러므로 좋은 문체는 가르침을 통해서가 아니라 부단한 글쓰기의 수련을 통해서 얻어진다고 할 수 있다. 그러나 좋은 문체의 기본이 되는, 정확한 문장 쓰기는 배울 수 있을 것이다.

실제적인 소설 쓰기에서 내가 가장 신경을 쓰는 부분도 문장의 정확성이다. 정확한 표현을 위해서는 끈기있게 정확하고 적절한 말을 추구해야 한다. 문장의 완성도는 고쳐쓰기의 횟수와 비례한다고 해도 과언이 아니다. 정확한 단어의 사용, 문장 성분의 적절한 호응, 과도한 수식어의 배제는 문장을 간결하고 단단하게 한다. 소설은 논리의 체계이므로 문장이 정확하지 않으면 자신이 하고자 하는 이야기를 제대로 전할 수 없다.

이 글은 등단 이후 써온 단편소설들 중 비교적 마음에 드는 작품들을 골라서, 창작의 의도와 형상화의 과정을 밝힌 자작 해설이다. 소설의 중심 요소라고 할 수 있는 주제와 플롯, 인물과 시점, 그리고 문체 등에 대해 다양한 이론들이 있겠지만, 여기에서는 창작을 하는 작가의 입장에서 내 작품을 예로 들며 소설이란 무엇인가에 대한 생각들을 정리해 보았다. 소설 창작에 뜻이 있어 작품의 구성 과정에 관심을 두는 학습 작가나 난해한 문학 이론보다는 소설의 본질적인 요소로서 작품에 접근하고자 하는 독자에게 짧은 생각이나마 도움이 되기를 바란다.

이미란

■ 저자 약력

전남대학교 국어국문학과와 동대학원 졸업. 문학박사.
1983년 광주일보와 1985년 서울신문의 신춘문예를 통해 등단.
창작집 『꿈꾸는 노래』, 『네 손을 위한 소나타』, 『그림자 사랑』, 『너를 찾다』 등과 저서 『한국현대소설과 패러디』, 『소설창작 12강』이 있다.
1997년 광주문학상 수상. 2009년 광주일보문학상 수상.
현재 전남대학교 국어국문학과 교수.

꽃의 연원

초판 1쇄 발행 | 2009년 9월 30일
초판 2쇄 발행 | 2009년 11월 20일

저자 | 이미란
발행 | 김윤수
발행처 | 전남대학교출판부

등록 | 1981. 5. 21. 제53호
주소 | 500-757 광주광역시 북구 용봉로 77
전화 | (062) 530-0571 ~ 3
팩스 | (062) 530-0579
홈페이지 | http://altair.chonnam.ac.kr/ ~ cnup

값 10,000 원

ISBN 978-89-7598-764-9 (03810)

이 도서의 국립중앙도서관 출판시도서목록(CIP)은 e-CIP홈페이지(http://www.nl.go.kr/cip.php)에서 이용하실 수 있습니다. (CIP제어번호: CIP2009003214)